# 구토

# 구토

장 폴 사르트르 | 방곤 옮김

**La Nausée**

Jean-Paul Sartre

## 차례

원서 발행인의 서언 • 11
날짜 없는 쪽지 • 13
일기 • 19

**작품 해설** • 341
**옮긴이의 말** • 357
**장 폴 사르트르 연보** • 361

카스토르에게

그 사람은 사회적으로 중요하지 않다.
틀림없는 한 개인이다.

— L. F. 셀린 《교회》에서

- 원서의 주석은 원주로 표시했고, 그 외의 주석은 옮긴이 주다.

## 원서 발행인의 서언

이 기록은 앙투안 로캉탱의 서류 속에서 발견되었다. 우리는 그것을 아무런 수정도 하지 않고 발표한다.

첫 페이지에는 날짜가 적혀 있지 않았다. 그러나 우리는 그것이 일기 자체보다 몇 주일 전의 것이라고 생각할 만한 충분한 근거를 가지고 있다. 그러므로 늦어도 1932년 1월 초순에 쓰인 것이리라.

그 당시 그는 중앙 유럽, 북아프리카, 그리고 극동 지방을 여행하고 나서 드 롤르봉 후작에 관한 역사 연구를 완성하고자 3년째 부빌에 체류하고 있었다.

## 날짜 없는 쪽지

 최선의 방법은 그날그날 일어난 일들을 적어두는 것이다. 뚜렷하게 관찰하기 위하여 일기를 적을 것. 아무리 하찮게 보이는 일이라도, 그 뉘앙스며 사소한 사실들을 놓치지 말 것. 특히 그것들을 분류할 것. 내가 이 테이블, 저 거리, 저 사람들, 나의 담뱃갑을 어떻게 보는가를 써야만 한다. 왜냐하면 변한 것은 바로 '그것'이기 때문이다. 그 변화의 범위와 성질을 정확하게 결정지을 필요가 있다.
 예를 들어 여기에 나의 잉크병이 든 종이 상자가 있다고 하자. 내가 '전에'는 그것을 어떻게 보았던가를 적도록 노력해야 할 것이다. 그리고 지금은 어떻게 그것을……*
 그런데, 그것은 직육면체이고 테이블 위에…… 이렇게 말하는 것

---

\* 여기 낱말 하나가 비어 있다. _원주

은 어리석다. 거기에 대해서는 아무 할 말이 없다. 바로 그런 일을 피해야만 한다. 아무것도 아닌 것을 신기하게 만들어서는 안 된다. 일기를 쓴다면, 다음과 같은 위험이 있을 것이다. 즉 모든 일을 과장하는 것, 너무 날카롭게 주의를 기울인 나머지 줄곧 진실을 왜곡하는 일이다. 한편 — 바로 이 잉크병이라든지 기타의 어떤 물건에 관해서 — 그저께의 그 인상(印象)을 언젠가 다시 가지게 되리라는 것은 분명하다. 나는 늘 마음을 가다듬고 있어야 한다. 그렇지 않으면 그 인상이 손가락 틈으로 또 스며들어올 것이다. 아무것도……* 해서는 안 된다. 일어나는 모든 일을 정성스럽게, 되도록 상세하게 적어야 하겠다.

물론, 토요일과 그저께의 그 이야기에 관해서는 더는 명확하게 쓸 것이 없다. 벌써 나는 거기에서 너무나 멀리 떨어져 있다. 다만 말할 수 있는 것은 어느 경우에서나 우리가 보통 사건이라고 부르는 것이 전혀 없었다는 사실이다. 토요일에는 아이들이 물수제비를 뜨며 놀았고, 나는 그들처럼 바다에 돌을 던지고 싶었다. 그 순간, 나는 멈칫하며 돌을 떨어뜨리고 와버렸다. 등 뒤에서 아이들이 웃는 것으로 미루어보아 아마 나는 머리가 돈 사람같이 보였음에 틀림없다.

표면적으로는 그뿐이었다. 내 마음속에 일어났던 것이 명백한 흔적을 남기지는 않았다. 나는 그 무엇을 보았고 그것이 혐오를 일

---

\* 낱말 하나가 지워져 있다. 아마도 '강요' 또는 '날조'일 것이다. 다른 말이 지워진 글자 위에 덧쓰여 있으나 알아볼 수가 없다. _원주

으켰다. 그렇지만 그때 내가 보고 있었던 것이 바다였는지, 또는 해변가에서 주운 돌이었는지 나는 이미 모른다. 돌은 반반했다. 한쪽은 물기가 없었으나 다른 한쪽은 젖어 있었고, 흙이 묻어 있었다. 나는 손을 더럽히지 않기 위해 손가락을 벌려서 돌의 양 끝을 잡고 있었다.

그저께 일은 훨씬 더 복잡했다. 게다가 공교로운 일, 어이없는 일들이 연달아 일어나서 지금까지도 뭐가 뭔지 통 알 수가 없다. 그러나 그 모든 일을 종이 위에 늘어놓으며 즐길 생각은 없다. 하여튼 내가 공포심, 또는 그와 비슷한 감정을 가졌던 것만은 확실하다. 내가 무엇을 두려워하고 있었던가— 그것만이라도 알았다면 벌써 많이 진보했을 것이다.

신기한 것은 내가 나 자신을 미친놈이라고 생각하기는커녕 오히려 그렇지 않다고 확신까지 하고 있다는 것이다. 그 모든 것이 물체에 관한 변화라고 나는 생각한다. 적어도 그것이 내가 확실히 알고 싶은 점이다.

### 10시 30분*

따지고 보면 그것은 정신착란의 작은 발작이었을 것이다. 그런 흔적은 이미 없어졌다. 지난 주일의 그 이상야릇한 기분이 오늘은 참 우스꽝스럽다. 다시는 그런 기분에 잠기지 않는다. 오늘 밤 나는

---

\* 오후 10시 30분임에 틀림없다. 다음 글은 앞의 것보다 훨씬 뒤, 빨라야 그 이튿날에 기록된 것이리라._원주

거북함 없이 안일하게 이 세상에 자리잡고 있다. 여기는 북동쪽을 향해 있는 내 방이다. 저 아래에는 뮤틸레가(街)와 신역(新驛) 공사장이 있다. 나는 빅토르 누아르로(路) 한 모퉁이에 있는 '역원 회관'의 붉고 흰 불빛을 창밖으로 내다보고 있다. 파리발 열차가 지금 막 도착했다. 사람들은 구역(舊驛)에서 나와 거리로 흩어진다. 구두 소리와 이야기 소리가 들린다. 많은 사람들이 마지막 전차를 기다리고 있다. 그들은 내 방의 창 바로 밑에 있는 가스등 주위에 조그맣고 쓸쓸한 떼를 짓고 있을 것이다. 그러나 아직 5, 6분은 더 기다려야 할 것이다. 막차는 10시 45분 전에는 오지 않을 테니까. 오늘 밤에는 상인들이 오지 않았으면 좋겠다. 그만큼 나는 자고 싶다. 그만큼 나는 밀린 잠을 바라고 있는 것이다. 하룻밤, 단 하룻밤만이라도 푹 자면 그런 이야기의 찌꺼기는 내 마음에서 사라져버릴 것이다.

11시 15분 전이다. 이제는 걱정할 것 없다. 장사꾼들은 오지 않으려나 보다. 루앙의 남자가 오는 날이 아니라면 말이다. 루앙의 남자는 일주일에 한 번씩 온다. 2층의, 비데가 있는 2호실이 그가 묵는 방이다. 또 올지도 모른다. 그는 자기 전에 '역원 회관'에 가서 맥주를 한잔 마신다. 그러나 그리 귀찮지는 않다. 키가 퍽 작고 단정한 사람으로 새까만 수염에 기름을 바르고 가발을 쓴다. 허어, 오는군.

그가 계단을 올라오는 소리는 내 심장에 가벼운 자극을 주었다. 그것은 그토록 내 마음을 가라앉히는 것이었다. 그처럼 규칙적인 사람들을 어찌 두려워할 필요가 있느냐 말이다. 나는 벌써 깨끗이 나았다는 생각이 든다.

이번에는 '도살장 경유 그랑 바생행' 7호 전차이다. 낡은 쇠붙이

소리를 덜그럭거리며 왔다가는 떠난다. 지금 그 전차는 여행 가방과 잠든 아이들을 가득 싣고 그랑 바생 쪽으로, 공장가 쪽으로, 어두운 동쪽으로 달려가는 것이다. 그것이 막차 바로 앞차이다. 막차는 한 시간 후에 이곳을 지날 것이다.

 자야겠다. 나는 다 나았다. 계집애들처럼 내 생각을 깨끗한 새 공책에 매일같이 쓰는 일은 그만두겠다.

 그러나 때로 일기를 적는다는 것은 유익한 일이다. 그것은 매우……*

---

\*  날짜 없는 쪽지는 여기서 끝나 있다. _원주

# 일기

**1932년 1월 25일 월요일**

그 무엇이 나에게 일어났다. 더 이상 의심할 여지가 없다. 그것은 늘 있는 어떤 확신이라든지 자명한 일처럼 일어난 것이 아니라, 마치 병에 걸리듯이 닥쳐왔다. 그것은 조금씩 음흉하게 자리를 잡아 버렸다. 그래서 그런지 나는 나 자신이 좀 괴이하고 어색하다는 느낌을 가졌다. 그뿐이다. 한번 자리를 잡더니 그것은 꼼짝도 하지 않고 잠자코 있었다. 그래서 내가 아무렇지도 않고 헛놀란 것이라고 자신을 타이를 수 있었다. 그런데 지금 그것이 또 꽃잎을 열었다.

나는 사가(史家)의 사명이 심리 분석을 하는 데 있다고는 생각하지 않는다. 우리는 '야심'이라든지 '이해관계'라는 명칭 아래에 총괄적으로 부르는 전체적 감정만을 문제 삼고 있는 것이다. 그러나 만약 내가 나 자신에 대한 인식을 조금이라도 갖고 있다면 지금이야말로 그것을 이용할 단계인 것이다.

 이를테면, 내 손에 그 어떤 새로운 것, 즉 파이프라든지 포크를 잡는 어떤 방법이 있다. 그렇지 않으면 쥐어지는 어떤 방법을 이제는 포크가 갖게 된 것인지도 모르겠다. 방금 내가 나의 방으로 들어가려고 했을 때, 나는 문득 멈춰 섰다. 왜냐하면 내 손 안에 찬 것이 나의 주의를 끄는 것을 느꼈기 때문이다. 나는 손을 벌리고 바라보았다. 나는 단지 문고리를 잡고 있었을 뿐이었다. 오늘 아침에 도서관에서 독서광\*이 나에게 인사를 했을 때, 그를 알아보는 데 10초나 걸렸다. 나는 알아볼 수 없는 얼굴, 거의 얼굴이라고 할 수 없는 것을 보았다. 그리고 그의 기다란 구더기 같은 손이 내 손 안에 있었다. 나는 곧 그 손을 놓았다. 그의 팔이 축 늘어졌다.

 거리에서도 역시 괴상한 소리가 꼬리를 물고 끊임없이 들려온다.

 그러니 지난 몇 주일 동안에 무슨 변화가 생긴 것이다. 그러나 어디에? 그것은 아무 곳에도 근거를 두지 않은 추상적 변화이다. 내가 변한 것일까? 내가 변하지 않았다면, 이 방이, 이 도시가, 이 자연이 변한 것이다. 그중의 어느 쪽인가를 가려내야 한다.

 변화한 것은 나인 것 같다. 그것이 가장 손쉬운 해결이다. 그것은 또한 가장 불쾌한 해결이기도 하다. 그러나 결국은 내가 그 갑작스러운 변동에 지배되고 있다는 것을 시인해야 한다. 사실인즉, 나는

---

\*  오지에 P. 이 사람은 일기 속에서 자주 문제가 될 것이다. 그는 집달리의 서기였다. 로캉탱은 그를 1930년 부빌의 도서관에서 알게 되었다. \_원주

생각을 하는 일이 별로 없다. 그래서 자질구레한 변형(變形)이 내가 알지 못하는 사이에 나의 내부에서 축적되어, 그 어느 날, 정말 혁명 같은 변화가 일어나는 것이다. 이것이 나의 생활에 그처럼 돌변하는, 그리고 일관성 없는 양상을 띠게 만든 것이다. 예를 들어 내가 프랑스를 떠났을 때 많은 사람들은 내가 변덕 때문에 떠나버렸다고 말했다. 그런데 내가 6년간의 여행에서 갑자기 돌아왔을 때, 사람들은 역시 내가 변덕 때문에 돌아왔다고 말할 수 있었으리라. 나는 페트루 사건의 결과로 작년에 사직한 프랑스인 관리 메르시에와 더불어 그의 사무실에서 있었던 일이 아직도 눈앞에 선하다. 메르시에는 고고학 관련 임무를 띠고 벵골에 가려는 참이었다. 나는 늘 벵골에 가고 싶었고, 그는 마침 나에게 자기와 함께 가자고 졸라댔다. 지금 생각해보면 왜 그랬는지 모르겠다. 그때 그는 포르탈이 불안했기 때문에 내가 포르탈을 감시해주리라고 기대했던 모양이다. 나는 거절할 아무런 이유가 없었다. 그리고 비록 포르탈에 관련된 그의 자질구레한 계략을 내가 그때 예감했다 하더라도 그것은 그의 제안을 열광적으로 받아들일 만한 또 하나의 이유가 될 수 있었다. 그런데 나는 마비된 듯, 단 한 마디도 말을 할 수가 없었다. 나는 전화기 옆, 초록색 양탄자 위에 있는 크메르의 불상을 뚫어지게 바라보고 있었다. 나의 몸이 림프액 혹은 미지근한 우유로 가득 차 있는 것 같았다. 메르시에는 천사 같은 인내심으로 나에게 말하고 있었지만 그 뒤에는 약간의 노기가 숨어 있었다.

"그렇지 않소? 나는 정식으로 결정해둘 필요가 있소이다만, 결국은 승낙하시리라고 생각하오. 즉시 수락하시는 게 좋을 것 같은데."

그는 향수 냄새가 몹시 나는 짙은 밤색 수염을 기르고 있었다. 그가 고개를 움직일 때마다 향수 냄새가 느껴졌다. 그러다가 갑자기 나는 6년간에 걸친 잠에서 깨어났다.

불상이 불쾌하고 바보스럽게 느껴졌다. 나는 내가 심각한 권태에 사로잡혀 있음을 느꼈다. 내가 왜 인도차이나에 와 있는지를 알 수가 없었다. 나는 여기서 무엇을 하고 있는가? 왜 이런 사람들과 이야기를 하고 있는가? 왜 나는 이런 괴상한 옷을 입고 있는가? 나의 정열은 사라져버렸다. 그 정열은 몇 년 동안 나를 뒤덮어 휘몰아왔던 것이다. 이제 나 자신이 텅 빈 것 같았다. 그러나 그보다 더 가혹한 일은 내 앞에 거대하고 무의미한 하나의 관념이 맥 빠진 듯이 놓여 있다는 사실이었다. 그것이 무엇이었는지 잘 모르겠으나 그때 그것은 나의 마음에 너무도 심한 불쾌감을 일으켰기 때문에 차마 바라볼 수 없을 정도였다. 그 모든 것이 나에게는 메르시에의 수염 향내와 뒤범벅이 되어 있었다.

나는 그에 대한 노여움으로 몸을 떨며 퉁명스럽게 대답했다.

"감사합니다. 그러나 여행은 실컷 했습니다. 이제야말로 프랑스로 돌아가야겠습니다."

이틀 후, 나는 마르세유행 기선을 탔다.

내 생각이 옳다면, 또 축적되어가는 모든 징조가 내 삶의 새로운 파괴의 전조라면, 정말 나는 두렵다. 나의 생활이 풍부하다든지, 충족되어 있다든지, 귀중하다는 말이 아니다. 나는 생겨나려고 하는 것, 나를 사로잡으려는 것……이 두렵다. 그리고 그것은 나를 어디로 데리고 가려는가? 연구와 저술, 그 모든 것을 계획 속에 남겨두고 또다시 가버려야 한다는 말인가? 그리고 수개월 또는 수년이 지났을 때, 지쳐 빠져서 실망한 모습으로 새로운 폐허의 한복판에서 깨어나게 될 것인가? 너무 늦기 전에 나의 내부에서 생겨나고 있는 것을 똑똑히 알고 싶다.

### 1월 26일 화요일

새로운 일이라곤 아무것도 없다. 나는 9시부터 1시까지 도서관에서 일을 했다. 제12장과 파벨 1세의 죽음에 이르기까지 롤르봉의 러시아 체류에 관한 모든 사실을 파악했다. 거기까지는 끝났다. 정서를 하게 될 때까지 다시는 문제 될 게 없을 것이다.

1시 반이다. 나는 카페 마블리에 있다. 샌드위치를 먹는다. 모든 것이 거의 정상적이다. 하기야 카페라는 곳에서는 모든 것이 언제나 정상적이다. 특히 카페 마블리에서는 착실하고 믿음직한 서민적인 얼굴의 지배인 파스켈 씨 덕분에 더욱 그러하다. 곧 낮잠 잘 시간이 되기 때문에 이미 그의 눈은 충혈되어 있으나 그의 태도는 활발하고 확고하다. 그는 테이블 사이를 왕복하다가, 무슨 비밀 이야기나 하는 것처럼 손님들에게 가까이 간다.

"안녕하세요, 손님?"

그렇게도 쾌활한 그를 보고 나는 미소를 짓는다. 가게가 비는 시간에는 그의 머리도 텅 빈다. 2시부터 4시까지 카페는 쓸쓸하다. 그러면 파스켈 씨는 얼빠진 태도로 몇 걸음을 걷는다. 종업원들이 전등불을 끄면 그는 무의식 속에 빠져들어간다. 그 남자는 혼자 있으면 잠들게 마련이다.

아직 20여 명의 손님 — 홀아비들, 하급 기술자들, 고용인들이 남아 있다. 그들은 자신들이 포포트*라고 부르는 하숙집에서 서둘러 점심을 먹고는, 식후 약간의 사치가 필요한 까닭에 여기에 와서 주사위 놀이나 포커를 하면서 커피를 마신다. 그들은 좀 시끄럽게 떠들어대지만 그것은 단속적인 소음이어서 내게는 별로 방해가 되지 않는다. 그들이 존재하기 위해서는 몇 명이 어울려야만 한다.

나는 혼자서, 철저히 혼자서 살고 있다. 절대로 아무에게나 말을 하지 않고, 아무것도 받지 않고, 아무것도 주지 않는다. 독서광은 문제가 안 된다. '역원 회관'의 여주인인 프랑수아즈가 있기는 하다. 그러나 내가 그 여자와 말을 한다고 할 수 있을까? 간혹 저녁을 먹고 나서 그 여자가 보크**를 한 잔 가지고 올 때 나는 물어본다.

"오늘 밤에 시간 있소?"

그 여자는 절대로 없다고는 하지 않는다. 그래서 나는 그 여자가 시간으로, 또는 하루 계산으로 빌리는 2층의 커다란 방들 중의 한 방으로 그 여자 뒤를 따라 들어간다. 나는 그 여자에게 값을 치르지 않는다. 우리는 똑같이 육체의 거래를 한다. 그 여자는 쾌락을 맛본다(그 여자에게는 하루 한 명의 남자가 필요하다. 따라서 나 이외에도 많은 남자가 있다). 그리고 나는 원인이 뻔한 그 어떤 우울증을 씻어버린다. 우리는 두어 마디 주고받을까 말까 한다. 무슨 소용이 있단 말인가? 제각기 자신을 위해서 하는 짓이다. 게다가 그 여자의 눈엔 내

---

\* 속어로 식당이라는 뜻
\*\* 값싼 맥주 이름

가 자기 카페의 한 손님으로밖에는 보이지 않는다. 그 여자는 옷을 벗으면서 말한다.

"저, 브리코라는 아페리티프* 알아요? 이번 주에 그것을 찾는 손님이 두 사람이나 있었어요. 일하는 애가 뭔지 몰라서 내게 묻더라구요. 뜨내기들이었으니까, 아마 파리에서 먹어봤을 거예요. 그렇지만 어떤 건지도 모르고 사기는 싫더라구요. 괜찮다면 양말은 안 벗을래요."

전에는—안니가 나에게서 떠나버리고 오랜 시간이 지난 뒤에도—안니 생각을 했다. 지금은 누구의 생각도 하지 않는다. 말마디를 찾으려고도 하지 않는다. 말은 내 마음속에서 다소간 빠르게 흘러가고 있다. 나는 아무것도 붙잡으려 하지 않고 가만히 놓아둔다. 나의 사고는 대개의 경우, 말에 연결되지 않기 때문에 안개처럼 머물러 있다. 어렴풋하고 재미난 형상(形象)을 그렸다가는 꺼져간다. 나는 이내 그런 것을 잊는다.

그 젊은이들이 놀랍다. 그들은 커피를 마시면서, 말끔하고 그럴싸한 이야기를 하고 있다. 어제 한 일에 대해서 질문을 받더라도 그들은 당황하지 않고, 우리에게 간단히 알려줄 것이다. 내가 그들이라면, 나는 우물쭈물할 것이다. 오래전부터 내가 무엇을 하고 있는지를 아무도 아랑곳하지 않는 것이 사실이다. 사람이 혼자 살고 있을 때는 이야기를 한다는 것이 어떤 것인지조차 모른다. 정말처럼 보이는 것은 친구들이 없어짐과 동시에 사라져버린다. 고독한 사람

---

\* 식사 전에 식욕을 돋우기 위하여 먹는 술

은 사건에 대해서도 무심하다. 사람들이 훌쩍 나타나서는 지껄이다가 가버리는 것이 보인다. 고독한 사람은 밑도 끝도 없는 이야기 속으로 빠져들어간다. 그런 사람이 어떤 일의 증인이 된다면 한심스러울 것이다. 그러나 그 대신 정말이라고는 생각할 수 없는 일, 카페에서는 아무도 믿을 것 같지 않은 일을 혼자 사는 사람은 틀림없이 보게 된다. 예를 들어 토요일 오후 4시경, 역 공사장 옆의 널빤지를 깐 보도 끝에서 하늘색 옷을 입은 키가 작은 여자가 웃으며 손수건을 흔들면서 뒷걸음질 치고 있었다. 동시에 크림색 레인코트를 입고, 노란 구두를 신고, 초록색 모자를 쓴 흑인이 길모퉁이를 돌아가며 휘파람을 불고 있었다. 줄곧 뒷걸음질을 치던 여자가 밤이면 불이 켜지는 가로등 밑에서 그 흑인과 부딪쳤다. 그래서 거기에는 축축한 나무 냄새가 코를 찌르는 울타리와 가로등과 흑인의 품 안에 안겨 있는 자그마한 금발의 여인이 노을 밑에 동시에 존재하고 있었다. 네 명이나 다섯 명이 함께 그 충돌 사건을, 그 모든 부드러운 색채며, 솜털 같아 보이는 파랗고 좋은 외투며, 밝은 레인코트며, 빨간 가로등의 유리를 보았다고 가정한다면 우리는 어린애 같은 그 두 얼굴에 나타난 놀란 표정을 보고 웃었을 것이다.

외로운 사나이는 웃고 싶은 일이 드물다. 나에게는 그 장면의 전모가 강렬하고 광폭하기조차 하면서도 동시에 순수한 의미를 지니며 활기를 띤 것이었다. 그러자 그것이 분해되었다. 이미 가로등과 울타리와 하늘밖에는 없었다. 하지만 그것은 그래도 퍽 아름다웠다. 한 시간 후에는 가로등의 불이 켜졌고, 바람이 일고 하늘이 캄캄해졌다. 이미 거기에는 아무것도 없었다.

이 모든 것은 나에게는 아주 새로운 일은 아니다. 이러한 무해한 감동을 나는 한 번도 물리친 적이 없다. 차라리 그 반대이다. 그런 감동을 느끼기 위해서는 알맞은 순간에 진짜처럼 보이는 것을 떨쳐버리기에 족할 만큼 그저 짧은 동안만 혼자 있으면 되는 것이다. 그러나 나는 사람들과 아주 가까운 곳에, 즉 고독의 표면에 머물러 있으면서 급해지면 그들 사이로 피해버리려고 했다. 사실 지금까지 나는 아마추어에 불과했던 것이다.

지금 여기저기에 저 테이블 위에 있는 맥주잔 같은 것들이 있다. 나는 그것을 보면, 이렇게 말하고 싶어진다. 이제 그런 게임은 그만둘 테야…… 다시 발길을 돌릴 수 없을 만큼 나는 고독의 길을 너무 먼 곳까지 와버렸다는 것을 너무나 잘 알고 있다. '고독의 한계'를 그어놓을 수는 없다고 나는 생각한다. 그러나 그렇다고 해서 내가 자기 전에 침대 밑을 들여다보거나, 한밤중에 갑자기 방문이 열리는 것을 상상하고 두려워하거나 한다는 것은 아니다. 하지만 그래도 나는 불안하다. 이 맥주잔 '바라보기'를 피하려 한 지 벌써 30분이 됐다. 나는 그 위를, 그 아래를, 그 오른편을, 그 왼편을 본다. 그러나 '그것을' 보고 싶지 않다. 나의 주변에 있는 모든 홀아비들이 나에게 아무런 도움이 되지 않는다는 것을 나는 잘 알고 있다. 이제는 늦었다. 이제는 이미 그들 사이로 피난 갈 수가 없다. 그들은 나에게로 와서 나의 어깨를 두들기며 말할 것이다.

"여보시오, 이 맥주잔이 어쨌단 말이오? 다른 맥주잔들과 매한가지인데. 손잡이가 달려 있고 깎아진 듯이 보이지요. 삽이 그려져 있는 조그마한 방패 무늬가 있고, 그 위에 '슈파텐 브로이'라고 쓰여 있지요."

 나도 그 모든 것을 알고 있다. 그러나 무언가 다른 것이 있다는 것 또한 알고 있다. 그것은 거의 아무것도 아니다. 그러나 나는 내가 보는 것을 설명할 수가 없다. 누구에게도 설명할 수가 없다. 그렇다. 나는 슬며시 물밑으로, 공포의 밑바닥으로, 미끄러져 들어간다.

 이 즐겁고 제법 이치에 맞는 목소리의 복판에서 나는 외롭다. 그 모든 작가들은 제 생각을 말하고, 자기들의 의견이 같다는 것을 기쁘게 확인하며 시간을 보내고 있다. 모두들 함께 같은 일들을 기쁘게 확인하며 시간을 보내고 있다. 모두들 함께 같은 일들을 생각하고 있다는 것을, 제기랄, 그들은 얼마나 중요하게 생각하고 있는 것일까. 그것은 그들 사이에 분명히 자기들의 내면을 노려보고 있는 듯이 보이는, 그리고 결코 그들과는 의견이 일치할 수 없는 물고기 같은 눈을 가진 한 인간이 들어올 때, 그들이 짓는 얼굴 표정을 보기만 해도 충분히 알 수 있다. 내가 여덟 살에 뤽상부르 공원에서 놀고 있을 때 오귀스트 콩트 가에 잇닿은 울타리에 맞붙어 지어진 초소(哨所)에 와서 앉는 사나이가 있었다. 그는 말이 없었으나 때때로 다리를 뻗고, 공포에 사로잡힌 눈으로 자기의 발을 바라보는 것이었다. 한쪽 발에는 편상화, 한쪽 발에는 슬리퍼를 신고 있었다. 공원 관리자가 우리 아저씨에게 한 이야기로는 그가 예전에는 중학교의 훈육 주임이었다고 했다. 그런데 그가 아카데미 회원의 예복을 입고 교실에 들어가서 학기 시험의 점수를 불렀기 때문에 면직을 당했다는 것이었다. 우리는 그가 몹시 무서웠다. 그가 고독하다는 것을 느꼈기 때문이다. 어느 날 그가 멀리서 팔을 내밀고 로베르에게 미소를 지었다. 로베르는 기절할 뻔했다. 우리가 무서웠던 것은 그 사람의 비참한 모습 때문도 아니었고, 자꾸만 칼라에 닿던 목덜미의 종기(腫氣) 때문도 아니었다. 단지 그가 머릿속에 게나 새우가 가지고 있는 고독한 생각을 품고 있다는 것을 우리는 느꼈기 때문이었다. 그리고 공원 관리자의 초소나 우리들의 굴렁쇠나 그 근처의 숲에 관해서 그 새우의 생각을 품을 수 있다는 사실이 우리에게는 두려웠던 것이다.

그러면 나를 기다리는 것이 그것이란 말이냐? 처음으로 고독하다는 사실이 나를 괴롭힌다. 너무 늦어지기 전에, 내가 애들에게 공포를 주기 전에, 내 마음에 생겨난 일에 관해서 누군가에게 말하고 싶다. 안니가 있었으면 좋겠다.


이상하다. 열 페이지를 썼는데도 나는 진실을 쓰지 못했다— 적어도 진실 전부를 쓰지 못했다. 내가 날짜 밑에 '새로운 일이라곤 아무것도 없다'고 쓴 것은 솔직하지 않았던 탓이다. 사실은 수치스럽지도 않고 비정상도 아닌 짧은 이야기가 입 밖으로 나오기를 거부했던 것이다(새로운 일이라곤 아무것도 없다). 사람이란 사실을 말하는 것 같으면서도 얼마나 거짓말을 할 수 있는지, 나는 경탄해 마지 않는다. 분명히 새로운 일이란 아무것도 생겨나지 않았다고 할 수 있다. 오늘 아침 8시 15분쯤 도서관에 가려고 프랭타니아 호텔에서 나왔을 때 땅에 떨어진 종이를 주우려다가 줍지 못하고 말았다. 일이라곤 그것뿐이다. 그리고 그런 것은 사건일 수조차도 없다. 그렇다. 그러나 사실은, 죄다 말하자면, 그것이 나에게 깊은 인상을 남긴 것이다. 나는 이미 내가 자유롭지 않다고 생각했다. 도서관에서 나는 그 생각을 없애버리려고 애썼으나 허사였다. 그 생각을 쫓아버리기 위해 카페 마블리에 갔다. 밝은 데서는 그 생각이 사라져버릴 거라고 판단했기 때문이다. 그러나 그 생각은 나의 내면에 여전히 무겁게, 고달프게 남아 있었다. 나로 하여금 앞서 기록한 여러 페이지를 쓰게 한 것이 바로 그 생각이다.

나는 왜 그 이야기를 하지 않았을까? 그것은 아마 자존심 때문이었으리라. 그리고 또 어느 정도는 내가 서툴렀기 때문이었으리라. 나는 나의 마음에서 일어나는 일에 대해 생각하는 데 익숙하지 않다. 그래서 나는 사건의 연속을 잘 찾아내지 못하며 어떤 것이 중요한가를 잘 구별하지 못한다. 그러나 이제는 다 끝났다. 내가 카페 마블리에서 쓴 것을 다시 읽고 나는 부끄러웠다. 마음속에 숨겨진 것이라든지 내면의 상태라든지 뭐라고 표현할 수 없는 것, 그런 것은 집어치워야겠다. 나는 내면생활 놀이를 할 만큼 깨끗한 동정녀도, 수도사도 아니다.

대수로운 일이 있는 것도 아니다. 내가 종이를 줍지 못했다는 것뿐이다.

밤이나 낡은 헝겊이나, 특히 종잇조각 줍기 따위를 나는 좋아한다. 그것을 줍고, 그것을 손에 쥐는 일은 기쁘다. 애들이 하듯이 그것을 입에다 갖다 대기까지 할 정도이다. 내가 무겁고 사치스러운, 그러나 똥이 묻었을지도 모르는 종이들의 한 귀퉁이를 잡고 집어 올릴 때, 안니는 화가 나서 얼굴이 창백해졌다. 여름이나 초가을에는 햇볕에 익어 낙엽처럼 마르고 부석부석한, 마치 피크르산(酸)을 친 것처럼 누렇게 보이는 신문지 조각을 공원에서 볼 수 있다. 겨울에는 다른 종이들이 찢어져서 짓밟히고, 더럽혀져 있다. 그것들은 흙이 되어가고 있다. 또 아주 새 종이, 반질반질하기까지 한 아주 희고, 아주 빳빳한 종이들이 백조들처럼 굴러다니고 있으나 그 밑에서 이미 땅이 그것들을 집어삼키려 하고 있다. 그것들은 몸부림치며 진흙에서 빠져나가지만 결국은 얼마 못 가서 땅에 철썩 붙어버린다. 그 모든 것을 손에 쥐는 게 즐겁다. 가끔 나는 아주 가까이서 그것들을 보면서 쓰다듬기도 하고, 또 어떤 때는 빠지직 하는 소리를 듣기 위해 그 종이들을 찢거나 종이가 축축할 때는 불을 붙이곤 하는데, 그게 그리 쉬운 일은 아니다. 그러고는 흙투성이가 된 내 손바닥을 벽이나 나무둥치에다가 문지른다.

그런데 오늘, 나는 군영의 문에서 나온 기병 장교의 연한 황갈색 장화를 바라보고 있었다. 그 장화에 눈이 팔려 있다가 물구덩이 한 모퉁이에 떨어져 있는 종이 하나를 발견했다. 나는 장교가 뒤꿈치로 그것을 짓밟고 가리라고 생각했다. 그러나 아니었다. 그는 한 걸음으로 그 종이와 물구덩이를 건넜다. 나는 가까이 다가갔다. 줄을 친 것이 분명히 학교 공책에서 뜯긴 종이였다. 비에 젖고 뒤틀어져 그것은 화상을 입은 손처럼 물집과 부종투성이였다. 여백의 붉은 선이 분홍빛 안개처럼 흐려지고 사방에 잉크가 번져 있었다. 종이 아래쪽은 진흙 덩어리에 가려져 있었다. 나는 허리를 굽혔다. 나는 내 손가락 아래에서 회색의 조그마한 공처럼 구를, 그 부드럽고 산뜻한 반죽에 손을 대는 것이 즐거웠다. 그런데…… 나는 할 수가 없었다. 나는 잠깐 몸을 굽히고 있었다. '받아쓰기 — 흰 부엉이'라고 적혀 있었다. 그래서 나는 빈손으로 일어섰다. 나는 이미 자유롭지 못하다. 나는 내가 하고 싶은 행동을 할 수 없다.

무릇 물체들, 그것들이 사람을 '만져'서는 안 될 것이다. 왜냐하면 그것은 살아 있지 않기 때문이다. 우리는 그것을 사용하고, 그것을 정리하고, 그 틈에서 살고 있다. 그것들은 유용하다는 것뿐 그 이상 아무것도 아니다. 그런데 그것들은 나를 만지는 것이다. 나는 그것을 참을 수가 없다. 마치 그것들이 살아 있는 짐승들인 것처럼 그 물체들과 접촉을 갖는 게 나는 두렵다.

이제 생각이 난다. 지난날 내가 바닷가에서 그 조약돌을 손에 들고 있었을 때 내가 느꼈던 감정이 이제 잘 생각이 난다. 그것은 시큼한, 일종의 구토증이었다. 그 얼마나 불쾌한 것이었던가! 그것은 그 조약돌 탓이었다. 확실하다. 그것은 조약돌에서 손아귀로 옮겨졌다. 그렇다. 그것이다. 바로 그것이다. 손아귀에 담긴 일종의 구토증.

### 목요일 아침, 도서관에서

조금 전에 호텔의 층계를 내려오다가, 뤼시가 층계를 닦으면서 골백번째 주인아주머니에게 투덜거리는 소리를 들었다. 주인아주머니는 아직 이를 해 박지 않았기 때문에 가까스로 토막토막 말을 하고 있었으며, 분홍색 잠옷을 입고 바부슈\*를 신고 있었으나 거의 발가벗은 거나 다름없었다. 여전히 뤼시는 더러웠다. 가끔 일손을

---

\*  실내화의 일종

멈추곤 무릎을 짚고 일어나서 주인아주머니를 보는 것이었다. 뤼시는 온당한 태도로 그치지 않고 말을 하고 있었다.

"바람이라도 피우는 편이 나을지 모르겠어요. 몸에 해롭지 않다면야 아무려면 어때요."

그녀는 남편 이야기를 하고 있었다. 검은 머리에다 키가 작고 마흔 살 난 그녀는 르쿠앵트 공장의 조립공인 맵시 있는 청년과 푼푼이 모은 돈을 가지고 결혼을 했다. 결혼 생활은 불행했다. 남편은 때리지도 않고 외도도 하지 않았으나 술을 마셨다. 밤마다 취해서 돌아오곤 했다. 그는 건강이 나빠졌다. 나는 석 달 만에 그의 피부가 누레지고 몸이 여위는 것을 봤다. 뤼시는 술 때문이라고 생각하지만 오히려 나는 그가 폐결핵이라는 생각이 든다.

"정신 차려야지" 하고 뤼시는 말하는 것이었다.

그것이 그녀의 속을 썩이고 있다. 분명히 그렇다. 천천히, 집요하게. 그 여자는 정신을 차리고 있다. 그 여자는 자위할 수도 없고 자신의 불행에 빠져버릴 수도 없다. 그 여자는 자기의 불행을 그저 약간, 그저 조금씩 이리저리 생각한다. 그러면서 덕을 보기도 하는 셈이다. 특히 사람들과 함께 있을 때에 그러하다. 사람들이 그 여자를 위로해주는 데다, 또한 충고를 하는 듯이 침착한 말투로 자신의 불행을 이야기하면 마음이 후련하기 때문이다. 그 여자가 혼자 방 안에 있을 때는 생각을 안 하려고 콧노래를 부르는 소리가 들린다. 그러나 그 여자는 온종일 음울하고, 이내 피로하고 시무룩한 빛을 보인다.

"여기가 답답해요."

목에다 손을 대면서 그 여자는 말한다. 그 여자는 괴로움을 드러내는 데에 인색하다. 자기의 쾌락에 대해서도 역시 인색할 것이다. 나는 혹시 그 여자가 때로는 그 단조로운 고통, 노래를 그치면 곧 되살아나는 그 수심에서 벗어나기를, 그리고 호되게 고통을 느끼고 절망 속에 빠지기를 원하는 것이 아닐까 생각해본다. 그러나 그것은 불가능할 것이다. 그 여자는 옹졸해지고 만 것이다.

### 목요일 오후

드 롤르봉 씨는 몹시 추남이었다. 마리 앙투아네트 왕비는 그를 '나의 친애하는 원숭이'라고 즐겨 불렀다. 그럼에도 그는 왕궁의 모든 부인들을 소유했다. 그것은 추남 부아즈농처럼 어릿광대 짓을 해서가 아니라 일종의 자력(磁力)이었다. 그 자력은 그의 아름다운 피정복자를 정욕의 가장 나쁜 과격 행위로 이끌어가는 자력이었다. 그는 모의를 하고, 콜리에 사건에서는 다소 수상한 역할을 했다. 그리고 술통이란 별명이 붙은 미라보, 네르시아와 자주 교제를 한 후에 1790년에 행방불명이 되었다. 그는 러시아에 모습을 나타내고 파벨 1세의 암살 사건에 약간 가담했다. 그리고 러시아에서 가장 먼 나라들인 인도, 중국, 터키…… 등지를 여행했다. 그는 무역도 하고, 음모도 꾸미고, 스파이 노릇도 했다. 1813년에 파리로 돌아온 그는 1816년에 권력을 잡았다. 그는 앙굴렘* 공작부인의 유일한 심복이었다. 변덕스럽고, 게다가 어렸을 때의 무시무시한 추억

---

* 루이 16세와 마리 앙투아네트 왕비의 딸

을 결코 잊지 못하는 그 부인도 롤르봉 씨를 보면 마음이 가라앉아서 미소를 짓는 것이었다. 왕궁은 그 부인의 기분에 따라 흐렸다 개었다 하곤 했다. 1820년 3월, 그는 대단히 아름다운 열여덟 살 난 드 로클로르 양과 결혼했다. 드 롤르봉 씨는 70세였다. 그는 권세의 절정에 있었으며, 생애 최고의 순간을 누리고 있었다. 7개월 후에 그는 반역죄로 고발을 당하고는 붙잡혀, 지하 감옥에 갇혀서 재판도 받지 못한 채 5년간에 걸친 감옥살이 끝에 사망했다.

나는 우울한 마음으로 제르맹 베르제\*의 이 주(註)를 다시 읽었다. 내가 처음으로 롤르봉 씨를 알게 된 것은 그 몇 줄을 통해서이다. 그는 나에게 얼마나 매혹적인 인물로 다가왔던가? 그 몇 줄로 인해 대뜸 나는 그를 얼마나 좋아하게 되었던가? 내가 지금 여기에 있는 것도 그 자그마한 친구 때문이다. 여행에서 돌아왔을 때, 나는 파리나 마르세유에 자리 잡을 수 있었다. 그러나 그 후작의 프랑스에서의 오랜 생활에 관한 기록은 대부분이 부빌의 시립 도서관에 있다. 롤르봉은 마롬의 성주였다. 전쟁 전에는 이 시골에 그 후손의 한 사람인 건축 기사 로르봉 캉퓌레라는 사람이 있었는데, 그가 1912년에 죽었을 때 부빌의 도서관에 대단히 중요한 유증(遺贈)을 했다. 그것은 후작의 편지, 일기 토막, 모든 종류의 서류 등이었다. 나는 아직 그걸 전부 뒤져보지 못했다.

그 주를 찾아낸 것이 기쁘다. 10년 이래, 나는 그것을 되읽지 못

---

\* 《술통 미라보와 그의 친구들》 406쪽, 주 2 샹피옹 판(版), 1960년._원주

했다. 나의 필적이 변한 것 같다. 나는 지금보다도 글을 촘촘하게 썼다. 그 당시 나는 얼마나 롤르봉 씨를 좋아했던가! 어느 날 밤, 어느 화요일 밤 생각이 난다. 나는 도서관에서 온종일 일을 했다. 그때 나는 1789년에서 1790년까지의 그의 편지를 통해서 그가 네르시아를 농락한 거창한 방법을 알아냈다. 밤이었다. 나는 멘 로를 걸어 내려가 라 게테 가의 모퉁이에서 군밤을 샀다. 나는 행복했다. 네르시아가 독일에서 돌아왔을 때 지었을 표정을 상상하고 혼자 웃었다. 내가 이 일에 착수한 후로 후작의 모습은 이 주를 베낀 잉크빛처럼 얼굴의 빛을 잃었다.

우선 1801년부터 그의 행동을 알 수 없게 되었다. 기록이 부족해서가 아니었다. 편지, 비망록, 경찰의 기록 등 도리어 지나치게 많은 것이 문제였다. 그러나 그 증거 서류는 확실성과 정확성이 부족했다. 증거물이 서로 모순을 이루고 있는 것은 아니지만 그렇다고 서로 일치하지도 않았다. 도대체 동일 인물에 관한 것처럼 보이지 않았다. 그러나 다른 역사가들은 그 정도의 참고 문헌을 가지고 연구를 한다. 그들은 어떻게 하는 것일까? 내가 그들보다 더 신중한 것일까? 또는 그들보다 덜 영리한 것일까? 게다가 그런 식의 문제엔 도무지 흥미가 생기지 않는다. 나는 실제로 무엇을 찾고 있을까? 나도 모르겠다. 오랫동안 인간 롤르봉이 나에게는 책을 쓰는 일보다 재미있었다. 그러나 이제는 그 인간…… 그 인간에게 나는 흥미가 없어졌다. 내가 지금 매달려 있는 것은 책이다. 하루하루 나는 책을 쓸 필요를 절실하게 느낀다. 나이를 먹어가기 때문이라고나 할까.

드 롤르봉이 파벨 1세 암살 사건에 어떤 적극적인 역할을 한 사실, 그가 러시아 황제를 위하여 동양 제국을 조사하는 고급 스파이의 사명을 수락한 사실, 그리고 나폴레옹을 위해 줄곧 알렉산드르를 배반한 사실은 물론 인정할 수 있다. 그와 동시에 아르투아 백작과 연락을 빈번하게 계속하여, 백작이 자신의 충성을 믿게끔 아무 가치도 없는 정보를 제공한 것도 그럴듯한 일이다. 그 모든 것이 있을 수 없는 일은 아니니 말이다. 같은 시기에 푸셰는 훨씬 더 복잡하고 위험한 연극을 하고 있었다. 아마도 후작은 자신의 이익을 위해서 아시아의 여러 왕국과 소총(小銃) 매매를 하고 있었을 것이다.

하기야 그렇다. 그는 그 모든 것을 할 수 있었을 것이다. 그러나 증명할 수는 없는 일이다. 나는 우리가 아무것도 증명할 수 없다는 생각이 들기 시작한다. 롤르봉에 관한 이야기도 사실에 관련된 온당한 가설일 따름이다. 이 가설은 나에게서 나온 것이며, 내가 얻은 지식을 종합하기 위한 방법에 불과하다. 롤르봉 측에서는 한 가닥 빛도 오지 않는다. 사실들은 느리고 게으르고 음침하여 내가 부여하고자 하는 엄격한 체계에 들어맞기는 한다. 그러나 롤르봉은 그 사실과 외면적인 관계를 가지고 있을 뿐이다. 나는 순전히 상상적인 일을 하고 있는 것 같다. 그리고 차라리 소설의 인물들이 더 진실해 보일 것이라고, 적어도 더 재미있을 것이라고 생각한다.

## 금요일

오후 3시. 3시는 무엇을 하려고 해도 항상 너무 늦거나 너무 이른 시각이다. 오후의 어정쩡한 시간. 오늘은 참을 수가 없다.

냉랭한 태양이 유리창의 먼지를 희게 비추고 있다. 창백한, 희게 흐린 하늘. 오늘 아침 시냇물에 얼음이 얼었다.

난방기 옆에서, 나는 식후의 시간을 울적하게 보내며, 오늘 하루가 헛되이 가버리리라는 것을 예감하고 있다. 아마도 날이 저물기 전에는 아무런 흡족한 일도 못 할 것이다. 태양 때문이다. 공사장 위의 허공에 떠 있는 하얗고 더러운 안개를 태양이 어렴풋이 금빛으로 물들이고 있다. 그리고 아주 창백하고 노르스름한 태양이 내 방 안으로 흘러들어온다. 그것은 탁자 위에 희미하고 애매한 네 개의 반영(反影)을 늘어놓는다.

나의 파이프는 금빛이 나는 칠로 단장되어 있어, 그 즐거운 모습이 처음에는 사람의 시선을 끈다. 그것을 바라보면 칠은 사라지고 나뭇조각 위에 푸르죽죽한 긴 선만이 남는다. 그리고 모든 것이 그러하다. 모든 것, 내 손까지도 그렇다. 오늘 같은 햇빛이 나타나기 시작할 때는 가서 눕는 것이 제일이다. 그러나 간밤에 나는 짐승처럼 잠을 잤기 때문에 졸리지 않다.

어제의 하늘이 나는 그렇게도 좋았다. 비 때문에 어둡게 좁혀지고, 우스꽝스럽고 애처로운 얼굴처럼 유리창에 밀려온 하늘이 말이다. 오늘의 태양은 우스꽝스럽지 않을뿐더러 오히려 그 반대이다. 내가 사랑하는 모든 것들 위에, 공사장의 녹 위에, 울타리의 썩은 판자 위에, 태양은 인색하고 의젓한 광선을 던지고 있다. 그것은 잠 못 이룬 밤이 지난 다음 날 아침에, 전날 밤의 열광적인 기분으로 결심한 일이나 지우지도 않고 단숨에 써 내려간 글 위에 던지는 시선과도 같은 광선이다. 빅토르 누아르로의 네 카페는, 밤이 되면 나란히 서서 빛난다. 그러면 카페 이상의 것 — 수족관, 배, 별, 또는 커다란 흰 눈 들—같아 보이는데 지금은 그 흐릿하고 우아한 모습을 잃고 있다.

자기반성을 하기에 완벽한 날. 인류 위에 태양이 던지는, 가차 없는 심판과도 같은 냉랭한 빛. 그것이 눈을 통해서 내 마음속에 스며든다. 사람의 마음을 초라하게 만드는 빛에 의해서 나의 내부가 비친다. 확실히 내가 자기혐오에 떨어지려면 15분이면 충분하리라. 그건 싫다. 나는 롤르봉의 상트페테르부르크 체류에 관해서 어제 쓴 글을 다시 읽지 않겠다. 나는 두 팔을 늘어뜨리고 의자 위에 앉아 있다. 그렇지 않으면 몇 마디 힘없이 쓰고 하품을 하고 밤이 되기를 기다린다. 컴컴해지면 물체들과 나는 명계(冥界)로부터 벗어날 것이다.

롤르봉이 파벨 1세의 암살에 참가했는가 안 했는가? 그것은 오늘의 과제이다. 나는 여기까지는 처리해왔으나 그것을 결정하지 않고서는 더 계속할 수가 없다.

체르코프에 의하면 그는 팔렌 백작에게 매수당했다고 한다. 음모 가담자의 대부분은 파벨 1세를 러시아 황제의 지위에서 몰아내어 그를 가두는 것에 만족했다(사실 알렉산드르가 그러한 결론의 찬성자였던 모양이다). 그러나 팔렌은 파벨 1세를 완전히 없애버리기를 원했던 듯하다. 드 롤르봉 씨가 음모 가담자를 한 사람 한 사람 개인적으로 만나 암살하는 쪽으로 설득하는 역할을 맡았으리라는 것이다.

　그는 그들을 한 사람씩 방문하고, 일어날 광경을 비할 바 없는 정력으로 몸짓을 통해 그려냈다. 이리하여 그는 그들 간에 살인이라는 광태를 싹트게 하고 발전시켰다.

그러나 나는 체르코프를 믿지 않는다. 그는 올바른 증인이 아니라 가학적인 요술쟁이이며, 반미치광이이다. 그는 모든 것을 악마적으로 해석한다. 나는 드 롤르봉 씨가 그러한 멜로 드라마적 역할을 했으리라고는 생각할 수 없다. 그가 과연 암살 광경을 몸짓으로 그려내 보였을까? 천만에! 그는 냉정한 성격의 사나이이다. 그는 보통 수단으로 유혹하지 않는다. 그는 뚜렷이 보여주지는 않고 암시만 한다. 그의 은근하고 눈에 띄지 않는 방법은 그와 같은 축에 끼는 사람들, 이성에 귀를 기울일 줄 아는 음모가나 정치가 등에 대해서가 아니면 성공할 수 없는 방법이다. 이렇게 드 샬리에르 부인은 쓰고 있다.

아데마르 드 롤르봉은 말을 할 때 묘사를 하는 일이 없고, 몸짓도 하지 않고, 억양을 바꾸거나 하지도 않았다. 두 눈을 반쯤 감고 속눈썹 사이로 회색 눈동자의 맨 끝이 보일락 말락 했다. 솔직히 말하자면 최근까지도 나는 그와 이야기를 하는 게 매우 갑갑했다. 그의 말투는 마블리 신부의 말투와 비슷한 점이 없지 않았다.

그런데 그런 사나이가 몸짓과 손짓의 재주로…… 그렇다면 그가 어떻게 여자들을 유혹했단 말인가? 그런데 또 하나 세귀르가 전하는 진실성을 띤 신기한 이야기가 있다.

1787년에 물랭 근처 어떤 주막에서 디드로의 친구이며, 철학자들에 의해서 교육받은 한 노인이 죽어가고 있었다. 당시 근방의 신부들은 지쳐 있었다. 그들은 최선을 다했지만 노인이 끝내 종부성사를 거부하는 것이었다. 그는 범신론자였던 것이다. 마침 드 롤르봉 씨가 거기를 지나가고 있었는데, 그는 신앙이라고는 갖고 있지 않으나 물랭의 신부들에게 병자에게서 기독교 신자의 감정을 끌어내는 데 자기 같으면 두 시간으로 충분하다고 내기를 했다. 그리고 신부가 내기에 응했다가 졌다. 새벽 3시에 착수해서 병자는 5시에 고해를 하고 7시에 죽었다. "당신은 토론술이 능하시군요. 우리는 어림도 없었습니다"라고 신부가 말했다. 그랬더니 드 롤르봉 씨가 대답했다. "나는 토론하지 않았소. 단지 지옥이 무섭다는 것을 말해주었을 뿐이오."

　당장의 문제는 그가 암살 사건에 실제적인 역할을 했느냐 하는 점이다. 그날 밤, 8시경에 친구인 어떤 장교가 그를 자기 집 문 앞에까지 바래다주었다. 그가 다시 외출을 했다면 상트페테르부르크를 어떻게 심문을 받지 않고 통과할 수 있었단 말인가? 반쯤 머리가 돈 파벨은 밤 9시 이후에는 산파와 의사 이외의 모든 통행인을 체포하라는 명령을 내렸다. 롤르봉 왕궁에 가기 위해서 산파로 변장했다는 어리석은 전설을 믿어야만 할 것인가? 어쨌든 그것은 가능한 일이다. 좌우간 암살 계획이 있었던 날 밤에 그가 집에 있지 않았다는 것만은 사실인 것 같다. 알렉산드르는 그를 깊이 의심했음에 틀림없다. 왜냐하면 그가 왕위에 오르자 제일 먼저 행한 조처가 극동에 대한 사명이라는 애매한 구실 아래 후작을 멀리하는 일이었으니 말이다.

이제 드 롤르봉 씨는 진절머리가 난다. 나는 일어서서 창백한 광선 속에서 움직인다. 나는 그 광선이 손이나 소매에서 변화하는 것을 본다. 그 광선이 얼마나 나를 불쾌하게 만드는가를 나는 충분히 말할 수가 없다. 나는 하품을 한다. 탁자 위의 전등을 켠다. 그 빛이 태양 빛을 이겨낼지도 모른다. 천만에. 전등은 제 발바닥 둘레에다 초라한 빛의 늪을 만들고 있을 뿐이다. 전등을 끈다. 일어선다. 벽에 흰 구멍이 있다. 거울이다. 함정이다. 나는 이 함정에 걸려들게 되리라는 것을 알고 있다. 틀림없이 걸려들었구나. 거울 속에 회색빛 물체가 나타난다. 나는 가까이 가서 그것을 본다. 이제는 거기서 떠날 수 없다.

내 얼굴의 반사이다. 별로 하는 일이 없는 날이면 가끔 나는 내 얼굴을 들여다보면서 시간을 보낸다. 그 얼굴에서 나는 아무것도 알아낼 수가 없다. 남의 얼굴은 어떤 의미를 가지고 있지만 내 얼굴에는 그것이 없다. 내 얼굴이 잘생겼는지 아닌지를 판단할 수조차 없다. 추하다는 말을 들은 적이 있으니까 못생겼을 것이다. 그러나 그런 것은 아무렇지도 않다. 사실은 사람들이 흙덩어리를 아름답다거나 추하다고 말하듯이, 그러한 종류의 형용사를 나의 얼굴에 부여하는 것이 놀랍기조차 하다.

그래도 보기 좋은 것이 뺨의 연한 부분과 이마 위에 있다. 그것은 나의 두개골을 황금빛으로 물들이고 있는 붉고 아름다운 불꽃, 나의 머리칼이다. 그것이야말로 보기 좋다. 적어도 그것은 깨끗한 빛깔이다. 그것이 붉은빛이어서 기쁘다. 저기 거울 안에 그것이 보인다. 빛나고 있다. 그만 해도 운이 좋은 편이다. 만약 나의 이마에 밤색과 금색의 중간색인 흐릿한 머리칼이 있었더라면 나의 얼굴은 애매한 것이 되어버려 현기증을 일으키게 했을 것이기 때문이다. 나의 시선이 천천히 권태롭게 그 이마나 뺨 위로 떨어진다. 그러나 확고한 것이라곤 없다. 나의 시선은 발붙일 곳이 없다. 확실히 거기에는 코가 있고 눈이 있고 입이 있다. 그러나 그들 중 어느 것도 아무런 의미를 가지고 있지 않으며, 인간적인 표정조차도 가지고 있지 않다. 그런데도 안니아 벨린은 내가 생기 있는 외모를 하고 있다고 했다. 내가 너무나 내 얼굴에 익숙해 있기 때문일지도 모른다. 비주아 아주머니가 내가 아직 어렸을 때 내게 말하곤 했다.

"너무 오래 거울만 보면 원숭이처럼 보인단다."

나는 훨씬 더 오래 들여다보았나 보다. 내 눈에 보이는 것은 원숭이 이하의 단계, 곧 식물계의 끝에 있으며 문어 수준에 있다. 그것은 물론 생기가 있기는 하다. 그러나 안니가 생각하고 있었던 것은 그러한 생기가 아니다. 나는 가벼운 경련을 본다. 핏기 잃은 고깃덩어리가 하얘져서 아무렇게나 발딱거린다. 특히 눈은 가까이서 보면 징그럽다. 그것은 유리처럼 맑은 듯하지만, 눈가가 붉고 생선 비늘 같다.

나는 온몸을 세면기 언저리에 기대고 내 얼굴을 거울에 닿을 만큼 가까이 갖다 댄다. 두 눈, 코, 입이 사라진다. 인간적인 것이라곤 아무것도 남지 않았다. 입술의 열기를 띤 돌출부 양쪽에 있는 갈색의 주름들. 그것은 균열 같고, 두더지 집 같다. 비단 같은 하얀 솜털이 뺨의 거대한 비탈 위를 달리고 있다. 털이 두 개 콧구멍에서 나와 있다. 그것은 부조(浮彫)된 지도이다. 그러나 달빛을 받은 듯 희끄무레한 이 세계가 그래도 나에게는 낯익은 것이다. 나는 그 세세한 부분을 '알아본다'고 말할 수 없지만 그 전체는 나에게 낯이 익다는 인상을 일으킨다. 그 인상이 나를 마비시켜 나는 살그머니 잠든다.

정신을 차려야겠다. 생생하고 따끔한 자극이 나를 깨어나게 할 것이다. 나는 왼손으로 뺨을 두들기고 피부를 꼬집고 얼굴을 찡그린다. 얼굴의 절반이 끌려서 왼쪽 입이 뒤틀어져 부풀어 올라 이 하나가 드러나 보이고, 눈알은 흰 공 위에 빨간 핏방울이 떨어지는 것처럼 살 위에서 벌어진다. 내가 찾던 것은 이게 아니다. 내가 찾는 힘차고 싱싱한 것이라곤 전혀 없고 무르고 흐리멍덩하고 이미 본 것들뿐이다! 나는 눈을 뜬 채로 잠든다. 얼굴이 벌써 커졌다. 거울 속에서 커진다. 그것은 커다랗고 창백한 무리가 되어 광선 속으로 미끄러져 들어간다.

내가 갑자기 깨어난 것은 내 몸의 평형을 잃었기 때문이다. 아직도 어리둥절한 채 의자에 걸터앉은 나를 본다. 딴 사람들도 자기 얼굴을 판단하기 위해 나처럼 고생을 할까? 나는 생리적인 둔한 감각에 의해 나의 육체를 느끼듯이 나의 얼굴을 보는가 보다. 그러면 딴 사람들은? 예를 들어서 롤르봉은? 그도 드 장리 부인에게서 '깨끗하고 뚜렷한 주름살이 잡힌, 그의 얽고 조그마한 얼굴에는 야릇한 간악함이 있어, 그가 아무리 감추려고 해도 밖으로 드러나곤 했다' 고 평가받은 자기의 얼굴을 거울에 비추어보면 졸음이 왔을까? 드 장리 부인은 덧붙여 이렇게 기록하고 있다.

그는 머리를 빗는 데 큰 공을 들였다. 나는 그가 가발을 쓰지 않고 있는 것을 본 적이 없다. 그의 뺨이 검푸른빛을 띤 것은 짙은 수염을 그가 늘 직접 면도하고 싶어 했고, 게다가 아주 서툴게 깎았기 때문이다. 그는 마치 그림 그리듯 분을 짙게 바르는 습관이 있었다. 드 당주빌 씨는 그 짙은 분 색깔과 파란빛 때문에 로크포르 치즈 같다고 말했다.

그는 아주 우습게 생겼던 모양이다. 그러나 드 샬리에르 부인에게는 그가 그렇게 보이지 않았다. 내 생각에 아마도 부인은 그를 차라리 돋보이지 않는 용모라고 보았을 것이다. 사람이 자기의 얼굴을 이해하는 것은 불가능한 게 아닐까? 아니면 내가 나의 얼굴을 알 수 없는 것은 내가 고독한 사람이기 때문일까? 남과 교제하고 있는 사람들은 거울 속에서 사람들 눈에 띄는 자기의 모습을 찾아내는 것을 배운다. 나는 친구가 없다. 나의 살이 그렇게도 적나라한 것은 그 때문일까? 마치…… 그렇다, 마치 인간에게서 떠난 자연이라고나 할까.

이제 난 일하기가 싫다. 밤을 기다리는 것밖에, 아무 할 일이 없다.

### 5시 30분
시원하지 않다! 전혀 시원하지 않다. 나는 그것을 느끼고 있다. 고약한 그 '구토'를. 그리고 이번에는 새롭다. 나는 그것을 카페에서 느꼈다. 카페는 사람들이 많이 있고, 또 대단히 밝기 때문에 이제까지 나의 유일한 피난처였다. 이제는 그 피난처조차 없어진 것이다. 내가 나의 방 안에서 궁지에 몰리게 되면 나는 어디로 가야 할지를 모를 것이다.

나는 성욕을 채우려고 온 것이다. 그러나 내가 문을 열자마자 웨이트리스인 마들렌이 나에게 소리를 질렀다.

"주인아주머니 안 계세요. 장 보러 갔어요."

나는 성적으로 심한 실망을 느꼈다. 오랫동안 몸이 불쾌하게 근질근질했다. 그와 동시에 나의 젖꼭지가 속옷에 스치는 것을 느꼈다. 나는 가게 안쪽에서 빛나고 있던 의자와 함께 빛을 머금은 느린 소용돌이, 안개 같고 연기 속의 광선 같은 소용돌이에 꼼짝 못 한 채 둘러싸여 있었다. 나는 왜 그런 것이 거기에 있는지, 왜 그런 모양을 하고 있는지 알 수가 없었다. 나는 문지방에서 멈칫거리고 있었다. 그러자 역류(逆流)가 생겼다. 한 그림자가 천장을 스치고 나는 앞으로 떠다밀린 듯했다. 나는 둥둥 뜨고 있었다. 나는 여러 곳에서 동시에 나의 내부로 들어오는 빛나는 안개 때문에 어리벙벙했다. 마들렌이 둥실둥실 걸어와서 나의 외투를 벗겼다. 그 여자는 머리를 뒤로 모아서 땋고 귀걸이를 달고 있었다. 그러나 나는 그 여자를 알아보지 못하고 있었다. 귀 쪽으로 한없이 흘러내려간 커다란 볼을 바라보았다. 광대뼈 밑의 파여진 곳에, 그 초라한 살에 싫증이 난 듯 보이는 두 개의 빨간 점이 상당한 거리를 두고 찍혀 있었다. 볼이 귀 쪽으로 흐르고 있었다. 마들렌은 웃고 있었다.

"무엇을 드시겠어요, 앙투안 씨?"

그때 '구토'가 치밀었다. 나는 의자에 주저앉았다. 내가 어디에 있는지도 모른다. 내 둘레에 여러 가지 색채가 천천히 도는 것을 나는 보고 있었다. 나는 토하고 싶었다. 그렇다. 그때부터 '구토'가 나를 떠나지 않는다. 그것이 나를 붙들고 있다.

돈을 냈다. 마들렌이 나의 접시 받침을 가져갔다. 나의 컵은 거품이 떠 있는 노란 맥주의 물구덩이를 대리석 위에 짓누르고 있다. 내가 의자에 앉았던 곳이 움푹 들어가 있다. 나는 미끄러지지 않기 위해서 땅에다 나의 구두창을 꾹 누르고 있어야만 한다. 춥다. 오른쪽에서는 사람들이 모직 방석 위에서 트럼프 놀이를 하고 있었다. 내가 들어섰을 때는 그들을 보지 못했다. 단지 반은 의자 위에, 반은 안쪽 탁자 위에 있는 미지근한 짐짝이 몇 쌍의 팔을 휘젓고 있음을 느꼈을 뿐이다. 그러다가 마들렌이 그들에게 트럼프와 모직 방석과 종이 속에 든 돈표를 갖다 주었다. 세 명인지 다섯 명인지 나는 모르겠다. 나는 그들을 바라볼 용기가 없다. 나의 용수철 하나가 망가져 있다. 눈은 움직일 수 있으나 고개는 움쭉달싹 못 한다. 머리는 아주 물러져서 고무같이 되어 모가지 위에 똑바로 놓여 있다고 할 수 있을 듯하다. 만약 고개를 돌리면 떨어뜨리고 말 것 같다. 하여튼 나는 짧은 숨소리를 듣고, 가끔 곁눈으로 흰 털이 덮인 붉그스레한 번개를 본다. 그것은 손이다.

주인 여자가 장을 보러 갈 때면 그의 사촌이 대신 카운터에 앉는다. 그의 이름은 아돌프이다. 나는 의자에 앉으면서부터 그를 바라보기 시작했다. 그러고는 고개를 돌릴 수가 없었기 때문에 줄곧 그렇게 하고 있었다. 그는 윗옷을 벗고 자줏빛 멜빵을 하고 있었다. 그는 팔꿈치까지 소매를 걷어올렸다. 멜빵은 파란 셔츠 위로 보일락 말락 했다. 그 푸른빛 속에 파묻혀서 그 속으로 파고들어가 있었다. 그러나 그것은 거짓의 겸손이다. 사실은 그 멜빵이 슬며시 자기의 존재를 드러내고 있다. 그 모습은 자색이 되려고 하다가 중도에서 자줏빛에 멈추었지만 그 허세를 포기하지 않는 듯이 보인다. 그 염소와도 같은 고집이 내 비위에 거슬린다. 이렇게 말하고 싶을 정도이다.

"자, 자색이 '되어라' 그러면 아무 말도 하지 않을 테니."

그러나 천만에. 멜빵들은 허공에 걸려 있으면서 미완성의 노력을 견지하고 있다. 가끔 멜빵 둘레의 푸른빛이 그 위에 미끄러져서 그것을 아주 덮어버린다. 잠시 동안 그것을 볼 수 없다. 그것은 하나의 물결에 불과하다. 이윽고 푸른색이 군데군데 바래서, 몇몇 개의 자그마한 자줏빛 섬이 수줍은 듯 그 모습을 나타낸다. 그러고는 확대되어 서로 결합해서 다시 멜빵이 된다. 사촌 아돌프는 눈이 없다. 그의 부풀어서 솟구쳐 올라간 속눈썹이 꼭 눈의 흰자위 위에 열려 있다. 그는 잠자는 모습으로 미소한다. 가끔 그는 꿈을 꾸고 있는 개처럼 재채기를 하고, 소리를 지르고 발딱거린다.

그의 푸른 무명 셔츠는 초콜릿색 벽 위에 즐겁게 아로새겨져 있다. 그것도 역시 '구토'를 느끼게 한다. 차라리 '그것'이 바로 '구토'이다. '구토'는 나의 내부에 있지 않다. 나는 '거기에서', 벽 위나 멜빵에서, 그리고 온갖 내 주위에서 그 '구토'를 느낀다. 그것은 카페와 일체를 이루고 있을 뿐이다. 그 속에 내가 있는 것이다.

내 오른편에서 미지근한 짐짝이 웅성대기 시작한다. 몇 쌍의 팔이 흔들린다.

"자, 여기 자네의 으뜸 패일세."

"뭐, 으뜸 패라니 뭐야?"

커다란 검은 상반신이 판 위에 허리를 구부린다.

"하하하!"

"뭐? 으뜸패? 여기 있어. 지금 내놨잖아?"

"모르겠어. 보지 않았으니……."

"내놨어, 내가 지금 내놨다니깐."

"아, 그래. 그럼 으뜸 패에 하트."

그는 콧노래를 부른다.

"으뜸 패에 하트. 으뜸 패에 하트. 으뜸 패에 하트로구나."

말투가 변했다.

"으뜸 패에 하트, 이 사람아 뭐? 이게 뭐냔 말이야? 내가 먹지."

다시 조용해졌다— 내 입 안에는 설탕 같은 공기의 맛이 있다. 냄새들, 멜빵들.

사촌 녀석이 일어섰다. 그는 몇 걸음 걷더니 두 손을 뒤로 돌리고 미소를 짓는다. 그는 고개를 쳐들고 뒤꿈치 끝으로 기지개를 켠다. 그는 그런 자세로 잔다. 그는 몸을 흔들면서 거기에 있다. 여전히 그는 미소를 짓고 있어서 두 볼이 떨린다. 그는 쓰러질 것 같다. 그는 뒤로 기울어진다. 기울고 기울어서 얼굴이 완전히 천장 쪽으로 향한다. 그러고는 쓰러지려는 순간 그는 날쌔게 카운터 끝을 잡고 도로 몸의 균형을 찾는다. 그러고는 다시 시작한다. 지긋지긋하다. 나는 웨이트리스를 부른다.

"마들렌, 노래를 좀 들려줘. 부탁해, 내가 좋아하는 거 알지. 〈머지 않아서〉 말야."

"네. 그렇지만 저 손님들한테 방해가 안 될까요? 저 손님들은 트럼프할 때 음악 트는 걸 안 좋아해요. 한번 물어볼게요."

나는 몹시 애를 써서 고개를 돌린다. 그들은 네 명이다. 마들렌은 코끝에 검은 테를 두른 코안경을 걸고 있는, 얼굴이 불그스레한 노인에게 가서 허리를 구부린다. 그는 가슴에 트럼프를 대고 자기 패를 숨기고 있다. 마들렌 너머로 나에게 시선을 던지며 말했다.

"그러시죠, 손님."

미소. 그의 이는 썩었다. 불그스레한 손은 그 노인의 것이 아니고 그 옆에 있는 검은 수염이 난 사람의 손이었다. 그 수염이 난 친구의 콧구멍이 어지간히 크다. 한 가족 전체의 공기를 들이마실 수 있을 것 같다. 그 콧구멍이 얼굴의 반을 차지하고 있다. 그러나 그럼에도 불구하고 그는 약간 헐떡거리면서 입으로 숨을 쉬고 있다. 얼굴이 개처럼 생긴 청년도 끼여 있다. 네 번째 남자는 잘 보이지 않는다.

빙빙 돌면서 카드가 모직물 방석 위에 떨어진다. 그러면 반지를 낀 손이 손톱으로 탁자 위의 천을 긁으면서 그것을 집는다. 손이 천 위에 하얀 자국을 낸다. 부풀어오른, 때가 낀 손이다. 줄곧 다른 카드가 던져진다. 그러면 손이 왔다갔다한다. 그 무슨 해괴한 노동인가. 노름 같지도 않고, 종교적 의식 같지도 않고, 습관 같지도 않다. 내가 보기에는 오직 시간을 채우기 위해서 그것을 하고 있는 것만 같다. 그러나 시간은 너무 넓어서, 채우도록 가만히 있지 않는다. 사람이 시간 속에 던져 넣는 것은 모두 물컹물컹해져서 뻗어버린다.

예컨대 휘청휘청 그 패를 집는 그 불그스레한 손의 동작이야말로 무기력하다. 한번 그 동작을 분해해서 안쪽에서 재단해야 할 필요가 있다.

마들렌이 유성기의 태엽을 돌리고 있다. 그 여자가 실수를 하지 않으면, 요전처럼 '카발레리아 루스티카나'의 거창한 노래를 걸지 않으면 좋으련만. 아니다, 바로 이것이다. 첫 박자를 듣고 나는 안다. 그것은 후렴이 붙은 옛 래그타임(ragtime)이다. 나는 1917년에 라로셸 거리에서 미국 병정이 그것을 휘파람으로 부는 것을 들은 적이 있다. 전쟁 전의 일일 것이다. 그러나 레코드화된 것은 아주 최근이다. 그래도 이 집의 레코드 중에는 가장 오래된 것이어서 사파이어 바늘로 거는 '파테' 회사 판이다.

곧 후렴이 나올 것이다. 내가 특히 좋아하는 것이 그 후렴이다. 마치 바다로 줄달음질치는 낭떠러지같이 앞으로 냅다 던져지는 그 거친 박자가 좋다. 지금은 재즈가 들려오고 있다. 거기에는 멜로디가 없고, 오직 음과 짧은 진동의 무수한 연속이 있을 뿐이다. 그 진동은 쉬지 않고 계속된다. 그것을 나타나게 했다가 없애곤 하는 확고한 질서가 있어 그 진동들로 하여금 잠시도 숨을 돌리고 스스로를 위해 존재할 여지를 주지 않는다. 진동은 흐르고 가빠져서 나를 한 대 후려갈기고 사라진다. 나는 그것을 멈추게 하고 싶다. 그러나 나는 알고 있다. 만약 내가 그 진동의 하나를 멈춘다 해도 내 손가락 사이에는 평범하고 힘없는 한 소리밖에는 남지 않을 것이다. 그러니 그것들이 사라져버리는 것을 용납해야 하며, 그 소멸을 내가 차라리 '바라기'까지 해야 할 것이다. 나는 그렇게도 혹독하고 힘찬 인상을 거의 알지 못한다.

  나는 훈훈함을 느끼기 시작한다. 행복을 느끼기 시작한다. 그것은 아직은 이상할 게 조금도 없다. 그것은 '구토' 속의 조그마한 행복인 것이다. 이 행복은 끈적끈적한 물구덩이 밑에, '우리의' 시간 ─ 자줏빛 멜빵과 움푹 패인 의자의 시간 ─ 의 밑바닥에 펼쳐져 있다. 그것은 폭이 넓고 말랑말랑한 순간순간으로 이루어져 있으며, 둘레에서 기름의 티처럼 확대되고 있다. 그 행복은 태어나자마자 이내 늙어버린다. 20년 전부터 나는 그것을 알고 있었던 것 같다.

  다른 행복도 있다. 나의 외부에는, 그 강철로 된 허리띠, 음악의 협소한 연속이 있어, 우리의 시간을 한쪽에서 또 다른 쪽으로 가로질러놓고, 그것을 거부하고, 날카로운 작은 송곳 같은 것으로 우리의 그 시간을 갈기갈기 찢어놓는다. 우리의 시간과는 다른 시간이 있는 것이다.

  "랑뒤 씨가 하트를 내니 자네는 에이스를 내놔."

  음성이 미끄러져 나와서는 사라진다. 열리는 문도, 나의 무릎 위를 스치는 바람도, 손녀를 데리고 들어온 수의사 선생도…… 그 어느 것도 강철의 리본을 멈추게 하지 못한다. 음악이 애매한 형상을 뚫고 그것을 넘어간다. 자리에 앉자마자 소녀는 음악에 사로잡혔다. 눈을 크게 뜬 소녀의 몸이 긴장되어 있다. 주먹으로 탁자를 문지르면서 듣고 있다.

  몇 초 후면 흑인 여자가 노래를 부를 것이다. 그것은 불가피한 일 같다. 그만큼 이 음악의 필연성은 강하다. 이 세상이 주저앉아버린 그 시간, 그 시간으로부터 오는 그 어떤 것도 이 필연성을 방해하지는 못한다. 그 필연성은 질서에 따라 스스로 멈출 것이다. 내가 그 아름다운 목소리를 좋아한다면 바로 그 이유 때문일 것이다. 성량이라든가 그 애조(哀調) 때문이 아니다. 그 소리는 오래전부터 수많은 음에 의해서 준비된 결과이며, 그 결과를 만들어내고자 수많은 소리가 죽어버린 것이다. 그런데도 나는 불안하다. 레코드가 멈추는 데에는 대수로운 일이 절대 필요 없다. 용수철이 망가진다든가 아돌프가 기분을 바꾸면 그만이다.

그 강인함이 그렇게도 약하다는 것은 그 얼마나 야릇하고 감동적인 일인가. 그것을 중단시킬 것은 아무것도 없건만 한편 모든 것이 그것을 파괴해버릴 수도 있는 것이다. 마지막 소리가 꺼졌다. 다음에 오는 짧은 침묵 속에서 나는 됐다고, '무슨 일인가 일어났다'고 절실히 느꼈다.

정적(靜寂).

> 머지않아서
> 사랑하는 그대는 내가 없어 외로우리!
> Some of these days
> You'll miss me honey!

일어난 일, 그것은 '구토'가 사라졌다는 사실이다. 침묵 속에서 소리가 튀어나왔을 때, 나는 내 몸이 굳어지고 '구토'가 사라진 것을 느꼈다. 이와 같이 대번에 아주 굳어지고 강한 광채를 지니게 되는 것은 무척이나 고통스러운 일이었다. 그와 동시에 음악의 연속이 팽창하고 회오리바람과도 같이 부풀어올랐다. 음악은 벽에다 우리들의 비참한 시간을 짓누르고, 금속적인 투명한 빛으로 방 안을 채웠다. 나는 음악 '속'에 있다. 거울 속에서 불덩어리가 돌고 있다. 연기가 둘레를 둥그렇게 싸고 빛의 그 딱딱한 미소를 보였다 감추었다 하면서 돌고 있다. 나의 맥주잔은 다시 조그맣게 되어서 탁자 위에 놓여 있다. 그것은 엄중한 모습으로 없어서는 안 될 물건처럼 보인다. 나는 그것을 손에 들고 그 무게를 달아보고 싶어서 손을 내밀었다…… 저런! 변한 것은 특히 그것이다. 나의 동작이다. 팔의 동작은 장조(長調) 테마처럼 뻗어 나갔다. 나의 동작은 흑인 여자의 노래를 타고 미끄러져 갔다. 나는 춤추고 있는 것 같았다.

아돌프의 머리가 초콜릿색의 벽에 기대어져 있다. 그는 아주 가까운 사람처럼 보인다. 내가 손을 다시 오므렸을 때, 나는 그의 얼굴을 바라보았다. 그 얼굴은 필연성을 가지고 있었다. 나는 손가락으로 잔을 누르며 어떤 결론과도 같은 자명성(自明性)인 아돌프를 본다. 나는 행복하다.

"옛다, 여기 있다!"

요란한 가운데 어떤 목소리가 튀어나왔다. 말하고 있는 이는 그을린 것처럼 붉어 보이는, 내 옆에 앉은 늙은이다. 그의 뺨은 의자의 갈색 가죽 위에 바이올렛색 자국을 이루고 있었다. 그는 트럼프 패 한 장을 탁자 위에 내리친다. 다이아몬드의 광채.

그러나 개의 머리 같은 청년은 웃고 있다. 불그스레한 사람이 탁자 위에 몸을 굽히고 뛰어오를 듯한 자세로 밑에서 그 청년을 노리고 있다.

"옛다. 나간다!"

그 청년의 희고 힘에 겨운 듯한 손이 그늘에서 나와 순간적으로 내려다보더니 갑자기 솔개처럼 움직여서 탁자 위에 패 한 장을 내민다. 얼굴이 붉고 뚱뚱한 사나이가 펄쩍 뛴다.

"제기랄! 잘렸군."

하트 킹이 떨리는 손가락 틈에서 나타났다. 그 사나이는 사람들의 눈앞에다 그것을 한 번씩 보여주고 노름을 계속한다. 그렇게도 멀리서 온, 여러 가지의 조합(組合)과 사라진 수많은 동작에 의해 준비된 의젓한 왕이었다. 이번에는 그가 사라질 차례이다. 그리하여 다른 조합, 다른 동작, 공격이나 반격이나 운명의 역전이나 기타의 자질구레한 사건들이 태어날 판이다.

나는 감격했다. 나는 나의 몸이 지금 휴식 중인 정밀 기계라고 느낀다. 나야말로 진짜 모험이라는 것을 경험했다. 자세한 일은 아무것도 생각이 안 나지만, 여러 가지 경우의 엄연한 연쇄적 사실은 알 수 있다. 나는 바다들을 건넜다. 많은 도시들을 뒤에 두고 떠났다. 또 강을 거슬러 올라가거나 숲속 깊숙이 들어갔다. 그러고는 늘 다른 도시로 향했다. 나에게는 여자가 많았다. 여러 놈들과 싸움도 했다. 그러나 결코 뒤로 물러나지 못했다. 레코드판이 거꾸로 돌지 못하는 것과 같다. 그런데 그 모든 것은 나를 '어디로' 이끌어갔던가? 지금 이 순간, 이 의자 위, 음악이 쩡쩡 울리는 이 광명의 거품 속이다.

그리고 그대가 나를 두고 갈 때.

And when you leave me.

그렇다. 로마에서 티베르 강변에 앉는 것을 그렇게도 좋아했고, 바르셀로나에서는 저녁때 람블라 거리를 수백 번씩 오르내리기를 그렇게도 좋아했던 내가, 앙카라 근처에서는 프라칸의 바레이 섬에서 바니앙 신자들이 나가의 예배당 둘레에 엉덩이를 박고 있는 것을 보았던 내가, 그때의 내가 지금 여기에서 트럼프 놀이를 하고 있는 사람들과 같은 시간에 살며 흑인 여자가 노래하는 것을 듣고 있다. 한편 밖에서는 땅거미가 서성거리고 있다.

레코드가 멈추었다.

달콤하게 주춤거리며 밤이 찾아왔다. 보이지는 않지만 밤이 여기에 와서 전등불을 덮는다. 공기 속에는 짙은 그 무엇이 감돌고 있다. 그것이 밤이다. 춥다. 노름꾼들 중의 한 사람이 뒤범벅된 패들을 내밀면 다른 노름꾼이 그것을 주워 모은다. 한 장이 뒤에 남아 있다. 그들은 안 보이는가? 그것은 하트 9이다. 어떤 친구가 마침내 그것을 집어서 개의 머리 같은 청년에게 준다.

"아, 하트 9로군!"

좋아, 나는 나가련다. 머리가 자회색이 된 늙은이가 연필 끝을 핥으면서 종잇조각을 들여다보고 있다. 마들렌은 맑고 공허한 시선으로 노인을 보고 있다. 젊은이는 손가락 사이에서 하트 9를 문지르고 있다. 제기랄…….

나는 가까스로 일어선다. 거울 속에 비친 수의사의 머리 위에 사람의 모습 같지 않은 얼굴 하나가 미끄러져 가는 것을 나는 바라본다.

곧 영화나 보러 가야겠다.

바깥 바람이 한결 시원하다. 설탕 맛도 베르무트 주의 시큼한 냄새도 없다. 그러나 몹시 춥다.

7시 반이다. 배도 고프지 않고, 영화는 9시가 되어야만 시작한다. 무엇을 할까? 몸을 녹이려면 빨리 걸어야만 한다. 나는 주저한다. 내 뒤에는 신작로가 거리의 중심지로, 번화가의 야단스러운 네온사인 쪽으로, 파라마운트 관이나 앵페리알 관, 그리고 장 백화점으로 통해 있다. 그런 것은 조금도 나의 마음을 끌지 않는다. 아페리티프를 마실 시간이다. 살아 있는 것들, 개들, 인간들, 자발적으로 움직이고 있는 모든 연한 것들의 무리, 그것들을 보는 것이 지금은 지긋지긋하다.

나는 왼편으로 접어든다. 가스등이 나란히 서 있는 저 끝에 있는 그 구멍으로 들어가버리련다. 나는 갈바니로까지, 누아르로를 따라가야겠다. 찬바람이 그 구멍에서 불고 있다. 거기에는 흙과 돌밖에 없다. 돌들은 단단하고 움직이지 않는다.

지루한 길을 얼마만큼 가야 한다. 오른편 보도 위에 몇 줄기 광선이 섞인 가스 같은 덩어리가 조가비 소리를 내고 있다. 그것이 구역(舊驛)이다. 그 존재가 누아르로의 처음 백 미터에 — 라르두트로에서 패러디가에 이르기까지 — 태기(胎氣)를 주어 여남은 개의 가로등과 네 개의 나란히 있는 카페, 곧 '역원 회관'과 다른 세 개의 카페를 낳게 했다. 그 집들은 낮에는 조용하지만, 밤이 되면 밝게 등불을 켜고, 길거리에 직사각형 모양의 불빛을 던진다. 나는 다시 샛노란 광선이 목욕하는 목도리를 머리까지 뒤집어쓴 노파가 잡화와 반찬을 파는 라바슈네 가게에서 나와서 뛰어가는 것을 본다. 이제 끝났다. 나는 패러디가 한 모퉁이의 마지막 가로등 옆에 서 있다. 아스팔트 길은 여기에서 끊어져 있다. 거리 저편은 암흑과 진흙탕이다. 나는 패러디가를 횡단한다. 나는 오른쪽 발을 진흙탕 속에 집어넣는다. 양말이 젖는다. 산보가 시작된다.

누아르로의 이 구역에는 아무도 살지 않는다. 생활이 자리잡히고 발전하기에는 이곳의 기후가 너무나 거칠고 땅이 너무나 메마르다. 솔레유 형제(솔레유 형제는 성 세실 드 라 메르 성당의 판자 천장을 만들었는데 그 값이 10만 프랑이었다)의 세 목공소는 그 모든 문과 창문이 살기 좋은 잔 베르트 쾌루아가를 향하여 서쪽으로 나 있다. 그 거리는 공장의 기계 소리로 충만해 있다. 빅토르 누아르로에는 벽으로 이어져 있는 삼 면의 담이 보인다. 그 건물들은 4백 미터에 걸쳐서 왼쪽 보도에 줄지어 서 있는데, 그쪽으로는 창문 하나, 들창 하나도 나 있지 않다.

이번에는 도랑 속에 두 발을 다 처박았다. 나는 차도를 횡단한다. 저편 보도에는 가스등이 육지의 끝에 있는 오직 하나의 등대처럼 군데군데 쓰러지고 부서진 울타리를 비추고 있다.

포스터 조각이 아직도 널빤지에 붙어 있다. 증오심에 가득 찬 아름다운 얼굴이 별 모양으로 찢어진 초록색 바탕 위에서 찡그린 상을 하고 있다. 코밑에 누군가가 카이저 수염을 연필로 그렸다. 다른 포스터 위에는 흰 글자로 'puârtre'*라고 쓴 것이 남아 있는데 거기에서 붉은 방울이 흘러내리고 있다. 아마도 핏방울인 듯하다. 얼굴과

---

\* '순결한 듯한'이라는 뜻

글자가 같은 포스터의 일부분이었는지도 모른다. 지금 포스터는 찢어진 탓에 글자와 얼굴이 문드러져 당초에 의도했던 단순하고 계획된 관계는 없어졌으나 다른 연결, 찡그린 입 언저리와 핏방울과 흰 글자와 'âtre'라는 어미와의 사이에 다른 연결이 스스로 성립되어 있다. 그것은 어떤 범죄적인 정열이 쉬지 않고 그 불가사의한 기호에 의하여 그 뜻을 표현하고자 애쓰고 있는 듯하다. 판자 사이에서 철로를 따라 전등이 반짝이는 것이 보인다. 긴 벽이 울타리를 따라 뻗어 있다. 구멍도 없고, 문도 없고, 창도 없는 벽은 2백 미터 지점에서 어떤 집과 마주치면서 끝이 난다. 나는 이미 가로등의 범위에서 벗어났다. 그러고는 검은 구멍 속으로 들어간다. 내 발밑에 있는 나의 그림자가 암흑 속으로 녹아 사라지는 것을 보았을 때, 나는 얼어 버린 물속으로 들어가는 것 같았다. 내 앞에, 저 안쪽에, 짙은 암흑을 통해서 나는 장밋빛의 희미한 빛을 볼 수 있었다. 그것은 갈바니 로이다. 나는 뒤를 돌아다본다. 가스등 뒤쪽, 저 멀리 희미한 불빛이 있다. 그것은 역과 네 개의 카페이다. 나의 뒤에, 그리고 나의 앞에, 사람들은 카페에서 술을 마시고 트럼프를 하고 있다. 여기에는 어둠밖에는 없다. 바람이 단속적으로 멀리서부터 가냘프고 고적한 종소리를 실어 온다. 집 안에서 들려오는 소리, 자동차 엔진 소리, 사람들의 아우성 소리, 개 짖는 소리…… 따위가 밝은 거리를 떠나지 않는다. 그것들은 따뜻한 장소에 머물러 있다. 그러나 그 종소리는 어둠을 뚫고 여기까지 들려온다. 그 소리가 다른 소음보다 더 딱딱하고 비인간적이다.

나는 그 소리를 들으려고 멈추어 선다. 춥고 귀가 아프다. 귀가 새

빨갛게 되었을 것이다. 그러나 나는 이제 더 이상 감각이 없다. 나는 나를 둘러싸고 있는 순수성에 휩쓸려든 것이다. 아무것도 생존하고 있지 않으며, 바람만이 불어 굳은 선이 어둠 속에서 도망친다. 누아르로는 통행인에게 친절을 베푸는 상점가와 같은 치사한 모습이 없다. 아무도 이 거리를 장식하려고 한 적이 없다. 아주 정반대이다. 잔 베르트 쾌루아가나 갈바니로와는 정반대이다. 역 근처는 부빌 사람들이 그래도 약간 신경쓰기는 한다. 그들은 여행자들 때문에 가끔 청소도 한다. 그러나 역으로부터 조금만 떨어지면 그들은 다 팽개치고, 누아르로는 곧장 줄달음질쳐서 갈바니로와 부딪친다. 시민은 누아르로를 잊고 있다. 간혹 흙빛의 화물 자동차가 전속력으로 천둥 같은 소리를 내며 지나간다. 여기서는 살인 사건도 없다. 가해자도 희생자도 없기 때문이다. 누아르로는 비인간적이다. 광석처럼, 그리고 삼각형처럼, 부빌에 이러한 거리가 있다는 것은 다행이다. 보통은 수도(首都)에만 있는 것이어서 베를린으로 말하면 노이쾰른 옆이나 프리드리히슈타인 근처이고, 런던으로 말하면 그리니치 근처이다. 가로수가 없는 넓은 보도가 덧붙은 곧고 더러운 신작로가 휘몰아치는 바람 속을 달리고 있다. 그것들은 거의 언제든 도시의 성벽 밖에 있으며, 화물 취급 역이나 전차의 차고나 도살장, 가스 탱크 옆에 시가지를 만드는 야릇한 동네 안에 있다. 소나기가 내린 이틀 뒤, 온 도시가 태양 아래 축축하여 습기가 증발하고 있을 때에도 이 거리들은 아직 싸늘하고 진흙탕이나 물구덩이가 남아 있다. 일년 중 8월을 제외하고는 결코 마르지 않는 물구덩이들도 있다.

'구토'가 저기 노란 불빛 속에 남아 있다. 나는 행복하다. 이 추위는 그렇게도 순수하며, 이 어둠 또한 그렇게도 순수하다. 나 자신이 이 얼어붙은 공기의 한 줄기 흐름이 아닐까? 피도, 임파선도, 육체도 없이 이 기다란 운하 속에서 저기 저 어렴풋한 빛을 향하여 흐른다. 그저 추위일 따름이다.

사람들이다. 두 개의 그림자가 무엇 때문에 여기에 왔을까? 남자의 소매를 붙들고 있는 것은 왜소한 여자이다. 그 여자는 목소리를 낮추어서 빨리 말하고 있다. 바람 때문에 무슨 이야기를 하는지 알아들을 수가 없다.

"좀 닥치지 못해?"

남자가 말한다. 여자는 여전히 말을 계속하고 있다. 갑작스레 남자가 여자를 떠다민다. 그들은 주저하는 태도로 서로 마주 보고 서 있다. 그러다 남자는 두 손을 호주머니에 넣고 뒤도 돌아보지 않고 걷는다.

남자가 없어졌다. 지금 여자와 나 사이엔 3미터의 간격밖에는 없다. 문득 비통하고 목쉰 소리가 여자의 온몸을 갈기갈기 찢으며 여자의 몸에서 튀어나와 야릇한 강렬함을 띠고 길을 울렸다.

"부탁해요, 샤를. 내 말 알죠? 샤를, 돌아와요. 이젠 지긋지긋해요. 난 불행해요!"

나는 여자의 몸에 닿을 만큼 아슬아슬하게 그 옆을 지난다. 그것은…… 그러나 불타는 그 몸, 고통을 내뿜고 있는 그 얼굴을 어떻게 믿을 수 있을까? …… 그러나 나는 그 목도리, 그 외투, 오른손의 포도주 찌꺼기 빛깔의 커다란 반점……이 낯익다. 그 여자다. 뤼시이다. 식모다. 내가 도움이 되겠다고 그 여자에게 말할 용기는 없다. 필요하다면 나에게 부탁할 일이다. 나는 그 여자를 보면서 천천히 그 앞을 지나간다. 그 여자는 나를 응시한다. 그러나 나를 보는 것 같지 않다. 고통 때문에 정신을 차리지 못하는 모양이다. 나는 몇 걸음 걷는다. 나는 돌아선다…….

그렇다. 그녀다. 뤼시이다. 그러나 모습이 변하여 넋을 잃고 엄청난 너그러움으로 고통을 받고 있다. 나는 그녀가 부럽다. 그 여자는 몸을 꼿꼿하게 세우고, 마치 성흔(聖痕)을 기다리는 것처럼 두 팔을 벌리고 거기에 있다. 그 여자가 입을 연다. 숨을 헐떡거린다. 나는 길 양편의 벽이 높아져서 다가오는 것 같았고, 그 여자가 우물 밑바닥에 있는 것 같았다. 나는 잠시 동안 기다린다. 그 여자가 덜컥 쓰러질까 봐 두렵다. 이 엄청난 고통을 참기에는 그녀는 너무나 허약하다. 그러나 그녀는 움직이지 않고 주위에 있는 모든 것들처럼 광물화(鑛物化)되어 있다. 잠시 동안 나는 그 여자에 관해 오해를 하고 있었던 게 아닌지, 불현듯 나에게 나타내 보인 것이 그 여자의 참된 성격이 아닌지를 생각해본다.

뤼시가 어렴풋한 신음 소리를 낸다. 그녀는 놀란 눈을 크게 뜨고 손을 목에다 갖다 댄다. 아니다. 그만큼 고통을 끌어낼 힘이 그녀 속에 있는 것이 아니다. 그것은 외부로부터 온다…… 그것은 이 길에서 오고 있는 것이다. 그 여자의 어깨를 잡고 밝은 곳으로, 사람들 틈으로, 장밋빛의 부드러운 거리로 데리고 가야 할 것이다. 거기서는 사람이 그렇게 맹렬히 괴로워할 수 없다. 그 여자는 유약해진 것뿐, 정상적인 모습과 그 고통의 평상 수준을 다시 찾을 것이다.

나는 등을 돌린다. 하여튼 그녀는 다행이다.

나는 3년 전부터 너무나 평온하다. 나는 이 비극적인 고독으로부터 공허한 순수성밖에는 얻을 수가 없다. 가야겠다.

### 목요일, 11시 30분

나는 도서관에서 두 시간 동안 일했다. 나는 파이프 담배를 피우기 위하여 등기소 마당으로 내려갔다. 붉은 벽돌이 깔린 광장이다. 18세기에 세워진 것이기 때문에 부빌 사람들이 자랑으로 여기고 있는 광장이다. 샤마드가와 슈스페다르가의 입구에는 낡은 쇠줄이 차량의 통행을 막고 있다. 개와 산책하러 오는, 검은 옷을 입은 부인들이 벽을 타고 아치 밑으로 간다. 그 여자들은 양지(陽地)까지는 거의 가지 않지만 소녀와 같은 시선으로 귀스타브 앵페트라즈의 동상을 만족한 듯 힐끔 본다. 그 여자들은 아마도 그 동상의 거인 이름을 모를 것이다. 그러나 거인의 프록 코트와 실크해트로 인하여 그것이 상류 계급의 어떤 어엿한 인물이라는 것은 알고 있다. 동상은 왼손에 모자를 들고, 오른손은 이절판(二折版)의 책 더미 위에 올려놓고 있다. 마치 그 여자들의 할아버지가 구리로 주조되어 그 대석(臺石) 위에 서 있는 것 같았다. 모든 문제에 관해 그 동상이 자기네들처럼, 아주 자기네들처럼 생각하고 있다는 것을 이해하기 위하여 더 오래 동상을 보고 있을 필요는 없다. 좁고도 단단한 그 여자들의 옹졸한 생각을 위하여 그 동상은 자기의 권위와 그 무거운 손이 누르고 있는 이절판 속에서 얻은 넓은 지식을 발휘했던 것이다. 검은 옷을 입은 부인들은 한짐 내려놓은 듯한 느낌을 가진다. 그리고 그 여자들은 고요한 마음으로 살림살이를 돌보고 개를 산보시킬 수가 있다. 그 여자들은 아버지에게 물려받은 성스러운 생각이나 선량한 생각들을 더는 옹호할 책임이 없다. 동상의 인물이 그런 문제에 대하여 수호자의 역할을 하기 때문이다.

《대백과사전》은 그 인물에 대하여 몇 줄을 할애하고 있다. 나는 작년에 그것을 읽었다. 나는 그 책을 창문의 끝에 놓았다. 창문 너머로 나는 앵페트라즈의 초록색 두개골을 볼 수 있었다. 나는 1890년경이 그의 전성시대였다는 것을 알았다. 그는 아카데미의 장학관이었다. 그는 하찮은 작품들을 쓰고 세 권의 책을 냈다.《고대 그리스인에 있어서의 명성에 관하여》(1887),《롤랭의 교육학》(1891)과 1899년에 출간된《유언시》들이 그것이다. 그는 1902년에 그의 관할 아래 있는 사람들과 보위(保衛)하기 좋아하는 취미를 가진 사람들이 애석히 여기는 중에 세상을 떠났다.

나는 도서관의 정문에 기대어 있었다. 꺼질 듯한 파이프를 빨고 있었다. 어떤 노파가 쭈뼛거리면서 아치로 된 복도에서 나와 예리하고 집요한 태도로 앵페트라즈를 바라본다. 그 여자는 돌연 대담해져서, 힘껏 빠른 걸음걸이로 마당을 건너 동상 앞에 와 서서 턱을 움직이고 있다. 그러고는 붉은 돌바닥 위를 검게 물들이며 벽 틈으로 사라져버린다.

아마 1800년경에는 붉은 벽돌과 집들이 있어서 이 광장이 명랑했을 것이다. 지금은 메마르고 악한 그 무엇, 공포의 미묘한 꼬챙이가 있다. 그것은 저기 저 대석 위에 서 있는 저 사나이에게서 오고 있다. 저 학자를 동상으로 만들 때, 사람들은 그를 요술쟁이로 만들었던 것이다.

나는 똑바로 앵페트라즈를 본다. 그는 눈을 가지지 않았고, 코는 보일락 말락 하고, 그의 수염은 어떤 구역의 모든 동상에게 이따금 전염병처럼 덮치는 문둥병에 걸려 있다. 그는 인사를 하고 있다. 그의 조끼의 심장 근처에 뚜렷한 초록색 자국이 보인다. 그는 괴롭고 불쾌해 보인다. 그는 살아 있지 않다. 정말이다. 그러나 그는 죽어 있는 것도 아니다. 눈에 보이지 않는 그 어떤 힘이 그에게서 뻗어 나오고 있다. 그것은 나를 떠다미는 바람과도 같다. 앵페트라즈는 나를 등기소 마당에서 쫓아내고 싶은 모양이다. 나는 이 파이프 담배를 다 피우기 전에는 가지 않겠다.

마르고 기다란 그림자 하나가 문득 내 뒤에 나타났다. 나는 펄쩍 뛰었다.

"실례했습니다. 방해를 하고 싶지는 않았는데요. 전 선생님의 입술이 움직이는 것을 봤습니다. 선생님이 쓰시는 책의 구절을 외고 계셨지요?"

그는 웃는다.

"선생님은 십이철음시(十二綴音詩)를 꾸미고 계셨습니다."

나는 아연해서 그 독서광을 보았다. 그러나 그는 내가 놀란 것이 도리어 놀라운 모양이다.

"산문 속에서는 십이철음시를 되도록 피해야 하지 않을까요?"

나에 대한 그의 존경심이 약간 저하된 모양이다. 그에게 이맘때 무엇하러 여기에 오느냐고 물어본다. 그는 그의 주인이 휴가를 주었기 때문에 곧장 도서관으로 왔으며, 점심도 안 먹을 것이고, 그대로 폐관 시간까지 책을 읽을 작정이라고 설명했다. 나는 이미 그의 말에 귀를 기울이지 않는다. 그러나 그는 처음의 화제로부터 떠났음에 틀림없다. 왜냐하면 나는 갑자기 다음과 같은 말을 들었기 때문이다.

"선생님처럼 책을 쓰는 행복을 갖는다는 것은······."

나는 무어라고 말해야만 한다.

"행복······."

나는 회의적인 태도로 말했다.

그는 내 대답의 뜻을 오해하고 재빨리 고쳤다.

"아니, 재능이라고 말하려고 했죠."

우리들은 계단을 올라갔다. 나는 일할 마음이 없어졌다. 누군가가 《외제니 그랑데》를 책상 위에 두고 갔다. 27쪽이 펼쳐져 있었다. 나는 기계적으로 그것을 손에 들고 27쪽을, 그리고 28쪽을 읽었다. 처음부터 읽을 용기는 없었기 때문이다. 독서광은 날쌘 걸음걸이로 벽의 책 선반 쪽으로 갔다. 그는 뼈다귀를 주운 개처럼 책 두 권을 가지고 와서 책상 위에 놓았다.

"무엇을 읽으십니까?"

그는 이 질문에 대답하기를 꺼려하는 듯 보였다. 그는 약간 머뭇거리더니 당황한 듯 큰 눈을 굴리며 난처한 태도로 나에게 책을 내밀었다. 그것은 《분탄(粉炭)과 분탄광(鑛)》이라는 라르발레트리에의 책과 《이토파데사(Hitopadésa) 또는 실리교육(實利敎育)》이라는 라스텍스의 책이었다. 글쎄 왜 그가 거북해하는지를 나는 모르겠다. 이러한 책은 내가 보기에는 아주 점잖은 것들이니 말이다. 나는 체면상《이토파데사 또는 실리교육》을 뒤적거렸다. 그런데 거기에는 점잖은 이야기들뿐이었다.

## 오후 3시

나는《외제니 그랑데》를 내던졌다. 일을 시작했으나 용기가 나지 않았다. 내가 쓰는 것을 보고 있는 독서광이 존경에 찬 눈초리로 나를 응시한다. 나는 가끔 고개를 약간 쳐들고 그의 닭 같은 모가지가 나와 있는, 그 커다랗게 오똑 선 그의 칼라를 본다. 그는 낡은 옷을 입고 있었지만 그의 셔츠는 눈이 부실 만큼 희다. 같은 서가에서 다른 책을 방금 하나 가지고 왔다. 그 제목을 나는 거꾸로 읽는다.《코드벡의 화살》이라는 줄리 라베르뉴 양의 노르망디 연대기이다. 독서광의 독서는 늘 나를 당황케 한다.

문득, 그가 최근에 읽은 책의 저자 이름이 나의 기억에 되살아났다. 랑베르, 랑글루아, 라르발레트리에, 라스텍스, 라베르뉴이다. 분명하다. 나는 독서광의 방법을 알았다. 그는 책을 알파벳 순으로 읽는다.

나는 일종의 감탄으로 그를 응시한다. 그렇게도 방대한 규모의 계획을 천천히 끈기 있게 실현하기 위해서는 어떠한 의지가 필요할 것인가? 7년 전 어느 날(그는 7년째 책을 읽고 있다고 나에게 말한 바 있다) 그는 의기양양하게 이 방에 들어왔던 것이다. 벽마다 가득 차 있는 수많은 책들에 시선이 미치자, 그는 마치 라스티냐크처럼 "인류의 지식이여, 자, 이젠 그대와 나와의 대결이다"라고 말했을 것이다. 그리고 그는 맨 오른편 끝의 첫 서가에 꽂힌 첫 번째 책을 가서 뽑아 왔다. 그는 첫 페이지를 존경과 두려움의 감정이 섞인 불변의 결심과 더불어 폈다. 그는 지금 L까지 와 있다. J 다음이 K요, K 다음이 L이다. 그는 난폭하게도 갑충류(甲蟲類)에 대한 연구에서 양자론(量子論)까지, 티무르(Timur)에 관한 저서에서 다윈론에 반대하는 가톨릭 계통의 팸플릿까지 읽는다. 그는 잠시도 머뭇거리지 않는다. 그는 모두 읽었다. 그는 자기 머릿속에 단성생식(單性生殖)에 관하여 사람들에게 알려져 있는 것의 반과 인체 해부 반대에 관한 논의의 반을 저장한 것이다. 그의 뒤에도 앞에도 하나의 우주가 있다. 그리고 맨 왼쪽 서가의 마지막 책을 덮으면서 "자, 이제는 무엇을 한다?" 하고 말할 날이 가까워지고 있다.

독서광의 간식 시간이다. 그는 천진한 태도로 빵과 갈라 페테르 초콜릿 한 조각을 먹는다. 그의 눈두덩이 아래로 처져서 구부러진 그 아름다운 눈썹 — 여성적인 눈썹을 나는 마음대로 바라볼 수가 있다. 그는 냄새를 풍기는데, 그가 숨을 쉴 때 달콤한 초콜릿 냄새가 섞인다.

### 금요일, 오후 3시

하마터면 나는 거울의 함정에 빠질 뻔했다. 나는 거울을 피한다. 그러나 그것은 유리창에 빠지는 결과가 되었다. 나는 일이 손에 잡히지 않아서 두 팔을 축 늘어뜨리고 창문으로 가까이 간다. '일터' '울타리' '구역(舊驛)' '울타리' '일터' 나는 어찌나 하품을 크게 했는지 눈에 눈물이 괸다. 나는 오른손에 파이프를 쥐고, 왼손에 담배쌈지를 가지고 있다. 파이프에 담배를 다져야만 한다. 그러나 나는 그럴 용기가 없다. 팔을 늘어뜨리고 유리창에 이마를 대고 서 있다. 저 노파가 신경에 거슬린다. 그녀는 얼빠진 눈초리로 고집스럽게 또박또박 걷고 있다. 노파는 간혹 눈에 보이지 않는 위험이 자기를 스쳐가기나 한 것처럼 겁먹은 태도로 멈추어 선다. 이제 내 방의 창 밑에 왔다. 바람이 노파의 치마를 무릎에 찰싹 붙게 한다. 노파는 멈추어 서서 목도리를 고쳐 두른다. 손이 떨린다. 그녀는 다시 걷기 시작한다. 이제 나는 그 등을 본다. 늙은 쥐며느리 같으니! 그녀는 오른쪽으로 꺾어져서 누아르로로 갈 것이라고 나는 추측한다. 그러려면 백 미터는 더 가야 한다. 저 걸음걸이라면 10분은 충분히 걸릴 것이다. 10분 동안, 나는 이렇게 여기에서 그 노파를 보며 유리창에 이마를 대고 서 있을 것이다. 노파는 스무 번은 더 멈추어 설 테지. 그러다가는 걷고 또 서고……. 

나는 미래를 '본다'— 미래는 거기에, 길 위에 놓여 있어, 현재보다 약간 희미할락 말락 할 뿐이다. 미래가 실현되어야 할 필요가 있을까? 실현되어보았자 무엇이 더 보태질 것인가? 노파는 약간 절름거리면서, 또박또박 걸으면서 멀어진다. 그 노파는 선다. 목도리에서 삐쭉 솟은 흰 머리칼을 잡아당긴다. 노파는 걷는다. 그 노파는 저기에 있었는데, 지금은 여기에 있다……. 나는 내가 현재에 있는지 미래에 있는지 알 수 없어졌다. 나는 그 노파의 동작을 보고 있는 것일까? 그 노파의 동작을 '예견'하고 있는 것일까? 이제 나는 미래와 현재를 구별할 수 없게 되었다. 그러나 현재는 계속된다. 조금씩 실현되고 있다. 노파는 쓸쓸한 거리를 전진한다. 커다란 남자 신발을 옮기고 있다. 이것이 바로 시간이란 것이다. 순수한 시간이다. 그것은 서서히 인간 존재에게로 다가온다. 그것은 기다려지고, 그리고 그것이 닥쳐오면 사람들은 답답해진다. 왜냐하면 그것이 오래전부터 거기에 있었다는 것을 알기 때문이다. 노파는 길모퉁이에 가까이 간다. 그 노파는 이미 검고 작은 헝겊 뭉치에 불과하다. 그렇다. 그것은 새로운 일이다. 조금 전에는 노파가 거기에 없었다. 그건 그렇다. 하지만 그것은 퇴색하고 케케묵은 새로운 것이어서 절대로 사람을 놀라게 할 수는 없다. 노파는 길모퉁이를 돌려고 한다. 돈다— 영원의 시간 속을.

나는 창문 곁을 떠나서, 휘청거리면서, 방안을 걷는다. 나는 거울에 바싹 끌려간다. 나를 본다. 내가 지긋지긋하다. 여기에도 영원이 또 하나 있다. 마침내 나는 영상(影像) 앞을 벗어난다. 그러고는 침대까지 와서 그 위에 쓰러진다. 나는 천장을 바라본다. 잠이 온다.

정적, 정적. 이제 내겐 시간의 흐름이나 시간이 지나가는 희미한 소리도 들리지 않는다. 천장에 영상들이 보인다. 처음에는 둥근 빛이 보이고 다음에는 십자가 형상이 보인다. 그것이 나비처럼 날개를 친다. 그러고는 다른 영상이 이루어진다. 이번의 영상은 내 눈 속에서 이루어진 것이다. 무릎을 꿇고 있는 커다란 동물이다. 앞다리와 안장이 보인다. 나머지는 희미하다. 그렇지만 나는 그것을 잘 알고 있다. 내가 마라케크에서 본, 돌에 매놓은 낙타이다. 그 낙타는 계속해서 여섯 번이나 앉았다가 일어서곤 했다. 장난꾸러기들이 소리를 지르고 웃으면서 낙타에게 집적거리는 것이었다.

2년 전에는 참 좋았다. 눈만 감으면 이내 나의 속이 벌집처럼 윙윙거렸다. 나는 수많은 얼굴들, 수많은 나무들, 수많은 집들, 가마이

시〔釜石〕에서 본 — 벌거벗은 채 통 속에서 몸을 씻고 있는 — 일본 여자, 입을 딱 벌린 — 큰 상처 때문에 옆에다 피의 늪을 만들어놓고 죽은 — 러시아 사람…… 이런 것들이 보였다. 나는 또 쿠스쿠스의 맛, 정오에 부르고스 시가에 넘쳐흐르는 기름 냄새, 테투안 거리에 감도는 미나리 냄새, 그리스 목동의 휘파람 소리 같은 것을 눈을 감고 기억에서 찾아냈다. 나는 감개무량했다. 그 기쁨이 마모된 지 아주 오래다. 오늘 그 기쁨이 되살아날 모양인가?

뜨겁게 달궈진 태양이 나의 머릿속 환등(幻燈)의 원판처럼 갑자기 미끄러져 들어왔다. 푸른 하늘 조각이 그 뒤를 따랐다. 서너 번 흔들리다가 태양은 안정을 찾았다. 나의 내부가 황금빛으로 변했다. 모로코(또는 알제리인지 시리아인지)의 어떤 날에서 이 빛이 돌연 떨어져 나온 것일까? 나는 과거 속으로 잠겨버린다.

메크네스에서다. 베르덴의 그 회교 사원과 뽕나무 한 그루가 그늘을 만들고 있는 그 예쁘장한 광장 사이에서 우리에게 공포감을 준 그 산골 사람은 대체 어떻게 생겼더라? 그는 우리 쪽으로 왔다. 안니는 내 오른편에 있었다. 왼편이었던가?

이 태양, 이 창공이 거짓에 불과했다. 내가 그것에 속은 것이 벌써 백번은 된다. 나의 추억은 악마의 지갑 속에 있는 금화와도 같다. 그 지갑을 열면 낙엽밖에 없으니 말이다.

나는 그 산골 사람의 크게 파인 뿌연 한쪽 눈밖에는 알 수 없다. 그 눈은 정말 그의 눈일까? 바쿠에서 국가의 낙태에 관한 원리를 나에게 설명해준 의사도 역시 애꾸였으며, 내가 그 의사 생각을 해내려 할 때 머리에 떠오르는 것 역시 그 뿌연 눈알이다. 이 두 사나이는 저 노르넨*들처럼 눈이 하나밖에 없어서 그것을 번갈아가며 차지했던 것이다.

그 메크네스의 광장에 대해서는, 거기에 내가 매일 가다시피했는데도 더 단순하다. 나는 전혀 그곳이 생각 안 난다. 그 광장이 좋았다는 막연한 느낌과 '메크네스의 재미난 광장'이라는 서로 떼어놓을 수 없는 세 마디가 나의 기억에 남아 있을 뿐이다. 아마 내가 눈을 감든지 뚫어지게 천장을 쳐다보든지 하면 그 장면을 다시 생각해낼 수 있으리라. 저 멀리 나무가 하나 서 있고, 시커멓고 둥실둥실한 그림자가 나에게로 달려온다. 그러나 이 모든 것은 내가 그 장면을 꾸미기 위하여 상상해내는 것이다. 그 모로코 사람은 키가 크고 말랐다. 게다가 그가 내게 손을 댔을 때에야 비로소 나는 그를 보았을 뿐이다. 그래서 나는 그가 크고 말랐었다고 아직도 '알고 있다'. 요약된 몇몇 지식이 나의 기억에 남아 있다. 그러나 아무것도 나는 생각해낼 수가 없다. 아무리 과거를 뒤져보아도 이미지의 파편뿐이다. 그러나 그 파편이 표시하고 있는 것이 어떠한 것인지를 잘 모르며, 그것이 기억인지 가상(假想)인지조차도 모른다.

그뿐만 아니라, 그 파편들 자체가 사라져버린 경우도 많다. 그러면 말밖에는 남는 것이 없다. 나는 그래도 이야기를 또 할 수 있을 것이다. 그것도 잘 이야기할 수 있을 것이다(일화라면 나는 아무도 두렵지 않다. 고급 선원이나 직업적인 만담가는 물론 제외지만). 그러나 그런

---

\* 스칸디나비아 신화에 나오는 세 자매 여신. 각각 과거 현재 미래를 바라보지만 눈은 하나밖에 없다고 한다.

이야기는 해골에 불과하다. 이야기 속에는 이러저러한 일을 하는 한 녀석이 있는데 그건 내가 아니다. 나는 그 사람과 아무런 관계가 없다. 그 사람은 여러 나라를 돌아다닌다. 그러나 현재의 나는 그 나라들에 관하여 아무것도 모르고 있다. 가끔 내가 이야기하고 있는 동안에 지도에서 볼 수 있는 아랑주에라든가 캔터베리라든가 하는 아름다운 이름을 입 밖에 내는 일이 있다. 그 지명들은 어떤 아주 새로운 이미지를 나의 머릿속에 생성시킨다. 그것은 여행을 해본 적이 없는 사람이 독서를 통해 그런 것들을 상상하는 것과 비슷하다. 나는 말에 대해서 꿈꾸고 있는 것이다. 그뿐이다.
　사라져버린 수백 가지 사건 중에서 그래도 분명히 남아 있는 사건이 한두 가지 있다. 그러한 사건들을 나는 가끔, 자주는 아니고 닳을까 봐 조심스레 생각해낸다. 나는 그중의 하나를 건져 낸다. 배경, 인물, 움직임이 되살아난다. 문득 나는 멈춘다. 나는 파손을 느끼고 감각의 실마리 밑에 하나의 말이 솟아 있는 것을 본다. 그 말들이 급기야 내가 좋아하는 여러 가지 영상을 제쳐놓고 자리잡으리라는 것을 예측하고, 나는 이내 멈추고는 재빨리 다른 생각을 한다. 나의 추억을 과로시키고 싶지 않기 때문이다. 헛수고이다. 다음번에 내가 그것을 생각해낸다 해도 그것은 응고해버렸을 것이다.
　나는 메크네스에 있었을 때의 사진을 책상 밑에 쑤셔넣었던 상자에서 꺼내기 위해 일어서려고 막연한 몸짓을 한다. 그건 또 무엇 하려고? 나의 기억에는 그 최음제(催淫劑)도 아무 효과가 없을 것이다. 요전에 책상의 압지(押紙) 밑에서 희미해진 조그마한 사진을 한 장 발견했다. 연못 옆에 한 여인이 서서 웃고 있었다. 나는 누군지 생각이 나지 않아서 잠시 동안 그것을 들여다보고 있었다. 그러다가 위에 '안니. 포츠머스에서, 1927년 4월 7일'이라고 쓰여 있는 것을 읽었다.

나는 내가 비밀스러운 면이 없어 나의 육체와 거기서 거품처럼 떠오르는 경박한 사고에 한정되어 있다는 것을 오늘처럼 강렬히 느낀 적이 없다. 나는 나의 현재를 가지고 갖가지 추억을 만들어낸다. 현재로부터 벗어나려고 하다가 현재 속으로 버려진다. 과거와 합세하려 하나 허사이다. 나는 현재에서 도피할 수가 없다.

누가 노크를 한다. 독서광이었다. 나는 그 사람을 잊고 있었다. 내가 여행 중에 찍은 사진을 보여준다고 그에게 약속을 했었는데 말이다. 도깨비에게나 홀려가지.

그가 의자에 앉는다. 그의 팽팽한 엉덩이가 의자의 기대는 부분에 닿는다. 그의 긴장한 상반신이 앞으로 기울어져 있다. 나는 나의 침대 아래로 뛰어내려 전등불을 켠다.

"아니 선생님, 왜 그러세요? 아주 좋은데요."

"사진을 보는 데는 좋지 않아서……."

나는 어떻게 하면 좋을지 몰라 우물거리고 있는 그의 모자를 받아든다.

"선생님, 정말이세요? 정말 사진을 보여주시겠습니까?"

"물론이죠."

그것은 계산에서 나온 말이다. 그가 사진을 보고 있는 동안은 입을 좀 열지 말아주기를 바란다. 나는 탁자 밑으로 기어 들어가서, 거기 있는 상자를 그의 에나멜 구두 쪽으로 민다. 나는 그의 무릎 위에다 엽서와 사진을 한아름 놓는다. 스페인과 스페인령 모로코의 것들이다. 그러나 그의 미소 띤 개방적인 태도를 보고서 그의 입을 다물게 하려던 나의 생각이 큰 오산이었음을 깨달았다. 그는 이겔도 산에서 내려 찍은 성 세바스티앙의 사진을 언뜻 보고서는 그것을 가만히 탁자 위에다 놓고, 잠시 동안 침묵했다. 그런 후 그는 한숨을 내쉰다.

"정말, 선생님은 운이 좋으십니다. 사람들이 하는 말이 정말이라면, 여행은 가장 좋은 공부입니다. 선생님도 그렇게 생각하시지요?"

나는 애매한 몸짓을 했다. 다행히도 그는 말을 계속했다.

"그건 참 놀라운 일일 겁니다. 언제고 만약 내가 여행을 하게 되면, 출발하기 전에 내 성격을 가장 사소한 점들까지도 기록해두고 싶어질 것입니다. 돌아왔을 때, 전에 내가 어떠했으며, 그 후에 어떻게 변했는가를 비교할 수 있을 테니 말입니다. 책에서 읽은 이야기지만 어떤 여행자들은 여행에서 돌아왔을 때, 정신은 물론 육체도 몹시 변해서 그들의 가장 가까운 친척들도 그들을 알아보지 못했답니다."

그는 방심 상태로 커다란 사진 다발을 주물럭거리고 있다. 그중의 하나를 빼서 보지도 않고 그것을 탁자 위에 놓는다. 다음에는 부르고스 사원(寺院)의 설교단에 조각된 성 제롬의 모습이 찍힌 사진을 뚫어져라 하고 열심히 보는 것이다.

"선생님은 부르고스에 있는, 짐승의 가죽으로 만든 그리스도를 보셨나요? 짐승 가죽이나 심지어는 사람 가죽으로 만든 조상(彫像)들이 있는데 거기에 관한 진귀한 책이 있죠. 그리고 검은 '성모(聖

母)'를 보셨나요? 그것은 부르고스엔 없지요. 사라고스에 있던가요? 부르고스에도 하나 있죠? 순례자들이 거기에 키스를 하지 않습니까? 사라고스의 성모 말입니다. 그리고 대석 위에 그 발자국이 있다지요? 그것이 동굴 속에 있다구요? 어머니들은 애들을 밀다시피해서 그 안으로 넣는다지요?"

독서광은 몸에 힘을 주고 두 손으로 어린아이를 밀어넣는 시늉을 한다. 그것은 아르타크세르크세스의 선물을 거절하는 것 같은 모습이었다.

"아! 풍속이란 거…… 참 이상한 겁니다."

약간 숨이 찬지, 그는 나에게 당나귀같이 큰 턱을 내민다. 담배와 시궁창 냄새를 풍긴다. 넋나간 듯한 그의 두 눈은 불덩어리처럼 빛나며, 숱이 적은 머리칼이 수증기처럼 두개골 주위에서 원광(圓光)을 이루고 있다. 그 두골(頭骨) 아래서 사모예드인, 니암니암족, 마다가스카르인이나 프에고 섬의 토인들이 가장 야릇하고 장엄한 행사를 거행하고, 늙은 아비와 어린 자식을 잡아먹고 타악기 소리에 맞추어 기절할 때까지 빙빙 돌고, 아모크*의 광란에 도취하고, 주검들을 태우고, 그것을 지붕 위에 늘어놓고, 또 그것을 관솔 불빛으로 밝혀진 조각배에 태워서 시냇물에 띄워 보내고, 닥치는 대로 어머니와 아들, 아버지와 딸, 남매들이 성관계를 갖거나 서로 살상을 하거나 서로 거세를 하거나 판대기로 입술을 잡아당기거나 허리에다 괴상한 동물 문신을 하고 있는 것이다.

---

\* 말레이시아 인종의 살인적 광증

"습관은 제2의 천성이라고 파스칼이 말하고 있는데, 그렇게 말할 수 있을까요?"

그는 검은 두 눈으로 나의 눈을 똑바로 보며 대답을 기다렸다.

"경우에 따라서겠죠."

그는 한숨을 내쉰다.

"내 말이 바로 그겁니다, 선생님. 그런데 저는 전혀 자신이 없습니다. 전부 읽어두어야겠습니다."

그 다음 사진을 보고 독서광은 열광했다. 그는 기쁜 함성을 질렀다.

"세고비! 세고비! 저는 세고비에 대한 책을 읽었거든요."

그는 적이 점잖게 덧붙였다.

"그러나 그 책의 저자 이름을 벌써 잊었습니다. 가끔 정신이 없어요. 느… 노… 노드……."

"천만의 말씀."

나는 자신 있게 그에게 말한다.

"당신은 라베르뉴까지밖에 안 갔으니까요……."

나는 곧 말한 것을 후회했다. 여하튼 나에게 그가 자신의 독서법을 한 번도 말한 일이 없었고 그것은 자기 혼자만 간직하고 싶은 열정이었음에 틀림없었을 테니 말이다. 아니나 다를까, 그는 어쩔 줄 몰라하며 두꺼운 입술을 울보처럼 앞으로 내밀었다. 그러고는 고개를 숙인 채 말없이 열 장쯤의 그림엽서를 보았다.

그러나 30초도 채 지나기 전에 강한 열광이 그의 내부에서 부풀어 올라, 말을 안 하면 가슴이 찢어질 듯한 그의 모습을 나는 보았다.

"공부가 끝나면(그러자면 아직 6년쯤 더 걸리겠지만), 가능한 한 저는 근동 지방으로 연례적인 순회를 하고 있는 학생과 교수들 틈에 끼고 싶습니다. 그래서 지식을 정확한 것으로 만들고 싶습니다."

그는 경건한 인상을 불러일으키는 어조로 말했다.

"그리고 또 기대하지 않았던 일, 새로운 일, 한마디로 말해서 어떤 모험이 생겼으면 좋겠어요."

그는 목소리를 낮추고 장난꾸러기 같은 시늉을 했다.

"어떤 모험 말이오?"

나는 놀라서 그에게 물었다.

"모든 종류의 모험이오. 기차를 잘못 탄다든지, 알지 못하는 도시에 내린다든지, 지갑을 잃어버린다든지, 잘못 붙들려서 유치장에서 하룻밤을 세운다든지 하는 일들이죠. 나는 모험을 정의할 수 있다고 생각했습니다. 모험이란 정상에서 벗어난 사건이죠. 그렇다고 해서 엄청난 일은 아니더라도 말입니다. 사람들이 모험의 마력이라고들 하잖아요? 그런 표현이 옳다고 생각하세요? 그런데 선생님, 질문을 하나 하고 싶은데요……."

"뭔데요?"

그는 얼굴을 붉히고 웃었다.

"혹 실례가 될지……."

"말해보시죠."

그는 나에게로 몸을 기울이고, 눈을 반쯤 감는다.

"선생님은 모험을 많이 하셨죠?"

나는 기계적으로 대답한다.

"좀 했죠."

그의 퀴퀴한 냄새가 나는 숨결을 피하기 위해 나는 뒤로 몸을 빼면서 말했다. 그렇다. 나는 생각도 해보지 않고 기계적으로 대답했던 것이다. 여느 때는, 사실 모험을 많이 했다는 것을 차라리 자랑으로 여겼다. 그러나 오늘은 그 말을 하자, 나 자신에 대해서 화가 벌컥 났다. 거짓말을 한 것 같다. 오늘까지의 생활에서 나는 전혀 모험을 하지 않은 것 같다. 차라리 그 말의 뜻조차 모르게 된 것 같다. 그와 동시에 하노이에서 4년 전쯤, 메르시에가 나에게 동행을 권했을 때, 말없이 내가 크메르의 작은 불상을 노려보고 있었던 때와 똑같은 낙심이 나의 두 어깨 위를 누르고 있었다. 그리고 그놈의 '관념'이 눈앞에 있다. 그때 그렇게도 나를 불쾌하게 한 그 커다랗고 흰 덩어리. 그 후 4년이 지났지만 나는 그것을 다시 느낀 적이 없었다.

"그중의 한 가지 이야기를……."

독서광이 말했다.

제기랄! 멋있는 모험들 중의 하나를 이야기해 달란 말일 테지. 나는 그 문제에 대해서 한 마디도 하고 싶지 않다.

"여깁니다."

그의 좁은 어깨 쪽으로 몸을 굽히고 사진에 손가락을 짚으면서 나는 말했다.

"여기가 스페인에서 가장 아름다운 마을 산틸라너입니다."

"질 블라스의 산틸라너인가요? 그것이 정말 있는 마을인 줄은 몰랐군요. 아! 선생님의 말씀은 참 도움이 됩니다. 여러 군데 여행을 하신 것이 드러납니다."

나는 독서광의 주머니에 그림엽서며, 판화며, 사진을 가득 채워서 밖으로 내보냈다. 그는 기뻐했다. 나는 전등을 껐다. 이제 나는 혼자이다. 물론 완전히 혼자는 아니다. 아직도 그 관념이 내 앞에서 기다리고 있다. 그것은 둥근 공처럼 되어서 큰 고양이처럼 거기에 가만히 있다. 그것은 아무것도 해명해주지 않는다. 움직이지는 않고 '아니다'라고만 말할 뿐이다. 아냐, 나는 모험을 한 적이 없다.

파이프에 담배를 다져 불을 붙인다. 다리를 외투로 덮고 침대 위에 누웠다. 그렇게도 슬프고, 그렇게도 피곤한 것이 놀랍다. 비록 내가 모험을 한 적이 없다는 것이 사실이라 해도 내게 무슨 상관이 있단 말이냐? 무엇보다 그것은 말의 문제에 불과한 것 같다. 예를 들어서 내가 조금 전에 생각하고 있었던 저 메크네스의 사건 말이다. 어떤 모로코인이 나에게 덤벼들어서 칼질을 하려고 했다. 그래서 내가 그에게 주먹 한 대를 날렸더니, 주먹이 관자놀이 밑을 쳤다…… 그때 그 사나이가 아랍어로 소리를 지르자 거지떼가 나타나서 우리를 아타랭 시장까지 쫓아왔다. 이 경험을 어떠한 이름으로 부르든 상관없다. 그것이 '나에게 일어났던' 사건인 것이다.

몹시 어두워졌다. 그래서 파이프에 불이 꺼졌는지 안 꺼졌는지도 잘 모르겠다. 전차가 한 대 지나간다. 붉은 번개가 천장에 비친다. 그러자 무거운 차가 집을 울리며 지나간다. 6시쯤 됐으리라. 나는 모험을 하지 않았다. 나에게는 여러 가지 이야깃거리, 사건들, 우발적인 일들, 별의별 것이 다 있었다. 그러나 모험을 경험하지는 못했다. 어휘의 문제가 아니다. 나는 그것을 깨닫게 되었다. 내가 다른 모든 것보다 귀중히 여기는 그 무엇이 있다―그것이 무엇인지는 잘 알지 못했지만 사랑은 아니었다. 절대로 아니다. 명예도 아니고 부귀도 아니었다. 그것은…… 하여간, 어떤 순간에 나의 삶이 희귀하고 귀중한 특색을 가질 수 있다고 나는 생각했다. 그것은 보통 이상의 환경을 필요로 하는 것도 아니었다. 나는 다만 약간의 엄밀성을 요구했다. 현재의 나의 생활에는 신통한 것이라곤 아무것도 없다. 그러나 때때로 이를테면 카페에서 음악이 연주되고 있을 때, 나는 과거로 돌아가서 중얼거리는 것이었다. 옛날에는 런던에서, 메크네스에서, 도쿄에서 멋있는 순간들, 즉 모험들을 경험했다고. 지금 내가 빼앗기고 있는 것이 바로 그것이다. 갑자기 아무 명백한 이유도 없이 10년간 내가 나 자신을 속여왔다는 것을 알게 됐다. 모험은 책 속에 있다. 물론 책 속에 있는 것은 실제로 일어날 수도 있다. 그러나 책과 같은 방법으로는 아니다. 그리고 내가 특히 귀중하게 여기던 것이 바로 그 방법인 것이다.

무엇보다도 그 출발이 진짜 출발이라야만 했다. 아! 내가 바랐던 것을 지금이야말로 분명히 알 수 있다. 나팔소리와도 같이, 재즈의 첫 소리와도 같이, 문득 권태를 단절시키며 지속성을 견고하게 하는 그런 진짜 출발이어야만 했다. 저녁 중에서도 다음과 같이 말할 수 있는 저녁이어야 했다―"나는 거닐고 있었다. 그것은 5월의 어느 날 저녁때였다." 산보를 한다. 막 달이 떴다. 한가하고 할 일도 없고 좀 허망하다. 그러다가 문득 생각한다. '무슨 일이 생겼다'고. 무엇이라도 좋다. 어둠 속에서 어렴풋이 삐걱거리는 소리도 좋고, 길을 건너가는 희미한 그림자라도 좋다. 그러나 이 조그마한 사건은 다른 사건과는 다르다. 그 뒤에는 어떤 커다란 형체, 그 윤곽이 안개 속에 가려져 보이지 않는 그 어떤 커다란 형체가 있음을 곧 알고, '그 무엇이 시작된다'고, 혼잣말도 하게 되는 것이다.

  무엇인가가 시작되지만 그것은 끝나게 마련이다. 모험은 연장되지 않는다. 모험은 그 자체의 사멸로서만 그 의의가 있는 것이다. 그 사멸을 향하여, 그것은 아마도 나의 사멸이 되겠지만, 나는 되돌아오지 않고 끌려간다. 순간순간은 그것을 이어오는 순간을 이끌기 위해서 생겨난다. 나는 온 마음의 애착을 느낀다. 각각의 순간은 유일한 것이며, 대치될 수 없다는 것을 나는 안다 — 그러나 그것이 소멸하는 것을 방지하기 위해서는 아무 짓도 하지 않을 것이다. 그 전전날 만난 여자의 품에서 — 베를린이나 런던에서 — 내가 보내는 마지막 순간 — 그 순간이 바로 내가 사랑하는 순간이요, 그 여인만이 내가 사랑까지 하려던 여인이다 — 그 순간이 끝나려는 것을 나는 알고 있다. 곧 나는 다른 나라로 출발할 것이다. 나는 결코 그 여자나 그 밤을 다시 찾을 수 없을 것이다. 나는 매 순간에 몸을 맡기고, 그 온갖 기쁨을 다 맛보려고 애쓴다. 지나가는 모든 것을 붙들고, 마음속에 영원히 아로새기려 한다. 그 아름다운 눈에 나타나는 순간적인 애정을, 거리의 잡음을, 새벽의 개명을. 그런데도 그 순간은 흐르고 나는 그것을 붙잡지 않는다. 그것이 가버리는 게 그저 흡족하기만 하다.

  그러다가 돌연 그 무엇이 중단된다. 모험이 끝나고 일상의 우울한 시간이 되살아난다. 나는 돌아다본다. 뒤에서 저 선율적이고 아름다운 형태를 가진 것이 과거 속으로 완전히 들어가버린다. 그것은 점점 작아지며, 기울면서 오그라든다. 이제는 종말이 출발과 같아졌다. 그 금과 같이 귀중한 한 점을 눈으로 쫓아가면서 ― 비록 내가 죽을 뻔했든, 재산을 잃었든, 친구를 잃었든간에 ― 나는 처음부터 마지막까지 같은 환경에서 다시 살아보아도 좋다고 생각한다. 그러나 모험은 다시 시작되지 않으며 연장되지도 않는다.

그렇다. 그것이 바로 내가 바랐던 것이며 ― 아! 아직도 바라고 있는 것이다. 흑인 여자가 노래를 부를 때, 나는 참으로 행복하다. 만약 내 '자신의 삶'이 멜로디의 소재가 되었다면 무슨 절정엔들 도달하지 못하겠는가.

그 '관념', 뭐라 이름 붙일 수 없는 그 관념이 여전히 눈앞에 있다. 관념은 가만히 기다리고 있다. 지금은 이렇게 말하는 것 같다.

"그래? '그것이' 바로 네가 원하던 것이냐? 하지만 그것이야말로 네가 한 번도 가져보지 못한 것이다(생각해봐, 너는 말로 네 자신을 속였지. 너는 창녀와의 사랑이라든가, 싸움이라든가, 유리 제품 같은 싸구려 여행 기념품을 모험이라고 부르고 있었지). 뿐만 아니라 앞으로도 '그것'을 가져보지 못할 것이다 ― 너 아닌 다른 누구라도 말이야."

그러나 왜? '왜' 그럴까?

### 토요일 정오

내가 도서관에 들어가는 것을 독서광은 보지 못했다. 그는 안쪽 탁자의 맨 끝에 앉아 있었다. 그는 앞에 책을 한 권 펴놓고 있었지만 읽지는 않고 있었다. 그는 오른편에 앉은, 도서관에 잘 오는 더러운 중학생을 미소를 띤 채 바라보고 있었다. 중학생은 얼마 동안 그대로 가만히 있다가 갑자기 그에게 무섭게 얼굴을 찡그리고 혀를 내밀어 보였다. 독서광은 얼굴이 붉어져서 급히 자기 책에다 코를 틀어박고 독서에 열중했다.

나는 어제의 생각으로 돌아왔다. 나는 아주 민숭민숭했기 때문에, 내가 모험을 겪지 않았다고 해도 그것은 상관없는 일이었다. 단지 그것이 있을 수 '없는 것'인지가 알고 싶었다.

내 생각은 이렇다. 가장 평범한 사건이 모험이 되기 위해서는, 우리는 그것을 남에게 '이야기하기' 시작하는 것만으로 충분하다. 그것이 바로 사람이 속고 있는 점이다. 한 인간, 늘 이야기를 하는 자이며, 자기의 이야기와 타인의 이야기에 둘러싸여서 살고 있다. 그는 이야기를 통해서 그에게 일어나는 모든 일을 본다. 또 그는 마치 남에게 이야기나 하는 것처럼 자신의 삶을 살려고 애쓴다.

사느냐, 이야기하느냐 둘 중 하나를 택해야만 한다. 이를테면, 내가 함부르크에서 나에게서 의심을 받고 또 나를 두려워하던 그 에르나와 동거하고 있었을 때, 나는 괴상한 생활을 했다. 그러나 나는 그 생활 속에 있었기 때문에 그런 것은 생각하지 않았다. 그러다가 어느 날 밤에 생폴리의 조그마한 카페에서 그 여자는 나를 두고 화장실에 갔다. 나는 혼자 남아 있었다. 축음기는 〈블루 스카이〉를 들려주고 있었다. 그때 나는 배에서 내려서부터 일어난 일들을 생각하기 시작했다. 나는 혼잣말을 했다.

"사흘째 되던 밤에, 내가 '푸른 동굴'이라는 댄스홀에 들어갔을 때, 거나하게 취한 키가 큰 여자를 보았다. 지금 〈블루 스카이〉를 들으면서 내가 기다리고 있는 여자가 바로 그 여자이며, 그녀는 곧 내 오른편 곁으로 돌아와 앉으면서 두 팔로 나의 목덜미를 껴안을 것이다."

나는 그때 내가 모험을 겪고 있다는 것을 절실히 느꼈다. 그리고 에르나가 돌아왔다. 그 여자가 내 곁에 앉아 두 팔로 나의 목덜미를 껴안았을 때, 왜 그런지는 잘 몰라도 나는 그 여자가 싫었다. 이제야 나는 알겠다. 그것은 다시 살기 시작해야 했기 때문이며, 모험에 대한 인상이 사라져버렸기 때문이다.

인간이 살고 있을 때는 아무 일도 생기지 않는다. 배경이 바뀌고 여러 사람이 들어왔다가 나가고, 그뿐이다. 결코 출발이라는 게 없다. 나날이 아무런 운율도 이유도 없이 나날에 덮친다. 그것은 끊임없고 단조로운 덧셈이다. 가끔 사람들은 부분적인 소계(小計)를 낸다. 이를테면 나는 3년간 여행을 했다. 부빌에 온 지 3년이 된다……고 말하는 것이다. 결말도 역시 없다. 여편네와 자식과 도시를 한꺼번에 떠나는 일은 결코 있을 수 없다. 그리고 모든 것이 비슷하다. 상하이도, 모스크바도, 알제리도, 2주일이 지나면 모두가 같다. 때때로 ― 드문 일이지만 ― 사람은 결말을 짓는다. 어떤 여자에게 붙어먹다가 더러운 생활을 하고 있다는 것을 깨닫는다. 번갯불과 같은 순간이다. 그 다음에는 행렬이 다시 시작된다. 사람은 다시 시간과 날짜의 덧셈을 시작한다. 월, 화, 수. 4월, 5월, 6월. 1924년, 1925년, 1926년.

산다는 것이 그런 거다. 그러나 사람이 삶을 이야기할 때에는 모든 것이 변화한다. 다만 아무도 발견하지 못하는 변화이다. 그 증거로, 사람은 정말 이야기를 한다는 점을 들 수 있다. 마치 정말 이야기가 있기나 한 것처럼 말이다. 사건은 한 방향에서 생기고 우리는 그것을 그 반대 방향으로 얘기한다.

'1922년 가을의 어느 아름다운 저녁때였다. 나는 그 당시 마롬의 공증인의 서기를 하고 있었다.'

이런 식으로 사람은 시초부터 이야기를 시작하는 것처럼 보인다. 그러나 실제로는 결말부터 시작하고 있다. 결말이 눈에는 안 보이지만 거기에 있으며, 그 말에다가 시초로서의 장엄함과 가치를 부여하고 있다.

'나는 산책을 하고 있었다. 나도 모르는 사이에 나는 마을에서 멀리 나왔다. 나는 돈 걱정을 하고 있었던 것이다.'

이 어구를 있는 그대로 받아들이면, 그 친구는 우울하고 모험과는 멀리 떨어져서 사건 같은 것은 보지도 않고 그것이 지나가는 대로 내버려두게 되는 바로 그러한 울적함에 잠겨 있다는 것을 의미한다. 그러나 결말이라는 게 있어서 모든 것을 변형시킨다. 우리에게, 그 친구는 이미 화제의 주인공이다. 그래서 그의 우울, 그의 돈 걱정은 우리들의 근심 걱정보다 더 귀중한 것이며, 미래의 정열의 빛에 의하여 찬연한 색채를 띠고 있는 것이다. 그리하여 이야기는 사실의 반대 방향으로 나아간다. 순간순간은 조금씩 조금씩 쌓이는 것이 아니라 그 순간들을 잡아당기는 이야기의 결말에 의해 덥석 붙잡히고, 각 순간은 그보다 앞서는 순간을 잡아당기는 것이다.

'밤이었다. 거리는 쓸쓸했다.'

글귀가 소홀히 내던져졌으며, 필요 이상의 것 같아 보인다. 그러나 우리는 그것에 속아 넘어가지 않고 그것을 옆으로 밀어 놓는다. 그것은 하나의 새로운 사실이어서 우리는 그다음의 이야기에 의해 그 가치를 깨닫게 되는 것이다. 이야기의 주인공은 그날 밤의 모든 사소한 일들을 예고로, 약속으로 체험했다는 느낌을 우리는 가진다. 혹은 모험을 예고하지 않는 모든 것에 대해서는 눈도 귀도 가리고 약속하는 일만을 경험했다는 느낌조차 갖는다. 우리는 그때에, 미래가 아직 거기에 있지 않다는 사실을 잊고 있다. 그 친구는 아무런 예고도 없는 밤, 그에게 단조로운 풍성함을 무질서하게 제공하던 밤에 산보를 하고 있었던 것이다. 그는 선택은 하지 않고 있었다.

내 생활의 순간순간이 추억으로 되씹는 생활의 순간처럼 연결되고, 질서 있는 것이기를 바랐다. 그것은 시간의 꼬리를 잡으려는 것과 마찬가지이다.

### 일요일

아침에 나는 오늘이 일요일이라는 것을 잊고 있었다. 집을 나와서 습관대로 거리를 나다녔다. 《외제니 그랑데》를 가지고 나왔다. 그러다가 공원의 쇠울타리를 밀었을 때, 갑자기 나는 그 무엇이 나에게 신호를 한 것처럼 느꼈다. 공원에는 인기척이 없고, 텅 비어 있었다. 그러나…… 뭐라고 말하면 좋을까? 공원은 여느 때와는 달라서 나에게 미소를 짓고 있는 듯했다. 나는 잠시 동안 울타리에 기대어 있다가 문득 오늘이 일요일이라는 것을 깨달았다. 경쾌한 미소와도 같이 일요일은 나무들 위에, 잔디밭 위에 있었다. 쉽게 묘사될 수 없는 노릇이어서 '여기는 공원이다. 겨울날 일요일 아침'이라고 빨리 말해봤어야 했다.

나는 울타리를 잡았던 손을 놓고 집과 시민 들이 사는 거리로 돌아왔다. 나는 낮은 소리로 말했다.

"일요일이다."

일요일이다. 부두 뒤에도, 해변에도, 화물을 취급하는 역 근처에도, 거리에는 온통 텅 빈 창고가 있고 어둠 속에서 움직이지 않는 기계가 있다. 어느 집에서든지 남자들은 창문 뒤에서 수염을 깎고 있다. 그들은 머리를 뒤로 젖히고 있다. 때로 그들은 거울을 들여다보고, 때로 날씨가 좋은가 확인하기 위해 냉랭한 하늘을 본다. 사창가는 그들의 첫 손님들, 즉 시골 사람들이나 군인들을 위해서 문을 연다. 교회당에서는 큰 촛불의 빛을 한 몸에 받으며 한 사나이가 꿇어앉은 부인들 앞에서 포도주를 마신다. 교외마다, 공장의 끊임없는 벽 사이로, 시커멓고 기다란 행렬이 시가지 중심부를 천천히 전진한다. 그들을 맞기 위해서 거리는 온통 폭동 사건이 있었던 날 같은 모습을 보인다. 투른브리드가를 제외한 모든 곳의 상점들은 철제 셔터를 내렸다. 머지않아 조용한 속에서 그 시커먼 종대의 행렬이 죽은 듯이 고요한 이 거리에 침입하려고 한다. 먼저 투르빌의 역부들과 생생포랭의 비누 공장에서 일하는 그들의 아버지들이 올 것이고, 다음에 죽스트부빌의 소상인들과 피노 제사(製絲) 공장의 직공들과 생막상스 근교의 잡화상들이 올 것이다. 티에라슈의 사람들은 10시 전차로 맨 나중에야 도착할 것이다. 머지않아서 일요일의 군중이 빗장을 걸었거나 문이 닫힌 상점들 사이에 나타날 것이다.

시계탑에서 10시 반을 쳤다. 나는 걷기 시작했다. 일요일 이맘 때, 대미사가 끝난 다음, 너무 늦지 않으면 여기서 훌륭한 구경거리를 볼 수 있다.

비좁은 조세핀 술라리가는 죽은 듯이 조용하다. 그곳에선 지하실 냄새가 난다. 그러나 여느 일요일과 마찬가지로 장엄한 음향이 이 거리에 울린다. 그것은 조수가 밀려오는 소리이다. 나는 프레지당 샤마르 가로 접어든다. 그곳의 집들은 4층 집들인데 길고 흰 덧문들이 있다. 이 공증인들의 거리는 일요일의 위대한 소란에 완전히 압도되어 있다. 질레 골목에서는 음향이 더 커진다. 나는 그것을 알고 있다. 그것은 사람들이 내는 소리이다. 그러자 갑자기 왼쪽에서 빛과 소리의 폭발 같은 것이 생긴다. 이젠 다 왔다. 투른브리드가이다. 나는 나의 동포들 사이에 한몫 끼기만 하면 된다. 그러면 나는 모자를 벗고 인사하는 사람들을 보게 되겠지.

  60년 전만 하더라도 부빌의 주민이 소 프라도(le petit Prado)라고 부르는 오늘날의 투른브리드가의 기적적인 운명을 아무도 예측할 수 없었으리라. 1847년에 발행된 지도를 보면 거기에는 그 거리가 그려져 있지도 않다. 그 당시는 컴컴하고 구린내나는 샛길이 있고, 포장된 도로 사이에 생선 대가리나 창자가 흐르는 수채가 있는 거리였을 것이다. 1873년 말에, 국민의회는 공공의 이익을 위하여 몽마르트르 언덕에 교회당 건설을 선언했다. 한두 달 후에 부빌 시장의 부인이 현신(顯身)을 보았다. 그 여자의 수호신인 성녀 세실이 충고를 하러 왔던 것이다. 선민(選民)이 일요일마다 성 르네 교회나 성 클로디엥 교회의 장사치들과 더불어 미사를 드리러 가기 위해서 흙 투성이가 되는 것을 참을 수 있었던가? 국민의회가 그 예를 보여주지 않았던가? 하느님의 가호로 부빌 시는 일류의 경제적 지위를 차지하고 있다. 신을 찬양하기 위하여 교회당을 짓는 것이 적당하지 않을까? 그 현신이 인정되었다. 시의회는 역사적인 회의를 열고, 주교도 기부금 모으기를 승낙했다. 장소 선정만이 남아 있었다. 지체가 좋은 상인들이나 선주(船主)들은 파리를 예수의 사크레 쾨르*가 수호하듯 부빌을 성 세실이 보살피도록 하기 위하여 그들이 살고 있는 코토 베르**에 세우자는 의견이었다. 그런데 마리팀로의 신흥 부자들이, 아직 수는 얼마 안 되었으나 엄청난 부자인 그들이 말을 안 들었다. 필요한 비용을 낼 테니 교회를 마리냥 광장에 세우자는 것이었다. 그들이 돈을 내는 이상 그 교회를 이용하자는 것이었다. 자신들을 벼락부자로 취급하는 거만한 시민들에게 자기들의 힘을 과시하는 것도 괜찮은 일이었다. 주교가 타협안을 짜냈다. 교회당은 코토 베르와 마리팀로의 중간인 알르오 모뤼 광장에 세워졌고, 그 광장은 성 세실 드 라 메르 광장이라고 명명되었다. 이 엄청난 건물은 1887년에 완성되었는데 1천4백만 프랑보다 덜 들지는 않았다.

  넓지만 더럽고, 평판도 좋지 못하던 투른브리드가는 전적으로 재건되어야 했으며 그 주민들은 성 세실 광장 뒤로 마구 밀려갔다. 이소 프라도는 ─ 특히 일요일 아침에는 ─ 상류 인사 또는 저명인사들의 집회장이 되었다. 한 채 한 채 훌륭한 상점들이 그 선량(選良)들의 왕래를 노려 문을 열었다. 그 상점들은 부활제의 월요일에도 열려 있었고 크리스마스 이브에는 밤새도록 장사를 했고, 일요일에는 정오까지 열었다. 따뜻한 고기 파이로 유명한 소시지 상인인 쥘리앵 집 옆에는 과자점을 하는 풀롱이 그의 이름난 특제품을 진열

---

\* 예수의 성심(聖心) 또는 몽마르트르의 대성당을 말한다.
\*\* '푸른 언덕'이라는 뜻

하고 있었다. 그것은 자줏빛 버터로 만든 원추형 팬케이크 위에 오랑캐꽃 모양의 사탕을 장식한 것이었다. 듀파티 서점의 쇼윈도에는 플롱사(社)의 신간 서적, 서너 권의 과학 서적, 이를테면 《선박원리(船舶原理)》라든지 《범선요강(帆船要綱)》이라는 책, 그리고 또 부빌의 삽화가 든 《대연혁사(大沿革史)》라든지, 푸른 가죽으로 장정한 《독일 마르크론(論)》, 붉은 꽃무늬를 수놓은 가죽으로 장정을 한 폴 두메르의 《내 아들에게 주는 책》 같은 호화본이 진열되어 있었다. 피에주아의 꽃집과 골동품 상인 파켕의 집 사이에 '파리 스타일 고급 재단사'인 길렌의 집이 있었다. 네 명의 미조사(美爪師)를 쓰고 있는 이발사 귀스타브는 노란 칠을 한 새 아파트의 2층을 빌어 살고 있었다.

2년 전에는, 물랑 제모 골목과 투른브리드가 한구석에서 옹색한 작은 가게가 아직도 '튀퓌네'란 살충제 광고를 내걸고 있었다. 이 가게는 세실 광장에서 대구 장사가 "대구 사려!" 하고 소리를 지르고 있었을 때에 가장 전성기였던 상점인데, 개업한 지 백 년은 되었을 것이다. 전면의 유리에 묻은 먼지와 더러움 때문에 그 너머로 쥐나 생쥐의 형상을 한, 붉은 조끼를 입은 수많은 작은 납인형들을 보기란 힘든 일이었다. 이 짐승들은 지팡이를 짚고, 높은 갑판이 있는 큰 배에서 육지로 내려오고 있었다. 그들은 육지에 발을 딛자마자 맵시 있는 옷을 입었으나 검푸르고 때가 시커먼 농촌 여자가 '튀 퓌 네'를 뿌려서 쫓아버리고 있었다. 나는 그 가게가 참 좋았다. 프랑스에서 가장 돈이 많이 든 교회 바로 옆에서 냉소적이고 완고한 태도로 기생충과 더러움의 권리를 거만하게 부르짖고 있었기 때문이다.

약초를 파는 할머니가 작년에 죽었다. 그래서 그 조카가 집을 팔았다. 벽을 몇 군데 헐기만 하면 되었다. 지금은 '라 봉본니에르'라는 작은 공회당이 되었다. 작년에 앙리 보르도가 여기에서 등산에 관한 강연을 했다.

투른브리드가에서는 서둘러서는 안 된다. 가족들이 천천히 걸어 다니기 때문이다. 가끔 앞쪽이 빌 수 있는데, 그것은 한 가족이 플롱의 상점이나 피에주아의 가게로 들어가기 때문이다. 그러나 다른 때는 멈추어 서서 제자리 걸음을 해야 한다. 왜냐하면 올라가는 행렬에 섞인 한 가족과 내려가는 행렬에 섞인 한 가족이 서로 만나 손을 움켜잡고 있기 때문이다. 나는 잔걸음으로 걷는다. 머리만이 그 두 줄에서 완전히 튀어나와 있기 때문에 모자들, 모자의 바다가 보인다. 대부분은 검고 단단한 모자이다. 가끔 그중의 하나가 손에 잡혀서 날면, 대머리가 나타나서 부드럽게 번뜩인다. 그러자 잠시 모자가 무겁게 날다가 흔들리고 도로 제자리에 놓인다. 투른브리드가 16번지에 챙 달린 모자 전문점인 위르뱅 모자 상점이 있는데, 가게의 간판으로 2미터나 되는 금술이 달린 대주교의 모자가 매달려 있다.

발길을 멈추었다. 마침 금술 밑에 한 떼의 인파가 몰렸다. 내 옆에 있는 사나이는 팔을 맥없이 늘어뜨리고 천하태평으로 기다리고 있다. 얼굴이 창백하고 몸이 약한 이 작은 늙은이는 상공회의소 소장인 코피에일 것이다. 그는 절대로 말을 안 하기 때문에 아주 무서운 사람으로 통하고 있는 모양이다. 코토 베르 꼭대기에 있는, 벽돌로 만든 창문이 언제나 활짝 열려 있는 큰 벽돌집에 살고 있다. 이제 됐다. 인파는 흩어져서 다시 출발한다. 또 다른 인파가 몰렸지만 자리를 덜 차지한다. 몰리더니 곧 길렌의 가게 앞으로 밀려갔다. 행렬의 진행은 멈추지 않는다. 겨우 약간 사이가 벌어졌을 뿐이다. 서로 악수를 하고 있는 여섯 사람들 앞을 우리는 걸어간다.

"안녕하십니까?"

"안녕하세요? 어떻게 지내십니까?"

"모자를 도로 쓰세요. 감기 들면 어떻게 하시려구."

"고맙습니다, 부인. 참 쌀쌀하군요."

"여보, 이 어른이 르 프랑수아 선생님이셔."

"의사 선생님, 첨 뵙겠습니다. 우리 주인이, 늘 병을 잘 봐주시는 르 프랑수아 선생님 이야기를 한답니다. 아니, 모자를 도로 쓰세요, 선생님. 날씨가 추워서 병나시겠어요. 하긴 의사 선생님은 병이 금세 나으시겠군요."

"천만에요, 부인. 의사가 병들면 제일 힘들답니다."

"선생님은 유명한 음악가셔."

"저런 선생님, 저는 전혀 몰랐군요. 바이올린을 하시나요?"

"선생님은 재주가 많으시지."

내 곁에 있는 키가 작은 노인은 분명히 코피에이다. 군중 속의 부인들 중 갈색 머리를 한 여인이 의사를 보고 만면에 미소를 지으면서 코피에를 뚫어지게 본다. 그 여자는 이렇게 생각을 하고 있는 것 같다.

'이분이 상공회의소 소장 코피에 씨다. 정말 무서워 보이는 분이구나. 무척이나 쌀쌀한 사람인 모양이지.'

구토 93

그러나 코피에 씨는 아무것도 거들떠보려고 하지 않았다. 그 사람들은 마리팀로에 사는 사람들이고 상류 사회의 사람이 아니기 때문이다. 내가 일요일의 모자 춤을 보러 이 거리에 오게 된 이후로 신작로 사람들과 언덕 사람들을 구별할 수 있게 되었다. 새 외투를 입고, 연한 펠트 모자를 쓰고, 눈부신 와이셔츠를 입고 바람을 획획 내고 다니면 그는 틀림없이 신작로 사람이다. 마리팀로의 아무개이다. 그에 비하여 코토 베르 사람들은 어딘지 모르게 초라하고 피로해 보인다. 그들은 어깨가 좁고, 여윈 얼굴에는 거만한 표정이 보인다. 어린아이의 손을 끌고 오는 저 뚱뚱한 신사는 언덕 사람임에 틀림없다. 그의 얼굴은 온통 회색인데다 넥타이는 노끈처럼 비비 꼬여 있다.

뚱뚱한 신사가 우리에게로 가까이 왔다. 그는 코피에 씨를 뚫어지게 본다. 그러나 그와 교차하기 조금 전에 뚱뚱한 신사는 고개를 돌리고 자기 애한테 아버지다운 애정을 보이며 농담을 하기 시작했다. 그는 아들에게로 몸을 굽히고 그 눈을 보며 그저 아버지 구실만을 하고 있는 듯한 태도로 다시 몇 걸음 더 걸었다. 그러다가 갑자기 우리들 쪽으로 몸을 돌리고 키가 작은 노인을 흘끔 보고, 팔을 한 바퀴 돌려서 정중하나 냉담한 인사를 던졌다. 어린아이는 당황해서 모자를 벗지 않았다. 그것은 어른들 사이의 문제인 것이다.

바스 드 비에유가(街)의 모퉁이에서, 우리의 행렬은 미사를 끝내고 나온 신자들의 행렬과 마주쳤다. 열 명쯤 되는 사람들이 서로 부딪치고는 소용돌이를 이루면서 인사를 한다. 모자 춤은 내가 자세히 설명할 수 없을 만큼 재빨리 시작했다. 기름지고 창백한 이 군중의 머리 위로 성 세실 교회가 희고 괴상망측하게 솟아 있었다. 어두운 하늘 위에 있는 석회 같은 백색이었다. 반짝이는 그 벽돌 뒤 건물의 가운데 허리께에 밤의 암흑이 약간 남아 있다. 아까와는 약간 다른 행렬로 우리는 다시 걷기 시작했다. 코피에 씨가 밀리고 밀려서 내 뒤에 왔다. 감색 옷을 입은 부인이 나의 왼편 옆구리에 바싹 달라붙어 있다. 교회에서 나오는 길이다. 그 여자는 아침 햇살이 부셔서 눈을 깜박거리고 있다. 그 여자 앞에서 걷고 있는 목덜미가 저렇게도 마른 남자, 그가 그 여자의 남편이다.

맞은편 보도에서는 자기 아내의 팔을 낀 신사가 아내의 귀에 무엇인가를 소곤거리고 미소를 띠기 시작한다. 아내는 곧, 크림색 얼굴에서 모든 표정을 조심스레 버리면서 장님처럼 몇 걸음 걷는다. 이러한 징조는 틀림없다. 그들은 누구와 인사하게 되리라. 아니나 다를까, 잠시 후에 신사는 손을 허공으로 쳐들었다. 그의 손가락이 펠트 모자 근처에 와서 살짝 닿기 전에 그는 약간 주저한다. 모자 벗는 동작을 돕기 위하여 고개를 약간 숙이면서 점잖게 모자를 벗는 동안 그의 아내는 젊은 여자의 미소를 띠며 깡충 뛴다. 한 그림자가 고개를 숙이면서 지나갔다. 그러나 그 부부의 쌍둥이같이 똑같은 미소는 즉시 사라지지 않는다. 미소가 그들의 입술에 일종의 미련처럼 남아 있다. 그 신사와 부인이 나와 스쳐 지날 때에는 그들의 침착성을 회복하였지만 그들의 입 언저리에는 아직 즐거운 듯한 기분이 있었다.

이제 끝이다. 군중이 덜 왁자지껄하고 모자 춤이 훨씬 드물어졌으며, 상점의 쇼윈도들에도 알뜰한 물건들이 줄어들었다. 나는 투른브리드가의 끝에 와 있다. 길을 건너서 저편 보도를 거슬러 올라가 볼까? 이젠 지긋지긋한 생각이 든다. 나는 장밋빛 대머리와 조그마한 얼굴, 고상한 얼굴, 여윈 얼굴 들을 실컷 보았다. 마리냥 광장을 건너야겠다. 조심스럽게 행렬에서 내가 빠져 나올 때, 내 바로 옆의 검은 모자 밑에서 진짜 신사의 머리가 뛰어나왔다. 그는 감색 옷을 입은 여자의 남편이다. 아! 짧고 거센 머리칼의, 볼 만한 대갈장군이다. 희끗희끗한 털이 섞인 아메리카 식의 훌륭한 콧수염을 가지고 있었다. 그리고 그 미소는 특히 교양 있는 훌륭한 미소이다. 또 코 위 어딘가에 코안경이 있다.

그는 아내에게로 돌아서서 말하는 것이었다.

"저 친구가 공장에 새로 채용한 제도사요. 무엇하러 여기 왔는지 모르겠소. 좋은 놈이지. 겁이 많아서 재미있단 말야."

소시지 상인인 쥘리앵의 쇼윈도를 향해서 모자를 고쳐 쓴 아직 젊은 제도사는 눈을 내리깔아 고집이 세 보였는데, 강렬한 쾌감을 즐기고 있는 것 같았다. 그가 일요일에 투른브리드가로 산책을 나온 것은 오늘이 처음인 모양이다. 그는 첫 성체배수(聖體拜受)를 하는 어린아이 같았다. 그는 뒷짐을 지고 아주 흥분했으면서도 수줍은 태도로 얼굴을 쇼윈도 쪽으로 돌리고 있다. 파슬리 양념 위에 놓인 젤리처럼 빛나는 네 개의 소시지를 물끄러미 바라보고 있다. 소시지 상점에서 한 여인이 나와 그의 팔을 잡는다. 그의 아내이다. 피부가 거친데도 아주 젊다. 그 여자가 투른브리드가 근처를 아무리 걸어다녀봤자 아무도 그 여자를 귀부인으로 보지 않는다. 눈의 시니컬한 광채와 빈틈없고 계산 빠른 태도가 그 여자의 신분을 드러내 보이고 있다. 진짜 귀부인들은 물건값 같은 것을 알지 못하고 엄청나게 어리석은 짓을 잘한다. 그들의 눈은 천진한 아름다운 꽃, 온실의 꽃이다.

나는 꼭 1시 정각에 베즐리즈 맥주홀에 도착했다. 늘 그렇듯이 노인들이 와 있다. 그들 중의 두 사람은 이미 식사를 시작하고 있었다. 네 사람은 아페리티프를 마시면서 트럼프를 하고 있다. 다른 사람들은 서서 그들의 식기를 가져다 놓고 있는 동안 그 사람들을 보고 있다. 폭포수 같은 콧수염이 난 제일 키가 큰 남자는 증권 중개인이다. 또 하나는 해병 등록소의 퇴역 직원이다. 그들은 20세의 청년처럼 먹고 마신다. 일요일에 그들은 슈크루트를 먹는다. 나중에 온 사람들이 이미 먹고 있는 그들에게 말한다.

"아니, 오늘도 일요일의 슈크루트입니까?"

그들은 의자에 앉아서 편안히 한숨을 쉬고, 주문을 한다.

"마리에트 아가씨, 맥주 한 잔. 거품 없이 말이야. 그리고 슈크루트 줘!"

마리에트는 보통내기가 아니다. 내가 안쪽 탁자에 앉을 때, 그녀가 베르무트를 따라주고 있는 노인이 무섭게 기침을 하기 시작하면서 얼굴이 시뻘개졌다.

"이봐, 좀 더 따라."

기침을 하면서 그가 말했다. 그러자 마리에트가 화를 냈다. 그녀는 아직 다 따른 게 아니었다.

"따르는 걸 보고 말하세요. 누가 뭐라고 했어요? 아무 말도 안 하는데 불평하는 사람 같군요."

다른 손님들이 웃기 시작했다.

"한 대 얻어맞았는걸?"

증권 중개인은 앉으며 마리에트의 어깨를 잡았다.

"오늘은 휴일이야, 마리에트. 좋은 사람하고 오후에 영화 구경 안 가?"

"가야죠. 오늘은 앙투아네트가 당번이에요. 좋은 사람이고 뭐고, 난 하루 종일 즐겨야겠어요."

증권 중개인은 앉았다. 맞은편에는 수염을 말쑥하게 깎은, 불행해 보이는 노인이 앉아 있었다. 말쑥한 노인이 곧 신이 나서 이야기를 시작했으나 증권 중개인은 듣지 않는다. 상을 찌푸리고 수염을 쓰다듬고 있다. 그들은 서로 남의 말을 듣지 않는 것이다.

이웃 탁자에 앉은 사람을 나는 알고 있다. 그들은 근방의 구멍가게 주인 내외이다. 일요일은 그 집 식모의 '휴일'이다. 그래서 그들은 이곳에 와서 늘 같은 탁자에 앉는 것이다. 남편은 불그스레하고 푸짐한 소갈비를 먹고 있다. 그는 얼굴을 가까이 갖다 대고 갈비를 보며, 가끔 냄새를 맡는다. 아내는 접시 위의 것을 맛없다는 듯이 조금씩 먹는다. 나이는 마흔이고, 몸이 건장한 금발 여인이었는데 두 볼은 붉고 솜 같았다. 새틴 블라우스 밑에 탄탄하고 풍만한 젖가슴을 가졌으며, 식사 때마다 항상 남자처럼 보르도의 붉은 포도주를 들이켠다.

《외제니 그랑데》를 읽어야겠다. 재미있어서가 아니라 무엇이든 해야 하기 때문이다. 아무 데나 책갈피를 편다. 어머니와 딸이 외제니의 피어나는 사랑에 대해서 이야기하고 있다.

외제니는 어머니의 손에 입을 갖다 대면서 말했다.

"어머니는 참 좋은 분이세요, 사랑하는 어머니!"

이 말에 오랜 고생으로 시든 어머니의 늙은 얼굴이 빛난다.

"그분 좋지 않아요?"

외제니가 물었다.

그랑데 부인은 미소를 지을 뿐이었다. 좀 있다가 그녀는 낮은 소리로 말했다.

"그럼 벌써 너는 그를 사랑하는구나? 그건 안 돼."

"안 돼요? 왜요? 그분은 어머니 마음에도 들고, 나농의 마음에도 들어요. 그런데 왜 제 마음에 안 들겠어요? 저, 어머니, 그이 점심 준비를 해요"라고 외제니가 말한다.

외제니는 바느질하던 것을 내던지고, 어머니도 딸에게 말하면서 바늘을 놓는다.

"너 미쳤구나!"

그러나 딸과 그 바보짓을 같이하면서, 그것이 잘못이 아니라는 것을 좋아했다.

외제니는 나농을 불렀다.

"무슨 일이세요, 아가씨?"

"나농, 점심때 먹을 크림 있어?"

"점심때요? 있죠."

늙은 식모는 대답했다.

"그럼 그이한테 아주 진한 커피를 드려요. 데 그라생 씨한테 들었는데, 파리에서는 아주 진한 커피를 먹는대요. 크림을 닳이 넣고, 응."

구토 99

"어디서 크림을 갖다 쓸까요?"

"좀 사 와요."

"사 오다가 주인어른을 만나면요?"

"지금 목장에 계시니까 괜찮아……."

내가 왔을 때부터 옆에 앉은 손님들은 말이 없었다. 그러나 갑자기 그 남편의 목소리가 나의 독서를 중단시키고 말았다. 그 남편은 재미나고 신기하다는 태도이다.

"여보, 알겠어?"

아내는 깜짝 놀라, 생각에서 깨어나 남편을 본다. 그는 먹고, 마시고, 장난꾸러기처럼 여전히 웃는다.

"하하!"

침묵이 흐르는 사이에 아내는 다시 생각에 잠긴다.

문득 그 여자는 몸을 부르르 떨고 남편에게 묻는다.

"무슨 말 했어요?"

"어저께, 수잔 말야."

"응, 그거. 빅토르 만나러 간 거예요."

"내가 뭐랬어?"

아내는 짜증난다는 표정으로 접시를 밀어놓는다.

"맛이 없어요."

접시 언저리에 그 여자가 뱉어낸 고깃덩어리가 있다. 남편은 제 생각을 늘어놓는다.

"그 귀여운 여자가 말야……."

그는 입을 다물고 애매한 미소를 짓는다. 우리들 맞은편에서는 늙은 증권 중개인이 숨을 약간 몰아쉬면서 마리에트의 팔을 쓰다듬고 있다. 이윽고 그 남편은 말을 이었다.

"요전에 내 말했지?"

"무슨 말이오?"

"빅토르 말야. 수잔이 그를 만나러 갈 거라고 했잖아. 아니, 왜 그래?"

당황한 모습으로 남편은 갑자기 아내에게 묻는다.

"당신, 이 음식이 싫어?"

"맛이 없어요."

"확실히 전 같지는 않지" 하고 남편은 의젓하게 말한다.

"에카르가 주방장이었을 때는 이렇지 않았는데. 에카르가 어디로 갔는지 알아?"

"돈레미에 가지 않았나요?"

"그래, 맞아. 누구한테 들었소?"

"당신한테서요. 일요일에 얘기했잖아요?"

그녀는 식탁 위에 깐 종이 위에 떨어진 빵 부스러기를 주워 먹는다. 그러다가 손으로 식탁 언저리의 종이를 슬며시 비비면서 이렇게 말한다.

"여보, 당신이 오해하는 거예요. 수잔은 그래도 좀 더······."

"그럴 수 있지, 여보. 그럴 수도 있어."

그는 무표정하게 대답한다. 그는 두리번거리며 마리에트를 찾아서 손짓을 한다.

"덥군."

마리에트가 와서 정답게 식탁 끝에 손을 짚는다.

"너무 더워요."

아내가 끙끙거리면서 말한다.

"숨이 막힐 지경이에요. 고기 맛도 없고. 주인한테 말해야겠어요. 맛이 전 같지 않다고. 창문 좀 열어줄래요, 아가씨"

남편은 도로 유쾌해진다.

"이봐, 그 여자 눈 봤어?"

"아니, 언제요 여보?"

그는 초조해서 아내의 말을 흉내낸다.

"아니, 언제요 여보, 라니. '여름에 눈이 올 때' 하는 투로군."

"어제 말예요? 봤죠!"

그는 웃는다. 먼 곳을 바라보며, 그는 무엇인지 흥분해서 빠른 어조로 이야기한다.

"바람난 고양이 같은 눈."

남편은 하고 싶었던 말을 잊어버린 듯 보일 만큼 흡족해했다. 그 아내도 아무 생각 없이 덩달아서 유쾌해진다.

"하하, 나쁜 사람 같으니!"

아내는 남편의 어깨를 살짝 때린다.

"나쁜 사람, 고약한 사람 같으니!"

그는 더욱 자신 있게 되풀이한다.

"바람난 고양이."

그러나 아내는 더 이상 웃지 않는다.

"안 돼요. 그애가 진심이래두요."

그는 허리를 굽히고 아내의 귀에다가 오랫동안 소곤거린다. 그 여자는 금세 웃음을 터뜨리려는 사람처럼 잠시 입을 딱 벌리고, 좀 긴장했지만 재미있다는 얼굴을 하고 있다가, 갑자기 몸을 뒤로 젖히면서 남편의 손을 손톱으로 할퀸다.

"거짓말예요, 거짓말."

그는 천연덕스럽고 침착한 어조로 말한다.

"내 말 들어봐, 여보. 직접 들었다니까. 왜 그 사람이 거짓말을 하겠어?"

"아녜요, 아녜요."

"그래도, 그가 그랬어. 이봐, 가령……."

그녀는 웃기 시작했다.

"르네 생각을 하고 웃는 거예요."

"그래."

그도 함께 웃는다. 아내가 낮고 신중한 목소리로 말을 잇는다.

"그럼, 그걸 그 사람이 화요일에 알았군요."

"목요일이지."

"아니, 화요일이에요. 당신도 알지만 그……."

그녀는 허공에다가 타원형 비슷한 것을 그렸다.

오랜 침묵이 흘렀다. 남편은 소스에 빵 조각을 적셨다. 마리에트가 접시를 바꾸고 과일 파이를 가지고 온다. 곧 나도 타르트를 먹어야겠다. 갑자기 생각에 잠겨 있던 아내가 입 언저리에 거만하고 약간 골이 난 미소를 띠고 길게 끄는 목소리로 말을 한다.

"아, 아녜요, 당신도 알면서."

남편이 흥분할 만큼 아내의 목소리에는 육감적인 것이 있다. 그는 기름기가 흐르는 손으로 아내의 목덜미를 쓰다듬는다.

"샤를, 그만해요. 그러면 흥분되잖아요, 여보."

입에는 파이를 잔뜩 물고 웃으면서 여자는 중얼댄다. 나는 독서를 계속해본다.

"어디서 크림을 갖다 쓸까요?"

"좀 사 와요."

"사 오다가 주인어른을 만나면요?"

또 그 아내의 말소리가 들린다.

"봐요, 그애를 웃겨줄 테야. 다 얘기하겠어……."

곁에 있는 남녀들은 입을 다물었다. 타르트를 다 먹었다. 마리에트가 그들에게 자두를 갖다주었다. 아내는 맵시 좋게 스푼에 씨를 뱉느라고 정신이 없다. 남편은 천장을 보면서 식탁을 가볍게 두들겨 행진곡 박자 소리를 낸다. 그들의 정상적인 상태는 침묵이고, 말은 그들을 가끔 사로잡는 가벼운 열병 같았다.

"어디서 크림을 갖다 쓸까요?"

"좀 사와요."

나는 책을 덮는다. 산책이나 해야겠다.

베즐리즈 맥주홀에서 나왔을 때는 3시경이었다. 나는 몸이 무거워진 탓으로 오후라는 것을 느꼈다. 나의 오후가 아니었다. 그들의 것, 즉 10만 부빌 시민이 같이 보내려는 그들의 오후였다. 꼭 이맘때, 사람들은 일요일의 풍족하고 긴 식사를 끝내고 식탁에서 일어선다. 그러나 그들에게는 무엇이 죽고 없다. 일요일이 그 경쾌한 젊음을 마멸시켰던 것이다. 영계와 타르트를 소화해야만 했다. 외출복을 입어야만 했다.

엘도라도 영화관의 종소리가 맑은 공기를 뚫고 울려오고 있었다. 대낮의 이 소리는 일요일의 정다운 소리이다. 백 명 이상의 사람들이 초록색 벽을 따라 줄을 짓고 있다. 그들은 즐거운 어둠 속에서의 시간, 휴식과 방심의 시간, 물밑에서 반짝이는 하얀 조약돌 같은 스크린이 그들을 위하여 말하고 꿈꿀 것인 그 시간을 열심히 기다리고 있다. 헛된 욕망이다. 사람들의 마음속에 있는 그 무엇이 오그라든 채로 남게 될 것이다. 즐거운 일요일이 망쳐지지나 않을까? 그들은 너무나 걱정하고 있다. 곧 매번 일요일과 마찬가지로 그들은 실망할 것이었다. 영화가 시시할지도 모르고, 옆에 앉은 사람이 파이프 담배를 피울지도 모를 일이고, 제 무릎 사이에 가래침을 뱉을 수도 있는 노릇이며, 그렇지 않으면 뤼시앵이 아주 불쾌할지도 모르고, 한마디도 친절한 말을 하지 않을지도 모르는 일이다. 또는 공교롭게도, 하필이면 오늘 모처럼 영화를 보러 왔는데 늑간신경통이 도질지도 모른다. 잠시 후 매주 일요일과 마찬가지로 말없는 조그마한 분노가 어두운 관람석에서 증대할지도 모르는 일이었다.

고요한 브레상가(街)를 걸어간다. 태양이 구름을 쫓아버려서 날씨가 좋았다. 한 가족이 '라 바구'라는 별장에서 막 나왔다. 딸이 길에서 장갑의 단추를 끼우고 있었다. 서른 살쯤 됐으리라. 현관의 첫 계단에 서 있는 어머니는, 굳센 태도로 크게 숨을 내쉬면서 똑바로 앞을 보고 서 있다. 아버지는 그 넓은 잔등밖에 안 보인다. 문의 자물쇠 쪽으로 몸을 구부리고 쇠를 걸고 있다. 집은 그들이 돌아올 때까지 텅 빈 채로 캄캄할 것이다. 이미 자물쇠가 채워지고, 인기척이 없는 이웃집들에서는 가구나 널빤지가 부드럽게 삐걱거리고 있다. 외출하기 전에 식당 안의 벽난로 불은 꺼버렸다. 아버지가 두 여자를 따라왔다. 그래서 가족 일동은 아무 말도 없이 걷기 시작했다. 어디에 가는 것일까? 일요일에 사람들은 굉장한 묘지에 가거나 친척을 방문한다. 그러지 않아서 더 한가할 때에는 방파제 구경을 간다. 나는 한가했다. 방파제의 산책길로 나가는 브레상가를 따라서 걷는다.

 하늘은 뿌연 청색이다. 연기와 뾰족한 구름들이 여기저기에 있다. 가끔 떠도는 구름이 태양 앞을 지나간다. 저 멀리 방파제 위의 산보길에 시멘트를 바른 흰 방벽이 보이고, 그 틈에서 바다가 반짝이고 있었다. 그 가족은 오른편으로 구부러져서 코토 베르로 올라가는 오모니에 일레르가로 접어든다. 그들이 느린 걸음걸이로 그곳을 올라가는 것이 보였다. 그들은 번득거리는 아스팔트 위에 세 개의 검은 점을 만들고 있었다. 나는 왼쪽으로 돌아서 바닷가에 행렬을 이루고 있는 군중 속으로 들어갔다.

 군중은 아침보다 더 요란했다. 그 모든 사람들은 점심을 먹기 전에 그렇게도 자랑스러웠던, 그 사회의 계급을 유지하는 힘을 잃어버린 것같이 보였다. 상인들과 관리가 나란히 걷고 있었다. 그들은 궁상스러운 고용인들과 팔꿈치가 닿기도 하고, 부딪치기도 하고, 밀리기도 한다. 귀족들, 상류계급, 직업적인 여러 단체들이 이 미지근한 군중 속에 융합되어 있다. 그들은 그저 인간일 뿐, 아무 계급도 대표하지 않는다.

멀리 보이는 빛의 물결은 썰물의 바다이다. 그 광명의 표면에 머리를 내민 암초들은 해변에 구멍을 뚫고 있는 것 같다. 파도를 막기 위하여 방파제 밑에 구멍을 여러 개 뚫어놓았고, 미끈거리는 돌이 아무렇게나 내던져져 있어 그 사이에서 바닷물 소리가 들려온다. 거기서 멀지 않은 곳, 모래 위에 어선이 하나 주저앉아 있다. 외항(外港) 입구에는 태양 때문에 하얗게 된 하늘 위에, 작업선이 그 검은 그림자를 던지고 있다. 매일 밤 그 기계는 한밤중까지 으르렁대고, 신음하고, 도깨비춤을 춘다. 그러나 일요일에는 인부들이 육지에 나오기 때문에 경비 하나만 남아 있는 배는 쥐죽은 듯이 고요하다.

태양은 밝고 투명하다. 백포도주 같다. 태양 광선은 사람 몸에 거의 닿을락 말락, 그림자도, 양감(量感)도 주지 않고 있다. 그래서 얼굴이나 손 들은 뿌연 황금빛 얼룩이 져 있다. 외투를 입은 이 모든 사람들은 땅 위에서 10센티미터쯤 되는 허공에 떠 있는 것 같았다. 가끔 바람이 물처럼 흔들리는 그림자를 우리에게 떠민다. 그러면 사람들의 얼굴은 잠시 빛을 잃고 석회처럼 되곤 하는 것이다.

오늘은 일요일이다. 난간과 별장의 울타리 사이에 낀 군중이 잔파도처럼 흘러가서, 대서양 기선회사의 큰 건물 뒤로 수많은 실개

천이 되어 사라진다. 애들이 많기도 하다. 수레를 탄 어린아이, 부모의 품에 안긴 어린아이, 어른 손을 잡고 가는 어린아이, 둘씩 셋씩 무리지어 부모 앞에서 얌전히 걸어가는 어린아이 들. 나는 불과 몇 시간 전에, 산뜻한 일요일 아침에 의기양양하게 걷고 있는 그 얼굴들을 보았다. 얼굴들은 태양빛에 번득이다 이젠 흥분이 가라앉고 맥이 풀린 듯, 고집밖에는 보이지 않는다.

움직임도 미미하다. 아직도 사람들은 모자를 벗었지만 아침과 같은 과장도 없고, 신경질적인 쾌활함도 없다. 사람들은 모두 고개를 쳐들고 먼 곳을 바라보며, 그들의 부푼 외투를 서로 밀치는 것에 몸을 내맡기고 조금씩 뒷걸음질쳤다. 이따금 메마른 웃음소리가 났다가는 곧 사라진다. 어머니의 외침이다— 자노, 자노? 아니, 글쎄. 그러고는 고요하다. 희미한 잎담배 냄새. 점원들이 그것을 핀다. 살람보, 아이샤, 일요일의 담배다. 더 정신이 나가 있는 몇몇 사람의 얼굴에서 나는 약간의 슬픔을 판독했다고 믿었다.

천만에, 그 사람들은 슬프지 않았다. 그들은 쉬고 있는 것이었다. 크게 뜬 그들의 눈은 수동적으로 바다와 하늘을 반사하고 있었다. 곧 그들은 집으로 돌아갈 것이다. 그들은 가족과 식탁에서 차를 마실 것이다. 당장은 최소의 비용으로, 즉 동작이며, 말이며, 생각을 덜며 살고, 편하기를 바라고 있다. 일주일의 노동이 그들에게 주는 입맛 쓴 주름과 오리발같이 쪼글쪼글한 그 주름살—여가는 단 하루밖에 없다. 단 하루다. 그들은 시간이 손가락 사이로 흘러가고 있다고 느낀다. 그들은 월요일 9시에 새 기분으로 출발하기 위해 필요한 젊음을 저축할 시간을 가질 수 있었을까? 그들은 흠뻑 숨을 들이마신다. 바다의 공기가 원기를 주기 때문이다. 잠든 사람들의 그것과 같은 규칙적이고 깊은 숨소리만이 그들의 생존을 입증하고 있다. 나는 늑대처럼 걸었다. 쉬고 있는 이 비극적인 군중 속 어디에 나의 튼튼하고 신선한 육체를 두어야 할지 모르겠다.

바다는 이제 석판 빛이었다. 바다는 서서히 밀물이 되고 있다. 밤에는 만조가 될 것이다. 방파제의 산보길이 오늘은 빅토르 누아르 로보다 한적할 것이다. 앞쪽과 왼쪽에 붉은 불이 수로 위에 반짝일 것이다.

태양은 서서히 바다로 떨어지고 있었다. 잠시 동안 광선이 노르망디식 별장의 유리창을 붉게 물들인다. 눈이 부신 어떤 여인이 맥없이 손을 눈에 갖다 대며 고개를 젓는다.

"가스통, 눈이 부셔요."

수줍은 미소를 지으면서 그녀가 말한다.

"허! 기분 좋은 태양이야."

그렇게 남편이 말한다.

"따뜻하지는 않지만 하여간 기분이 썩 좋아."

그녀는 바다 쪽으로 몸을 돌리면서 또 말한다.

"볼 수 있을 줄 알았는데."

"유감이야, 역광이지" 하고 남자가 말했다.

그들은 카유보트 섬 이야기를 하고 있었을 것이다. 그 섬의 남단을 작업선과 외항의 방파제 사이로 볼 수 있었던 것이다.

광선이 부드러워졌다. 시시각각으로 변하는 이 시간에, 그 무엇이 밤을 알리고 있었다. 이미 이 일요일은 하나의 과거를 가지고 있었다. 별장들이나 회색빛 난간이 아주 가까운 추억과 비슷했다. 하나씩 둘씩 사람들의 얼굴이 한가한 티를 잃고 있었고, 그중의 몇 사람은 감상적인 표정을 짓고 있을 정도였다.

임신한 여자가 투박해 보이는 어떤 금발 청년에게 몸을 기대고 있었다.

"저기, 저것 봐."

그녀가 말한다.

"뭐 말이야?"

"저기, 저 갈매기."

그는 어깨를 으쓱 올린다. 갈매기는 없었다. 하늘은 맑아졌으며, 수평선이 불그스레할 뿐이었다.

"소리가 들렸어요. 저봐, 갈매기가 울어요."

그는 대답한다.

"그건 뭐가 삐걱거리는 소리야."

가스등이 반짝였다. 점화부(點火夫)가 지나갔다고 나는 생각했다. 그가 돌아가라는 신호를 하기 때문에 어린아이들은 그를 살펴본다. 그러나 그것은 태양의 마지막 반사일 뿐이었다. 하늘은 아직 밝은데 지상에는 땅거미가 감돈다. 군중이 흩어지고, 바다의 허덕임 소리가 똑똑히 들려온다. 두 손으로 난간을 짚고 있던 젊은 여자가 하늘을 향해 얼굴을 쳐들었다. 그녀의 입술은 푸르스름한 얼굴 위에 검은 줄 하나를 그려넣은 듯하다. '내가 인간들을 사랑하게 되려는 게 아닐까' 하고 나는 순간적으로 자문해보았다. 그러나 결국, 오늘은 그들의 일요일이지 나의 일요일은 아니었다.

처음에 켜진 불은 카유보트 섬의 등댓불이었다. 어떤 소년이 내 곁에 멈춰 서서 황홀한 듯 중얼거렸다.

"아, 등대다!"라고.

그때 나는 마음이 모험이라는 거창한 느낌으로 부풀어오르는 것을 느꼈다.

나는 왼쪽으로 돌아, 데 발리에 가를 지나서 소 프라도로 나간다. 쇼윈도에는 쇠로 된 셔터가 내려져 있었다. 투른브리드가는 밝지만 한적했고, 아침의 짧은 영광은 잃어버렸다. 이맘때 그 거리는 주위의 거리들과 아무런 차이가 없다. 제법 센 바람이 일었다. 대주교의 모자가 부스럭거리는 소리가 들렸다.

나는 홀몸이다. 대부분의 사람들은 각자의 보금자리로 돌아가고 없다. 그들은 라디오를 들으면서 석간신문을 읽고 있다. 이미 지나간 일요일은 씁쓸한 맛을 그들의 입 안에 남겼고, 그들의 생각은 이미 월요일에 가 있다. 그러나 나에게는 월요일도 없고 일요일도 없다. 있다는 것이라곤 무질서하게 밀려오는 나날과 그리고 번갯불같이 돌연 생겨나는 마음속의 움직임이다.

아무것도 변하지 않았다. 그러나 모든 것이 다른 형태로 존재하고 있다. 나는 그것을 묘사할 줄 모른다. 그것은 마치 '구토' 같은 것이지만 그것과는 전혀 다르다. 하여간 어떤 모험이 나에게 생긴다. 그래서 내가 자문할 때 '나는 나이며, 나는 여기에 있다는 사실이 나에게 생겨나고 있다는 것'을 나는 안다. 이 어둠을 쪼개고 있는 것이 '나'이다. 나는 소설의 주인공처럼 행복하다.

무슨 일이 생길 것 같다. 바스 드 비에유가의 어둠 속에 나를 기다리는 그 무엇이 있다. 저기, 저 고요한 거리의 바로 한 모퉁이에서 나의 생활이 시작되려고 하고 있다. 숙명의 감정을 품고 내가 앞으로 가고 있는 것이 보인다. 길모퉁이에 흰색 경계표가 있다. 멀리서는 그것이 검게 보였는데 한 걸음 걸을 때마다 흰색으로 변해가는 것이다. 차츰차츰 밝아지는 어렴풋한 그 모습이 나에게 이상한 느낌을 일으키게 한다. 그것이 아주 분명해지고 아주 하얗게 되면, 나는 그 옆에 멈추어 설 것이다. 그러면 그때, 모험이 시작될 것이다. 이제는 대단히 가까워졌다. 어둠 속 저 흰 등대, 그것이 나는 무서울 지경이다. 순간, 나는 도로 돌아갈 생각을 한다. 그러나 이 마술에 걸린 듯한 상태를 파괴하는 것은 불가능하다. 나는 전진한다. 손을 내밀어서 경계표에 손을 댄다.

　여기가 바스 드 비에유가이다. 어둠 속에 성 세실 교회의 거대한 덩어리가 덮여 있고 그 유리창이 반짝인다. 양철로 만든 대주교 모자가 부스럭거린다. 나는 세계가 돌연 오그라든 것인지 혹은 소리와 형상 속에 나 자신이 그렇게도 강력한 통일을 준 것인지 모른다. 나를 에워싸고 있는 모든 것이 원래는 지금의 상태가 아니라고 생각할 수조차 없다.

　순간, 나는 서서 기다린다. 나의 심장의 고동 소리가 들린다. 인기척이 없는 광장에 눈을 돌려 훑어본다. 아무것도 안 보인다. 제법 강한 바람이 일었다. 나는 오해를 했다. 바스 드 비에유가는 다만 중간역에 불과하며, 나를 기다리는 '것'은 뒤코통 광장 안쪽에 있다.

　나는 서두르지 않고 다시 걷기 시작한다. 나는 행복의 절정에 다

다른 듯싶었다. 마르세유에서, 상하이에서, 메크네스에서, 나는 이렇듯 충만한 감정을 얻기 위하여 어떤 노력을 했던가? 지금 나는 아무것도 기다리지 않는다. 공허한 일요일 끝에 나는 집으로 돌아간다. 그런데 그 감정이 거기에 있다.

다시 걷는다. 바람이 무적(霧笛) 소리를 실어온다. 나는 고독하다. 그러나 나는 도시로 가는 군대처럼 행진한다. 바다 위에 음악이 울리고 있는 배들이 있다. 유럽의 모든 도시에 불이 켜지고 공산주의자들과 나치스들이 베를린에서 싸우고 있다. 실업자들이 뉴욕의 보도를 점령하고 있고. 여자들은 따뜻한 방 안에서 미용사 앞에 앉아 눈썹 위에 화장을 하고 있다. 그리고 나는 이 쓸쓸한 거리에서 노이쾰른의 어떤 창문에서 나는 총소리, 운반 중인 부상자의 피, 딸꾹질, 화장하는 여자들의 정확하고 섬세한 동작, 그 하나하나에 나의 한 걸음 한 걸음이, 그리고 가슴의 고동이 호응하고 있다.

나는 질레 골목 앞에서 어찌할 바를 모른다. 누가 이 골목 안에서 나를 기다리고 있지나 않을까? 그러나 투른브리드가 끝에 있는 뒤코통 광장에도 역시, 생겨나기 위해서 나를 필요로 하는 그 무엇이 있다. 나는 초조하기 이를 데 없다. 가장 사소한 동작일지라도 내 운명을 좌우하게 될 것만 같다. 나에게서 무엇을 원하는지를 나는 알아낼 수가 없다. 그렇지만 선택해야 한다. 나는 질레 골목을 희생한다. 나를 위해 무엇이 거기에 간직되어 있는가를 나는 영원히 모를 것이다.

뒤코통 광장은 비어 있다. 내가 잘못 생각한 것인가? 그렇다면 나는 견딜 수 없을 것 같다. 정말 아무 일도 일어나지 않을 것인가? 나는 카페 마블리의 불빛을 찾아간다. 나는 방향을 잡지 못하고, 들어갈까 말까 망설인다. 김이 서린 큰 유리창 너머를 나는 힐끔 본다.

　방은 가득 차 있다. 담배 연기와 축축한 양복에서 발산하는 김 때문에 공기가 푸르스름하다. 여자 종업원이 카운터에 앉아 있다. 나는 그녀를 잘 안다. 그녀도 나처럼 머리칼이 붉다. 그녀는 내장병에 걸려 있다. 그녀는 분해 중인 시체가 간혹 발산하는 오랑캐꽃 냄새와 비슷한 우울한 미소를 지으며, 스커트 밑에서 서서히 썩어가고 있다. 나는 머리끝에서 발끝까지 소름이 끼친다. 그것은…… 나를 기다리는 게 바로 그 여자였던 것이다. 그녀는 카운터 너머로 상반신을 세우고 우두커니 거기에 있다. 미소를 짓고 있다. 카페 안쪽에서 그 무엇이 이 일요일의 맥락 없는 순간들 위로 되돌아와서 그것들을 서로 접합하여 그것들에게 의미를 부여한다. 나는 여기에 도달하기 위하여 이 유리창에 이마를 대고 석류 빛깔의 커튼 위에 핀 것 같은 그 섬세한 얼굴을 보기 위하여 오늘 하루를 보냈다. 모든 것이 멈추었다. 나의 삶이 멈추었다. 이 커다란 유리, 이 무거운, 물처럼 파란 공기, 물밑에 가라앉은 기름지고 흰 식물이 나 자신과 더불어 견고하고, 충실한 하나의 전체를 이룩하고 있다는 것이 나는 행복하다. 내가 라르두트로에 왔을 때 나에게는 쓰디쓴 후회만이 남아 있었다. 나는 혼잣말을 하고 있었다.

　"모험의 감정, 그것만큼 내가 집착하는 것은 아마도 없을 거야. 그러나 그것은 오고 싶을 때 온다. 그것은 그렇게도 빨리 떠나가버린다. 그리고 그것이 떠나가버렸을 때, 나는 얼마나 허무한지! 내가 삶에 실패했다는 것을 증명하기 위하여 그것은 나에게 아이러니한 그 짧은 방문을 하는 것일까?"

내 뒤, 그 도시에서, 곧게 뻗은 큰길 속에서, 가로등의 싸늘한 조명을 받으면서 사회적인 대사건이 사라져가고 있었다. 일요일의 종말이었다.

## 월요일

나는 어제 그 어처구니없고 거창한 글을 어떻게 쓸 수 있었을까? '나는 고독하다. 그러나 도시로 내려가는 군대처럼 행진하고 있다' 고 말이다.

글을 다듬을 필요는 없다. 나는 어떤 환경을 명백하게 하기 위해서 쓰고 있다. 문학을 경계해야 한다. 말을 고르지 않고 붓 가는 대로 써야 한다.

결국 내가 질색인 것은 어제 저녁때 숭고했다는 사실이다. 스무 살 때, 나는 술에 취한 다음 나 자신을 데카르트 같은 부류의 인간이라고 설명하곤 했다. 내가 영웅 심리로 가득 차 있다는 것은 잘 알고 있었으나, 나는 그대로 가만히 있었다. 그것이 재미있었다. 그리고 그 이튿날, 나는 토해낸 것들이 가득 찬 침대에서 잠이 깬 것처럼 불쾌했다. 술에 취해도 나는 토하지 않는다. 그러나 술에 취해서 토하기라도 하는 편이 더 나을 것이다. 어제는 취했기 때문이라고 변명할 수도 없다. 나는 바보처럼 흥분했다. 물처럼 투명한 추상적 생각으로 나 자신을 씻어낼 필요가 있다.

그 모험의 감정은 확실히 사건에서 생겨나지는 않는다. 그것은 증명됐다. 모험이란 차라리 순간순간이 서로 얽히는 그 방법에서 생긴다. 아마도 그렇다고 생각된다. 즉 갑자기 우리는 시간이 흐르는 것, 즉 한순간이 다른 순간에 인도되며, 그 순간이 또 다른 순간에 그런 식으로 인도되는 것을 느낀다. 그리고 매 순간이 사라지고, 그것을 붙잡아두는 게 어리석다는 것을 느끼게 된다. 그래서 우리는 매 순간 '속'에 들어 있는 것 같아 보이는 사건에서 이 특징의 원인을 찾는다. 다시 말하면, 형식에 관련된 것을 내용에 연관시켜버리는 것이다. 요컨대 시간의 흐름이라는 것에 대해 사람들은 많은 말을 하지만 그것을 보지는 못한다. 사람들은 어떤 여자를 보고 그 여자가 늙었다고 생각한다. 그러나 그 여자가 늙는 것을 '보지는' 못한다. 그러나 어떤 순간에 그 여자가 늙는 것을 보는 것 같고, 또 그 여자와 더불어 자기도 늙는 것을 느끼는 것 같다. 이것이 모험의 감정이다.

내 기억이 틀림없다면, 사람들은 그것을 시간의 비소급성이라고 부른다. 모험의 감정도 간단히 말해서 시간의 비소급성일 것이다. 그러나 왜 사람들은 모험의 감정을 항상 갖지 않는 것일까? 시간이 항상 비소급적인 것은 아니라는 말일까? 사람이 하고 싶은 행동, 앞으로 나아가거나 또 물러서는 것이 자유자재로 가능하며, 그것이 그다지 중대하지 않다고 느끼는 때가 있다. 그리고 또 그물눈이 좁아진 것 같은 때도 있으며, 그런 경우에는 무슨 일이든 다시 시작할 수 없으므로 실패해서는 안 된다.

안니는 시간이 최대한의 효과를 내게끔 했다. 안니가 지브티에 있고, 나는 아덴에 있었을 때이다. 내가 24시간 동안 틈을 내서 만나러 갈 때면, 돌아올 시간이 정확히 60분밖에 남지 않을 때까지 안니는 우리들 사이에 오해가 그치지 않도록 궁리를 했다. 60분, 그것이야말로 1초 1초 지나가는 것을 느끼기에 충분한 시간이다. 그 기막히던 밤들 중의 하나가 나의 기억에 남아 있다. 나는 자정에 그곳을 떠날 예정이었다. 우리들은 노천극장에 영화를 보러 갔다. 우리는 둘 다 절망 상태였다. 그녀도 나만큼이나 그랬다. 다만 안니는 농간을 부렸다. 11시에 긴 영화가 시작됐을 때, 그녀는 나의 손을 아무 말 없이 꼭 쥐는 것이었다. 흐뭇한 기쁨에 사로잡힌 나는 시계를 볼 필요도 없이 11시라는 것을 알았다. 그 순간부터 우리들은 시간이 1초 1초 흐르는 것을 느끼기 시작했다. 그때는 석 달 동안 못 만나게 되려던 때였다. 스크린에 아주 흰 이미지가 영사되었다. 어둠이 좀 가셨을 때, 나는 안니가 울고 있는 것을 보았다. 자정이 됐을 때 안니는 나의 손을 거칠게 꼭 쥐었다가 놓았다. 나는 일어나서 그녀에게 한마디도 하지 않고 와버렸다. 정말 멋있는 일이었다.

## 저녁 7시

일을 하는 날이다. 그럭저럭 일이 진행되었다. 나는 제법 좋은, 기쁜 마음으로 여섯 페이지를 썼다. 파벨 1세의 치세에 관한 추상적인 관찰이었던 만큼 더욱 유쾌했다. 어제의 자기도취 후에 나는 하루 종일 정신을 바싹 차리고 지냈다. 나의 심정에 호소해서는 안 될 것이었다! 그러나 러시아 귀족정치의 구조를 분해하면서 나는 마음이 가라앉는 것을 느꼈다.

다만 그 롤르봉이 내 심사를 뒤집어놓는다. 그는 아주 사소한 사건 속에서도 신비롭게 군다. 1804년 8월에, 그는 우크라이나에서

도대체 무엇을 했을까? 그는 그 여행에 대하여 다음과 같이 애매하게 말하고 있다.

> 성공이라는 보답을 받지 못한 나의 노력에는 타인한테서 받은 비방이나 모욕 이상의 가치가 있지 않을까 하는 점은 후세 사람들이 판단할 것이다. 나는 나를 비웃는 자들을 침묵하게 하고, 그들을 공포의 도가니로 몰아넣을 수 있는 수단을 내 가슴속에 품고 있었지만 말없이 그들의 모욕과 비난을 감수했다.

한번은 내가 그에게 속아 넘어갔다. 1790년에 그는 부빌 여행에 관해서 분명하지 않은 도도한 말투로 글을 남겨놓았다. 그 일화의 진상을 알아내는 데 나는 한 달이 걸렸다. 결국은 그가 농부의 딸을 임신시켰다는 사실이 전부였다. 그는 단순한 뜨내기 광대에 불과하지 않을까?

거짓말 잘하는 그 아무개 때문에 분통이 터질 것 같다. 아마도 약이 올랐기 때문이리라. 나는 그가 다른 사람들을 속인 것은 기뻤지만 나에 대해서만은 예외이기를 바랐다. 나는 우리들이 그 모든 죽은 자들의 머리 너머로 서로 뜻이 맞는 처지가 되어, 그가 마침내는 나에게만 진실을 말해주리라고 믿고 있었다. 그는 아무 말도 하지 않았다. 전혀 하지 않았다. 그가 속인 알렉산드르나 루이 18세에게 말한 것 이외에는 아무것도 말하지 않았다. 롤르봉이 훌륭한 인간이었다는 것이 나에게는 대단히 중요하다. 그러나 악당이었나 보다. 하지만 누가 안 그렇단 말이냐? 그는 대단한 악당인가 평범한 악당인가? 나는 그가 만약 살아 있다면 손을 대지도 않을 사람을 가지고 시간을 보낼 만큼 역사적 탐구라는 것을 존중하지 않는다. 그에 대해 내가 무엇을 알고 있단 말이냐? 그의 일생보다 더 아름다운 생애를 우리는 상상할 수 없다. 그러나 그런 생애를 그가 이룩한 것일까? 그의 편지들이 그렇게 기교를 부린 것만 아니었더라도……. 아! 그의 시선을 파악해야 할 것이다. 그는 아마도 고개를 갸웃대거나 장난을 좋아하는 듯한 태도로 코 옆에 그의 기다란 검지를 갖다 세우는 등의 매력적인 버릇이 있었는지도 모른다. 또는 상냥한 이중의 거짓말 막간에 짧은 시간 사나운 얼굴을 했다가 곧 숨기는 버릇이 있었는지도 모른다. 그러나 그는 죽었다. 그가 남긴 것이라고는 《전술론》과 《덕성에 대한 고찰》뿐이다.

상상이 미치는 데까지 가만히 두면 나는 그를 잘 그려낼 수 있을 것 같다. 그렇게도 많은 희생자를 낸 날카로운 그의 아이러니 밑에서는 단순하고 순박한 인간을 볼 수 있다. 그는 거의 생각을 하지 않지만 심원한 은총에 의해서 필요한 일을 정확하게 행한다. 그의 간책은 악의 없는 것이고, 돌발적인 것이고, 관대하고, 덕에 대한 애정만큼이나 진지한 것이다. 자기의 은인이나 친구를 멋있게 배반했을 때, 그는 엄숙하게 사건을 향해 돌아서서 거기서 교훈을 끌어낸다. 그는 자기가 타인에 대해서 조금이라도 권한이 있다든가, 또 타인이 자기에게 권한이 있다든가 하는 생각은 가져본 적이 없었다. 인생이 그에게 주는 선물들을 그는 근거가 없는 무상의 것으로 받는다. 그는 모든 일에 열중하지만 한편 쉽사리 떠나버린다. 그래서 그는 편지도 작품도 결코 자기 손으로 쓰지 않았다. 그런 것은 대서인을 시켜서 쓰게 했다.

 이럴 줄 알았더라면 차라리 나는 드 롤르봉 후작에 관해서 소설을 한 권 쓸 것을 그랬다.

### 저녁 11시

 '역원 회관'에서 저녁밥을 먹었다. 마담이 있었기 때문에 나는 그녀와 자야만 했다. 그러나 예의상 자준 것이다. 그 여자한테 좀 싫증이 났다. 살결이 너무 희고 젖비린내가 난다. 그녀는 열정에 넘쳐서 나의 머리를 자기 젖가슴에 껴안았다. 제딴엔 능숙하다고 생각한 것이다. 나는 이불 속에서 멍하니 남의 찌꺼기를 소유했다. 조금 있다가 내 팔에 힘이 빠졌다. 나는 드 롤르봉 씨를 생각하고 있었다. 대체 그의 일생에 대한 소설을 내가 쓰는 일을 누가 막고 있단 말이냐? 나는 손을 여주인의 옆구리로 늘어뜨렸다. 그러자 갑자기 넓적하고 작달막한 나무들이 무성한 작은 정원이 보였다. 나무에는 털로 덮인 커다란 잎새가 늘어져 있었다. 도처에 개미들과 노래기들과 모기들이 기어다니고 있었다. 더 징그러운 벌레들도 있었다. 그들의 몸은 비둘기 고기로 샌드위치를 만들 때 쓰는 빵으로 되어 있었다. 그것들은 게 같은 발로 걸어다녔다. 커다란 잎새는 짐승들이 매달려서 시커멓다. 선인장과 바르바리의 무화과나무 들 뒤에서 공원의 라벨레다 조각이 손가락으로 그의 음부를 가리키고 있었다. "이 정원에서 토사물 냄새가 난다"고 나는 소리쳤다.

 "깨우려고 한 건 아닌데…… 엉덩이 밑에 요가 구겨졌어. 그리고 파리로 가는 기차 손님들 때문에 아래 내려가야겠고……" 하고 여주인이 말했다.

### 사순절 전 화요일

내가 모리스 바레스의 볼기를 쳤다. 우리 셋은 병정이었다. 우리들 중 한 사람 얼굴에 구멍이 뚫려 있었다. 모리스 바레스가 가까이 와서 우리에게 말했다.

"좋아!"

그러고는 한 사람 한 사람에게 오랑캐꽃 다발을 주었다.

"이것을 어디에 놓으면 좋을지 모르겠어"라고 얼굴이 뚫린 병정이 대답했다. 그러자 모리스 바레스는 대답했다.

"얼굴에 있는 구멍에 넣으면 돼."

병정이 대답했다.

"나는 네 항문에 넣겠어."

그래서 우리는 모리스 바레스를 돌려 세우고 바지를 벗겼다. 그는 바지 밑에 추기경의 붉은 옷을 입고 있었다. 우리가 그것을 걷어 올렸더니 모리스 바레스는 소리치기 시작했다.

"조심해, 난 발밑에 끈이 달린 바지를 입고 있어."

그러나 우리는 피가 날 때까지 볼기를 때렸다. 그리그 그의 볼기에다 오랑캐꽃 잎을 대고 데룰레드의 얼굴을 그려놓았다.

얼마 전부터 나는 자주 이 꿈을 더듬고 있다. 게다가 매일 아침 이불이 땅바닥에 떨어져 있는 것을 보니 잠자는 동안에 몸부림을 많이 치는 모양이다. 오늘은 사순절의 마지막 날 화요일이다. 그러나 부빌에서는 별로 대단하지 않다. 온 거리에서 백 명 정도의 사람들이 가장 행렬을 하는 것이 고작이다.

층계를 내려가고 있을 때 주인 여자가 나를 불렀다.

"편지가 와 있어요."

편지라면 작년 5월에, 루앙 도서관의 사서에게 받은 것이 마지막이었다. 주인 여자는 나를 사무실로 데리고 간다. 그녀는 나에게 노란빛의 두툼하고 기다란 봉투를 내민다. 안니가 써 보낸 것이다. 안니의 소식을 모른 지 5년째이다. 편지는 파리의 전 주소로 갔나 보다. 2월 1일 도장이 찍혀 있었다.

밖으로 나간다. 손가락 끝에 봉투를 쥐고 있으나 감히 뜯을 수가 없다. 안니는 편지지를 바꾸지 않았다. 나는 안니가 여전히 피커딜리의 조그만 문방구에서 그것을 사고 있을까를 자문해본다. 나는 그녀의 그 머리, 자르려 하지 않던 그 무거운 금발도 여전할 것이라고 생각한다. 안니는 거울 앞에서 제 얼굴을 보존하려고 꾸준히 애쓰고 있을 것이다. 그것은 교태나 늙어가는 데 대한 공포 때문이 아니라 있는 그대로의 자기, 자기와 꼭 같은 자기이기를 원하기 때문이다. 나는 아마 자기 얼굴의 극소한 특징에 대한 안니의 강하고 엄혹한 충실성을 좋아하는지도 모른다.

바이올렛색 잉크로(안니는 잉크도 역시 안 바꿨다) 주소를 또박또박 쓴 글씨가 아직도 약간 반짝이고 있다.

'앙투안 로캉탱 귀하'

그런 봉투 위에 씌어진 나의 이름을 읽기란 그 얼마나 즐거운 일이랴. 안개 속에서 나는 안니의 미소들 중 하나를 되찾았다. 나는 그 눈과 갸웃한 고개를 짐작했다. 내가 앉아 있으면 안니는 웃으면서 내 앞에 와서 섰다. 상반신 전체를 우뚝 세운 채 나의 어깨를 잡고 뻗은 팔로 나를 흔들었다.

봉투는 무겁다. 적어도 여섯 장은 될 것 같다. 파리 발자국 같은, 나의 옛적 문지기 아주머니의 글씨가 다음과 같은 익숙한 글씨 위에 겹쳐 써 있다.

'프랭타니아 호텔—부빌'

그 작은 글씨들은 반짝이지 않는다.
편지를 뜯었을 때 나의 환멸은 6년 전의 나를 회상케 했다.
"알맹이는 아무것도 아닌데 안니는 어떻게 이렇게 봉투를 두둑하게 만들 수가 있었을까?"
그것은 내가 1924년 봄에 오늘처럼 봉투 속에서 편지지를 끄집어내려고 하면서 수백 번 중얼거린 말이다. 봉투의 내면은 찬란하다. 짙은 초록빛 바탕에 황금빛 별이 있다. 풀을 먹인 무거운 천과도 같다. 그것만 해도 무게의 4분의 3은 된다.
안니는 연필로 썼다.

며칠 후에 파리에 가요. 2월 20일에 스페인 호텔로 날 보러 와요! 부탁해요('부탁해요'라는 말은 문장의 줄 밖에 써놓아서 '나를 보러'라는 말과 괴상한 나선형으로 연결되어 있다). 당신을 꼭 만나야겠어요. 안니.

메크네스나 탕헤르에 있었을 때, 저녁에 집으로 돌아오면 침대 위에서 '당신을 곧 만나고 싶어요'라는 쪽지를 나는 가끔 보곤 했다. 내가 뛰어가면 안니는 눈썹을 찌푸리고 놀란 모습으로 문을 열어주었다. 내게 할 말이라고는 없었다. 온 것을 책망하는 눈치였다.

파리에 가야겠다. 안니가 나를 맞아주지 않을지도 모른다. 그렇지 않으면 호텔 프론트에서 "그런 분은 안 계십니다"라고 내게 말할지도 모른다. 그녀가 그런 짓은 하지 않겠지. 다만 생각이 변했으니 요다음 기회로 미루자는 편지를 일주일 후에 보내올 가능성은 있다.

사람들은 일을 하고 있다. 극히 평범한 사순절 전의 화요일의 모습이다. 뮤틸레가는 비가 오려고 할 때마다 그러하듯이 축축한 재목 냄새가 난다. 영화관이 아침부터 문을 열고 학생들은 방학을 하는…… 그러한 괴상한 며칠이 싫다. 거리에는 줄곧 우리의 관심을 끄는, 어딘가 축제 기분이 도는데, 그 기분을 새삼스레 찾아보면 다 날아가버리는 것이다.

아마 나는 안니를 보러 갈 것이다. 그러나 그 생각이 뚜렷이 나를 즐겁게 하고 있다고는 할 수 없다. 그 편지를 받은 후로 일이 안 된다. 다행히도 정오다. 배는 고프지 않지만 시간을 보내기 위해서 식사를 해야겠다. 나는 오를로제 가의 '카미유 레스토랑'에 들어간다.

이 식당은 마치 뚜껑이 닫힌 상자 같다. 여기서는 밤새도록 슈크루트며 스튜가 나온다. 연극이 끝난 후에 밤참을 먹으러 가는 곳이다. 경찰들은 밤에 도착한, 배가 고픈 여행자에게 이곳에 가라고 일러준다. 대리석 식탁이 여덟 개가 있다. 벽을 타고 가죽 의자가 죽 놓여 있다. 붉은 밑바닥이 군데군데 드러나 있는 거울이 두 개. 두 창문과 문의 유리는 불투명하다. 카운터는 깊숙한 데 있다. 옆에 방이 하나 있으나 나는 거기에 들어가본 적이 없다. 동반자 전용인 것이다.

"햄 오믈렛을 주시오."

웨이트리스는 볼이 볼그스레하고 몸집이 큰 처녀였는데, 남자에게 말을 할 때에는 웃음을 참지 못한다.

"그건 안 되는데요. 감자 오믈렛을 드실래요? 햄이 들어 있는 찬장이 잠겼어요. 주인아저씨가 자르시니까요."

나는 스튜를 주문한다. 주인의 이름은 카미유인데 무뚝뚝한 녀석이다.

웨이트리스는 가버린다. 나는 이 침침하고 낡은 곳에 혼자 있다. 내 지갑 속에는 안니의 편지가 있다. 애매한 수치심이 그것을 다시 읽지 못하게 한다. 나는 글귀를 하나하나 차근차근 생각해본다.

'친애하는 앙투안'

나는 미소짓는다. 확실히 그렇지 않다. 확실히 안니는 '친애하는 앙투안'이라고는 쓰지 않았다.

6년 전에 — 우리는 합의하에 막 헤어졌는데 — 나는 도쿄에 가기로 결정했다. 나는 안니에게 짧은 편지를 보냈다. 나는 '나의 사랑하는 그대'라고 그녀를 부를 수 없게 되었다. 그저 담담하게 '정다운 안니'라는 문구로 나는 쓰기 시작했다.

안니는 나에게 답장을 보냈다.

> 나는 당신의 융통성에 놀라고 있어요. 나는 결코 당신의 '정다운 안니'가 아니었어요. 당신도 나의 정다운 앙투안이 아니라는 것을 알아주세요. 어떻게 나를 불러야 할지 모르겠거든 나를 부르지 마세요. 그게 더 좋을 거예요.

나는 지갑에서 편지를 꺼낸다. 그녀는 '정다운 앙투안'이라고 쓰지 않았다. 편지 끝에도 예의를 갖춘 말이라곤 없다. '당신을 꼭 만나야겠어요, 안니'라고밖에는. 안니의 감정을 나타내 보이는 것은 아무것도 없다. 나는 불평할 수가 없다. 이러한 것에서도 완벽에 대한 안니의 사랑을 볼 수 있다. 안니는 늘 '완벽한 순간'을 실현시키고 싶어했다. 만약 그 순간이 거기에 알맞지 않으면 안니는 무엇에나 관심을 두지 않게 되고, 눈에서는 생기가 없어지고, 사춘기 소녀 같은 모습으로 어슬렁거렸다. 그렇지 않으면, 트집을 잡아 나에게 대들었다.

"당신은 부르주아처럼 엄숙하게 코를 푸는군요. 그리고 만족스럽게 손수건 속에 잔기침을 하는군요."

대답해서는 안 되었다. 기다려야만 했다. 그러다가 나로서는 알 수 없는 어떤 신호에 의해서 갑자기 안니는 소스라치고, 나른해졌던 아름다운 얼굴을 긴장시켜서, 개미처럼 열심히 일을 시작하는 것이었다.

그녀는 기만적이지만 매력 있는 마술을 가지고 있었다. 그녀는 사방을 돌아다보면서 입속으로 노래를 불렀다. 그러다가 웃으면서 일어나 나에게로 다가와서 나의 어깨를 흔들곤 했다. 그러면 얼마 동안 안니를 둘러싸고 있는 물건들의 질서가 주어지는 듯했다. 그녀는 낮고 빠른 목소리로 나에게서 자기가 무엇을 기대하고 있는가를 설명해주었다.

"좀 노력해봐요, 응? 요전번에는 당신 참 바보였어. 이 순간이 얼마나 아름다워질 수 있을지 당신도 알잖아요? 하늘을 봐요. 카펫 위의 태양을 봐요. 마침 나는 초록색 옷을 입고 있고 분을 안 발라서 얼굴이 파래요. 뒤로 좀 가요. 그늘에 가 앉아요. 당신이 어떻게 해야 하는지 알아요? 아니, 참 당신은 바보야─말 좀 해봐요."

일의 성패는 내 손안에 들어 있고, 이 순간은 다듬어야 하고 완전하게 만들어야 할 애매한 의의가 있다는 것을 나는 느끼고 있었다. 어떤 동작이 행해져야만 했다. 어떠한 말이 있어야만 했다. 나는 나의 책임의 무게에 짓눌리고 있었다. 나는 눈을 부릅뜨고 있었지만 아무것도 보이지는 않았다. 안니가 그 순간에 만들어낸 의식(儀式)의 한복판에서 나는 몸부림치는 것이었다. 나는 기다란 팔로 거미줄처럼 그것을 찢어버렸고, 그럴 때마다 안니는 나를 증오했다.

틀림없이 나는 안니를 만나러 갈 것이다. 안니를 존경하고 있고 아직도 진심으로 사랑하고 있다. 그러나 나는 완벽한 순간을 이룩하는 일에 있어서는 어느 다른 사람이 더 운이 좋고, 더 능숙하기를 바란다.

"당신의 악마 같은 머리칼이 모든 걸 망친다니까. 붉은 머리카락을 가진 사람이 무슨 쓸모가 있겠어요?"

그녀는 웃고 있었다. 나는 먼저 안니의 눈과 다음에 그녀의 가는 몸의 기억을 잊었다. 될 수 있는 한 오래, 나는 안니의 미소를 기억에 매어두었는데 그것조차 잊어버린 것이 3년 전이다. 조금 아까 내가 주인아주머니에게서 편지를 받았을 때 갑자기 안니의 미소가 되살아났다. 웃고 있는 안니를 본 것 같았다. 나는 한 번 더 그 미소를 생각해내려고 애쓴다. 나는 안니가 나의 마음속에 일으키는 온갖 애정을 느낄 필요가 있다. 그 애정은 여기 아주 가까이 있다. 싹트기만을 기다리고 있다. 그러나 미소는 되살아나지 않는다. 마지막이다. 나는 공허하고 메마른 기분이다.

어떤 남자가 추위하는 모습으로 들어왔다.

"여러분, 안녕하십니까?"

그는 낡아빠져 초록색이 된 외투를 벗지도 않고 앉았다. 그는 기다란 손가락들을 꼬면서 비빈다.

"무얼 드시겠어요?"

그는 깜짝 놀란다. 눈이 불안해 보인다.

"네? 비르\*에 물을 타서 주시오."

웨이트리스는 움직이지 않는다. 거울 속에 보이는 그녀의 얼굴은 잠든 것 같았다. 사실 그녀의 눈은 열려 있지만 그것은 벌어진 틈에 불과하다. 늘 그렇게, 그녀는 손님에게 속히 시중을 들지 않는다. 언

---

\*   키나가 든 포도주로 식전주의 일종

제고 약간 주문에 대해서 생각을 한다. 자기가 카운터로부터 가지고 오려는 병이며, 붉은 글씨가 씌어진 흰 상표며, 자기가 따르려는 진하고 검은 시럽 생각을 하고 있는 모양이다. 자기가 그것을 마시는 것처럼 말이다.

나는 안니의 편지를 지갑 속에 넣는다. 그 편지가 할 수 있는 모든 것을 나에게 해주었기 때문이다. 이 편지를 손에 들고, 그것을 접어서 봉투에 넣은 여인에게까지 거슬러 올라갈 수는 없다. 과거의 그 누구를 생각한다는 것이 가능할까? 우리들이 서로 사랑하고 있던 동안, 우리의 가장 짧은 순간도, 또 가장 작은 걱정거리도 우리들에게서 떨어져 나가 우리의 뒤에 남는 것을 우리는 용서하지 않았다. 소리, 냄새, 그날의 기분, 서로 말로 표현하지 않는 생각까지도 우리는 모두 가슴속에 안고 살았으며, 모든 것은 생생하게 남아 있었다. 우리들은 그것들을 현재로서 즐기고 괴로워하는 것을 멈추지 않았다. 추억이라곤 하나도 없었다. 그늘도 없고, 후퇴도 없고, 피할 곳도 없는, 강렬하고 불타는 듯한 사랑이었다. 3년의 세월이 동시에 존재하고 있었다. 그 때문에 우리는 헤어졌다. 우리는 그 짐을 더 이상 지탱할 힘이 없었다. 그러다가 안니가 훌쩍 떠나갔을 때, 3년의 세월이 과거 속으로 무너져 들어갔다. 나는 허무함을 느낄 뿐 괴롭지도 않았다. 그러자 시간이 다시 흐르기 시작하고 공허가 증가해 갔다. 그다음 내가 사이공에서 파리로 돌아가기로 결심했을 때, 나의 기억에 남아 있었던 모든 것 — 외국인의 얼굴이라든지 광장, 기다란 강에 연한 부두 — 이 사라져버렸다.

나의 과거는 커다란 하나의 구멍에 불과하다. 나의 현재, 그것은 카운터 앞에서 꿈에 잠겨 있는 검은 블라우스를 입은 웨이트리스와 저 키가 작은 녀석이다. 내가 나의 인생에 관해서 알고 있는 모든 것을 나는 책에서 읽은 것같이 생각된다. 베나레스의 궁전, 문둥이 왕의 테라스, 자바의 크고 부서진 층계가 있는 사원…… 등은 순간적으로 나의 눈 속에 비쳤지만 그 모든 것은 저기 제자리에 머물러 있다. 프랭타니아 호텔 앞을 지나는 전차는 저녁때면 그 창유리에 네온 광고가 켜지지만 그 네온 광고를 앗아가지는 않는다. 전차는 잠깐 동안 불붙은 것처럼 타오르지만 시커먼 유리창과 더불어 멀어진다.

그 남자는 나를 끊임없이 바라본다. 귀찮다. 제 몸에 비해서는 의젓한 태도를 하고 있다. 웨이트리스는 마침내 시중을 들기로 마음먹었다. 그녀는 대견스럽게 크고 검은 팔을 든다. 병에 손을 뻗치고, 컵 하나와 함께 병을 가지고 온다.

"여기 있습니다, 선생님."

"아실 선생이지."

남자는 상냥스럽게 말한다.

웨이트리스는 대답도 안 하고 붓는다. 남자는 재빨리 코에 댔던 손가락을 당겨서, 손바닥을 아래로 하고 두 손을 식탁 위에 놓는다. 남자는 고개를 뒤로 젖혔다. 그의 두 눈이 빛난다. 그는 냉정한 목소리로 말한다.

"가엾은 아가씨."

웨이트리스도 깜짝 놀라고 나도 깜짝 놀란다. 그는 뭐라고 정의할 수 없는 표정이고, 아마도 놀란 모양이다. 마치 그 말을 한 것이

다른 사람이란 태도이다. 우리 셋은 모두가 어색하다.

뚱뚱한 웨이트리스가 맨 먼저 정신이 났다. 그녀는 상상력이 없다. 그녀는 아실 씨를 점잖게 주의해서 본다. 이 자리에서 그 남자를 밖으로 끌어내려면 한 팔로 충분하다는 것을 그녀는 잘 알고 있다.

"대체 왜 내가 불쌍해요?"

그는 주저한다. 당황해서 그녀를 바라보다가 웃는다. 그의 얼굴에는 수많은 주름살이 생긴다. 주먹으로 희미한 동작을 한다.

"골이 났군. 왜 다들 그렇게 말하잖아? 가엾은 아가씨라구들. 별 생각 없이 한 말이야."

그러나 그녀는 그에게로 등을 돌리고, 카운터 뒤로 가버린다. 정말 모욕을 당했다는 눈치이다. 그는 아직도 웃고 있다.

"하하! 아니, 도망갔어. 골이 났나? 골이 났군요."

은근히 나에게 이야기하는 듯한 말투이다.

나는 고개를 돌린다. 그는 약간 컵을 들었지만 마실 생각은 하지도 않는다. 그는 놀란, 겁이 난 모습으로 눈을 깜박거린다. 무슨 일을 생각해내려고 하는 것 같다. 웨이트리스는 카운터에 앉아 일거리를 든다. 모든 것이 침묵으로 돌아갔다. 그러나 아까와 같은 침묵은 아니다. 비가 온다. 비는 닦지 않은 유리창들을 가볍게 때린다. 거리에 아직 가장을 한 어린아이들이 있다면 비는 어린아이들이 마분지로 만든 가면을 적시고 더럽게 만들 것이다.

웨이트리스는 전기를 켠다. 2시밖에 안 됐는데 하늘이 컴컴하다. 바느질을 하기에는 어둡다. 부드러운 빛, 사람들은 아마 집에도 전기를 켰을 것이다. 그들은 책을 읽다가 창문 너머로 하늘을 바라본다. 그들에게…… 그것은 별문제이다. 그들은 다른 방법으로 늙어 갔다. 그들은 유산이라든지, 선물에 둘러싸여 살고 있으며, 가구 하나하나가 추억이다. 조그마한 추가 달린 시계, 메달, 초상화, 조개, 문진(文鎭), 병풍, 숄. 그들은 병이 잔뜩 들어 있는 장, 천, 낡은 옷, 신문 등을 가지고 있다. 그들은 모든 것을 보존했다. 과거, 그것은 소유자의 사치인 것이다.

어디에 나의 과거를 간직해둘 수 있을까? 사람은 자기의 과거를 호주머니에 넣어둘 수 없다. 과거를 정돈해놓기 위한 집을 한 채 가져야만 한다. 나는 나의 육체밖에는 가진 것이 없다. 자신의 육체만 가지고 있는 아주 고독한 사람은 추억을 간직할 수가 없다. 추억은 육체를 거쳐서 지나가버린다. 나는 슬퍼해서는 안 된다. 나는 자유로웠으니 말이다.

키가 작은 녀석이 몸을 움직이더니 한숨을 내쉰다. 그는 외투 속에 몸을 웅크렸다. 그러나 때때로 몸을 치켜세우고 거만한 태도를 취한다. 그도 역시 과거가 없다. 잘 찾아보면 이제는 왕래가 끊어진 사촌 집에서 결혼식 때 찍은 사진이 남아 있어, 거기에서 접는 칼라에 풀을 먹인 셔츠를 입고, 짙은 콧수염을 기른 젊은 남자를 볼 수 있을지도 모른다. 나로 말하면 그것조차도 없는 게 확실하다.

그는 또 나를 본다. 이번에는 나에게 말을 걸 모양이다. 나는 긴장한다. 우리들 사이에 있는 것은 공감이 아니다. 우리가 비슷하다는 사실뿐이다. 그 사나이도 나처럼 고독하지만 오히려 나보다 더 심한 고독 속에 잠겨 있다. 그는 자기의 구토를, 또는 그와 비슷한 그 무엇을 기다리고 있음에 틀림없다. 그러나 이제는 나를 '알아보는'

사람들이 있는 것이다. 그들은 나의 얼굴을 보고 나서 '저것은 우리와 동류이다'라고 생각한다. 그래서 그는 무엇을 바라는 것일까? 우리는 서로서로 아무 일도 해줄 수 없다는 것을 그 사나이는 충분히 알고 있을 것이다. 가정을 가지고 있는 사람들은 집 안에서 추억 속에 잠겨 살고 있다. 그런데 여기에 있는 우리들은 추억이 없는 두 개의 표류물이다. 만약 그가 갑자기 일어서서 나에게 말을 건다면 나는 펄쩍 뛸 것이다.

요란한 소리가 나면서 문이 열린다. 로제 의사다.

"여러분, 안녕하신가?"

간신히 상반신을 떠받들고 있는 긴 다리 위에서 몸을 떨며, 무섭고 의심이 많은 눈초리를 한 의사가 들어온다. 나는 일요일에 자주 그를 베즐리즈 맥주홀에서 본다. 그러나 그는 나를 모른다. 그의 몸은 옛적 쥐앵빌의 지도자처럼 생겼다. 넓적다리 같은 팔, 110센티미터나 되는 가슴, 그러니 서 있을 수가 없다.

"잔, 이봐 잔."

그는 모자걸이에 자기의 커다란 펠트 모자를 걸려고 잔걸음질을 친다. 웨이트리스는 바느질하던 것을 접어놓고 졸면서 와서 의사의 레인코트를 벗겨준다.

"무엇을 드릴까요, 선생님?"

그는 신중하게 웨이트리스를 관찰한다. 내가 남자의 훌륭한 얼굴이라고 부르는 것이 바로 저기에 있다. 생활과 정열에 닳고 파인 얼굴이다. 의사는 인생을 알았고, 자기의 정열을 억제했다.

"뭘 해야 좋을지 모르겠는데."

그는 깊숙한 목소리로 말한다.

그는 내 정면에 있는 의자에 털썩 주저앉는다. 이마의 땀을 씻는다. 앉자마자 편히 쉰다. 크고 검은, 명령을 내릴 듯한 눈은 사람을 위압한다.

"가만 있자. 그게 그게 — 오래 묵은 칼바\*를 주지."

웨이트리스는 꼼짝도 안 하고 그의 옆얼굴을 관찰하고 있다. 그녀는 무슨 생각에 잠겨 있는 것 같다. 키 작은 녀석은 해방된 기쁨의 미소를 짓는다. 사실이다. 이 기둥 같은 녀석은 우리들을 해방시켰다. 우리들을 사로잡으려고 하고 있었던 무시무시한 그 무엇이 있었다. 그는 힘 있게 숨을 쉬었다. 지금 우리는 인간들 틈에 있다.

"칼바도스, 알겠지?"

웨이트리스는 깡충 뛰어서 안쪽으로 간다. 그는 굵은 팔을 뻗어 식탁 끝을 꽉 쥐었다. 아실 씨는 아주 기뻐한다. 그는 의사의 주의를 끌려고 한다. 그러나 다리를 아무리 흔들어도 의자 위에서 아무리 꿈틀거려도 소용없다. 하도 몸집이 작아서 소리가 나지 않는다.

웨이트리스가 칼바도스를 가져온다. 그녀는 눈짓으로 의사에게 옆 손님을 가리킨다. 로제 의사는 천천히 상반신을 돌린다. 그는 고개를 돌리지 못한다.

"저런, 자넨가, 할아범" 하고 소리를 지른다.

"그래, 죽지 않았군그래."

그는 웨이트리스에게 말한다.

---

\*   칼바도스, 브랜디의 일종

"이런 녀석을 들인단 말야?"

그는 무서운 눈초리로 키가 작은 녀석을 본다. 사물을 제자리에 도로 갖다 놓는 곧은 시선이다. 그는 설명한다.

"이 늙은 놈은 좀 돌았어."

그는 농담을 하고 있다는 시늉도 하지 않는다. 의사는 그 돈 늙은이가 화를 내기는커녕 웃으리라는 것을 알고 있다. 아니나 다를까, 키가 작은 그 녀석은 비굴한 웃음을 띤다. 돈 늙은이, 그는 마음이 놓이고, 보호받고 있는 것을 느낀다. 오늘 이 남자에게 아무런 일도 생기지 않을 것이다. 가장 어이없는 일은 나도 안심했다는 사실이다. 돈 늙은이, 과연 그렇다. 그뿐이었다.

의사가 웃는다. 상냥하고 공모자 같은 눈초리를 나에게 던진다. 그것은 아마도 나의 몸집 — 게다가 나는 깨끗한 셔츠를 입고 있다 — 때문이다. 그는 내가 그의 농담에 한몫 끼기를 바라고 있는 것이다.

나는 웃지 않는다. 그의 제안에 응하지 않는다. 그래서 의사는 여전히 웃고 있으나 무서운 눈동자의 불꽃을 나에게 던진다. 몇 초 동안 우리들은 서로 노려본다. 의사는 근시처럼 나를 노려본다. 그는 나를 분류하고 있다. 돈 사람인지 건달인지.

결국 고개를 돌리는 것은 그 친구이다. 사회적으로 아무런 중요성이 없는 고독한 인간 앞에서 풀이 좀 죽는 것은 언급할 필요도 없다. 그런 것은 곧 잊혀진다. 담배를 말아서 불을 붙인다. 그러고는 노인들이 그러듯이 눈을 부릅뜨고 움직이지 않는다.

훌륭한 주름살이다. 그는 모든 주름살을 가지고 있다. 이마의 주름, 눈꼬리의 주름, 입 끝의 심한 주름, 게다가 턱 아래로 흐른 누렇고 굵은 주름살까지. 재수가 좋은 사람이다. 누구든지 이 남자를 보면 그는 고생을 했고, 인생을 체험한 사람이라고 생각한다. 게다가 생김생김에 어울릴 만한 가치가 그에게는 있다. 왜냐하면 그는 자기의 과거를 보존하고, 그것을 이용하는 데 소홀히 하지 않았기 때문이다. 한마디로 말하면 그는 과거를 박제로 만든 것이다. 그리고 그는 거기에서 부인용의 경험, 그리고 젊은이용의 경험을 끌어냈기 때문이다.

아실 씨는 마치 오래간만이라는 듯이 행복했다. 그는 감탄해서 입을 벌리고 있다. 그는 볼때기를 쭉 내밀고 맥주를 꿀꺽꿀꺽 마시고 있다. 아니! 의사는 그를 옴쭉 못 하게 만들었다. 발작을 할 정도로 돈 그 늙은이 때문에 정신을 잃을 의사는 아니다. 적당한 욕지거리, 채찍질하는 무뚝뚝한 말투, 그것이 그네들에게는 필요할 것이다. 의사는 경험을 가지고 있다. 경험의 직업인이다. 의사, 신부, 법관, 그리고 장교 들은 마치 그들이 인간을 만들기나 한 것처럼 인간을 알고 있다.

나는 아실 씨 때문에 부끄럽다. 우리는 한패니까 그들에 대해서 패를 지어야만 할 것이다. 그러나 그는 나를 놓아두고 그들 편에 가담했다. 그는 정직하게 그 '경험'을 믿고 있다. 자기의 경험도 아니고 나의 경험도 아니다. 로제 의사의 경험을 믿고 있는 것이다. 조금 전까지도 아실 씨는 자기를 이상하다고 느끼고, 고독하다는 것을 느끼고 있었다. 그러나 지금 그는 자기와 같은 사람이 많이 있다는 것을 알게 된 것이다. 로제 의사는 그들을 만났으며, 그는 아실 씨에게 그 사람들 개개인의 이야기를 해줄 수도 있을 것이었고, 어떻게 그 이야기가 끝났는가도 이야기할 수 있으리라. 아실 씨는 단순히 하나의 예에 불과하다. 공통된, 어떤 관념에 쉽사리 인도될 수 있는 하나의 예이다.

나는 얼마나 그가 사람들에게 속고 있으며, 잘난 체하는 놈들에게 농락당하고 있는가를 말해주고 싶은지 모르겠다. 경험의 직업인이라니? 그들은 그들의 삶을 마비와 반수면 속으로 끌고 들어갔다. 그들은 서둘러서 결혼했고, 되는 대로 자식을 만들었다. 그들은 카페에서, 결혼식에서, 장례식에서 많은 사람들을 만났다. 이따금 소용돌이에 사로잡혀서 그들은 어떤 일이 생기는지도 모르면서 발버둥쳤다. 그들 주위에서 생겨난 모든 일은 그들의 시야 밖에서 시작되어 그 밖에서 끝났다. 모호하게 기다란 형태를 가진 것, 멀리서 온 사건이 그들을 재빨리 스쳐가고 자세히 보려고 했을 때에는 모든 것은 이미 막을 내렸다. 그러다가 40대가 되면 그들은 작은 집착이나 몇몇 개의 속담을 경험이라는 이름으로 부른다. 그들은 자동판매기가 되기 시작한다. 왼쪽 주입기에 2수를 넣으면 은종이에 싸인 일화(逸話)가 나온다. 오른쪽 주입기에 2수를 넣으면 물렁물렁한 캐러멜처럼 이에 달라붙는 듯한 귀중한 충고가 나온다. 나도 역시 그 식으로 하면 사람들의 집에 초대를 받을 수 있었을 것이고, 그들은 내가 '영원' 앞에서의 위대한 나그네라고 생각할 수도 있었을 것이다. 그렇다. 회교도는 주저앉아서 소변을 본다, 힌두교의 산파들은 에르고틴 대신에 쇠똥 속에 빨아놓은 유리 가루를 사용한다, 보르네오에서는 처녀가 월경이 시작되면 지붕 위에서 꼬박 사흘을 지

새운다, 베니스에서 곤돌라에 시체를 매장하는 것을 본 적이 있다, 세비야에서는 성주일(聖週日)의 축제를 보았고, 오베라메르고의 그리스도의 수난극도 보았다 — 물론 이 모든 것은 내 지식의 빈약한 발췌에 불과하다. 나는 의자 위에 번듯이 앉아서 이런 이야기를 재미나게 할 수 있을 것이다.

"질라바를 아시죠, 아주머니? 그곳은 내가 1924년에 머물렀던, 모라비아의 괴상하고 조그마한 도시인데……."

그러면, 여러 가지 경우를 본 바 있는 재판장은 내 말이 끝나자 입을 열 것이다.

"정말 그렇습니다. 지당한 말씀이에요. 내가 이 직업을 택한 초기에 비슷한 경우를 봤습니다. 1902년의 일이었지요. 나는 리모주의 대리 판사였는데……."

젊었을 때, 나는 그러한 소리를 너무나 귀찮도록 들었다. 그러나 나는 직업적 족속에 속하지는 않았다. 그렇지만 아마추어들도 있는 법이다. 즉 서기라든지, 고용인이라든지, 장사꾼 들인데, 그들은 카페에서 이야기를 엿듣는다. 마흔에 가까워지면 발산해버릴 수 없는 경험으로 부풀어오르는 것을 느낀다. 다행히도 그들은 자식을 만들었고, 자식들로 하여금 당장에 그 경험을 소비하게 한다. 그들의 과거는 없어지지 않았으며, 그들의 추억은 응결되어 오붓하게 '예지'로 변하고 있다고 우리로 하여금 믿게 하려고 한다. 편리한 과거이기도 하다! 호주머니의 과거, 아름다운 격언으로 가득 찬 조그마한 황금색 책이다.

"나를 믿으시오, 나는 경험에 입각해서 얘기합니다. 나의 지식은 모두 생활에서 얻은 것이오."

'생활'이 그들을 대신해 생각을 해준단 말인가? 그들은 새로운 일을 옛것을 가지고 설명한다 — 그리고 옛것은 더 옛것을 가지고 설명했다. 마치 역사가가 레닌을 러시아의 로베스피에르라고 하고, 로베스피에르를 프랑스의 크롬웰이라고 말하듯이 말이다. 결국 그들은 아무것도 몰랐던 것이다……. 그들의 의젓함 뒤에서 우울한 나태를 엿볼 수 있다. 외관의 행렬만을 보고 그들은 하품을 한다. 하늘 아래 새로운 것이라곤 없다고 그들은 생각한다. '머리가 돌아버린 늙은이'— 이렇게 말했을 때 로제 의사는 어느 누구를 특별히 생각해낸 것이 아니라 막연히 머리가 돌아버린 수많은 늙은이를 생각하고 있었다. 지금 아실 씨가 무슨 짓을 하든 우리는 놀라지 않을 것이다. 그는 돈 늙은이이기 '때문'이다.

그는 머리가 돌아버린 늙은이가 아니고, 두려워하고 있는 것이다. 무엇이 두려울까? 어떤 일을 이해하려고 할 때 사람은 혼자서 아무런 구원 없이 그 정면에 자리를 잡는다. 이 세상의 모든 과거는 아무 소용도 없을 것이다. 그리하여 그 일은 사라지고 사람이 이해한 것도 그것과 함께 사라져버린다.

보편적 개념, 그것에 사람들의 마음이 끌리기 쉽다. 직업인이나 아마추어까지도 결국은 정당해지고 만다. 그들의 예지는 되도록 소리를 내지 않을 일, 되도록 살지 않을 일, 사람들에게서 잊혀질 일 등을 요청한다. 그들이 가장 좋아하는 이야기는 경솔한 자나 독특한 자가 벌을 받는 이야기이다. 그렇다, 일은 그렇게 될 것이며, 아무도 반대 의견을 말하지 않을 것이다. 아실 씨의 양심은 아마 그다지 평온하지 않을 것이다. 아마 그는 만약 자기가 아버지나 누나의 충고를 들었다면 이렇지 않을 것이라고 생각하고 있을지도 모른다. 의사는 말할 권리를 갖고 있다. 그는 자기의 삶을 망치지 않았으며, 자신을 유용하게 만들 줄 알았다. 평온한 마음으로 권리를 뽐내며, 그는 그 표류물 위에 군림하고 있다. 그것은 하나의 바위이다.

로제 의사는 칼바도스를 마셨다. 그의 큰 몸이 의자 위에 짓눌리며, 눈꺼풀이 무겁게 내려간다. 처음으로 나는 눈이 없는 그의 얼굴을 본다. 그것은 오늘 가게에서 팔고 있는 가면 같았다. 그의 두 볼은 무섭게 붉다. ……갑자기 나는 진리를 깨달았다. 이 사람은 머지않아 죽을 것이다. 그도 잘 알고 있다. 거울에 비치는 것만으로도 충분히 알 수 있을 것이다. 매일매일 그는 조금씩 그렇게 되고 말 시체의 모습과 비슷해진다. 그들의 경험이란 그런 것이다. 자주 내가 경험에서 죽음의 냄새가 난다고 한 것은 바로 그 때문이다. 경험, 그것은 그들의 마지막 요새이다. 의사는 그 마지막 요새를 믿으려고 한다. 그는 참을 수 없는 현실에 대하여 눈을 가리려고 하는 것이다. 고독하고, 알아낸 것도 없고, 과거도 없이 지성은 우둔해지고 육체는 무너져간다는 그 현실에 대하여. 그래서 그는 벌충이 될 만한 자질구레한 망상을 꾸며 그것을 잘 정돈하고 잘 꿰매어놓았다. 그는 자기가 발전하고 있다고 생각한다. 그의 사고에는 구멍이 나 있어 머릿속에서 그것이 헛바퀴를 도는 때가 있는 것 같다면, 그것은 그의 판단엔 청춘의 성급함이 없기 때문이라고 그는 생각한다. 책에서 읽은 것을 이해하지 못한다면 그것은 지금 책과 거리가 멀기 때문이며, 성교를 못 하게 된 것은 전에 했기 때문이다. 했다는 것은 아직도 하고 있다는 것보다 낫다. 멀찍이 물러설 수 있어야 판단도 할 수 있고, 비교도 반성도 할 수 있는 것이다. 그리하여 저 무서운 시체의 얼굴, 그것을 거울 속에서 맛보는 경우를 위해서, 그는 경험에 의해 얻은 교훈이 얼굴에 새겨졌다고 생각하려고 애쓴다.

의사는 고개를 약간 움직인다. 눈을 어렴풋이 뜨고, 졸음으로 충혈된 눈으로 나를 본다. 나는 그에게 미소를 짓는다. 나의 미소가, 그가 감추려고 애쓰는 모든 것을 드러냈으면 좋겠다. 만약 그가 '내가 곧 죽을 것을 아는 놈이 여기 하나 있다!'고 생각을 한다면 그를 깨우쳐줄 것이다. 그러나 그의 눈은 다시 덮인다. 그는 잠이 든다. 나는 간다. 아실 씨가 그의 잠을 감시하도록 남겨두고.

비가 멎었다. 공기가 따뜻하다. 하늘에는 검고 아름다운 구름이 서서히 굴러가고 있다. 완벽한 순간의 배경을 만들기에 충분하고도 남을 정도이다. 안니 같으면, 이 아름다운 구름을 반영시키기 위해서 우리들의 가슴속에 어두운 잔물결을 만들어놓았을 것이다. 그러나 나는 기회를 이용할 줄 모른다. 나는 공허하고 침착하게 이 폐허의 하늘 아래에서 정처없이 간다.


### 수요일
'겁을 먹어서는 안 된다.'


### 목요일
네 페이지를 쓰다. 이어서 오랜 행복의 순간. '역사'의 가치를 너무 추구하지 말 것. 그것은 역사가 지긋지긋해질 위험이 있다. 지금 드 롤르봉 씨가 내 존재의 유일한 증거를 제시하고 있다는 사실을 잊지 말 것.

일주일 후에, 나는 안니를 보러 가련다.

### 금요일

라르두트로의 안개가 하도 짙어서 나는 부대의 벽에 바싹 붙어서 걷는 것이 조심성 있는 행동이라고 생각했다. 자동차 헤드라이트가 오른편에서 앞으로 축축한 불빛을 던지면서 달려가고 있었다. 보도가 어디서 끝났는지 도저히 알 수 없었다. 내 주위에는 사람이 많았다. 나는 그들의 걸음걸이든지 간혹 그들의 이야기 소리의 희미한 여운을 들었다. 그러나 그 사람들이 보이지는 않았다. 한 번은 어떤 여자의 얼굴이 내 어깨쯤 높이에서 나타났다가 곧 안개에 휩쓸려서 없어졌다. 또 한 번은 어떤 사람이 심한 숨을 헐떡거리면서 내 몸을 스쳐 지나갔다. 나는 내가 어디로 가고 있는지를 모르고 있었다. 나는 너무나 정신이 팔려 있었다. 왜냐하면 조심스레 전진해야만 했고, 발끝으로 땅을 더듬어야만 했고, 팔을 앞으로 뻗기까지 해야 했기 때문이다. 이런 짓은 조금도 재미가 없었다. 그러나 나는 집으로 도로 들어갈 생각은 없었다. 나는 사로잡혀 있었다. 마침내 30분 만에 멀리서 푸르스름한 증기가 보였다. 그쪽으로 가다가 나는 커다란 빛의 언저리에 도달했다. 그 한복판에는 불빛으로 안개를 뚫고 나타난 카페 마블리가 보였다.

카페 마블리에는 열두 개의 전기가 있다. 그러나 카운터 위와 천장에 있는 전등 두 개만이 켜져 있을 뿐이었다. 언제나 나오는 가르송이 어두운 구석으로 나를 밀어냈다.

"들어오지 마세요, 선생님. 청소 중입니다."

그는 조끼도 칼라도 없이, 바이올렛색 줄을 친 흰 와이셔츠를 입고 있었다. 그는 하품을 하고 머리를 손가락으로 긁으면서 우울한 태도로 나를 바라보고 있었다.

"블랙 커피하고 크루아상을 주게."

그는 대답도 없이 눈을 비비면서 가버렸다. 나는 냉랭하고 더러운 그늘 속에 잠겼다. 분명히 스팀이 들어와 있지 않았다.

나 혼자만은 아니었다. 밀초 같은 빛깔의 여인이 내 맞은편에 앉아 있었다. 여자는 블라우스를 만지고 검은 모자를 똑바로 고쳐 쓰느라고 줄곧 손을 움직이고 있었다. 그녀 곁에는 키가 큰 금발의 남자가 말없이 계란빵을 먹고 있었다. 무거운 침묵이 계속되었다. 나는 파이프 담배를 피우고 싶었다. 그러나 성냥 긋는 소리로 두 사람의 주의를 끄는 게 불쾌할 것 같았다.

전화벨이 울렸다. 그 순간 손들이 멈추었다. 그녀의 손은 블라우스에 걸려 있었다. 가르송은 침착했다. 수화기를 받으러 가기 전에, 침착하게 그는 비질을 끝냈다.

"여보세요, 조르주 씨세요? 안녕하십니까,…… 네, 네, 주인은 여기 안 계세요…… 아마 곧 내려오실 겁니다. 아, 이렇게 안개가 짙은데…… 보통 8시에는 내려오십니다. 네네, 제가 전하겠습니다. 안녕히 계십시오, 조르주 씨."

안개는 무거운 회색 비로드 커튼처럼 유리창 위를 내리누르고 있었다. 어떤 사람의 얼굴이 잠깐 동안 유리창에 붙었다가 사라졌다.

애원하는 듯한 목소리로 여자가 말했다.

"내 구두끈 좀 매줘요."

"풀어지지 않았는데"라고 남자는 보지도 않고 말한다. 그녀는 신경질이 났다. 그녀의 손이 커다란 거미처럼 블라우스를 따라서 목 위까지 움직였다.

"풀렸어요, 좀 매줘요."

그는 귀찮다는 태도로 구부렸다. 그리고 식탁 아래서 슬쩍 여자의 발을 건드렸다.

"됐어."

그녀는 만족한 듯 미소를 지었다. 남자는 가르송을 불렀다.

"이봐, 여기 얼마야?"

"몇 개 드셨어요?"

가르송이 물었다.

그들을 마주 보고 있는 것을 감추려고, 나는 아래를 보고 있었다. 잠시 후에 삐걱거리는 소리가 나더니, 스커트 밑단과 마른 진흙이 붙은 부츠가 보였다. 끝이 뾰족한 남자용 에나멜 구두가 그 뒤를 따랐다. 그것은 나에게로 와서 움직이지 않더니 반회전을 했다. 남자가 외투를 입고 있었던 것이다. 그때 스커트를 따라 딱딱한 팔 끝의 손이 더듬어 내려오더니 주저하다가 스커트를 긁었다.

"다 됐어?"라고 남자가 물었다.

손이 펴지고, 오른쪽 부츠 위에 있는 커다란 별 모양의 진흙을 만지더니 사라졌다.

"이크!"

사나이가 말했다.

그는 옷걸이 옆에서 트렁크를 들고 왔다. 그들은 나갔다. 나는 그들이 안개 속을 뚫고 점점 사라지는 것을 보았다.

"저 사람들은 광대들이죠"라고 가르송이 커피를 가지고 오면서 나에게 말했다.

"팔라스 영화관에서 막간 여흥을 했죠. 여자가 눈을 가리고 손님들의 이름과 나이를 대는 거죠. 오늘이 금요일이어서 프로그램이 바뀌니까 떠나는 겁니다."

가르송은 광대들이 막 떠난 테이블로 크루아상 접시를 가지러 갔다.

"됐네."

크루아상들, 나는 그것들이 먹고 싶지 않았다.

"전등을 꺼야겠어요. 아침 8시에 손님 한 분 때문에 불을 켜놓으면 주인이 잔소리를 할 겁니다."

침침한 어둠이 카페를 차지했다. 회색과 갈색이 뒤섞인 약한 광선이 지금 높은 유리창으로부터 내리쬐고 있었다.

"파스켈 씨를 뵙고 싶은데."

나는 노파가 들어온 것을 보지 못했다. 얼음 같은 한 줄기 바람이 나를 떨게 했다.

"파스켈 씨는 아직 안 내려오셨어요."

"플로랑 부인이 가보라고 해서 왔는데" 하며 노파는 말을 계속했다.

"몸이 시원치 않아서 오늘은 못 나오겠대."

플로랑 부인이란, 그 붉은 머리칼을 가진 카운터 여자를 가리킨다.

"이런 날씨엔 그녀는 속이 좋지 않아"라고 노파가 말했다.

가르송은 의젓한 태도를 보였다.

"안개 때문이죠"라고 대답한다.

"파스텔 씨도 마찬가지예요. 내려오지 않아서 나도 당황하고 있어요. 전화를 건 사람도 있는데. 여느 때 같으면, 8시에는 내려오는데."

노파는 기계적으로 천장을 보았다.

"위층에 계신가?"

"네, 방에요."

노파는 혼잣말을 하듯이 어미를 길게 끄는 목소리로 말했다.

"그가 죽은 게 아닐까……."

"아아니!"

가르송의 얼굴에 심한 노기가 보였다.

"아이구, 맙소사!"

그가 죽은 게 아닐까……. 나도 그런 생각이 들었다. 바로 오늘같이 안개가 짙은 날이면 갖게 되는 종류의 생각이다.

노파는 갔다. 나도 그 뒤를 따랐어야만 했을 것 같다. 춥고 컴컴했기 때문이다. 안개가 문 밑으로 새어들어왔다. 그것은 천천히 떠올라서 모든 것을 뒤덮어버리려는 터였다. '시립 도서관'에 가면 불빛과 난로가 있을 것이었다.

다시 얼굴 하나가 유리창에 바싹 붙어서 안을 들여다보더니 상을 찌푸렸다.

"좀 기다려!" 하고 골이 난 가르송이 소리치고 뛰어나갔다.

얼굴은 사라졌다. 나는 거기에 홀로 남아 있었다. 내 방에서 기어 나온 데 대하여 씁쓸한 자책을 느꼈다. 이제 안개는 내 방에 침입했을 것이다. 나는 거기로 돌아가는 것이 두려웠던 모양이다.

카운터 뒤에서 무엇인지 덜거덕거렸다. 내실용 계단에서 들려오는 소리였다. 겨우 주인이 내려오는 것일까? 아니다. 아무도 나타나지 않는다. 계단이 저절로 덜거덕거린 것이다.

파스켈 씨는 아직도 잠을 자고 있다. 그렇지 않으면 내 머리 위에 죽어 있다. 안개 낀 아침에 침대 위에서 시체로 발견되다 ― 부제목으로, 카페에서 손님들은 꿈에도 모르고 차를 마시고 있었다…….

그는 아직 잠자리에 누워 있을까? 홑이불을 질질 끌고, 마룻바닥에 머리를 부딪치고 나자빠져 있는 것은 아닐까?

나는 파스켈 씨를 잘 안다. 그는 가끔 나에게 건강 상태를 물어보곤 했다. 깨끗한 콧수염을 가진 쾌활한 남자이다. 만약 그가 죽었다면 그것은 무슨 발작 때문일 것이다. 그는 혀를 내밀고 가지 빛깔이 되어 있을 것이다. 수염은 흩어지고, 고수머리 아래에서 목덜미는 자줏빛이 되어 있을 것이다.

내실용 계단은 암흑 속에 있었다. 난간의 사과 모양 장식이 겨우 보일 정도였다. 그 암흑을 거쳐야만 했다. 계단이 덜거덕거릴 것이다. 그 위에 침실의 문이 보일 것이다…….

시체는 저기 내 머리 위에 있다. 나는 스위치를 돌릴 것이다. 나는 확인하기 위해서 그 미지근한 피부에 손을 대볼 것이다 ― 더 참을 수 없다. 나는 일어선다. 만약 가르송이 나를 계단에서 막으면 나는 무슨 소리를 들었다고 말할 것이다.

가르송이 숨을 헐떡이며 갑자기 들어왔다.

"네, 네" 하고 그는 소리쳤다.

바보 같으니! 그는 나에게로 왔다.

"1프랑입니다."

"저 위에서 무슨 소리가 들렸네."

이렇게 나는 그에게 말했다.

"이제 일어날 때도 됐지요."

"그렇긴 하지만 심상치가 않네. 숨이 막힌 듯한 소리가 들렸어. 게다가 둔한 소리도."

유리창 뒤로는 안개가 낀 그 침침한 방안에서 그 말은 아주 자연스럽게 울렸다.

나는 그의 눈초리를 결코 잊지 못할 것이다.

"올라가보게"라고, 나는 슬쩍 덧붙여 말했다.

"싫어요."

그는 말했다.

"야단맞을까 봐 무서워요. 지금 몇 시죠?"

"10시."

"10시 반에 가볼래요. 그때까지 안 내려오면."

나는 문으로 한 걸음 내디뎠다.

"가세요? 더 안 계세요?"

"아니, 가야겠네."

"정말 숨이 막히는 것 같은 소리였나요?"

"글쎄……."

나오면서 나는 그에게 말했다.

"아마 내가 그런 생각을 해서 그렇게 들렸는지도 모르지."

안개는 약간 개었다. 나는 투른브리드가로 가려고 서둘렀다. 그 거리의 밝은 빛이 필요했던 것이다. 그러나 실망하고 말았다. 물론 빛이 있기는 했다. 그 빛은 상점의 유리창을 반짝이게 하고 있었다. 그러나 그것은 즐거운 빛은 아니었다. 안개 때문에 하얬고 샤워처럼 어깨 위에 퍼붓고 있었다.

"내가 직접 사겠어요. 그것이 더 확실해요"라고 말하는 많은 여자들 — 가정부와 주부들 — 이 있었다. 그녀들은 가게 앞에서 냄새를 약간 맡고, 마침내 안으로 들어가는 것이었다.

나는 쥘리앵 소시지 가게 앞에서 멈추어 섰다. 이따금 유리창 너머로 트러플 버섯으로 양념한 돼지다리나 송아지 고기로 만든 소시지를 어떤 손이 가리키는 것이 보인다. 그러니까 뚱뚱한 금발 아가씨가 몸을 앞으로 굽혀 가슴팍을 내밀고, 죽은 고깃점을 손가락 끝으로 잡는다. 그때부터 5분 전에 파스켈 씨가 제 침실에서 죽은 것이다.

나는 내 주위에서 내 생각에 대한 어떤 견고한 증거, 어떤 방어물을 찾았다. 그런 것은 없었다. 안개는 걷혀가고 있었으나 불안한 그 무엇이 거리에 꼬리를 남기고 있었다. 진짜 위협은 없을 것이다. 그것은 해소되었고 투명한 것이 되었다. 그러나 바로 그것이 나에게 겁을 먹게 하고야 말았다. 나는 유리창에 이마를 대고 있었다. 러시아식 계란 요리에 뿌린 마요네즈 위에 검붉은 방울이 보였다. 그것은 피였다. 그 황색 위 붉은색이 내 비위를 뒤집었다.

문득 나는 환상을 보았다. 어떤 사람이 앞으로 쓰러져서 접시에 피를 쏟고 있다. 계란은 피 속에서 굴렀다. 계란을 둘러싼 토마토가 산산이 흩어졌다. 그것은 붉은색 위에 붉은색으로 납작하게 떨어졌다. 마요네즈가 약간 흘렀다. 핏줄기를 두 팔로 가르는 노란 우유의 늪이었다.

"너무 바보 같다. 기분을 바꿔야지. 도서관으로 일이나 하러 가자."

일을 한다? 나는 내가 한 줄도 쓰지 않으리라는 것을 잘 알고 있었다. 또 하루를 버렸다. 공원을 가로지르면서, 나는 늘 내가 앉는 벤치에 커다란 푸른빛 외투가 움직이지 않고 있는 것을 보았다. 춥지 않은 인간이 저기 있구나.

열람실에 들어갔을 때, 독서광이 막 나가려는 참이었다. 그는 나에게로 다가왔다.

"감사드려야겠습니다. 주신 사진 덕분에 감명 깊은 시간을 보낼 수 있었어요."

그를 보았을 때 잠시 나는 희망을 가졌다. 둘이서라면 아마 하루를 보내기가 좀 쉬울지도 모르기 때문이다. 그러나 독서광과는 외관상으로만 두 사람이다.

그는 사절판 책을 손으로 두들겼다. 그것은 종교사 책이었다.

"이 방대한 종합을 완성하는 데 누사피보다 더 적당한 사람은 없지 않습니까?"

그는 피로해 보였고, 두 손이 떨리고 있었다.

"안색이 나쁘신데요."

나는 그에게 말했다.

"아, 그럴 겁니다! 불쾌한 일이 생겼거든요."

감시인이 우리에게로 가까이 오고 있었다. 고수장(鼓手長) 같은 수염을 기르고, 키가 작고, 골을 잘 내는 코르시카 사람이다. 그는 발뒤꿈치를 달가닥거리면서 테이블 사이를 온종일 돌아다닌다. 겨울에는 손수건에 가래침을 뱉어서는 그것을 난로에 말린다.

독서광은 침이 튈 정도로 내 얼굴에 입을 가까이 댔다.

"저 사람 앞에서는 선생님께 아무 말도 하지 않겠습니다."

그는 마치 비밀 이야기라도 하는 태도로 나에게 말했다.

"괜찮으시다면……."

"뭐가요?"

그의 얼굴이 붉어지고, 그 허리가 맵시 있게 휘청거렸다.

"아! 선생님, 죄송합니다. 수요일에 점심을 같이해주셨으면 좋겠는데요?"

"아, 그러죠."

그와 점심을 먹다니, 그러고 싶은 생각은 조금도 없었다.

"영광입니다" 하고 독서광이 말했다. 그는 재빨리 덧붙였.

"댁으로 모시러 가겠습니다."

그러고는 사라졌다. 아마 나에게 여유를 주면 내가 다른 소리를 할까 봐 두려웠던 모양이다.

11시 반이었다. 나는 2시 15분 전까지 일을 했다. 엉망진창으로.

나는 눈 아래에 책을 한 권 펴놓고 있었으나, 내 생각은 줄곧 카페 마블리에 가 있었다. 파스켈 씨는 지금쯤은 내려왔을까? 마음속으로는 나는 그가 죽었다는 것을 그다지 믿지 않고 있었고, 바로 그것이 나의 신경을 건드렸던 것이다. 그것은 떠도는 관념이었고, 그 관념을 나 자신에게 납득시킬 수도 없애버릴 수도 없었다. 코르시카 사람의 구두가 마룻바닥 위에서 삐걱거리고 있었다. 서너 번 그는 나에게 말을 걸고 싶다는 태도로 내 앞에 와서 섰다. 그러나 그는 생각을 바꾸고는 멀리 가버리는 것이었다. 1시경에 마지막 열람자가 가버렸다. 나는 배가 고프지도 않았고, 무엇보다 자리를 뜨고 싶지 않았다. 나는 좀 더 일을 했다. 그러다가 나는 깜짝 놀랐다. 내가 침묵 속에 잠겨버린 것 같았다.

고개를 들고 보니 나 혼자였다. 코르시카인은 도서관 출입구에서 일하는 자기 아내한테 내려간 모양이었다. 나는 그의 구둣발 소리가 듣고 싶었다. 난로 속에서 석탄이 타는 소리가 선명하게 들려왔다. 안개가 방 안으로 스며들어왔다. 훨씬 전에 사라져버린 진짜 안개가 아니다─다른 안개, 즉 거리에 아직 꽉 차 있는 벽이나 댓돌에서 나오는 안개였다. 사물의 불안정감의 일종이다. 책은 여전히 거기에 있었다. 물론 알파벳 순서에 따라 선반 위에 진열되어 있었다. 책등은 검거나 갈색이고 UP1f.7996(공공용─불문학) 아니면 UPsn(공공용─자연과학) 등의 표가 붙어 있었다. 그러나…… 뭐랄까? 여느 때는 힘 있고 굵직한 이 책들은 난로라든지, 초록색 조명, 큰 창문, 계단 들과 더불어 미래에 대해서 둑을 쌓고 있다. 이 벽 틈에 있는 한, 무슨 일이 생기든 그 일은 난로 오른쪽이 아니면 왼쪽에서 일어날 것이다. 성 드니가 그의 목을 손에 들고 들어온다면, 그는 오른편으로 들어와야 할 것이며, 불문학 서적이 놓여 있는 책꽂이와 여자 열람자용 책상 사이로 들어와야 할 것이다. 그리고 만약 그가 땅에 발을 대지 않고 지상 20센티미터 위를 떠다닌다면 피투성이 그의 모가지는 책상의 세 번째 칸에 닿을 것이다. 이처럼 물건들은 정말처럼 보이는 것의 한계를 결정짓는 데 도움이 된다.

그런데 오늘 그것들은 아무것도 한계를 짓지 않았다. 그들의 존재 자체가 문제인 듯했으며, 일각일각을 보내는 것이 가장 힘든 듯했다. 나는 내가 읽고 있던 책을 손에 꼭 쥐었다. 그러나 가장 강렬한 감각도 무디어졌다. 아무것도 진실하게 보이지 않았다. 나는 갑자기 옮겨서 놓여질 수도 있었던 마분지로 만든 장치에 둘러싸여 있는 것처럼 느꼈다. 숨을 죽이고, 몸을 움츠리고, 세계가 기다리고 있었다— 요전의 아실 씨 모양으로 세계는 그 위기를, 또 그 '구토'를 기다리고 있었다.

나는 일어섰다. 약화된 사물들의 한복판에서 견딜 수가 없었다. 나는 창 너머로 앵페트라즈의 머리를 힐끔 보았다. 나는 중얼거렸다. '모든 것'이 생겨날 수 있으며, '모든 것'이 일어날 수 있다고. 물론 사람에 의해서 발명될 수 있는 그런 무서운 유의 것이 아니다. 앵페트라즈가 대석 위에서 춤추기 시작하지는 않을 것이다. 그런 것과는 종류가 다르다.

나는 겁에 질린 표정으로 그 불안정한 것을 바라보았다. 그것은 한 시간 내로, 1분 내로 흘러가버릴 것 같았다. 하지만 그렇다, 나는 거기에 있었다. 나는 지식에 충만해 있는 그 책들 틈에 있었다. 어떤 책들은 동물의 불변의 형태를 묘사하고 있었고, 또 어떤 책들은 에너지의 양이 우주에서는 동일하게 보존되어 있다는 것을 설명하고 있었다. 나는 창문 앞에 서 있었다. 그 유리는 일정한 굴곡률을 가지고 있었다. 그러나 그 얼마나 약한 울타리인가! 내 생각으로는, 오늘의 세계가 내일의 세계와 비슷한 것은 게으르기 때문인 것 같다. 오늘이야말로 변화하고 싶어하는 것 같았다. 그래서 '모든 것', '모든 것'이 일어날 수 있었다.

나에게는 낭비할 시간이 없다. 이 불쾌감의 원인이 카페 마블리의 사건에 있다. 거기에 다시 가서 살아 있는 파스켈 씨를 보고, 그의 수염이나 손을 만져봐야만 한다. 그러면 아마 나는 해방될 것이다.

급히 외투를 들어서 팔도 안 끼고 어깨에 걸쳤다. 나는 도망쳤다. 공원을 지나다가 같은 장소에 외투를 입은 영감이 앉아 있는 것을 나는 또 봤다. 그놈의 추위로 새빨갛게 언 두 귀 사이에 창백한 큰 얼굴이 있었다. 카페 마블리가 멀리서 반짝이고 있었다. 이번에는 전등 열두 개가 다 켜져 있는 모양이었다. 나는 걸음을 서둘렀다. 해결을 보아야만 한다. 나는 우선 큰 유리문 너머로 시선을 던졌다. 내부는 쓸쓸했다. 카운터에는 아무도 없었고, 가르송도 안 보인다. 파스켈 씨도 없다.

나는 몹시 애를 써서 안으로 들어갔다. 앉지도 않았다. "가르송!" 하고 불렀지만 아무도 대답하지 않았다. 식탁 위에 빈 찻잔이 하나 있었다. 밑받침 접시 위에 각설탕 한 알이 있었다.

"아무도 없소?" 하고 나는 다시 소리쳤다.

외투 한 벌이 옷걸이 못에 걸려 있었다. 원탁 위에는 검은 마분지를 씌운 잡지들이 놓여 있었다. 나는 숨을 죽이고 아무리 작은 소리라도 엿들으려고 했다. 내실용 계단이 약간 삐걱거렸다. 밖에서 기선의 고동 소리가 들려왔다. 나는 계단을 보면서 뒷걸음질을 쳐서 나와버렸다.

나는 잘 알고 있다. 오후 2시에는 손님이 드물다. 파스켈 씨는 감기가 들었다. 그래서 가르송을 심부름 보냈으리라 ─ 아마 의사를 부르러 갔을지도 모른다. 그렇다. 그러나 나는 파스켈 씨를 볼 '필요'가 있었다. 투른브리드가에 다다랐을 때, 나는 뒤로 돌아서서, 반짝이고 있는 쓸쓸한 카페를 구역질을 느끼면서 응시했다. 이층은 덧문이 닫혀 있었다.

진정 공포가 나를 사로잡았다. 나는 내가 어디로 가고 있는지를 모르고 있었다. 나는 부두를 따라서 뛰었다. 그러고는 부아지구(區)의 쓸쓸한 거리 쪽으로 돌았다. 집들은 내가 도망치는 것을 음침한 눈으로 바라보고 있었다. 어디로 가나? 어디로 가나? 하고 나는 불안스럽게 뇌까리고 있었다. 점점 가슴이 뛰면서, 나는 갑자기 돌아섰다. 내 뒤에서 무슨 일이 일어나고 있었던가? 아마도 그것이 내 뒤에서 시작하려 하고 있었고, 내가 돌아다보았을 때는 이미 늦었을 것이다. 내가 사물을 노려볼 수 있었다면 아무 일도 일어나지 않았을 것이다.

나는 될 수 있는 대로 포석이며, 집들이며, 가스등을 노려보고 있었다. 나의 눈은 하나에서 다른 것으로 재빨리 움직여 그것들을 그 변화의 한복판에서 휘잡아 정착시키려고 했다. 그것들은 그다지 자연스러워 보이지 않았다. 그러나 힘차게 나는 혼잣말을 하는 것이었다 — 그것은 가스등이다, 저것은 수도꼭지다 — 그리고 나는 나의 시선의 힘으로 그것들을 여느 때의 모습으로 환원시키려고 애썼다. 도중에 서너 번 '카페 드 브르통'이며, '바르 드 라 마린' 같은 카페와 마주쳤다. 나는 멈추어 서 있었다. 나는 그 카페들의 장밋빛 커튼 앞에서 멈칫거리고 있었다. 아마도 칸막이가 잘 되어 있는 그 카페는 화를 피하고, 고립되고 망각된 어제의 세계의 한 조각을 아직도 간직하고 있을 것이다. 문을 밀고 들어가야만 했다. 그러나 나는 감히 그럴 수가 없었다. 나는 다시 떠났다. 집집의 문들이 특히 무서웠다. 그 문들이 저절로 열릴까 봐 겁이 났다. 드디어 나는 차도 한복판을 걷는 것이었다.

나는 갑자기 북항(北港)의 부두가에 나왔다. 어선들이며 작은 요트들이 보였다. 나는 돌에 단단히 박혀 있는 고리 위에 한 발을 올려놓았다. 여기라면, 집들과 문들과 멀리 떨어져서 잠시 동안의 휴식을 맛볼 수 있을 것이었다. 검은 점들이 뜬 잔잔한 물 위에 병마개 하나가 떠돌고 있었다.

"그런데 물 '밑'은? 너는 물 '밑'에 있을 수 있다고는 아마 생각해보지 않았겠지?"

짐승일까? 진흙 속에 반쯤 몸을 담그고 있는 커다란 갑충류일까? 여남은 쌍의 말이 천천히 진흙 위를 파고 있다. 짐승은 가끔씩 약간 일어선다. 물밑에서. 나는 소용돌이와 약한 파동을 엿보면서 가까이 갔다. 병마개는 검은 점들 속에서 움직이지 않고 있었다. 그때 여러 가지 소리가 들려왔다. 때가 된 것이다. 나는 한 바퀴 돌고 다시 걷기 시작했다.

 카스틸리오네가에서 이야기를 하고 있는 두 남자를 쫓아갔다. 나의 발소리를 듣고 그들은 치를 떨며, 동시에 뒤돌아보았다. 나는 그들의 불안에 찬 시선이 나에게 쏟아지는 것을 보았고, 또 다른 것이 없는지 보려고 내 뒤를 보는 것을 보았다. 그러니 그들도 나같이 겁을 먹고 있는 것이란 말인가? 내가 그들을 앞섰을 때, 우리는 서로 얼굴을 마주 보았다. 하마터면 우리는 서로 말을 했을 것이다. 그러나 시선들이 갑자기 불신을 표명했다. 이러한 날에는 누구에게도 말을 하지 않는다.

 나는 숨이 차서 블리베 가로 돌아갔다. 이미 판가름은 난 것이다. 도서관으로 돌아가 소설이나 빌려 그것을 읽으려고 했다. 공원의 울타리를 따라 걸어가며 나는 외투를 입은 남자를 보았다. 그는 여전히 인기척이 없는 공원에 있었다. 그의 코가 귀만큼이나 붉어져 있었다.

 나는 울타리를 밀고 들어가려고 했다. 그러나 그의 얼굴 표정이 나를 꼼짝 못 하게 만들었다. 나는 눈에 주름살을 짓고, 바보 같고, 얼간이 같은 얼굴로 살짝 웃고 있었다. 동시에 똑바로 앞을 쏘아보고 있었으나 내 눈에는 아무것도 보이지 않았다. 그 시선이 얼마나 딱딱하고, 그 태도가 얼마나 골똘하던지 내가 문득 시선을 돌릴 지경이었다.

 그의 정면에는 열 살쯤 된 소녀가 도망치려는 것 같은 자세로 입을 딱 벌린 채 정신을 잃고 그 남자를 보고 있었는데, 소녀는 신경질적으로 제 목도리를 잡아당기며 뾰족한 얼굴을 앞으로 내밀고 있었다.

그 사람은 이제 막 장난을 하려는 사람처럼 혼자 웃고 있었다. 갑자기 그는 두 손을 외투 호주머니에 집어넣고 일어섰다. 외투가 그의 발까지 왔다. 그는 두어 걸음을 내딛다가 휘청거렸다. 나는 그가 쓰러질 거라고 생각했다. 그러나 그는 졸린 듯한 미소를 여전히 짓고 있었다.

나는 문득 깨달았다. 그 외투가 무엇인가를! 나는 그를 방해할 수도 있었다. 내가 기침을 하던가, 울타리를 밀기만 하면 되었을 것이다. 그러나 이번에는 내가 소녀의 표정에 넋을 잃고 말았다. 소녀의 얼굴은 공포 때문에 일그러져 있었다. 가슴이 무섭게 뛰고 있었을 것이다. 다만 나는 그의 쥐 같은 입 언저리에서 억세고 악한 그 무엇을 판독하고 있었다. 그것은 호기심이 아니라 일종의 확고한 기대였다. 나는 맥이 없었다. 나는 외부에서, 공원 옆에서, 그들의 조그마한 연극을 보고 있었다. 그들은 그들의 욕망의 캄캄한 힘으로 서로서로 못박혀서 하나의 쌍을 이루고 있었다. 나는 숨을 죽였다. 그 남자가 내 등 뒤에서 외투 자락을 날리며 걸어가게 될 때, 그 늙수그레한 얼굴에 무엇이 그려질 것인가를 보고 싶었다.

그러나 곧 해방된 소녀는 고개를 휘젓고 뛰기 시작했다. 외투를 입은 남자가 나를 보았던 것이다. 그래서 그는 멈춰 섰던 것이다. 잠시 동안 그는 길 한복판에 머물러 있었다. 그러더니 등을 둥글게 움츠리고 가버렸다. 그의 외투가 그의 종아리를 치고 있었다.

나는 울타리를 밀고 들어가서 그에게로 뛰어갔다.

"아니, 여보시오!" 하고 소리쳤다.

그는 떨기 시작했다.

"커다란 위협이 이 도시를 짓누르고 있소"라고 지나면서 그에게 공손하게 말했다.

열람실에 들어가서 《파르마의 수도원》을 책상 위에 펴놓았다. 나는 독서에 열중함으로써, 스탕달의 밝은 이탈리아로 도피하려고 노력하는 것이었다. 나는 불현듯 이따금씩 짧은 환각을 통해서 거기에 다다랐다. 그러다가 다시 나는 내 앞에 앉아 목에서 시끄러운 소리를 내는 노인과 의자에 눕다시피 기대앉아서 공상을 하고 있는 청년이 있는, 이 무시무시한 오늘 속에 다시 빠지곤 했다.

시간이 지나고 유리창이 까맣게 되었다. 자기 책상에 앉아, 도서관에서 새로 구입한 책에 스탬프를 찍고 있는 코르시카인을 제외하고 우리들은 넷이었다. 그 키가 작은 늙은이와 금발 청년과 학사 학위를 준비하고 있는 젊은 여자와―그리고 나였다. 가끔 우리들 중 한 사람이 고개를 들고 마치 그들이 두렵기나 한 듯이 나머지 세 사람에게 날쌔고 의혹에 넘친 시선을 던지는 것이었다. 한 번은 키가 작은 늙은이가 웃기 시작했다. 나는 젊은 여자가 머리끝에서 발끝까지 떠는 것을 보았다. 그러나 나는 그가 읽고 있던 책의 제목을 읽어서 왜 그런지 알고 있었다. 그것은 유머소설이었다.

7시 10분 전. 문득 나는 도서관이 7시에 문을 닫는다는 것이 생각났다. 나는 다시 한번 거꾸로 내던져질 운명에 있었다. 나는 어디로 갈 것인가?

늙은이는 그 소설을 다 읽었다. 그러나 그는 가지 않고 있었다. 그는 손가락으로 책상을 규칙적으로 똑똑 두들기고 있었다.

"여러분, 곧 폐관입니다"라고 코르시카인이 말했다.

청년은 펄쩍 뛰고 나를 힐끔 보았다. 젊은 여자는 코르시카인 쪽을 보더니 더 읽겠다는 듯이 책을 들었다.

"5분 늦게 닫겠습니다"라고 코르시카인이 말했다.

늙은이는 애매한 태도로 고개를 흔들었다. 젊은 여자는 책을 밀어놓았지만 일어서지는 않았다.

코르시카인은 어처구니가 없었다. 그는 몇 걸음 머뭇거리더니 스위치를 돌렸다. 독서용 책상의 전등이 꺼졌다. 한복판의 전등만이 켜져 있었다.

"나가야 되는군요?" 하고 조용하게 늙은이가 말했다.

청년은 천천히, 섭섭한 듯이 일어섰다. 누가 외투를 입는 데 가장 시간이 많이 걸릴 것인가가 문제였다. 내가 방에서 나왔을 때, 그 여자는 아직도 앉아서 책 위에 손을 올려놓고 있었다.

아래층 출입문은 어둠 속으로 활짝 열려 있었다. 앞서 가던 청년이 뒤를 돌아다보고 천천히 계단을 내려가서 현관을 지났다. 그는 문지방에서 잠깐 머뭇거리더니 어둠 속으로 뛰어가서 사라져버렸다.

층계 아래로 내려왔을 때, 나는 고개를 들었다. 잠시 후에, 키가 작은 늙은이가 외투의 단추를 끼면서 도서관에서 나왔다. 그가 처음 세 계단을 내려왔을 때, 나는 훌쩍 눈을 감고 어둠 속으로 뛰어들었다.

나는 어렴풋이 얼굴에 신선한 애무를 느꼈다. 멀리서 누군가 휘파람을 불고 있었다. 눈을 위로 올려 떴다. 비가 오고 있었다. 부슬부슬 조용히 내리고 있었다. 광장은 거기에 있는 네 개의 외등으로 밝혀지고 있었다. 비 내리는 시골의 광장이다. 청년은 발을 길게 내디며 멀리 걸어가고 있었다. 아직 모르고 있었던 다른 두 사람에게 나는 소리쳐 알리고 싶었다. 안심하고 나와도 좋다고. 위험은 사라졌다고.

키 작은 늙은이가 문턱에 나왔다. 그는 난처한 태도로 볼을 긁었다. 그리고 병글거리며 그의 우산을 폈다.

**토요일 아침**

옅은 안개와 더불어 갠 날씨를 약속하고 있는 매혹적인 태양이다. 나는 카페 마블리에서 아침을 먹었다.

카운터의 플로랑 부인이 나에게 상냥하게 웃었다. 나는 식탁에서 소리쳤다.

"파스켈 씨는 편찮으신가요?"

"네, 심한 감기예요. 며칠 쉬어야 된대요. 그의 따님이 오늘 아침 당케르크에서 왔어요. 병을 돌보려고 며칠 묵는대요."

안니에게서 편지를 받은 후, 처음으로 나는 안니를 보는 것이 솔직히 기쁘다. 6년간 안니는 무엇을 했을까? 우리가 서로 마주 보면 우리는 서로 어색할까? 안니는 어색이라는 것이 무엇인지를 모른다. 마치 어제 우리가 헤어진 듯이 나를 맞이할 것이다. 제발, 내가 어리석은 짓일랑 하지 않으면 좋으련만. 그리고 처음부터 안니의 비위를 거스르지 말아야 되는데. 그녀에게로 가면서 손을 내밀어서는 안 된다는 것을 잘 기억할 것. 그녀는 그것을 싫어한다.

우리는 며칠이나 함께 머물 것인가? 아마 나는 그녀를 부빌로 데리고 올지도 모른다. 몇 시간만 그녀가 여기에 머물고, 프랭타니아 호텔에서 하룻밤만 자면 족할 것이다. 그 다음에는 이미 같은 상태는 아닐 것이다. 나는 겁을 먹지 않아도 될지 모른다.

### 오후

내가 작년에 처음으로 부빌의 미술관에 갔을 때, 올리비에 블레비뉴의 초상화가 나의 마음을 동요시켰다. 균형의 잘못인지 원근의 착오인지, 나는 뭐라고 말해야 할지 몰랐지만, 그 무엇이 나의 마음에 거슬렸다. 그 국회의원은 화폭 위에서 평형을 잃고 있었다.

그때부터 나는 그 초상화를 보러, 여러 번 미술관에 갔다. 그러나 거북함은 없어지지 않았다. 로마상을 받았고, 여섯 번이나 메달을 받은 보르뒤랭이 데생에 실패를 했다는 것을 시인하고 싶지 않았다.

그런데 오늘 오후에 그 신문사의 사주가 전쟁 스파이 혐의로 고발당한, 공갈 전문 신문인 《부빌의 풍자가》의 옛날 신문철을 뒤적거리다가 나는 진리를 엿보았다. 곧 나는 도서관에서 나와 미술관을 한 바퀴 돌러 나섰다.

나는 급히 복도의 어두운 곳을 지나쳤다. 희고 검은 타일 위에서 나의 걸음걸이는 아무 소리도 내지 않았다. 내 주위에는 수많은 석고상들이 팔을 꼬고 있었다. 커다란 문 앞을 지나가면서 나는 부서진 항아리며, 접시, 대석 위에 서 있는 청색과 황색의 사티로스\*를

---

\*  반인반양(伴人半羊)의 숲의 신

얼핏 보았다. 그것은 베르나르와 팔리시의 방인데, 도자기와 세공품으로 꾸며져 있다. 그러나 도자기는 나를 웃기지 않는다. 상복을 입은 신사와 부인이 이 구운 물건들을 공손하게 관찰하고 있었다.

대전시실 — 또는 보르뒤랭 르노다 실 — 의 입구 위에 못 보던 큰 그림 한 폭이 걸려 있었다. 그림에는 리샤르 세브랑의 서명이 있었고 제목은 〈독신자의 죽음〉이었다. 그것은 국가에서 기증한 것이었다.

허리까지 벌거벗은 상반신이 죽은 사람에게 어울리는 초록색인 독신자가 흐트러진 침대 위에 누워 있었다. 구겨진 시트와 이불은 오랜 신음을 증명하고 있다. 나는 파스켈 씨 생각을 하고 웃었다. 그러나 그는 혼자가 아니었다. 딸의 간호를 받고 있다. 그림에서는 하녀였으며 정부였던 여자가 벌써 얼굴에 그 추악함을 나타내고서 옷장의 서랍을 열고 돈을 헤아리고 있었다. 열린 문으로는 어둠침침한 그늘에, 입술에 담배를 물고, 캡을 쓴 남자가 기다리고 있는 것이 보였다. 벽 옆에서는 고양이가 무심하게 우유를 핥고 있었다.

그 남자는 자기 자신을 위해서 살았다. 엄혹하고 마땅한 벌로, 아무도 그의 죽음의 자리에 와서 눈을 감겨주지 않았다. 이 그림이 나에게 마지막 경고를 해주었다. 아직 시간은 있다. 곧 나는 돌아갈 수 있다.

그러나 만약 내가 정말 너무 멀리 와버렸다면 나는 다음 사실을 잘 알아야 된다. 즉 내가 들어가려는 대전시실에는 150개 이상의 초상화들이 걸려 있는데 너무나 일찍 가족과 헤어진 아이들과 고아원의 여원장님을 제외하고는, 독신으로 죽은 사람도, 자식도 유언도 없이 죽은 사람도, 최후에 종부성사를 받지 않고 죽은 사람도 없다. 그 사람들은 다른 날과 마찬가지로 그날도 하느님과 세상과 더불어 서서히 죽음 속으로 미끄러져 들어간 것이다. 그들은 영생의 몫을 요구하러 간 것이다. 그들은 그 몫을 요구할 권리가 있었다.

왜냐하면 그들은 모든 것에 권리를 가지고 있었기 때문이다. 인생에 대해서, 일에 대해서, 부귀에 대해서, 명령에 대해서, 존경에 대해서, 그리고 마침내는 영원에 대해서까지 그러했다.

나는 잠시 동안 명상에 잠겼다가 안으로 들어섰다. 경비가 창문 곁에서 자고 있었다. 창 너머로 내리쬐고 있는 금빛 광선이 그림에 얼룩을 만들고 있었다. 내가 들어서자 놀라 도망친 고양이 이외에는 이 사각형의 큰 방 안에 생명 있는 것이라곤 아무도, 아무것도 없었다. 그러나 나는 150쌍의 눈이 나를 보고 있는 것을 느꼈다.

1875년부터 1910년까지 부빌의 명사에 속해 있던 모든 사람들이 거기에 있었는데 남자들도, 여자들도 모두 르노다와 보르뒤랭이 그렸다.

남자들은 성 세실 드 라 메르 성당을 건설했다. 그들은 1882년에 '국가 재건 사업에 협력하고, 질서를 파괴하려는 행위를 방지하기 위하여 모든 선의의 사람들을 강력한 한 덩어리로 굳게 뭉치게 하기 위하여……' 부빌의 선주 총동맹과 상인 총동맹을 창립했다. 그들은 석탄과 재목의 육양항(陸揚港)으로서 부빌을 프랑스 제일의 상업 항구로 만들었다. 부두의 연장과 확대야말로 그들이 해놓은 일이었다. 선착장은 편리하게 확장되었고, 꾸준한 소해(掃海) 작업으로 닻을 던지는 곳의 썰물 때 수심을 10미터 70센티 깊이로 만들었다. 그들 덕분에 1869년에 총 5천 톤이었던 어선이 20년 동안에 1만8천 톤으로 불었다. 노동 계급의 우수한 대표자들에게 발전의 길을 터주기 위해 어떤 희생도 마다하지 않으며 그들의 주도하에 기술적이며 직업적인 여러 가지 교육기관을 창설했다. 그리고 학교는 그들의 절대적인 보호 아래에서 번영했다. 그들은 1898년의 유명한 부두 노동자 파업을 봉쇄하였고, 1914년에는 그들의 자식들을 국가에 바쳤던 것이다.

이렇게 투지가 왕성한 사람들의 아내 자격을 가지고 있는 그들의 부인들은, 대부분 '구제소' '탁아소' '수산장(授産場)' 들을 설립했다. 그러나 그 여자들은 무엇보다도 먼저 현모양처였다. 그 여자들은 훌륭한 자식들을 길렀고, 그 자식들에게 그들의 의무와 권리, 그리고 종교와 프랑스를 만든 전통에 대한 존경을 가르쳤다.

초상화는 보통 어두운 갈색이었다. 밝은 색은 예의에 벗어날까 봐 제외되었다. 그러나 즐겨 노인을 그리곤 했던 르노다의 초상화에는 머리칼이나 구레나룻의 흰색이 검은 바탕에서 뚜렷이 나타났다. 그는 손을 잘 그렸다. 르노다보다 기교를 부리지 않는 보르뒤랭은 손을 다소 성의 없이 표현했으나, 칼라는 흰 대리석처럼 반짝거렸다.

날씨가 대단히 더웠다. 경비는 조용하게 코를 골고 있었다. 나의 시선은 벽을 한 바퀴 둘러보았다. 많은 손과 눈이 보였다. 여기저기서 광선의 점이 얼굴의 일부를 보이지 않게 만들고 있었다. 올리비에 블레비뉴의 초상화 쪽으로 가려고 했을 때, 그 무엇이 나를 잡았다. 눈 높이에 걸려 있는 그림 속에서 상인 파콤이 나에게 밝은 시선을 던지고 있었다.

약간 뒤로 고개를 젖힌 그는, 옅은 회색 바지를 입은데다가 한 손에 실크해트와 장갑을 들고 있었다. 나는 어떤 감탄의 미소를 참을 수가 없었다. 그에게서 나는 어떠한 속됨도, 비판을 받을 만한 어떠한 점도 발견할 수가 없었다. 자그마한 발, 고운 손, 투사같이 넓은 어깨, 은근한 우아함, 그리고 환상적인 회의를 가지고 있었다. 그는 관람자들에게 주름이 없는 얼굴의 청순함을 상냥하게 보여주고 있었다. 미소가 입술 위에 떠돌고 있기까지 했다. 그러나 회색빛 눈은 웃지 않고 있었다. 50세는 되었겠지만 30대처럼 젊고 싱싱했다. 그는 아름다웠다.

나는 그에게서 결점을 찾는 것을 단념했다. 그러나 그가 나를 놓아주지 않았다. 나는 그의 눈 속에서 냉정하고 무자비한 판단을 알아챘다.

그때 나는 우리를 격리시키고 있는 모든 것을 깨달았다. 내가 그에 대해서 생각할 수 있었던 것이 그에게까지 전달되지 못했다. 그것은 소설 속에서 사람들이 하듯이 바로 심리학의 문제였다. 그러나 그의 비판은 칼날처럼 나를 뚫고, 나의 존재의 권리에 대해서도 의문을 던졌다. 그것은 정말이었다. 나는 항상 그 사실을 알고 있었다. 나는 존재할 권리가 없었다. 나는 우연히 나타나서 돌처럼, 식물처럼, 세균처럼 존재하고 있었다. 나의 생명은 되는 대로 여러 방향으로 싹텄다. 그 생명은 간혹 애매한 신호를 나에게 보내는 것이었다. 또 어떤 때에는 아무 결과도 없는 윙윙 소리밖에 나는 느끼지 않는 것이었다.

그러나 오늘날에는 이미 죽어버린, 결점이 없는 그 미남자에게 있어서, 국방군 파콤의 아들인 장 파콤에게 있어서 그것은 전혀 다른 문제였다. 심장의 고동이라든가 신체 기관의 희미한 소리가 그에게는 순간순간의 순수한 작은 권리 같은 형태가 되어 울려왔던 것이다. 60년간 그는 낙담도 하지 않고 존재의 권리를 행사했다. 훌륭한 회색 눈동자였다! 사는 데 대한 가장 작은 의문도 결코 그 눈동자를 스쳐 가지 않았다. 한 번도 파콤은 실수하지 않았다.

그는 항상 자기의 의무를 수행했다. 자식으로서의 의무, 남편으로서의 의무, 아버지로서의 의무, 또 우두머리로서의 의무…… 모든 의무를 그는 완수했다. 그는 또 강경하게 자기의 권리를 주장했다. 어린애로서는 화목한 가정에서 오점 없는 이름과 번창하는 사업 상속자로서 훌륭하게 키워질 권리를, 남편으로서는 부드러운 애정에 둘러싸여서 공경받는 권리를, 아버지로서는 존경받을 권리를, 우두머리로서는 불평 없이 순종받을 권리를 요구했다. 왜냐하면 권리라는 것은 의무의 또 다른 모습에 불과했기 때문이다. 그의 비상한 성공은(파콤 집안은 오늘날 부빌의 가장 부귀한 가문이다) 조금도 그를 놀라게 하지 않을 것이다. 그는 결코 그가 행복하다고 스스로 말하지 않았고, 쾌락을 느낄 때도 "좀 쉬어야지"라고 말하면서 겸손하게 그 쾌락에 잠겼을 것이었다. 이처럼 쾌락도 그에게는 권리의 일단(一端)이 되어 쾌락 자신의 그 도전적인 경박함을 잃는 것이었다. 왼편에, 푸른 기가 도는 그의 회색 머리카락보다 약간 위에 서가에 꽂힌 책들이 보인다. 장정은 아름다웠다. 그것들은 고전 작가의 책이었을 것이다. 아마 파콤은 밤에 자자기 전에 그의 '정다운 몽테뉴'

서너 페이지나 라틴어로 된 호레이스의 단시를 다시 읽었으리라. 가끔 그는 시대에 뒤떨어지지 않으려고 현대 작가의 작품도 읽었을 것이다. 이렇게 해서 그는 바레스며, 부르제를 알았으리라. 잠시 후에 그는 책을 놓는다. 미소를 짓고 있다. 그의 시선은 그의 물샐틈없는 경계의 빛을 잃고 거의 꿈꾸는 사람처럼 되는 것이었다. 그는 말했다.

"자기의 의무를 다하는 것이란 얼마나 단순하고도 어려운 일인가!"

그는 결코 그 이외에 자기 반성을 하는 일이 없었다. 우두머리란 원래 그런 것이다. 다른 우두머리들도 벽에 걸려 있었다. 거기에는 그네들뿐이었다. 안락의자에 앉아 있는, 녹회색의 몸이 큰 노인도 우두머리였다. 노인의 흰 조끼는 은발과 아주 잘 어울렸다. 이 초상화들은 특히 윤리적 계몽의 목적으로 그려져서 화가는 세세한 정밀성이 대단했지만 예술적인 노력도 제외되어 있지 않았다. 노인은 길고 가는 손을 한 소년의 머리 위에 얹고 있었다. 담요가 덮인 무릎 위에는 책이 펼쳐져 있었다. 그러나 그의 시선은 먼 곳을 보고 있었다. 그는 젊은이에게는 보이지 않는 모든 일을 보고 있는 것이다. 그의 초상화 위에 있는 금칠을 한 마름모형 나무판에 그의 이름이 적혀 있었다. 파콤, 또는 파로탱, 또는 세뇨라고 불렸던 모양이다. 나는 그것을 가까이 가서 볼 생각은 없었다. 그의 일가에 있어서, 그 어린아이에게 있어서, 그 자신에게 있어서, 그는 단지 '할아버지'에 지나지 않았다. 이윽고 손자에게 미래의 의무 범위를 엿보게 해줄 때가 왔다고 판단되면, 그는 자신의 이야기를 삼인칭으로 이렇게 말했을 것이다.

"네 할아버지께, 내년에는 공부를 잘하겠다고 약속하렴, 아가야. 내년에는 그 할아버지가 세상에 없을지도 모른단다."

인생의 황혼이 되자, 그는 누구에게나 그의 관대한 선량함을 나눠 주었다. 만약 그가 나를 보았다면—그러나 나는 그의 눈에는 투명하게 보였을 것이다—나는 그의 시선에서 호의를 느꼈을 것이다. 나에게도 전에는 조부모가 계셨을 거라고 그는 생각했을 것이다. 그는 아무것도 요구하지 않았다. 그 나이가 되면 욕망이라는 것이 없다. 그가 들어올 때에는 목소리를 낮춘다든지, 옆에서 걷는 사람이 그 미소에 다소의 애정과 존경의 뜻을 섞는다든지, 또는 그의 며느리가 가끔 "아버님은 이상하세요. 우리들 중 누구보다도 젊으시니 말예요"라고 말하는 것을 듣는다든지 하는 것 외에는 아무것도 바라지 않는다. 또 심술이 난 손자를 달래기 위하여, 그에게 손을 대고, "네 큰 슬픔은 이 할아버지가 풀어줄 수 있단다"라고 말할 수 있는 유일한 존재이며, 1년에 서너 번 미묘한 문제를 상의하러 아들이 찾아오는 일이며, 자신의 마음이 안정되어 한없이 자신이 현명하다는 것을 느끼는 일 이외에는 아무것도 바라는 것이 없다. 손자의 머리숱 위에 놓인 그 늙은 신사의 손은 살짝 누른 듯 만 듯하다. 그것은 마치 축복을 해주고 있는 듯이 보였다. 그는 무슨 생각을 했을까? 그의 명예로운 과거에 관해서이다. 그의 과거는 모든 일에 대해서 말할 수 있는 권리와 어떠한 일이든 결론지을 수 있는 권리를 그에게 주고 있다. 나는 요전날에는 이렇게까지 생각하지 못했다. '경험'은 확실히 죽음에 대한 방어 이상의 것이다. 그것은 하나의 권리이며, 노인의 권리이다.

 반곡선(反曲線) 밑에 걸려 있는 긴 칼을 찬 오브리 장군도 우두머리였다. 또 한 사람 있다. 섬세한 학자인 에베르 대통령인데 앵페트라즈의 친구이다. 균형 잡힌 얼굴에 턱이 길고, 입술 바로 밑에는 염소수염이 얼룩을 그리고 있다. 세밀한 분류를 즐기고, 가벼운 트림, 무슨 원칙적 의의를 제의하는 것을 재미있게 여기는 것 같은 모습으로 아래턱을 약간 앞으로 내밀고 있다. 그는 몽상에 잠겨 있다. 그는 오리털 펜을 손에 들고 있다. 저런, 그도 역시 쉬고 있다. 더구나 시구를 속으로 생각하며 쉬고 있다. 그러나 우두머리들이면 누구나 가지고 있는 독수리 눈을 가지고 있었다.

 그런데 부하들은 어디에 있나? 나는 그 모든 침울한 눈들의 초점인 방 한가운데 서 있다. 나는 할아버지도, 아버지도, 남편도 아니었다. 나는 투표도 안 했고, 세금도 거의 안 낼 정도였다. 납세자의 권리, 선거인의 권리, 또는 20년 동안의 순종이 피고용인에게 주는 자격에 대한 겸손한 권리조차도 나는 자부할 수 없었다. 나라는 존재가 정말 나에게 있어서도 놀라운 것이 되어가고 있었다. 나는 단순히 외관에 불과한 것이 아니었을까?

 "아차" 하고 갑자기 나는 생각했다.

 "부하는 나로군!"

 아무 유감도 없이 그 사실이 우스웠다. 50대의 뚱뚱한 남자가 나에게 볼 만한 미소를 정중하게 던졌다. 르노다는 애정으로 그의 모습을 그렸다. 두둑하고 끌로 파낸 듯한 그의 작은 귀, 특히 길고 신경질적인 가느다란 손가락이 붙은 그 손, 학자나 예술가의 바로 그 손에 대해서는 너무 부드러운 터치를 하지 않았다. 나는 그의 얼굴이 낯설었다. 아마 나는 그의 얼굴을 보지 않고 그 앞을 자주 지나갔던 모양이다. 나는 가까이 가서 읽었다. '레미 파로탱의 초상, 1849년 부빌 출생, 파리 의과대학 교수'라고 적혀 있었다.

파로탱이라면 에이크필드 박사가 나에게 말한 적이 있다.

"나는 일생에 꼭 한 번 위대한 사람을 만났지요. 그는 레미 파로탱입니다. 1904년 겨울에 나는 그의 강의를(내가 산파학을 공부하려고 파리에 2년 있었다는 건 아시지요) 들었습니다. 그는 윗사람이라는 것이 어떤 것인가를 나에게 가르쳐주었습니다. 그는 참으로 유창하게 강의를 합니다. 내가 단언하지요. 그는 우리를 감격시켰습니다. 그는 아마도 우리를 세계의 끝까지도 데리고 갈 수 있었을 거요. 그러면서 그는 신사였죠. 그는 막대한 재산을 가지고 있었는데, 그 대부분을 고학생 원조에 썼단 말입니다."

이처럼 그 학문의 왕자는 내가 처음으로 그의 이름을 들었을 때, 나에게 강력한 느낌을 불어넣어주었다. 지금 나는 그 앞에 서 있고, 그는 나에게 미소를 짓고 있다. 그의 미소에는 그 얼마나 풍부한 지성과 애교가 내포되어 있는 것일까! 살진 그의 몸은 그의 가죽 안락의자 속에서 부드럽게 쉬고 있었다. 허식이 없는 이 학자는 곧 사람을 편안하게 만들어주었다. 그의 신선한 정신력이 없었다면, 사람들은 그를 어리석은 사람이라고 생각했을 것이다.

그의 위엄의 이유를 알아내는 데 그렇게 시간이 오래 걸리지는 않았다. 그는 모든 것을 이해하고 있었기 때문에 사랑받았고, 사람들은 그에게 온갖 이야기를 다 할 수 있었다. 결국 그는 약간 더 의젓한 르낭과 비슷했다. 그는 다음과 같이 말하는 사람 중에 속해 있었다.

"사회주의자라고요? 나는 그들보다 더 앞서 나가고 있지요."

그를 따라서 그 위험한 길을 걸으려면 가족과 조국, 소유권, 가장 신성한 가치까지도 이내 포기해야만 했다. 순간적이나마 선택된 부르주아의 지도권조차도 의심하는 것이었다. 한발 더 나아가면 갑자기 모든 것이 제대로 자리가 잡히고 모든 것이 훌륭하게 견고한 이성 위에 서게 된다. 뒤를 돌아다보면 "좀 기다려주세요" 하면서, 손수건을 휘두르고 있는, 까마득한 사회주의자의 모습이 보였다.

역시 웨이크필드에게서 들은 이야기인데, 그 스승은 웃으면서 스스로 말하던 것처럼 '넋을 낚는 일'을 좋아했다. 늘 젊었던 그는 청년들에게 둘러싸여 있었다. 의학을 지망한 양가의 자제들을 종종 그는 자기 집에 초대했다. 웨이크필드도 그의 집에서 여러 번 점심을 대접 받았다. 식사가 끝나면 흡연실로 옮겨갔다. '주인'은 담배를 피게 된 지 얼마 안 되는 이 젊은이들을 어른처럼 대했다. 그는 젊은이들에게 여송연을 대접했다. 그는 긴 의자에 앉아서 그의 제자들에게 둘러싸여 살며시 눈을 감고 오랫동안 이야기를 하는 것이었다. 그는 추억을 이야기하고, 일화를 이야기하고, 그 추억이나 일화에서 사람의 가슴을 찌르는 심원한 진리를 지닌 도의감(道義感)을 끌어냈다. 그리고 얌전한 젊은이들 중에 좀 반항적인 청년이 있으면, 파로탱은 특별히 그에게 관심을 기울였다. 그는 그 젊은이에게 말을 시키고 주의 깊게 그의 말을 듣고는 그에게 사상을, 그리고 명상의 주제를 제공했다. 결국 어느 날, 다음과 같은 일이 일어났다. 과

감한 사상에 가슴이 부풀고, 측근자들의 적의에 흥분하여, 혼자 생각하며 모든 사람들에게 반항하는 것에 지친 젊은이가 파로탱에게 와서 혼자만 만나주기를 요청하고, 소심함으로 인해서 말을 더듬으며 그의 마음속 깊이 간직한 생각, 그의 희망을 털어놓는 것이었다. 파로탱은 그의 가슴을 껴안고 말했다.

"무슨 말인지 알겠네. 첫날부터 나는 자네를 알고 있었어."

그들은 이야기를 주고받았다. 파로탱은 멀리, 그리고 더 멀리, 그 젊은이가 좇기 어려울 만큼 멀리 이야기를 진전시키는 것이었다. 이러한 종류의 이야기가 몇 번 있은 다음에, 그 젊은 반항자에게서 현저한 개선을 볼 수 있게 되었다. 젊은이는 자기의 내부를 뚜렷이 보고, 자신의 환경에 자신을 얽매고 있는 관계를 인식하는 방법을 배웠다. 그리고 마침내 그는 선택된 인간의 놀랄 만한 역할을 이해했다. 급기야 마술에 걸린 듯이 파로탱을 한 걸음 한 걸음 따라간 길 잃은 아기 염소는 계몽을 받고 후회하면서 양 우리로 돌아가는 것이었다. "그는 내가 병자의 육체를 고친 이상으로 많은 영혼을 고쳤다"고 웨이크필드는 결론지었다.

레미 파로탱은 정답게 나에게 미소를 던지고 있었다. 그는 주저하고 있었다. 그는 나를 부드럽게 돌아서게 해서 양 우리로 돌려보내기 위하여 나를 이해하려고 애쓰고 있었다. 그러나 나는 그가 두렵지 않았다. 나는 아기 양이 아니기 때문이다. 나는 그의 침착하고 주름 없는 훌륭한 이마와 그의 작은 배와 그리고 무릎 위에 놓인 손을 보았다. 나는 그의 미소에 대답하고 그 앞을 떠났다.

그의 아우이며 부빌 변호사협회(S.A.B.) 회장인 장 파로탱은 종이가 쌓여 있는 탁자 끝에 두 손을 짚고 앉아 있었다. 그의 모든 태도는 접견이 끝났다는 것을 방문자에게 알려주는 태도였다. 그의 시선은 보통이 아니었다. 그것은 추상적 관념 같았고 순수한 권리로 반짝이고 있었다. 그의 번득이는 눈이 얼굴 전체를 주워 먹는 듯했다. 그 열정 아래서 신비스러울 정도로 엷은 꼭 다문 입술이 보였다. '우습다'고 나는 생각했다.

"그는 레미 파로탱과 닮았어."

나는 그 후견인을 돌아보았다. 광선에 비친 이 두 개의 닮은꼴을 살펴보면서, 문득 그 부드러운 얼굴 위에 불모랄까 황막(荒漠)이랄까, 나도 모르는 가풍이 솟아나오는 듯했다. 나는 다시 장 파로탱을 들여다본다.

그 사람은 어떤 관념의 단순성을 가지고 있었다. 그에게는 뼈와 죽은 살과 순수한 권리만이 남아 있다. 진정한 소유의 경우라고 나는 생각했다. 사람이 '권리'에 사로잡혔을 때 그 권리를 추방할 수 있는 방법은 없다. 장 파로탱은 자기의 '권리'— 그것만을 생각하면서 일생을 보냈다. 내가 미술관에 갈 때마다 느끼게 되는 가벼운 멀미 대신에 그는 사람들이 자신을 아낀다는 그 괴로운 권리를 목덜미에 느꼈을 것이다. 그로 하여금 너무 지나치게 생각하게 한다든지, 불쾌한 현실 문제에 대하여 그의 주의를 끈다든지, 또는 필연적인 그의 죽음이나 타인의 고통으로 그의 주의를 끈다든지 하는 일은 말아야 하는 것이었다. 죽음의 자리에서, 소크라테스 이후로 어떤 고상한 말을 하도록 되어 있는 그 시간에 나의 숙부가 숙모에게 말한 것처럼, 그 사람도 열이틀이나 곁에서 밤을 샌 자기 아내에게 아마도 그렇게 말했으리라.

"테레즈, 나는 당신에게 고맙다고 하지 않겠소. 당신의 의무를 다했을 뿐이니 말이오."

그쯤 되면 모자를 벗고 경의를 표할 만하다.

내가 뚫어지게 보고 있었던 그의 두 눈이 나에게 떠나라고 암시를 하고 있었다. 나는 움직이지 않았다. 나는 마음껏 불손해졌다. 에스퀴리알 도서관에서 오랫동안 필리프 2세의 어떤 초상화를 들여다본 덕에, 나는 권세로 빛나는 얼굴을 정면에서 보고 있으면, 순식간에 그 광채가 사라지고 재투성이 찌꺼기만이 남는다는 사실을 알고 있다. 그 찌꺼기에 나는 흥미가 있었던 것이다.

파로탱은 훌륭한 저항을 보여주었다. 그러나 갑자기 그의 시선이 꺼지고 그림은 희미해졌다. 무엇이 남아 있는가? 먼 눈과 죽은 뱀 같은 얇은 입과 뺨뿐이다. 어린아이같이 창백하고 둥근 뺨이 캔버스 위에 퍼졌다. 부빌 변호사협회의 직원들은 그의 뺨이 그렇다고는 꿈에도 생각하지 않았다. 그들은 파로탱의 사무실에 결코 오래 머물지 않았다. 그들이 들어갈 때, 그들은 벽 같은 그 무서운 시선과 마주쳐야 했다. 뒤에서 보면 희고 부석부석한 뺨은 보이지 않았다. 몇 년이나 지나서 그의 아내는 그 뺨들을 발견했을까? 2년일까? 5년일까? 생각건대, 어느 날 곁에서 자고 있는 남편의 코에 달빛이 비칠 때, 또 더울 때 눈을 절반쯤 감고, 안락의자에 기대앉아 숨가쁘게 먹은 것을 삭이고 있는 남편의 턱 언저리에 태양빛의 덩어리가 엉길 때, 그녀는 감히 남편을 정면으로 바라보았을 것이다. 볼의 살점은 아무 방비도 없이 불룩하고, 침을 흘리며, 어딘지 음란했다. 그날부터 아마 파로탱 부인은 내주장(內主張)이 되었을 것이다.

나는 몇 걸음 뒤로 물러나서 이 모든 위대한 인물들을 한꺼번에 바라보았다. 즉 파콤, 에베르 대통령, 파로탱 형제, 오브리 장군……이었다. 그들은 모두가 실크해트를 쓰고 있었다. 일요일에 그들은 투른브리드가에서 꿈에 성 세실을 봤다는 그라티앵 시장 부인을 만났을 것이다. 그들은 그 여자에게 장엄하게 큰 인사를 했으나 그 인사의 비밀은 이미 알 수 없다.

화가는 그들을 대단히 정확하게 묘사했다. 그러나 붓으로 그린 것이기에 그들의 얼굴은 인간의 얼굴이 가지고 있는 신비한 약점이 없었다. 거친 얼굴들도 도자기처럼 깨끗했다. 나는 나무나 동물, 또 흙이나 물에 대한 사상과의 어떤 혈연관계를 찾았으나 허사였다. 그들은 그들의 생존 시부터 그러한 필요를 느끼지 않았던 것처럼 내게 생각되었다. 그러나 자손들에게 넘어가게 되었을 때, 그들은 화가에게 암암리에 그들 얼굴에서 무언가를 없애거나 만들라고 부탁했다. 그런 방법으로 그들은 부빌 근방 전체를 바다에서 밭으로 개간했던 것이다. 이처럼 르노다와 보르뒤랭의 경쟁과 더불어 그들은 모든 '자연'을 굴복시킨 것이다. 그들의 외부와 그들 자신의 내부의 자연을 말이다. 이 어두운 캔버스들이 나의 시선에 제공하고 있었던 것은 인간에 의해서 재고된 인간이었다. 유일한 장식으로 가장 훌륭한 정복이 거기에 있었다. 그것은 '인간의 권리'와 '시민의 권리'라는 꽃다발이다. 나는 타의 없이 인간의 지배에 감탄했다.

어떤 신사와 부인이 들어왔다. 그들은 검은색 정장을 입고 있었는데, 아주 작게 보이려고 애를 쓰고 있었다. 그들은 문지방에서부터 감동해서 멈추어 서 있었다.

그 신사는 기계적으로 모자를 벗었다.

"아, 대단해!"

몹시 감동한 부인이 말했다.

신사는 이보다 빨리 그의 냉정함을 다시 찾았다. 그는 공손한 어조로 말했다.

"이것은 한 시대 전체야."

"그래요, 우리 할머니의 시대예요"라고 부인이 말했다.

그들은 몇 걸음 앞으로 나가서 장 파로탱의 시선과 마주쳤다. 부인은 입을 딱 벌렸다. 신사는 겸손한 태도였다. 그는 사람의 마음을 떨리게 하는 시선과 이야기를 빨리 끝내는 방법을 잘 알고 있었던 모양이다. 그는 자기 아내의 팔을 부드럽게 끌었다.

"이걸 봐요" 하고 그는 말했다.

레미 파로탱의 미소는 언제나 비천한 사람들에게 안도감을 주었다. 그 여인은 가까이 가서 열심히 설명을 읽었다.

"레미 파로탱의 초상, 1849년 부빌 출생, 파리 의과대학 교수, 르노다 작."

"과학원의 파로탱이 학사원의 르노다 손에 그려졌군. 그것 참 '역사'적인데!" 하고 그 남편이 말했다.

부인은 고개를 끄덕이고는 그 위대한 사람을 바라보았다.

"참 좋아요. 영리해 보이는군요!" 하고 아내가 말했다.

남편은 과장된 몸짓을 했다.

"이 사람들 전부가 부빌을 만들었지."

"이 사람들을 모두 함께 여기 놓아둔 건 참 잘한 일이에요."

흐뭇한 어조로 아내가 말했다.

우리들은 그 넓은 방에서 연습을 해야 할 세 명의 병정이었다. 남편은 존경심으로 조용히 미소를 짓고 있다가, 불안한 눈초리를 나에게 던지더니 갑자기 웃음을 멈추어버렸다. 나는 돌아서서 올리비에 블레비뉴의 초상화 앞에 가서 섰다. 부드러운 기쁨이 나를 사로잡았다. 그렇다! 내가 옳다. 그것이 너무 우스꽝스러웠다!

부인이 나에게 가까이 왔다.

"가스통, 이리 와요!"

갑자기 대담해진 그녀가 말했다.

남편이 우리 쪽으로 왔다.

"여보" 하고 그녀는 말을 이었다.

"이 사람의 이름을 가진 올리비에가(街)가 있어요. 왜 당신 모르세요? 죽스트부빌로 가기 바로 전에 코토 베르로 올라가는 작은 길이에요."

잠시 후에 그녀가 덧붙였다.

"만만치 않아 보이는군요."

"그렇군. 불평객들은 말도 못 하고 다른 사람을 찾아야 했을 거야."

그 말은 나에게 던진 것이었다. 그는 곁눈으로 나를 보고, 약간 소리를 내서 웃었다. 마치 그가 올리비에 블레비뉴인 것처럼 거만하고 떠들썩한 태도였다. 올리비에 블레비뉴는 웃지 않았다. 그는 우리에게 팽팽한 턱을 내밀고 있었는데 그의 목뼈가 툭 튀어나와 있었다. 침묵과 황홀의 순간이 흘렀다.

"움직일 것 같아요"라고 부인이 말했다.

남편은 친절하게 설명하는 것이었다.

"이 사람은 큰 모직물 상인이었대. 나중에 정치에 발을 들여 놓고, 국회의원이 되었지."

나는 그 사실을 알고 있었다. 2년 전에 그에 대해 모를레 신부가 지은 부빌 출신의 위인 소사전을 찾아본 적이 있다. 나는 그 문장을 베껴놓았다.

부빌에서 태어나고 사망한 선친의 아들인 블레비뉴 올리비에 마르시알(1849~1908)은 파리에서 법률을 전공하여 1872년에 학사 학위를 받았다. 코뮌 반란 때 그도 수많은 파리 시민들처럼 국민의회의 보호 아래 베르사유에 피난을 가야 했는데, 그 반란에 깊은 감명을 받은 그는 쾌락밖에는 생각하지 못할 젊은 나이에 '자신의 인생을 질서 재건에 바치겠다'고 맹세했다. 그는 그 맹세를 지켰다. 다시 도시로 돌아온 그는 이내 저 유명한 '질서의 클럽'을 창립했다. 그 클럽은 여러 해 동안 부빌의 중요 상인들과 선주들을 매일 저녁 모았다. 농담 삼아 조키 클럽보다 더 폐쇄적이라고 할 수 있었던, 그 귀족적인 모임은 1908년까지 우리의 대상업항의 운명에 건전한 영향을 끼쳤다. 올리비에 블레비뉴는 1880년에 마리루이즈 파콤, 즉 유명한 상인 샤를 파콤(이 이름의 항(項) 참조)의 둘째 딸과 결혼했다. 그리고 장인이 죽은 뒤, 파콤 블레비뉴 부자 상회를 설립했다. 얼마 후 그는 정계에 진출해서 국회의원으로 입후보했다. 그는 유명한 연설에서 말했다.

"우리나라는 위태로운 병에 걸려 있습니다. 지도 계급이 더 이상 명령하려고 하지 않게 됐습니다. 여러분, 그들의 세습, 그들의 교육, 그들의 경험으로 권리의 운영을 가장 용이하게 할 수 있는 그들이 권태나 포기로 인해 그 일을 내던진다면 도대체 누가 명령을 하겠습니까! 나는 여러 번 말했습니다. 명령한다는 것은 선량의 권리가 아니라 그의 중요한 의무인 것입니다. 여러분, 나는 여러분에게 애원합니다. 권위의 원칙을 회복합시다."

1885년 10월 4일 처음으로 당선된 후, 그는 계속해서 재선되었다. 정력적이고 거친 어조를 지닌 그는 주목할 만한 수많은 연설을 했다. 1898년에 그 무서운 파업이 일어났을 때, 그는 파리에 있었다. 급히 그는 부빌에 돌아와서 파업 반대 운동의 선봉이 되었다. 그는 파업 노동자들과의 협상에서 주도권을 잡았다. 광범한 협조 정신에 입각한 그 협상은 죽스트부빌에서 일어난 전투 때문에 중단되고 말았다. 주지하는 바와 같이 군대의 은근한 간섭이 사람들의 마음에 안정감을 가져왔던 것이다.

이공대학에 아주 어려서 입학했으며, 그가 '거물로 만들고자' 했던 그의 아들 옥타브의 요절은 올리비에 블레비뉴에게 격심한 타격을 주었다. 거기서 재기하지 못하고, 결국 그는 2년 후인 1908년 2월에 세상을 떠나고 말았다.

연설집으로는 《도덕의 힘》(1894년, 절판), 《처벌하는 의무》(1900년, 이 책에 수록된 연설은 드레퓌스 사건에 관한 것이다. 절판), 《의지》(1902년, 절판)…… 등이다. 그가 죽은 뒤에 사람들은,

그의 만년의 강연과 그의 친근한 사람들에게 보낸 편지들을 모아서 《불굴의 노력》(1910년 플롱 사 출간)이라는 제목으로 출판했다. 보르뒤랭이 그린 훌륭한 초상화가 부빌 미술관에 있다.

훌륭한 초상화. 그렇다. 올리비에 블레비뉴는 검고 짧은 콧수염을 길렀다. 창백한 그의 얼굴은 어딘지 모리스 바레스와 닮았다. 그 두 사람은 분명히 아는 사이다. 같은 의석을 차지하고 있었으니 말이다. 그러나 부빌 출신 의원은 애국자 연맹 총재가 가지고 있는 허탈함이 없었다. 그는 말뚝처럼 뻣뻣했고, 악마가 그의 집에서 얼굴을 내밀고 있듯이 그림에서 머리를 내밀고 있었다. 그의 두 눈은 반짝였고, 눈동자는 검었고, 각막은 불그스레했다. 그는 두툼한 작은 입술을 불쑥 내밀고, 오른손을 가슴에 대고 있었다.

그 초상화가 얼마나 나를 괴롭혔던가? 어떤 때는 블레비뉴가 너무 크게 여겨졌고, 어떤 때는 너무 작은 생각이 들었다. 그러나 오늘은 어떻게 생각을 종결지어야 하는가를 알고 있었다.

《부빌의 풍자가》 신문을 뒤적거리다가 나는 진실을 알았던 것이다. 1905년 11월 6일 호는 전 지면이 블레비뉴를 위해서 제공되었다. 앞면에는 콩브 영감의 머리카락에 매달려 있는 그의 모습이 실려 있었다. 거기에는 '사자의 이(蝨)'라는 제호가 붙어 있었다. 첫 페이지를 열면 모든 것이 설명되어 있다. 올리비에 블레비뉴의 신장은 153센티미터였다. 작은 키와 여러 번이나 회의장 전체를 웃긴 그의 맹꽁이 같은 목소리는 사람들의 웃음거리가 되었다. 편상화 속에 고무로 만든 뒤꿈치를 넣은 것도 사람들은 비난했다. 반대로 파콤 집안에서 온 블레비뉴 부인은 덩치가 산만했다.

"그게 바로 두 배나 되는 아내를 가지는 경우였다"고 《연대기》 작가는 부언하고 있다.

153센티미터! 그렇다. 그래서 보르뒤랭은 세심한 주의를 기울여서 그를 작게 보이지 않게 할 물건들을 그의 주위에 배치했던 것이다. 즉 커다란 의자, 낮은 안락의자, 12절짜리 책 서너 권이 끼어 있는 책장, 페르시아식 둥근 탁자…… 들이다. 그렇게 해서 옆에 걸려 있는 장 파로탱과 같은 키를 만들었다. 두 그림은 길이가 같았다. 결국은 한쪽의 둥근 탁자가 또 한 그림의 큰 탁자만큼 커서, 커다란 의자는 파로탱의 어깨까지 오게 될 형편이었다. 두 초상화 사이에서 눈이 본능적으로 비교를 한다. 나의 불쾌감은 거기서부터 기인한다.

이제 나는 웃고 싶었다. 153센티미터! 만약 내가 블레비뉴에게 말을 걸려면, 나는 허리를 굽히거나 그렇지 않으면 무릎을 꿇어야만 했을 것이다. 그가 그렇게 거만하게 코를 높게 치켜들고 있는 것에 나는 이미 놀라지 않았다. 키가 그만한 사람들의 운명은 늘 그들의 머리 몇 센티미터 위에서 벌어지는 것이다.

예술의 놀라운 힘이었다. 대단히 날카로운 음성을 가진 그 남자에 관해서는 위협적인 얼굴, 고상한 몸짓, 투우장의 소처럼 피가 맺힌 눈만이 후세에 남게 될 것이다. 코뮌에 공포를 느낀 학생, 작달막하고 골을 잘 내는 국회의원, 죽음이 데려가버린 것이 바로 그 사람이다. 그러나 보르뒤랭 덕분에 '질서 클럽'의 회장이며 '도덕의 힘'의 웅변가는 불멸의 존재가 되었다.

"어머나! 가여워라!"

그 부인은 숨이 막힌 듯한 소리를 질렀다. '선대의 아들'인 옥타브 블레비뉴의 초상화 밑에 경건한 손이 다음과 같은 말을 적어놓았다.

'1904년, 이공대학 재학 중 사망.'

"죽었군요! 아롱델의 아들처럼요. 참 똑똑해 보여요. 어머니 마음이 얼마나 아팠을까! 그런 좋은 학교에서는 공부를 너무 한다더군요! 자고 있는 동안에도 뇌가 움직이고 있대요. 난 저 삼각모가 참 좋아요. 카수아르\*라는 거 아네요?"

"아냐, 카수아르는 생시르\*\* 거야."

이번에는 내가 어려서 죽은 이공대 학생을 보았다. 그의 밀초 같은 안색이며, 온건한 생각을 가진 듯한 콧수염은 죽음이 멀지 않았다는 인상을 주기에 충분했다. 게다가 그도 자기의 운명을 예견했다. 맑고, 먼 곳을 보고 있는 눈에 일종의 체념이 드러나 보였다. 그러나 동시에 그는 머리를 높이 쳐들고 있었다. 제복을 입은 그는 프랑스 군대를 상징하고 있었다.

그대는 마르셀루스가 될 것이다.
두 손 가득히 백합꽃을 주어라……
Tu Marcellus eris!

---

\* 육사 생도의 모자털
\*\* 프랑스 육군사관학교의 통칭

Manibus date lilia plenis……

꺾어진 장미, 죽은 이공대 학생, 그보다 더 슬픈 일이 어디 있단 말이냐?

멈추어 서지는 않고, 침침한 데서 솟아나 보이는 얼굴들에 경의를 표시하면서 나는 긴 진열장 옆을 조용히 걸었다. 상업 재판소의 재판장 보수아르 씨, 부빌 시 항구자치운영위원회 회장 피비 씨, 가족과 함께 서 있는 상인 블랑제 씨, 부빌 시장 란캥 씨, 부빌 출신의 주미 프랑스 대사이며 시인인 드 뤼시앵 씨, 지사의 옷을 입은 이름 모를 사람, 큰 고아원의 원장인 성 마리 루이즈 수녀, 테레종 부부, 노자협조위원회 회장 티부 구롱 씨, 해병 등록소의 주사인 보보 씨, 브리옹, 미네트, 그를로, 르페브르, 팽 박사 부부, 아들인 피에르 보르뒤랭에 의해서 그려진 보르뒤랭 씨 자신. 맑고 찬 시선들, 섬세한 윤곽, 얇은 입술들 중에서, 블랑제 씨는 거대하고 참을성이 있었고, 성 마리 루이즈 수녀는 부지런한 신심자(信心者)였으며, 티부 구롱 씨는 타인에게 대해서처럼 자기 자신에게도 엄격했다. 테레종 부인은 심각한 불행에 굴하지 않고 싸웠다. 무한히 피로해 보이는 그녀의 입은 그녀의 고민을 말하고도 남았지만 신앙이 철저한 그녀는 결코 '괴롭다'는 말을 한 적이 없었다. 그녀는 꿋꿋했다. 집 안에서는 메뉴를 짜고 밖에서는 사회사업회를 통솔했다. 그녀는 가끔 말을 하는 도중 조용히 눈을 감았고, 얼굴에서는 생기가 사라졌다. 그러나 그러한 낙담은 1초 이상 계속된 적이 없었다. 이내 테레종 부인은 눈을 뜨고 말을 계속하는 것이었다. 일터에서 사람들은 수군거렸다.

"가엾은 테레종 부인! 불평이라곤 안 해."

나는 보르뒤랭 르노다 실 끝에서 끝까지 걸어갔다. 나는 돌아다 봤다. 작은 그림의 성당 속에 한없이 고운 백합이여 안녕, 우리의 자존심이여, 우리의 존재 이유여 안녕, '더러운 자식들'이여 안녕.

**월요일**

나는 더 이상 롤르봉에 대한 책을 쓰지 않고 있다. 마지막이다. 더 이상 그것을 쓸 '수'가 없다. 나는 무엇을 하고 지내야 하나?

3시였다. 나는 책상 앞에 앉아 있었다. 나는 곁에다가 내가 모스크바에서 훔친 편지 다발을 놓고 이렇게 썼다.

> 사람들은 가장 불길한 소문을 퍼뜨리는 데 조심했다. 9월 13일부터 조카에게 보낸 편지 속에 유언을 적어놓았던 것으로 보아, 드 롤르봉 씨는 그 계획에 걸려들었음에 틀림없다.

후작은 현존해 있었다. 역사적인 존재 속에서 그를 결정적으로 자리잡게 만들기를 기다리면서 나는 나의 생활을 그에게 빌려주고 있는 터였다. 나는 그의 존재를 위(胃) 한구석의 미약한 열처럼 느끼는 것이었다.

문득 나는 사람들이 나에게 퍼부을 이의와 마주쳤다. 만약 그의 계획이 실패하면, 자기에게 유리한 증인으로 조카를 이용하려고 한 것이 아닌가 하는 이의이다. 롤르봉과 그의 조카 사이는 그렇게 솔직한 편이 아니었다. 사건에 관련이 없는 체하기 위해서 유서를 날조하는 것은 있을 수 있는 일이다.

그 이의는 아무런 것도 아니었다. 대수로운 일이 아니었다. 그러나 그것은 나로 하여금 우울한 공상에 잠기게 하기에 충분한 것이었다. 나는 문득 카미유 레스토랑의 뚱뚱한 웨이트리스와 아실 씨의 흉포한 얼굴, 내가 버려진 채로 있어 완전히 현재 속에 남겨져 있다고 그렇게도 절실히 느꼈던 그 방이 생각났다. 나는 대견스럽게 혼잣말을 했다.

"나 자신의 과거조차도 기억할 힘이 없었던 내가 타인의 과거를 구제할 수 있기를 바랄 수 있을까?"

펜을 들고 다시 일을 시작하려고 했다. 그러나 과거, 현재, 그리고 세계에 관한 그 고찰에 견뎌낼 수가 없었다. 나는 오직 한 가지, 즉 내가 글을 쓸 수 있도록 가만 놔두어주기만 바랄 뿐이었다.

그러나 나의 시선이 흰 종이 더미 위에 떨어졌을 때, 나는 그 모습에 사로잡혀 펜을 든 채로 눈이 부신 그 종이를 물끄러미 보고 있었다. 얼마나 그 종이는 무자비하고 뚜렷했으며, 얼마나 그 종이는 분명했을까? 거기에는 현재가 있을 뿐이었다. 내가 지금 막 쓴 글씨들, 아직 마르지 않았지만, 그것은 이미 내 것이 아니었다.

"사람들은 가장 불길한 소문을 퍼뜨리는 데 조심했다."

이 구절은 내가 생각해본 것이고, 처음에는 다소 나 자신이기도 했다. 현재 그 구절은 종이 속에 적혀서 나와는 반대되는 블록을 이루고 있었다. 나는 이미 그것을 알아볼 수가 없었다. 그것을 다시 생각해볼 수도 없었다. 그 구절은 거기 내 앞에 있었다. 쓴 사람의 표적을 찾으려 해도 그것은 허사였을 것이다. 누구든지 그것을 쓸 수 있었을 것이다. 그러나 그것을 쓴 것이 나였는지, 과연 '나'였는지 확실치가 않았다. 이제 글씨들은 반짝거리지 않았고, 그것들은 말랐다. 그것도 역시 사라졌다. 순간적인 광채라고는 아무것도 없었다.

　나는 내 주위를 불안한 눈초리로 둘러보았다. 현재뿐이다. 그것 이외에는 아무것도 없었다. 제각기 현재 속에 처박힌 가볍고 튼튼한 가구, 즉 탁자며, 침대며, 거울이 달린 양복장과 나 자신이었다. 현재의 진실한 본성이 드러나 있었다. 그것은 현존하는 그것이었다. 그리고 그 현재가 아닌 모든 것은 존재하지 않았다. 과거는 존재하지 않았다. 사물 속에도, 나의 생각 속에도 없었다. 확실히 오래전부터 나의 과거가 나에게서 도주해버렸다는 것을 나는 알고 있었다. 그러나 그때까지 그것이 나의 능력 범위 밖에 있는 거라고 나는 믿고 있었다. 나에게 있어서 과거는 은퇴한 것에 불과했다. 그것은 또 하나의 존재 양식이었으며 휴가 상태, 비활동 상태였다. 각각은 자신의 역할이 끝났을 때, 스스로 상자 속에 얌전히 들어앉아서 명예로운 사건이 되는 것이다. 그만큼 무(無)를 생각하기란 어려운 일이었다. 이제 나는 알았다. 사물이란 순전히 보이는 그대로의 사물인 것이다. 그 '뒤에는…… 아무것도 없다.'

　그 생각이 몇 분쯤 더 나를 사로잡았다. 그러다가 나는 거기서 해방되려고 어깨를 격하게 흔들었다. 그리고 종이 더미를 잡아당겼다.

　　……그의 유서를 최근 쓴 터였다는 것……

갑자기 심한 불쾌감이 나를 휘어잡았다. 펜에서 잉크가 튀면서 나의 손에서 떨어졌다. 무슨 일이 생겼나? 구토를 느꼈단 말인가? 아니다, 그것은 아니다. 방은 여느 때처럼 아버지 같은 모습이었다. 책상이 좀 더 무겁고 두터운 듯했고, 나의 만년필이 더 죄어 있는 듯 아닌 듯했을 뿐이다. 다만 롤르봉 씨가 두 번째로 죽은 참이었다.

조금 전까지도 그는 나의 마음속에 고요히, 훈훈하게 깃들고 있었다. 가끔 그가 움직이는 것을 나는 느꼈다. 나에게 그는 독서광이나 '역원 회관'의 여주인보다 더 생기 있는 존재였다. 물론 그는 변덕스러워서 나타나지 않고 며칠 동안 틀어박혀 있는 경우도 있었지만, 습도계의 고깔처럼, 신비하게도 날씨가 좋을 때면 콧등을 약간 나타내는 것이었다. 그러면 나는 그의 창백한 얼굴과 파리한 두 볼을 보게 되는 것이었다. 비록 얼굴을 드러내지 않을 때조차도 그는 나의 마음을 무겁게 내리누르고, 가슴이 가득 차는 느낌을 가졌다.

그에 관해서는 지금 아무것도 남아 있지 않다. 말라버린 잉크 자국 위에 그 신선했던 광채의 추억 이외에는 아무것도 없다. 그것은 나의 잘못이다. 말해서는 안 될 말을 나는 해버렸던 것이다. 과거는 존재하지 않는다고 말한 것은 잘못이었다. 그래서 대번에 소리도 없이 드 롤르봉 씨는 그의 허무로 돌아가버린 것이다.

나는 손에 편지를 들고 일종의 절망으로 그것들을 어루만졌다.

"바로 드 롤르봉이다."

나는 혼잣말을 했다.

"하여튼 이 글씨 하나하나를 쓴 것이 바로 그 사람이다. 그는 그 종이 위에 엎드려서 종잇장 위에 손가락을 놓고 펜 아래에서 종이가 미끄러지지 않게 누르고 있었다."

　너무 늦었다. 그 말들에는 아무 뜻이 없었다. 내가 내 손으로 누르고 있던 누렇고 반질반질한 종이밖에는 아무것도 존재하지 않았다. 틀림없이 그 복잡한 사건이 있기는 했다. 롤르봉의 조카는 1810년에 러시아 황제의 경찰에 의해서 암살되었다. 몰수되어 비밀 서고에 옮겨졌던 그에 대한 서류는 110년 후에 정권을 쥔 소비에트가 국립도서관에 비치했는데, 그 도서관에서 내가 1923년에 훔쳐냈다. 그러나 그것이 정말 같지는 않다. 나 자신이 범한 그 도둑질에 관해서 나는 아무런 확실한 기억도 가지고 있지 않다. 그 서류가 내 방 안에 있는 이유에 대해 수많은 그럴듯한 이야기를 만들어내는 일은 어려운 게 아니었다. 그러나 그 모든 이야기들이 그 껄껄한 종이 앞에서는 마치 거품처럼 속이 비고 가볍게 보였다. 그것들에 의존해서 롤르봉과 알게 되기보다는, 당장 쟁반점*의 도움을 청하는 것이 더 나을지도 모른다. 롤르봉은 이미 존재하지 않았다. 전혀 존재하지 않았다. 만약 그의 뼈가 조금이라도 남아 있다면, 그 뼈 자체로서 독자적으로 존재하는 것이고, 그것들은 염분과 수분을 포함한 인산염과 탄산석회에 불과하다.

　최후의 시험을 했다. 나는 드 장리 부인의 말을 되풀이했다. 그것으로— 보통은— 내가 그 후작을 생각하게 된다.

　'깨끗하고 뚜렷한 주름살이 잡힌, 그의 얽고 조그마한 얼굴에는 야릇한 간악함이 있어, 그가 아무리 감추려고 해도 밖으로 드러나

---

\*　쟁반이나 탁자로 점을 치는 일종의 심령술

곤 했다.'

그의 얼굴이 순순히 나에게 나타났다. 그의 뾰족한 코, 파리한 볼, 그 미소 말이다. 나는 이전보다 훨씬 쉽게 그의 윤곽을 마음대로 그려낼 수 있었다. 다만 그 모습은 나의 생각 속에 있는 하나의 가상에 불과했다. 나는 한숨을 짓고, 참을 수 없는 결핍을 느끼며 의자에 벌렁 나자빠졌다.

4시를 친다. 내가 의자에 손을 늘어뜨린 채 여기에 있은 지 한 시간쯤 됐다. 어둡기 시작한다. 그 밖에는 이 방에 아무런 변화도 없다. 흰 종이가 여전히 탁자 위, 만년필과 잉크병 옆에 있다…… 그러나 내가 쓰기 시작한 종이에 나는 결코 더 쓰지 않을 것이다. 뮤틸레가와 라르두트로를 걸어서 도서관에 자료를 찾으러는 결코 가지 않을 것이다.

의자에서 일어나 밖으로 나가서, 무엇이든 나의 기분을 전환할 행동을 하고 싶었다. 그러나 내가 손가락을 들기만 하면, 내가 쥐죽은 듯이 가만히 있지 않으면 무슨 일이 일어날지를 나는 잘 알고 있다. 나는 그 일이 또 일어나는 것을 '원하지 않는'다. 그 일은 늘 너무 빨리 일어난다. 나는 움직이지 않는다. 나는 기계적으로 종이 뭉치 위에, 내가 다 쓰지 못한 구절을 읽는다.

사람들은 가장 불길한 소문을 퍼뜨리는 데 조심했다. 9월 13일 날짜로 조카에게 보낸 편지 속에 유언을 적어놓은 것으로 보아, 드롤르봉 씨는 그 계획에 걸려들었음에 틀림없다.

롤르봉 대사건은 끝났다. 마치 큰 열정처럼, 다른 일을 찾아야만 할 것이다. 수년 전에 상하이에 있는 메르시에의 사무실에서 나는 문득 꿈에서 깨어나 눈을 떴다. 그다음에 나는 다른 꿈을 꾸었다. 나는 러시아 황제의 궁정에서, 겨울에는 문 위에 고드름이 생길 만큼 추운, 낡은 궁전에 살고 있었다. 오늘 나는 흰 종이 더미 앞에서 깨어난 것이다. 촛대, 냉랭한 파티, 제복들, 떨리는 아름다운 어깨들이 사라졌다. 그 대신 이 훈훈한 방에 '그 무엇'이, 보고 싶지도 않은 그 무엇이 남아 있다.

드 롤르봉 씨는 나의 협조자였다. 그는 존재하기 위하여 나를 필요로 했으며, 나는 나의 존재를 느끼지 않기 위해서 그가 필요했다. 나는 많이 가지고 있으면서도 무엇에 써야 좋을지 몰랐던 원료, 즉 존재, '나의' 존재라는 원료를 공급하고 있었다. 그런데 그의 일은 나를 대신하는 것이었다. 그는 내 앞에 자리 잡고, 자기의 생활이 나의 생활을 '대신'하게끔 하기 위해서 나의 삶을 빼앗고 있었다. 나는 내가 존재한다는 것을 이미 보지 못하고 있다. 나는 이미 나의 내부에서 존재하지 않고, 그의 내부에 존재하고 있었다. 내가 먹는 것도, 또 호흡하는 것도 모두가 그를 위해서였고, 나의 동작은 일일이 나의 외부, 즉 나의 정면에 있는 그의 내부에서 의의를 갖는 것이었다. 종이 위에 글씨를 쓰는 나의 손도 내가 쓴 글귀도 나를 보지 못했다 — 그러나 그 뒤 종이 저편에서 나는 후작을 보는 것이었다. 그는 나에게 그 동작을 요구하고 있었다. 그 동작이 그의 존재를 연장시키고 공고하게 만들고 있었다. 나는 그를 생존시키는 방법에 불과했고, 그는 나의 존재 이유였다. 그는 나를 나 자신에게서 해방시켰다. 지금 나는 무엇을 해야 한단 말인가!

특히 움직이지 말 것, '움직이지 말 것……' 아!

그 어깨의 움직임, 나는 그것을 참을 수가 없었다…….

기다리고 있던 '물건'이 갑자기 나타나서 나에게 덤벼들었다. 그것은 나의 내부에서 흐른다. 나는 그것으로 충만해 있다―그것은 아무것도 아니다. '그것', 그것은 나다. 자유롭고 해방된 존재가 나에게 밀려오고 있다. 나는 존재한다.

나는 존재한다. 그것은 부드럽다. 그렇게도 부드럽고, 그렇게도 느리다. 느리고 가볍다. 그것은 혼자서 공중에 떠 있다고 말할 수 있을 만하다. 그것은 움직인다. 그것은 도처에서 녹아서 없어지는 거품들이다. 아주 부드럽다, 아주 부드럽다. 나의 입 안에는 거품 같은 물이 있다. 나는 그것을 삼킨다. 물은 내 목을 넘어가서 나를 애무한다―그리고 다시 입 안에 생겨난다. 나는 희고 조그마한 늪―겸손하게―나의 혀에 구르는 늪―을 영구하게 가지고 있다. 그 늪, 그것도 역시 나다. 그리고 혀, 그리고 목, 그것도 나다.

탁자 위에 놓여 있는 나의 손을 본다. 그 손은 살아 있다―그것은 나다. 손이 펴지고 뾰족하게 나타난다. 손바닥을 위로 향하고 있다. 기름진 배때기가 보인다. 손가락들은 짐승의 발이다. 나자빠진 게의 발처럼 나는 손가락을 재빨리 움직이며 즐긴다. 게는 죽었다. 다리가 오그라들어 손바닥으로 모여든다. 나는 손톱을 본다―그것만이 나에게서 살고 있지 않은 것이다. 그리고 또, 나의 손이 뒤집힌다. 손바닥을 아래로 향하게 한다. 이제 손등이 보인다. 약간 반짝인다―손가락뼈가 솟아난 곳에 불그스레한 털이 없었다면 물고기 같았을 것이다. 나는 나의 손을 느낀다. 그것은 나다. 내 팔 끝에서 움직이고 있는 두 마리의 짐승이다. 나의 손은 한쪽 발로 다른 발을 긁는다. 나는 내가 아닌 탁자 위에 놓인 손의 무게를 느낀다. 그것이 길고 길다. 그 무게의 인상이 사라지지 않는다. 그것이 사라질 이유가 없다. 점점 견딜 수 없다…… 나는 손을 잡아당겨서 호주머니에 넣는다. 이내, 나는 옷감을 통해서 나의 넓적다리의 체온을 넣는다. 곧 호주머니에서 손을 꺼내어 의자 등에 걸쳐놓는다. 이제는 손의 무게를 팔 끝에 느낀다. 손은 슬그머니 부드럽게 잡아당긴다. 그것은 존재한다. 나는 고집하지 않는다. 내가 손을 놓는 곳에서 손은 그의 존재를 지속할 것이고 나는 손이 존재한다는 것을 느낄 것이다. 그것을 취소할 수는 없다. 나의 육체의 나머지를, 나의 셔츠를 더럽히고 있는 그 축축한 체온을, 마치 스푼으로 휘젓고 있는 듯이 시름시름 들고 있는 저 뜨거운 지방덩이를, 그리고 그 속에서 왔다 갔다 하고 있으면서 옆구리에서 겨드랑이로 내왕하거나 또는 아침부터 저녁까지 같은 장소에서 생장하고 있는 그 모든 감각을 없애버릴 수는 없다.

　나는 펄쩍 뛴다. 생각하는 것을 중지할 수만 있어도 좀 낫겠다. 생각이라는 것들, 그것보다 무미건조한 것은 없다. 육체보다 더 무미건조한 것이다. 그것은 끊임없이 뻗는다. 그리고 이상한 맛을 남긴다. 그리고 생각 속에는 말이 있다. 끝마치지 못한 말, 늘 돌아오는 문구가 있다.

　"나는 끝내야만…… 나는 존…… 죽음…… 드 롤르봉 씨는 죽었다…… 나는…… 않는다…… 나는 존……."

이렇게 꼬리를 물고 계속되어…… 끝이 없다. 그것은 다른 일보다 더 나쁘다. 왜냐하면 나는 책임이 있고 공모자라고 느껴지기 때문이다. 예를 들어서 '나는 존재한다'는, 괴롭도록 되씹는 소리, 바로 내가 그것을 유지하고 있다. 나다. 육체는 한 번 태어나면 혼자서 살아간다. 그러나 생각은 바로 '내가' 계속하고, 내가 전개한다. 나는 존재한다. 나는 존재한다고 생각한다. 오, 긴 뱀이며, 존재한다는 그 감정 — 나는 그 감정을 고요히 전개한다…… 생각하는 것을 단념할 수 있다면! 나는 노력해본다. 나는 성공한다. 내 머릿속이 연기로 충만되었다고 느낀다…… 그런데 그게 또 시작한다.
　"연기…… 생각하지 않을 것, …… 나는 생각하기 싫다…… 나는 생각하기 싫다고 생각한다. 나는 생각하기 싫다는 것을 생각해서는 안 된다. 왜냐하면 그것도 하나의 생각이기 때문이다."
　그럼 영원히 끝이 없지 않은가?
　나의 생각, 그것은 '나'다. 그래서 나는 멈출 수가 없다. 나는 생각하는 고로 존재한다…… 그리고 나는 생각하기를 단념할 수 없다. 지금 이 순간조차도 — 그것은 무서운 일이다 — 내가 존재한다면 그것은 존재하기를 내가 두려워하고 있기 '때문'이다. 내가 갈망하고 있는 저 무(無)에서 나 자신을 끄집어내는 것이 바로 나, '나'다. 존재하는 데 대한 증오, 싫증, 그것이 '나를 존재하게 하는' 방법이며, 존재 속에 나를 밀어넣는 방법인 것이다. 생각은 현기증처럼 내 뒤에서 생겨나고, 나는 그것이 내 머리 뒤에서 생기는 것을 느낀다. 만약 내가 양보하면 그것은 앞으로, 내 두 눈 사이로 오려고 한다 — 다만 나는 언제나 양보한다. 생각이 커지고 커진다. 그리하여 거기

나를 충만케 하고 나의 존재를 새롭게 하는 무한한 것이 있다.

　내 침이 달콤하다. 몸이 미지근하다. 얼이 빠진 것 같다. 나의 나이프가 탁자 위에 있다. 그것을 편다. 왜 안 돼? 하여간 그것은 자그마하나마 변화를 가져올 것이다. 나는 왼손을 종이 더미 위에 얹고, 손바닥에 나이프를 찌른다. 동작이 너무 신경질적이다. 칼날이 미끄러져서 상처가 가볍다. 피가 흐른다. 그래서 무슨 변화가 생겼나? 결국 나는 백지 위에, 아까 내가 써놓은 글씨 곁에 마침내 나 자신에게서 떨어져 나간 약간의 핏방울을 만족스럽게 바라본다. 백지 위에 있는 네 줄의 글씨와 핏방울, 그것은 좋은 추억이 될 것이다. 그 밑에 '그날 나는 드 롤르봉 후작에 관해서 책을 쓰는 것을 단념했다'고 나는 써야만 할 것이다.

　내 손을 치료할 것인가? 나는 망설인다. 나는 피가 단조롭게 비치는 것을 바라보고 있다. 지금 바로 피가 응고한다. 마지막이다. 상처 주위의 피부가 녹이 슨 것 같다. 그 피부 밑에는 다른 감각들을 닮은, 아마도 다른 감각들보다 더 맥빠진, 약간의 감각만이 남아 있다.

　5시 반을 친다. 나는 일어선다. 나의 차가운 셔츠가 살에 닿는다. 나는 외출한다. 왜? 하여간 그렇게 하지 않을 이유가 없기 때문이다. 내가 비록 남아 있는다 해도, 또 구석에서 옴쭉 안 하고 있는다 해도, 나는 나 자신을 잊을 수 없을 것이다. 나는 거기 서 있을 것이며, 나의 침대에 체중을 기대고 있을 것이다. 나는 존재한다.

　거리를 지나다 나는 신문을 산다. 센세이셔널한 기사. 소녀 뤼시엔의 시체가 발견되었다! 잉크 냄새를 풍기며 신문지가 나의 손가락 사이에서 구겨진다. 파렴치한 남자는 도망쳤다. 소녀는 강간을 당했다. 그 시체를 찾아낸 것이다. 진흙 속에 손가락이 오그라붙었다. 나는 뭉쳐버린다. 신문 위에서 내 손이 오그라든다. 잉크 냄새가 난다. 제기랄, 왜 이렇게 오늘은 사물이 강렬하게 존재하는 것일까? 뤼시엔은 강간당했다. 목이 졸려 죽었다. 그녀의 시체는 아직도 존재한다. 그 죽은 육체가. '그녀'는 이미 존재하지 않는다. 그녀의 손. 그녀는 이미 존재하지 않는다. 집들. 나는 집과 집 사이를 걸어간다. 나는 집들 틈에 있다. 나는 보도 위에 똑바로 서서 존재하고 있다. 내 발밑에 보도가 존재한다. 마치 물이 휜 종이 더미 같은 내 위로 뒤덮이는 것처럼 집들이 내 머리 위에 뒤덮인다. 나는 존재한다. 나는 생각하는 고로 존재한다. 왜 나는 생각할까? 나는 더 생각하고 싶지 않다. 나는 생각하고 싶지 않다고 생각하니까 존재한다. 나는 생각한다. 내가…… 왜냐하면…… 으윽! 나는 도망친다. 파렴치한 남자는 도망쳤다. 그녀의 몸은 강간당했다. 소녀는 자기 육체 속으로 타인의 육체가 들어오는 것을 느꼈다. 나는…… 나야말로…… 나는 강간을 당한 소녀. 강간의 피비린내나는 달콤한 욕망이 내 뒷머리를 잡는다. 아주 부드럽게 내 귀를 잡는다. 귀는 내 뒤에서 흐른다. 붉은 머리칼. 머리칼이 내 머리 위에서 붉다. 젖은 풀, 붉은 풀, 그것도 나란 말이냐? 그리고 이 신문, 그것도 나란 말이냐? 신문을 손에 드는 일, 그것은 존재 대 존재이다. 사물은 서로서로 덮쳐서 존재한다. 나는 그 신문을 놓는다. 집이 솟아오른다. 집이 존재한다. 내 앞에서 벽을 타고 나는 지나간다. 벽을 타고 나는 존재한다. 벽 앞에서 나는 한 걸음 내딛는다. 내 뒤에서 손가락 하나가 내 바지 속을 긁는다. 그리고 진흙이 묻은 소녀의 손가락을 잡아당긴다. 더러운 냇물에서 나온 내 손가락의 흙이다. 손가락은 조용히 내려온다. 힘이 없어지고 어떤 파렴치한이 목 졸라 죽인 소녀의 손가락보다 약하게 긁는다. 소녀의 손가락이 흙을 긁는다. 우선 고개가 뒤로 처지고, 그리고 나의 넓적다리에 애무가 구른다. 존재는 무르다. 그것은 구르고 허우적거린다. 나는 집들 틈에서 허우적거리고 있다. 나는 존재한다. 나는 생각하므로 나는 허우적거린다. 나는 있다. 존재는 떨어진다. 떨어지지 않을 것이다. 떨어질 것이다. 손가락은 들창을 긁는다. 존재는 불완전한 것이다. 신사이다. 훌륭한 신사는 존재한다. 신사는 자기가 존재하는 것을 느낀다. 아니다. 나팔꽃처럼 부드럽고 훌륭한 신사는 자기가 존재한다는 것을 느끼지 못한다. 활짝 피어난 꽃처럼 환하게…… 잘린 손이 아프다. 존재한다, 존재한다, 존재한다. 훌륭한 신사 레지옹 도뇌르와 콧수염은 존재한다. 그뿐이다. 하나의 레지옹 도뇌르와 콧수염뿐이라면 얼마나 행복한 일일까? 그 나머지를 아무도 보지 않는다. 그 신사는 자기 코 양 끝에서 콧수염의 양 끝을 본다. 그러므로 콧수염이라고 나는 생각하지 않는다. 그는 자기의 육체도, 그 큰 발도 보지 않는다. 바지 속을 뒤지다가 회색의 작은 고무 한 쌍을 발견할 수도 있을 것이다. 그는 레지옹 도뇌르를 가지고 있다. '더러운 자식들'은 존재하는 권리를 가지고 있다.

"나는 존재한다. 왜냐하면 그것이 내 권리이니까."

나는 존재하는 권리를 가지고 있다. 따라서 나는 생각을 하지 않을 권리가 있다. 손가락이 일어선다. 나는…… 흰 시트가 꽃피는 속에서 가볍게 가라앉는 하얗게 꽃핀 육체를 어루만질 것인가? 겨드랑이의 꽃피는 습기 속으로 육체의 선약(仙藥), 리큐어, 육체의 개화를 어루만질 것인가? 다른 사람의 존재 속으로 육중하고 보드랍디 보드라운 존재의 냄새가 풍기는 붉은 점막 속으로 들어갈 것인가? 부드러운 촉촉한 입술, 새하얀 피가 흐르는 붉은 입술, 맑은 고름에 젖은 존재에 흠뻑 젖은 채 벌리고 있는 발딱거리는 입술, 눈처럼 눈물을 흘리는 달콤하고 촉촉한 입술 사이로 나는 나의 존재를 느낄 것인가? 나의 몸은 살아 있는 육체를 가지고 있다. 그 육체는 꿈틀거리고, 부드럽게 리큐어를 돌리고 크림을 돌린다. 그 육체는 나의 육체의 보드라운 단물을, 내 손의 피를 돌리고, 돌리고, 돌린다. 피는 휘젓고 있는 육체, 상한 육체에서 달콤하다. 휘젓고 움직인다. 나는 걷는다. 나는 도망친다. 나는 상처를 입은 육체를 가진 파렴치한이다. 저 벽들이 가지고 있는 존재에 의해서 상처를 입은 육체. 춥다. 한 걸음 내딛는다. 춥다. 한 걸음 나는 왼쪽으로 돈다. 그는 왼쪽으로 돈다. 그는 그가 왼쪽으로 돈다고 생각한다. 미친놈 같으니. 나는 미쳤을까? 그는 미칠까 봐 무섭다고 말한다. 존재, 존재 속에서 말이다. 그는 멈추어 선다. 몸뚱이가 선다. 그는 선다고 생각한다. 그는 어디서 왔을까? 그는 무엇을 하는 것일까? 그는 다시 떠난다. 그는 두렵다. 파렴치한 놈 같으니. 안개 같은 욕망, 욕망, 싫증이 난다. 그는 존재하는 게 지긋지긋하다고 말한다. 정말 지긋지긋할까? 그는 지긋지긋하다고 생각하는 데 지쳐 있다. 그는 뛴다. 무엇을 바라고 있는 것일까? 그는 뛰어서 달아난다. 항구에 투신을 하려고 뛰나? 그는 뛴다. 마음, 마음이 뛴다. 일종의 기쁨이다. 마음은 존재한다. 다리가 존재한다. 호흡이 존재한다. 모든 것이 존재한다. 뛰면서 허덕이면서 아주 부드럽고 무르게 가슴이 뛰면서 숨이 찬다. 그는 자기가 숨이 차다고 말한다. 존재가 뒤에서 나의 생각을 잡는다. 그리고 '뒤에서' 그것을 조용히 꽃피게 한다. 나는 뒤를 붙잡힌다. 나는 뒤에서 생각하도록 강요당한다. 그러니까 그 무엇이기를 강요당하고 있다. 존재의 가벼운 거품처럼 허덕이는 내 뒤에서, 그는 욕망의 안개 거품이다. 거울 속에서 그는 죽음처럼 창백하다. 롤르봉은 죽었다. 앙투안 로캉댕은 안 죽었다. 정신을 잃는 것, 그는 정신을 잃고 싶다고 말한다. 그는 뛴다. 그는 족제비를 '뒤에서' 쫓는다. 뒤에서, '뒤에서', 소녀 뤼시엔은 뒤에서 습격을 당했다. 존재에 의해서 뒤에서 강간을 당했다. 그는 용서를 빈다. 그는 용서를 빌고 동정을 받는 것을 수치로 여긴다. 사람 살려, 사람 살려! 그러므로 나는 존재한다. 그는 바 드 라 마린으로 들어선다. 자그마한 갈보집의 조그마한 거울, 그의 얼굴은 자그마한 갈보집의 조그마한 거울 속에서 창백하다. 머리칼이 붉고 키가 큰 사나이는 의자에 털썩 주저앉는다. 유성기가 돈다. 존재한다. 모든 것이 돌고 유성기가 존재한다. 가슴이 뛴다. 돌아라, 돌아라, 생명의 리큐어여. 돌아라, 젤리여, 나의 육체의 시럽이며, 부드러운 것이여. 돌아라…… 레코드여.

> 달콤한 달빛이 비치면
> 밤마다 나는 짧은 꿈을 꾸네.
> When the yellow moon begins to beam
> Every night I dream a little dream.

굵고 쉰 소리가 갑자기 나타나자 세계가, 존재들의 세계가 사라져버린다. 육체를 가진 한 여자가 그 목소리를 가졌다. 그녀는 가장 아름답게 화장을 하고 레코드 앞에서 노래했다. 그리고 그 목소리가 녹음됐다. 여자. 제기랄! 그녀는 나처럼, 또 롤르봉처럼 존재하고 있었다. 나는 그녀를 알고 싶지는 않다. 그러나 이것이 있다. 그것이 존재한다고 말할 수는 없다. 회전하는 레코드는 존재한다. 그 소리에 의해서 박자가 맞추어져서 떨리고 존재한다. 레코드를 자극시킨 목소리는 존재했다. 그것을 듣는 나, 나는 존재한다. 모든 것이 충실하며, 도처에 치밀하고, 무겁고, 부드러운 존재가 있다. 그러나 그 부드러움 뒤에 가까이 갈 수 없는, 그렇게 가까우면서도 그렇게도 먼, 그리고 젊고, 무자비하고, 고요한 그…… 그 엄숙함이 있다.

**화요일**
아무 일도 없다. 존재했다.

**수요일**
종이 냅킨 위에 태양이 둥근 원을 그리고 있다. 그 원광 속에 파리 한 마리가 둔하게 기어다니고, 몸을 녹이고, 앞발을 비비고 있다. 나는 파리에게 서비스를 해야겠다. 묵사발을 만들자.
햇빛을 받아 금빛으로 빛나는 털이 있는 그 거대한 집게손가락이 나타나는 것을 파리는 모른다.
"죽이지 마세요, 선생님!"
독서광이 소리쳤다.

파리는 터진다. 그의 흰 창자가 배에서 튀어나온다. 나는 그를 존재로부터 치워버렸다. 나는 독서광에게 무뚝뚝하게 말한다.

"이놈에게 서비스한 겁니다."

나는 왜 여기에 있을까? 나는 왜 여기에 있어서는 안 될까? 정오다. 나는 잘 시간이 되기를 기다린다(다행히 잠이 없지는 않다). 4일 후에 나는 안니를 만날 것이다. 그것이 내가 당장 살고 있는 이유이다. 그다음에는, 안니가 나를 떠나버릴 때는? 나는 엉큼하게 내가 생각하고 있는 것을 알고 있다. 나는 안니가 영원히 나를 떠나지 않기를 바라고 있다. 그러나 안니는 나와 얼굴을 맞대고, 늙으려고 하지는 않으리라는 것을 나는 명심해야 할 것이다. 나는 약하고 고독하다. 나는 안니가 필요하다. 나는 힘이 아직 있을 때, 그녀를 만나고 싶었다. 안니는 표류물에 대해서 동정심이 없다.

"별일 없으시죠. 기분은 괜찮으세요, 선생님?"

곁에서 독서광이 웃음을 띤 눈으로 나를 본다. 그는 약간 헐떡거리고 있었는데, 숨이 찬 개처럼 입을 벌리고 있다. 솔직히 고백하면, 오늘 아침에 나는 그를 볼 수 있다는 것에 거의 행복감을 느끼고 있었다. 나는 이야기를 할 필요가 있었던 것이다.

"같이 식사를 하게 되어서 기쁩니다"라고 그는 말했다.

"추우시면 난로 곁에 앉으면 어떨까요. 저 손님들은 곧 갈 겁니다. 계산을 마쳤으니까요."

어떤 사람이 내 걱정을 해주고, 내가 춥지나 않은가 마음을 쓰고 있다. 내가 다른 사람에게 이야기를 한다. 수년 이래 그런 일이 없었다.

"가네요. 자리를 옮길까요?"

두 남자가 담배에 불을 붙였다. 그들은 나간다. 맑은 공기 속에서 태양빛을 받고 있다. 두 손으로 모자를 어루만지면서 큰 유리창을 따라서 지나간다. 그들은 웃는다. 바람이 그들의 외투를 부풀어 오르게 한다. 아니다. 나는 자리를 옮기고 싶지 않다. 옮겨서 무엇 하나? 게다가 창 너머로 탈의장 지붕 사이에 짙은 초록색 바다가 보인다.

독서광은 지갑에서 바이올렛빛의 두꺼운 사각형 종이를 꺼낸다. 두 장 중의 한 장 위에 써 있는 것을 나는 거꾸로 읽는다.

보타네 레스토랑, 가정 요리

균일 가격 ― 8프랑

취향에 맞는 전채 요리

고기는 야채 포함

치즈, 또는 디저트

20회분, 140프랑

문 옆에, 둥근 식탁에서 먹고 있는 남자, 이제야 그를 알겠다. 그는 프랭타니아 호텔에 자주 든다. 지방 여행을 다니는 상인이다. 그는 가끔 나에게 조심스럽고, 미소를 띤 시선을 돌린다. 그러나 그는 나를 보는 게 아니다. 그는 자기가 먹는 것을 살펴보는 데 너무 열중해 있다. 카운터 저쪽에서는 불그스레하고 뚱뚱한 두 남자가 백포도주를 마시면서 섭조개를 맛보고 있다. 키가 작은 남자는 가늘고 노란 콧수염을 기르고 있었는데, 혼자 재미있어 하면서 이야기를 하고 있다. 그는 잠시 말을 멈추고는 흰 이를 내놓고 웃는다. 또 한 남자는 웃지 않는다. 그의 눈빛은 험하다. 그러나 자주 그는 고개로 '그렇다'는 시늉을 한다. 창문 옆에, 마르고 피부빛이 갈색인 남자가 앉아 있다. 윤곽이 고상하고 흰 머리칼을 뒤로 넘기고 있다. 그 남자는 신문을 차근차근 읽고 있다. 의자 위에, 자기 곁에, 그는 자신의 가죽 가방을 놓았다. 그는 비시*를 마신다. 얼마 안 있으면, 이 모든 사람들은 밖으로 나갈 것이다. 먹어서 무거워진 몸에 미풍의 애무를 받으며 외투를 활짝 열어젖히고 머리가 약간 뜨거워지고 웅성대는 것을 느끼며, 그들은 해변가에서 노는 어린아이들과 바다 위에 떠 있는 배를 바라보면서 난간을 타고 걸을 것이다. 그들은 일을 하러 갈 것이다. 나는 아무 데도 안 간다. 나는 할 일이 없다.

독서광은 순진하게 웃는다. 태양이 그의 듬성듬성한 머리칼 사이에서 논다.

"메뉴를 택하시죠?"

그는 나에게 카드를 내민다. 나에게는 전채 요리를 고를 권리가 있다. 다섯 토막의 소시지, 무, 잔새우, 혹은 호트 소스를 친 샐러리가 있다. 부르고뉴 달팽이가 추가로 적혀 있었다.

"소시지를 주시오" 하고 나는 웨이트리스에게 말한다.

그는 내 손에서 카드를 빼앗아간다.

"더 좋은 것 없습니까? 부르고뉴 달팽이가 있는데요."

"달팽이는 별로 좋아하지 않아서 그럽니다."

---

\* 음료로 파는 물, 탄산수의 상표

"아! 그럼 굴은 어떠세요?"

"4프랑 더 비쌉니다" 하고 웨이트리스가 말한다.

"그러면 굴로 해요, 아가씨 — 그리고 나는 무를 주지."

그는 얼굴을 붉히면서 변명한다.

"전 무를 참 좋아해요."

나도 그렇다.

"다음에는 무엇을 하시겠습니까?" 하고 그는 묻는다.

고기의 리스트를 훑는다. 찐 불고기가 먹고 싶어질 것 같았다. 그러나 내가 영계를 택할 것을 나는 미리 알고 있다. 그것은 추가로 씌어진 유일한 고기이다.

"이 손님께는 영계를 드리고 나는 찐 불고기를 줘요, 아가씨."

그는 카드를 뒤집는다.

"포도주를 마시죠."

그는 약간 엄숙한 태도로 말한다.

"어머."

웨이트리스가 말한다.

"별일이네요. 절대로 안 하시는 분이."

"그러나 때로는 나도 포도주 한 잔쯤은 견디지. 앙주 산 로제* 한 병만 주겠소?"

독서광은 카드를 놓고 그의 빵을 뜯는다. 그리고 자기의 냅킨으로, 자기의 포크와 나이프를 닦는다. 그는 신문을 읽고 있는 백발의

---

\* 포도주의 일종으로 분홍빛 술

남자를 힐끔 보더니 나에게 미소를 짓는다.

"여느 때 같으면, 저도 책을 한 권 가지고 옵니다. 어떤 의사가 그렇게 하면, 너무 빨리 먹고, 또 씹지 않게 된다고 그러지 말라고 충고를 했지만 제 위는 튼튼하지요. 저는 무엇이든 삼킬 수 있습니다. 1917년 겨울 동안, 제가 포로였을 때, 음식이 하도 나빠서 모든 사람들이 병에 걸렸습니다. 저는 다른 사람들처럼 병든 척했지만, 사실은 괜찮았습니다."

전쟁 포로였다……. 나에게 이런 이야기를 하는 것은 처음이다. 나는 어이가 없다. 나는 그를 독서광 외에는 상상할 수가 없다.

"어디서 포로였습니까?"

대답이 없다. 그는 포크를 놓고, 나를 똑똑히 바라본다. 그는 자기의 걱정거리를 나에게 말하려 하고 있다. 이제 생각이 나는데, 도서관에서 무슨 일이 있었던 것이다. 나는 귀를 잔뜩 기울이고 있다. 나는 남의 걱정거리에 동정하는 일밖에는 바라지 않는다. 그것이 나에게 변화를 가져올 것이다. 나는 걱정거리가 없다. 연금 생활하는 사람처럼 돈은 있으나 윗사람도 없고, 아내와 자식도 없다. 나는 존재한다. 그뿐이다. 게다가 나의 그 걱정거리는 대단히 애매하고, 대단히 형이상학적이어서, 나는 부끄럽다.

독서광은 말하고 싶지 않은 모양이다. 왜 저런 기묘한 시선으로 나를 볼까? 그것은 바라보기 위한 시선이 아니라 영혼의 교감이다. 독서광의 영혼은 장님 같은 그의 훌륭한 눈까지 솟아올라와서, 거기서 노출하고 있다. 나의 넋도 같은 짓을 하거나 그 코끝을 유리창에 갖다 대면, 두 넋은 인사를 할 것이다.

나는 영혼의 교감을 원치 않는다. 나는 그렇게까지 타락하지는 않았다. 나는 뒤로 물러선다. 그러나 독서광은 나를 줄곧 바라보면서, 식탁 위로 상체를 기댄다. 다행히도 웨이트리스가 그에게 무를 가지고 왔다. 그는 의자 위에 털썩 앉는다. 그의 눈에서 영혼이 사라지고 예의 바르게 먹기 시작한다.

"걱정거리는 잘 해결됐나요?"

그는 펄쩍 뛴다.

"무슨 걱정 말씀입니까?"

당황한 듯이 그가 묻는다.

"아니, 요전에 말씀하신 것 말입니다."

그는 얼굴이 몹시 붉어졌다.

"아!"

서먹서먹한 목소리로 그는 말했다.

"아! 네, 요전에요. 그건, 그 코르시카 녀석, 도서관의 코르시카 녀석 말씀이죠?"

그는 또다시 염소 같은 완고한 태도로 주저한다.

"그건 뜬소문입니다. 그걸로 선생님을 괴롭히긴 싫습니다."

나는 고집하지 않는다. 그렇게 보이지는 않지만, 그는 엄청난 속도로 먹고 있다. 내 굴을 가져왔을 때, 그는 자기의 무를 이미 다 먹어치웠다. 그의 접시에는 초록색 잎사귀 다발과 젖은 소금이 약간 남아 있었다.

밖에, 종이로 만든 요리사가 왼손에 들고 있는 메뉴 앞에 두 젊은이가 멈춰 섰다(오른손에는 프라이팬을 들고 있다). 그들은 주저한다.

여자는 추운가 보다. 털깃 속에 목을 파묻고 있다. 청년이 먼저 결정하고 문을 열고, 동반자를 들여보내기 위해서 물러선다.

여자가 들어온다. 상냥한 표정으로 주위를 둘러보고 약간 몸을 떤다.

"덥군요."

낮은 소리로 그녀가 말한다.

젊은이는 문을 도로 닫는다.

"여러분, 실례합니다"라고 그는 말한다.

독서광이 돌아다보고 점잖게 말한다.

"어서 오세요."

손님들은 대답하지 않는다. 그러나 그 고상하게 생긴 신사는 읽고 있던 신문을 좀 낮추고 새 손님을 유심히 바라본다.

"고맙지만, 됐어요."

시중을 들기 위해서 뛰어온 웨이트리스가 손도 채 들기 전에 젊은이는 경쾌하게 레인코트를 벗었다. 그는 위에 걸치는 옷 대신에, 반짝이는 장식이 달려 있는 가죽점퍼를 입고 있다. 약간 멋쩍은 웨이트리스는 젊은 여자에게로 돌아섰다. 그러나 다시 젊은이는 웨이트리스보다 먼저 부드럽고 정확한 솜씨로 동반자의 외투를 벗긴다. 두 젊은이는 우리 곁에 나란히 앉는다. 그들이 안 지 오래된 것 같지는 않다. 젊은 여자는 피곤해 보이면서도 순진한, 그리고 약간 새침한 얼굴이다. 문득 여자는 모자를 벗고 웃으면서 고개를 흔든다.

독서광은 호의를 가지고 그들을 오랫동안 보고 있다. 그러고는 나에게로 돌아서서 "참 아름답습니다!"라는 뜻으로 부드럽게 눈을 깜박거리는 것이었다.

　그들은 밉지 않다. 입을 다물고 있다. 그들은 함께 있는 것이 기쁘고, 함께 있는 것을 사람들이 보는 것이 기쁜 모양이다. 안니와 내가 피커딜리의 어떤 식당에 갔을 때, 가끔 우리는 사람들의 정다운 시선의 대상이 된 것을 느끼곤 했다. 안니는 그것을 거북해했지만, 사실을 말하면 나는 적이 자랑스러웠다. 무엇보다도 놀라웠다. 나는 젊은이다운 깨끗한 옷차림을 한 적이 없었고, 나의 추함이 감동적이라고도 할 수 없었다. 다만 우리는 젊었다. 지금 나는 남의 청춘에 흐뭇해할 나이이다. 그러나 나는 그렇지 않다. 여자는 어둡지만 부드러운 눈빛이다. 젊은이는 오렌지빛의 약간 거친 피부와 의지적인 조그맣고 사랑스러운 턱을 가지고 있다. 그들은 나의 마음을 흐뭇하게 한다. 사실이다. 그러나 나의 마음을 상하게 하기도 한다. 그들이 나와 꽤 멀리 떨어져 있는 것같이 느껴진다. 온기가 그들의 맥을 풀어지게 해서 그들은 마음속에서 그렇게도 달콤하고, 그렇게도 가냘픈 같은 종류의 꿈을 좇고 있다. 그들은 마음을 놓고 있다. 노란 벽이며 사람들을 신뢰에 찬 시선으로 바라보고, 세계가 바로 그대로라는 듯이 생각한다. 바로 그대로라고 생각한다. 그리고 제각기 타인의 생활의 의의 속에서 자기 생활의 의의를 임시로나마 찾는다. 이내 두 사람은 유일한 생활, 전혀 의의가 없는, 느리고 미지근한 생활밖에는 하지 않게 될 것이다 ― 그러나 그들은 그것을 알아채지 못할 것이다.

　그들은 서로 두려워하고 있는 것 같았다. 마침내 젊은이는 결심했다는 태도로 어색하게 동반자의 손끝을 잡았다. 여자는 숨을 깊이 쉬고 메뉴 위에 엎드린다. 그렇다, 그들은 행복하다. 그래서, 그 다음은?

독서광은 즐겁고 약간 신비한 태도였다.

"그저께 선생님을 보았죠."

"어디서요?"

"허허!"

그는 나를 좀 기다리게 하고 나서 교활하지만 공손한 태도로 말했다.

"미술관에서 나오시더군요."

"아, 그래요. 그저께가 아니라 토요일이지요" 하고 내가 말한다.

그저께는 미술관을 돌아다니고 싶은 마음이 도무지 없었다.

"선생님은 오르시니가 만든 〈음모〉라는 그 유명한 목조(木彫)의 복제를 보셨나요?"

"모르겠는데요."

"그럴 리가 있습니까? 들어가자마자 오른편 작은 방에 있습니다. 그것은 은사를 받을 때까지 부빌 헛간에 숨어 산, 코묈 폭도의 작품입니다. 그 사람은 미국으로 밀항을 하려고 했지만, 여기 항만 경찰은 잘 조직돼 있었지요. 훌륭한 사람이었답니다. 그는 그 강제적인 여가를 이용해서, 참나무 널빤지에 조각을 했습니다. 도구라고는 나이프 하나와 손톱 깎는 줄뿐이었습니다. 줄로는 섬세한 부분, 즉 손이라든지 눈을 팠습니다. 그 널빤지는 길이가 150센티미터에 폭이 1미터였습니다. 작품 전체가 하나로 연결되어 있었습니다. 제 손만 한 크기로 70명의 사람이 조각되어 있습니다. 그 밖에 황제의 마차를 끌고 있는 말이 두 마리 있습니다. 얼굴들은 말입니다, 선생님. 줄로 판 얼굴마다 특징이 있고, 인간적인 표정이 있습니다. 선생님, 이렇게 말할 수 있다면, 그것은 감상할 가치가 있는 작품입니다."

그 이야기에 끌려가고 싶지 않다.

"나는 보르뒤랭의 그림을 다시 보고 싶었을 뿐이었습니다."

독서광은 갑자기 풀이 죽었다.

"그 대전시실에 있는 초상화 말씀입니까, 선생님?" 하고 그는 떨리는 미소를 띠고 말한다.

"저는 그림을 잘 모릅니다. 물론 보르뒤랭이 위대한 화가라는 것은 잘 알고 있고, 뭐랄까, 터치라고 하나요? 솜씨라고 하나요? 그런 것은 저도 잘 압니다. 그러나 기쁨, 선생님, 심미적인 기쁨, 그런 것은 저하고는 거리가 멉니다."

나는 그에게 동정적으로 말한다.

"나도 조각에 대해서는 마찬가집니다."

"아, 선생님! 유감스럽지만 저도 매한가집니다. 음악에 대해서도, 춤에 대해서도 마찬가집니다. 그러나 제가 거기에 대한 지식이 없는 것은 아닙니다. 하여간 이해할 수 없는 일은 내가 가진 지식의 반도 없으면서, 젊은이들이 그림 앞에서 기쁨을 느끼는 것입니다."

"그런 체하는 거겠죠."

내가 격려하는 어조로 말한다.

"글쎄요……."

독서광은 잠깐 꿈꾸는 듯했다.

"제가 슬픈 것은 어떤 쾌락에서 제가 제외되어 있다는 것이 아니라, 인간 생활의 한 계통 전체가 저에게는 낯설다는 점입니다…… 저도 한 인간이고 '인간들'이 그 그림들을 그렸는데도 말입니다……."

그는 갑자기 어조를 바꾸어서 말했다.

"선생님, 미(美)라는 것은 취미의 문제에 불과하다고 저는 단정할 뻔했습니다. 시대마다 다른 규칙이라는 것이 없을까요? 용서하십시오, 선생님."

나는 놀라서 그를 본다. 그는 호주머니에서 검은 가죽 수첩을 꺼내서 잠시 뒤적거린다. 여러 페이지는 공백이었고, 띄엄띄엄 붉은 잉크로 몇 줄의 글씨가 적혀 있다. 그는 얼굴이 파래진다. 그 수첩을 냅킨 위에 얹어서 펴놓고 페이지 위에 큰 손을 놓는다. 그는 당황한 듯이 기침을 한다.

"가끔 제 정신에는 여러 가지 — 말하자면 여러 가지 생각이 떠오릅니다. 그것은 대단히 이상합니다. 제가 거기서 책을 읽고 있는데 어디서 오는지 몰라도 갑자기 저는 마치 계시를 받는 것 같습니다. 처음에는 거기에 신경쓰지 않다가 나중에 저는 수첩을 하나 사기로 결심했습니다."

그는 말을 멈추고 나를 본다.

그는 기다린다.

"아하!" 하고 내가 말한다.

"선생님, 이 격언들은 물론 일시적인 것들입니다. 저의 공부는 끝나지 않았으니까요."

그는 떨리는 손으로 수첩을 잡는다. 그는 대단히 감동해 있다.

"바로 여기에 그림에 대한 것이 있습니다. 이것을 읽어도 괜찮을까요?"

"읽어보세요."

내가 말한다.

그는 읽는다.

"18세기를 진(眞)의 시대라고 말한 것을 이제는 아무도 믿지 않는다. 왜 사람들은 18세기가 미의 시대라고 한 작품들에서 우리가 쾌락을 취하기를 바라는 것일까?"

그는 애원하는 태도로 나를 바라본다.

"어떻게 생각해야 할까요, 선생님? 좀 역설적인 표현이 아닐까요? 그것은 저의 관념에 기지의 돌연발생이라는 형식을 줄 수 있다고 생각했습니다."

"그런데, 나는…… 나는 참 재미있다고 봅니다."

"어디서 이런 것을 이미 읽은 적이 있으십니까?"

"없지요, 물론."

"정말 아무 데서도 없으세요? 그러면 선생님……" 하고 그는 침울하게 말했다.

"그것은 진실이 아닐 겁니다. 만약 그것이 진실이라면, 벌써 누가 그런 것을 생각했을 겁니다."

"잠깐만요" 하고 내가 말했다.

"잘 생각해보니, 비슷한 것을 읽은 적이 있는 것 같군요."

그의 눈이 반짝인다. 그는 자기의 연필을 꺼낸다.

"저자 이름은요?"

정확한 어조로 그는 나에게 묻는다.

"음…… 르낭입니다."

그는 황홀해진다.

"정확하게 그 구절을 암송해주실 수 없으십니까?"

그는 연필 끝을 빨면서 말한다.

"알다시피 그것을 읽은 지 대단히 오래되었습니다."

"아, 상관없어요, 상관없습니다."

그는 수첩의 격언 밑에 르낭의 이름을 적는다.

"내가 르낭하고 일치했다니! 저는 연필로 그의 이름을 썼습니다" 하고 그는 황홀한 태도로 설명한다.

"저녁에 붉은 잉크로 다시 쓰겠습니다."

그는 얼마 동안, 황홀한 듯이 자기 수첩을 바라본다. 나는 그가 다른 격언을 읽기를 기다린다. 그러나 그는 조심조심 수첩을 덮고 호주머니에 넣어버린다. 한 번에 그만한 행복을 느꼈으면 충분하다고 생각한 것이다.

"이처럼 가끔 마음 놓고 이야기할 수 있다면, 얼마나 즐거운 일이 겠습니까?" 하고 그는 정답게 말한다.

예상했던 대로, 포장도로에서 나는 소리가 우리의 미지근한 대화를 방해한다. 오랜 침묵이 계속된다. 두 젊은이가 들어온 후로, 식당의 분위기가 변했다. 얼굴이 붉은 두 남자는 입을 다물고 젊은 여자의 매력을 서슴지 않고 분석하고 있다. 고상한 신사는 신문을 놓고, 거의 공범자인 듯 만족스럽게 그들을 보고 있다.

노년기는 어질고, 청춘은 아름다운 것이라고, 그는 생각한다. 그리고 요염한 태도로 고개를 끄덕거리고 있다. 그는 자신이 아직 아름답고, 놀라울 만큼 건강하고, 구릿빛 안색과 날씬한 몸매로 아직도 여자를 유혹할 수 있다는 것을 알고 있다. 그는 아버지가 된 것처럼 느끼고 있다. 웨이트리스의 감정은 더 단순해 보였다. 그녀는 두 젊은 사람 앞에 서서 입을 벌리고 그들을 바라본다.

그들은 낮은 소리로 이야기를 한다. 전채 요리에는 손도 안 대고 있다. 귀를 기울이면, 그들 대화의 단편을 얻어들을 수 있다. 여자의 목소리가 더 알기 쉽다. 성량이 풍부하다.

"안 돼요, 장, 안 돼요."

"왜 안 돼?"

열정적으로 힘을 주어서 젊은이가 중얼거린다.

"말했잖아요."

"그건 이유가 안 돼."

몇 마디는 들리지 않는다. 그러다가 젊은 여자는 피곤한 듯한 귀여운 몸짓을 한다.

"난 너무나 여러 번 시도했어요. 나는 인생을 다시 시작할 나이가 넘었어요. 알다시피 늦은걸요."

젊은이는 조롱하듯 웃는다. 그녀는 말을 잇는다.

"정말 ……이랄까 하는 것은 도무지 참을 수 없을 것 같아요."

"자신을 가져야지" 하고 젊은이가 말한다.

"지금의 당신 같으면 사는 게 아니지."

그녀는 한숨을 쉰다.

"나도 알아요!"

"이봐, 자네트."

"네" 하고 그녀는 뾰로통해서 대답한다.

"나는 그 여자가 한 일이 참 훌륭하다고 생각해. 그 여자는 용기가 있어요."

"이보세요" 하고 젊은 여자가 말한다.

"그 여자는 기회를 물고 늘어진 거예요. 나도 하려고만 했으면 그런 일은 여러 번 있었을 거예요. ……나는 기다리는 편이 훨씬 더 좋았어요."

"당신이 옳았어" 하고 그는 부드럽게 말한다.

"나를 기다린 것은 잘한 일이야."

이번에는 그녀가 웃는다.

"참, 잘난 체는! 그런 말이 아녜요."

나는 더 이상 그들의 이야기에 귀를 기울이지 않았다. 그들은 나를 귀찮게 만든다. 그들은 함께 가서 잘 것이고, 그러리라는 것을 그들은 알고 있다. 상대가 그것을 알고 있다는 것을 그들은 알고 있다.

그러나 그들은 젊고 순결하고 단정하기 때문에, 또 각자가 자신의 존경심을 간직하고 상대방의 존경심을 간직하고 싶기 때문에, 그리고 또 연애하는 기분을 해쳐서는 안 될 중대한 시적인 일이기 때문에 일주일에 몇 번은 무도회나 식당에 가서, 그들의 의식적이며 기계적인 아늑한 춤의 광경을 사람들에게 보여준다.

결국, 시간을 보내야만 한다. 그들은 젊고 건장하다. 아직 30년은 남았다. 그래서 그들은 서두르지 않는다. 그들은 느릿거리고 있고, 또 그래서는 안 될 이유도 없다. 그들이 동침하게 되면, 그들 존재의 커다란 부조리를 보이지 않게 하기 위해서 그들은 다른 일을 찾지 않으면 안 될 것이다. 하여간…… 자신을 속이는 일이 절대로 필요할까?

나는 방 안을 훑어본다. 광대 연극이다. 모두 얌전하게 앉아서 먹고 있다. 아니다, 먹고 있는 것이 아니다. 그들은 그들에게 부과된 일을 잘 하기 위해서 힘을 회복시키고 있다. 각자가 그들이 존재한다는 것을 알아차리지 못하게 하는 개인적이고 보잘것없는 고집을 가지고 있다. 자기가 그 누구에게, 또는 그 무엇에 없어서는 안 될 존재라고 생각한다. 요전에 "이 방대한 종합을 완성하는 데 누사피보다 더 적당한 사람은 없지 않습니까?"라고 말한 게 바로 독서광이 아니었던가. 각자는 하잘것없는 행동을 하면서 그것을 하는 데 자기가 가장 적당하다고 생각한다. '수안' 치약을 파는 데 저기에 있는 세일즈맨 이상으로 적당한 사람은 없다. 옆에 앉은 여자의 치마 속을 애무하는 데 저 흥미를 자극하는 청년보다 적당한 사람은 없다. 그런데 나로 말하면 나는 그들 틈에 있고, 만약 그들이 나를 본다면 그들은 틀림없이 내가 하고 있는 행동을 나보다 더 잘 해낼 사람은 아무도 없다고 생각할 것이다. 그러나 나는, '나는 안다'. 나는 아무렇지도 않은 체하고 있으나, 내가 존재하며 그들이 존재한다는 것을 안다. 그리고 만약 내가 설득하는 재주를 가질 수 있다면 백발의 훌륭한 신사 곁에 가서 앉아, 존재한 무엇인가를 설명했을 것이다. 그때 그가 지을 표정을 상상하자 나는 웃음이 터졌다. 독서광은 깜짝 놀라서 나를 본다. 나는 웃음을 멈추고 싶었으나 안 된다. 눈물이 날 정도로 나는 웃는다.

"퍽 즐거우신가 봅니다, 선생님."

독서광이 조심스럽게 말한다.

"우리는 여기에 있고 우리라는 귀중한 존재를 유지하기 위해서 먹거나 마시고 있지만, 존재하는 데는 어떠한 이유도 전혀 없다고 생각한 겁니다."

웃으면서 나는 그에게 말한다. 독서광은 신중해졌다. 그는 나를 이해하려고 노력한다. 너무 과하게 웃었나 보다. 서너 명의 얼굴이 나에게로 시선을 돌리는 것을 나는 보았다. 그렇게 많이 지껄인 것을 후회한다. 하여간 그것은 아무와도 관계없는 일이다. 그는 천천히 되풀이한다.

"존재하는 데는 어떠한 이유도 전혀 없다……. 인생이 목적이 없는 것이라는 의미인가요? 페시미즘 같은?"

그는 잠시 생각에 잠겨 있다가 부드럽게 말한다.

"몇 해 전에 어떤 미국 작가의 책을 읽은 적이 있습니다. '인생은 살 보람이 있는가?'라는 제목이었습니다. 선생님이 생각하시는 게 이것이 아닌가요?"

분명히 그렇지 않다. 그것은 내가 생각하고 있는 게 아니다. 그러나 나는 아무런 설명도 하고 싶지 않다.

"그 작가는" 하고 독서광은 위로하는, 자발적인 낙관주의를 두둔하는 결론을 짓고 있었다. "즉 인생이란 사람이 그것에다 의의를 주려고만 한다면 의의가 있는 것이다. 우선 행동하고 기획(企劃) 속으로 뛰어들어가야만 한다. 그 다음에 가만히 생각해보면 운명은 결정되었으며, 이미 방향도 결정되었다는 것입니다. 선생님은 어떻게 생각하시나요?"

"아무 생각 없습니다"라고 나는 말한다.

나는 그 세일즈맨이나 두 젊은이나 백발의 신사가 영원히 되풀이하고 있는 것은 분명히 일종의 허위라고 생각한다. 독서광은 약간 간악하게, 그리고 대단히 엄숙하게 미소를 짓고 있다.

"그것은 제 의견이 아닙니다. 저는 우리의 삶의 의의를 그렇게 멀리서 찾아서는 안 된다고 생각합니다."

"네?"

"목적이 있습니다, 선생님. 목적이 있어요…… 인간이 있어요."

그것은 옳다. 나는 그가 휴머니스트라는 것을 잊고 있었다. 그는 잠자코 있다. 그동안 깨끗하게, 그리고 무정하게 고기 찜 반과 빵 한 조각을 전부 먹어버렸다. '인간이 있어요……'라는 말로, 인간미가 있는 그는 자기 자신을 완벽하게 묘사했다 ─ 그렇다. 그러나 그것을 잘 말할 수는 없다. 그는 두 눈에 넘쳐 흐를 만큼 정(情)을 가지고 있다. 그것은 논의의 여지가 없다. 그러나 정만으로는 부족하다. 예전에 나는 파리의 휴머니스트들과 왕래가 있었다. 나는 수백 번이나 그들이 '인간이 있지요……'라고 말하는 것을 들었으나 그것은 성질이 다르다! 비르강에게 필적하는 사람은 없었다. 그는 마치 살덩어리로 된 자기의 적나라한 모습을 보이려는 듯이 자기의 안경을 벗는 것이었다. 그는 피로하고 무겁고 측은한 눈으로 나를 들여다본다. 그것은 마치 나의 인간적인 본질을 포착하기 위해서 나를 벌거벗기려는 것 같은 눈이었다. '인간이 있다니까. 여보게, 인간이 있어'라는 말을 할 때, 그 '있다'는 말에 서투른 강조를 하여, 영원히 신선하고, 또 놀랄 만한 가치가 있는 인간에 대한 그의 사랑이 그 커다란 날개 속에서 당황하고 있는 듯했다. 독서광의 몸짓에는 그 부드러움이 없었다. 그의 인간애는 천진하고 촌스럽다. 그는 시골뜨기 휴머니스트이다.

"인간은" 하고 나는 그에게 말한다. "인간…… 하여간 당신은 그것에 대해서 과히 근심하지는 않으시는 것 같습니다. 당신은 늘 혼자 책에 파묻혀 있으니까요."

독서광은 손뼉을 친다. 그는 교활하게 웃기 시작한다.

"선생님의 오해십니다. 아, 실례의 말씀 같습니다만 천만부당한 오해입니다."

그는 잠시 생각에 잠겼다가, 얌전하게 음식을 삼킨다. 그의 얼굴은 먼동처럼 빛나고 있다. 그의 뒤에서, 젊은 여자가 은근한 웃음을 터뜨렸다. 동반자는 여자에게 몸을 굽혀 귀에 대고 이야기한다.

"선생님의 오류는 너무 자연스러울 뿐입니다" 하고 독서광이 말한다.

"오래전에 저는 말했어야 했습니다. ……그러나 저는 참 소심합니다. 선생님, 저는 기회를 찾고 있었습니다."

"그 기회는 발견됐군요" 하고 나는 친절하게 말한다.

"저도 그렇게 생각합니다. 저도 그렇게 생각해요! 제가 말하려는 것이……."

그는 얼굴이 붉어지면서 말을 멈춘다.

"혹시 선생님께 폐가 되지 않을까요?"

나는 그를 안심시킨다. 그는 행복한 한숨을 쉰다.

"선생님처럼 넓은 시야와 날카로운 지성을 고루 갖추고 있는 사람과 만난다는 것은 그리 쉬운 일이 아닙니다. 몇 달 전부터, 저는 선생님에게 그 전의 저의 상태와 그 후 달라진 모습을 설명하고 싶었습니다……."

그의 접시는 막 날아온 것처럼 비었고 깨끗하다. 나는 문득, 내 접시 옆에 주석으로 만든 조그마한 접시를 발견한다. 거기에는 갈색 소스 속에서 영계 다리가 헤엄을 치고 있다. 그것을 먹어야만 한다.

"아까, 제가 독일에서의 포로 생활 이야기를 했습니다. 그때, 모든 것이 시작됐습니다. 전쟁 전에는 저는 고독했습니다. 저는 그것을 알지 못했습니다. 저는 양친과 살고 있었습니다. 양친은 선량했으나 저와 마음이 맞지 않았습니다. 그 시절을 생각하면…… 어떻게 그런 식으로 살 수 있었는지 모르겠어요. 저는 죽어 있었습니다. 선생님, 저는 그것을 모르고 있었어요. 저는 우표 수집을 하고 있었지요."

그는 나를 보고, 말을 멈춘다.

"선생님, 안색이 창백하세요. 피곤하신 것 같습니다. 제 말이 싫증나십니까?"

"아닙니다, 재미있습니다."

"전쟁이 일어나자 저는 까닭 없이 입대를 했습니다. 아무것도 모르고 2년을 지냈습니다. 왜냐하면 전선의 생활에는 생각할 시간이 거의 없고, 병사들이란 너무 야비하기 때문입니다. 1917년 말에, 저는 포로가 됐습니다. 들은 바에 의하면, 많은 병사들이 포로 생활 동안 유년시절의 신앙을 도로 찾았답니다, 선생님."

독서광은 불타오르는 눈을 가늘게 뜨며 말한다.

"저는 신을 믿지 않습니다. 신의 존재는 과학에 의해서 부정되어 있습니다. 그리고 포로수용소에서 저는 인간을 믿을 줄 알게 됐습니다."

"그들은 용감히 그들의 운명을 따랐나요?"

"네."

그는 애매하게 말한다.

"그런 일도 있기는 했습니다. 게다가 우리는 좋은 대우를 받았습니다. 그러나 저는 다른 이야기를 하려고 합니다. 전쟁이 끝날 무렵, 몇 달 동안 그들은 우리에게 일거리를 주지 않았습니다. 비가 오면 그들은 우리를 판자로 만든 커다란 헛간에 집어넣었고, 거기서 우리는 2백 명 가량이 얼싸안고 있었습니다. 문을 닫고 빽빽하게 서로 몸을 대고 있는 우리를 거의 완전한 암흑 속에 방치하는 것이었죠. 거의 완전한 암흑 속……."

그는 잠시 주저한다.

"잘 설명할 수가 없습니다, 선생님. 모든 사람들이 거기에 있었고, 또 서로를 볼 수는 없었지만, 그 숨소리는 들려왔습니다. 그 헛간에 감금된 초기에는, 하도 압박이 심해서 숨이 멎어버릴지도 모른다고 느낄 정도였습니다. 그러다가 갑자기 거센 기쁨이 마음속에서 솟아났습니다. 저는 거의 실신할 뻔했습니다. 그때, 저는 이 사람들을 형제처럼 사랑하고 있다는 것을 느꼈습니다. 그들을 전부 껴안고 싶을 정도였습니다. 그때부터 저는 그 헛간에 갈 때마다, 같은 기쁨을 경험했습니다."

나는 영계를 먹어야 한다. 식었을 것이다. 독서광은 다 먹은 지 오래되었고, 웨이트리스가 접시를 바꾸려고 기다린다.

"제가 보기에 그 헛간은 어떤 신성한 성격을 띠고 있었습니다. 간혹 저는 감시병의 경계를 용케 속이고 혼자 그 속으로 기어 들어가서, 어둠 속에서, 전에 맛본 기쁨의 추억을 더듬으며 일종의 도취감에 잠기곤 했습니다. 시간이 지나가는 줄도 몰랐지요. 가끔 저는 흐느껴 울기도 했습니다."

아마 나는 병이 난 모양이다. 나를 휘어잡은 그 엄청난 분노를 어떻게 설명해야 할지 모르겠다. 그렇다. 병적인 분노이다. 나의 손은 떨렸고, 얼굴이 벌겋게 상기되었고, 나중에는 입술까지 떨리기 시작했다. 이 모든 것은 단순히 영계가 식었기 때문이다. 게다가 나도 역시 몸이 식어서, 그것이 가장 괴로웠다. 즉 밑바닥이 서른여섯 시간 전부터 그렇듯이 아주 식고 얼었다. 분노가 나의 내부에서 회오리바람처럼 지나가는데, 그것은 전율 같은 것, 또는 이 체온의 저하와 싸우기 위한, 그것을 거스르기 위한 나의 의식의 노력이었다. 헛된 노력이다. 아마 나는 대수롭지 않은 일로 욕을 퍼부으면서 독서광이나 웨이트리스를 때려 눕혔을지도 모른다. 그러나 나는 그런 놀음에 전적으로 뛰어들지는 않았을 것이다. 나의 노여움은 표면에서만 북적거리고 있었다. 그리고 잠시 동안은 내가 불에 둘러싸인 얼음 아니면, 계란 부침인 양 괴로운 표정을 지었다. 이 얕은 동요가 사라지자 독서광의 말이 들렸다.

"일요일마다, 저는 미사에 가곤 했습니다. 저는 절대로 신자가 아니었습니다. 선생님, 그러나 미사의 진실한 신비라는 것은, 인간들 사이의 교감이 아닐까요? 팔이 하나밖에 없는 프랑스 종군 신부의 미사를 봤습니다. 오르간이 하나 있었습니다. 우리는 일어서서 모자를 벗었고, 오르간 소리가 저를 감동시키고 있는 동안, 저는 주위에 있는 모든 사람들과 일체를 이루고 있다고 생각했습니다. 아! 선생님, 저는 얼마나 그 미사를 좋아했는지 모릅니다. 지금도 그 미사 생각이 나면 일요일 아침에, 저는 가끔 성당에 갑니다. 성 세실 성당에는 훌륭한 오르간 주자가 있습니다."

"때로는 그 생활이 아쉬웠겠군요."

"그렇습니다. 1919년에 제가 자유의 몸이 됐을 때, 석달 동안 저는 고통스럽게 지냈습니다. 저는 어쩔 줄 몰랐습니다. 저는 쇠약해져버렸습니다. 저와 비슷한 사람들이 모여 있기만 하면 저는 거기에 끼곤 했죠. 어떤 때에는……."

그는 웃으면서 말을 덧붙인다.

"알지도 못하는 사람의 장례식에도 따라갔습니다. 저는 어느 날, 절망 때문에 수집한 우표를 불 속에 던져버렸습니다. 그러나 저는 제가 갈 길을 찾았습니다."

"그러세요?"

"어떤 사람이 저에게 충고를 했습니다……. 선생님, 저는 선생님의 신중함을 믿고 있습니다. 저는 — 선생님은 정신적인 폭이 넓으시니 같은 생각이 아니시겠지만 — 저는 사회주의자입니다."

그는 눈을 내리깐다. 그의 기다란 속눈썹이 발딱발딱거린다.

"1921년 9월에 저는 사회주의 단체인 S.F.I.O.에 입당했습니다. 제가 드리고 싶은 말씀이 바로 이것입니다."

그의 얼굴은 자부심으로 빛난다. 고개를 뒤로 젖히고 눈을 지그

시 감고 입을 살짝 벌린 채로 그는 나를 바라본다. 그는 순교자처럼 보였다.

"좋습니다" 하고 나는 말한다.

"참 훌륭한 일이지요."

"선생님, 저는 선생님이 찬성해주실 거라는 걸 알고 있었습니다. 그런데 '나는 이렇게 내 삶을 꾸려왔다'거나 '나는 현재 대단히 행복하다'고 선생님께 말하는 사람을 비난할 수 있을까요?"

그는 두 팔을 벌리고 그의 손바닥을 나에게 보여준다. 손가락들이 마치 낙인을 찍으려는 듯이 아래로 처져 있다. 그의 눈은 유리와 같고, 입 속에서 불그레한 물건이 구르는 것이 보인다.

"아, 행복하시다······."

내가 말한다.

"행복요?"

그의 시선이 거북하다. 그는 눈을 들고 나를 엄숙한 시선으로 본다.

"선생님은 그것을 판단하실 수 있으실 겁니다. 그 결정을 하기 전에, 저는 자살을 꿈꿀 정도로 무서운 고독에 잠겨 있었습니다. 저를 말린 것은 아무도, 단 한 사람도 내 죽음을 애석하게 여기지 않을 것이고, 나는 삶에서보다 죽음 속에서 더 고독하리라는 생각이었습니다."

그는 자세를 고쳐 앉는다. 그의 두 볼이 볼록해진다.

"저는 이미 고독하지 않습니다. 절대로 그렇습니다."

"아하, 당신은 많은 사람을 알게 되었군요" 하고 내가 말한다.

그는 미소를 짓는다. 나는 곧 나의 천진함을 깨닫는다.

"제 말씀은, 제가 이제는 더 고독하다고 '느끼지' 않는다는 말씀입니다. 물론 제가 누구하고 같이 있어야 할 필요는 없습니다."

"그렇지만 사회주의 집회에서는……."

나는 말한다.

"아! 저는 그 집회에 참석하는 모든 사람들을 알고 있습니다. 그러나 그 대부분은 이름만 알 따름이죠. 그런데 선생님."

그는 장난꾸러기 같은 태도로 말한다.

"그렇게 옹졸하게 동지를 찾아야만 하나요? 나의 친구, 그것은 모든 사람들입니다. 제가 아침에 사무실에 갈 때, 제 앞에도 뒤에도 제각기 일터로 가는 다른 사람들이 있습니다. 저는 그들을 봅니다. 수줍음만 없다면 그들에게 미소를 지을 수 있을 것 같아요. 저는 사회주의자이고, 그 사람들 모두가 저의 생활과 노력의 목적입니다. 그들은 그 사실을 아직 알지 못하고 있지요. 저에게 그것은 일종의 향연입니다."

그는 눈으로 나에게 질문을 한다. 나는 고개를 끄덕거림으로써 동의를 표한다. 그러나 나는 그가 약간 실망했고, 그는 좀 더 열광적인 것을 기대하고 있었다는 것을 안다.

내가 무엇을 할 수 있단 말인가! 그가 나에게 말한 모든 것이 남의 말을 빌린 것, 인용한 것임을 내가 안 것은 나의 잘못일까? 그가 말하고 있는 동안 내가 아는 모든 휴머니스트들이 내 눈에 되살아났다면? 아, 불행하게도 나는 휴머니스트를 많이 알고 있다! 급진적인 휴머니스트는 아주 특별나게 관리들의 친구이다. 좌익이라는 휴머니스트는 주로 인간적 가치를 유지하는 데 머리를 쓰고 있다. 그는 어떤 당파에도 속하지 않는다. 왜냐하면 그들은 인간을 배반하고 싶지 않기 때문이다. 그들의 동정은 가난한 사람들에게로 몰린다. 가난한 사람들에게 그는 자신의 가장 거룩한 고전적 교양을 바치는 것이다. 일반적으로, 그것은 그 아름다운, 그러나 늘 눈물로 흐린 눈을 가지고 있는 홀아비이다. 그는 기념일마다 우는 것이다. 그는 또 고양이나 개 같은 모든 포유동물을 사랑한다. 공산주의 작가는 제2차 5개년 계획 이래로 인간을 사랑하고 있다. 그는 인간에게 벌을 준다. 그가 인간을 사랑하는 까닭이다. 모든 강자들처럼 신중하게 그는 자기의 감정을 감출 줄 안다. 그러나 그는 또한 시선이나 목소리의 억양으로 재판관과 같은 그의 거친 말 속에, 동포에 대한 엄혹하고도 부드러운 정열을 느끼게 할 줄도 안다. 가톨릭의 휴머니스트, 지각자, 막내아들은 신기하다는 태도로 인간에 대해서 이야기한다. 런던 부두 노동자의 생활, 구두를 박는 여직공의 생활 — 가장 가난한 생활은 그 얼마나 요정의 이야기처럼 아름다우냐고 그는 말한다. 그는 천사들의 휴머니스트를 선택했다. 그는 천사들을 선도하기 위하여 슬프고도 아름다운 장편소설을 쓰며, 그 작품은 종종 페미나 상을 받는다.

    그런 사람들은 말하자면 주역들이다. 그러나 다른 사람들, 구름처럼 많은 다른 사람들이 있다. 맏형처럼 형제들 위에 허리를 굽히는, 책임을 가진 휴머니스트 철학자, 인간을 있는 그대로의 상태로 사랑하는 휴머니스트, 인간의 이상적인 상태를 사랑하는 휴머니스트, 승낙을 얻은 다음 인간을 사랑하려는 휴머니스트, 인간이 원치도 않는데 인간을 구원하려는 휴머니스트, 새로운 신화를 창조하려는 휴머니스트, 낡은 신화로 만족하고 있는 휴머니스트, 인간 속에 있는 그 죽음을 사랑하는 휴머니스트, 인간 속에 그 생명을 사랑하는 휴머니스트, 사람을 웃기기 위하여 언제든지 웃음 보따리를 가지고 다니는 즐거운 휴머니스트, 특히 밤샘을 할 때 만나는 우울한 휴머니스트 등등 그들은 저희들끼리 서로가 증오하고 있다. 물론 개인으로서 — 인간으로서가 아니다. 그러나 독서광은 그것을 모른다. 그는 가죽 자루에 고양이를 집어넣듯이 이것들을 한꺼번에 자기의 내부에 부둥켜안고 있다. 그들은 독서광이 모르는 사이에 서로 물어뜯고 있다.

그는 이미 덜 믿는 태도로 나를 바라본다.

"선생님은 저처럼 생각하지 않으세요?"

"맙소사!"

불안정하고, 약간 원한을 머금고 있는 그의 태도 앞에서, 나는 그를 실망케 한 것을 잠시 후회한다. 그는 친절하게 말을 잇는다.

"저는 압니다. 선생님은 선생님대로 연구하시는 게 있고, 저작이 있고, 그래서 선생님 나름의 같은 목적을 위해서 일하고 계십니다."

'나의' 저작, '나의' 연구라고! 바보 자식 같으니. 그보다 더 큰 실수는 없었다.

"내가 책을 쓰는 것은 그 때문이 아닙니다."

이내 독서광의 얼굴이 변한다. 마치 적의 기미를 알았다는 태도이다. 일찍이 나는 그의 그런 표정을 본 적이 없다. 우리들 사이에서 그 무엇이 죽은 것이다.

그는 놀란 체하면서 나에게 묻는다.

"그렇지만…… 실례를 용서하신다면 묻겠는데, 선생님은 대체 왜 글을 쓰십니까?"

"네, 그건요…… 모르겠는데요. 하여간 쓰기 위해서지요."

그는 미소를 짓기 편리한 입장에 서 있다. 그는 자기가 나를 무색하게 했다고 생각한다.

"무인도에서 쓰시는 것인가요? 항상 사람들이 읽으라고 쓰는 것이 아닐까요?"

말투를 늘 의문형으로 하는 것은 그의 버릇이다. 실제로 그는 긍정하고 있다. 그는 온순함과 소심함의 탈을 벗어버렸다. 나는 더 이상 그를 알지 못한다. 그의 윤곽은 둔중한 고집을 보여준다. 그것은 만족의 벽(壁)이다.

내가 아직 놀라움에서 깨어나지 않았는데, 다음과 같은 그의 목소리가 들린다.

"어떠한 사회에 속하는 범주의 사람들을 위해, 친구 그룹을 위해 쓰고 있다고 말한다면 수긍할 수도 있겠지요. 아마 선생님은 후세를 위해서 쓰시는 모양이지요…… 그러나 선생님 생각이야 어떻든 간에 선생님도 결국은 그 누구를 위해서 쓰고 계시는 거 아니겠습니까?"

그는 대답을 기다린다. 대답이 없자 그는 살며시 미소를 짓는다.

"선생님은 미장트로프*이신가요?"

---

\* 인간을 싫어하는 사람, 몰리에르의 희곡 중의 인물

나는 타협하려는 거짓 노력이 무엇을 내포하고 있는가를 알고 있다. 결국 그는 나에게 조그마한 일, 즉 칭호를 받아들여주길 바랄 뿐이다. 그러나 그것은 함정이다. 만약 내가 동의한다면 독서광은 우쭐할 것이다. 독서광은 곧 뒤따라와서 내 앞에 설 것이다. 왜냐하면 휴머니즘은 모든 인간의 태도에 한꺼번에 용합되기 때문이다. 만약 정면에서 그것과 충돌한다면, 우리는 그 계략에 빠져버리고 만다. 휴머니즘은 그 반대되는 것들을 먹고 산다. 완고하고 시야가 좁은 사람들, 강도들은 휴머니즘과의 싸움에서는 언제나 진다. 휴머니즘은 모든 폭력이나 과격 행위를 소화해서 그것으로 희고 거품이 나는 임파액을 만든다. 휴머니즘은 반주지주의, 마네스교(敎), 신비주의, 염세주의, 또는 무정부주의나 자기 본위주의 모두를 소화했다. 그것들은 휴머니즘에 있어서만 정당성이 증명될 수 있는 단계이며 불안전한 사상에 불과한 것이다. 미장트로프도 이 콘서트에 한몫 끼고 있다. 미장트로프주의라는 것도, 모든 화음이 필요한 불협화음에 불과하다. 미장트로프도 인간이다. 따라서 휴머니스트는 어떤 의미에서는 미장트로프여야 한다. 그러나 그것은 과학적인 미장트로프이다. 그는 자기의 증오를 조합할 수 있으며, 후에 인간을 더 사랑하기 위해서 우선 인간을 증오하는 것에 불과하다.

나는 사람이 나를 적분(積分)하는 것도, 나의 붉은 피가 이 임파액의 짐승을 기름지게 하는 것도 원하지 않는다. 나는 내가 '반휴머니스트'라고 스스로 말하는 어리석은 짓도 범하지 않을 것이다. 나는 휴머니스트가 '아니다.' 그뿐이다.

독서광에게 나는 말한다.

"나는 인간을 사랑할 수도 미워할 수도 없다고 생각합니다."

독서광은 보호 감독관 같은 서먹서먹한 태도로 나를 본다. 그는 마치 자기 말에 주의를 하지 않고 있는 듯이 중얼거린다.

"그들을 사랑해야만 합니다. 그들을 사랑해야만……."

"누구를 사랑해야 한다는 겁니까? 여기 있는 사람들 말입니까?"

"여기 있는 사람들, 그리고 모든 사람들을 사랑해야 합니다."

그는 청춘에 빛나는 두 동반자를 돌아다본다. 사랑해야 할 사람들이 바로 거기에 있다. 독서광은 백발 노인을 흘끔 본다. 그러고는 나에게 시선을 옮긴다. 나는 그의 얼굴에서 무언가 질문을 알아챈다. 나는 고개를 가로저어서 '아니'라는 표시를 한다. 그는 내가 불쌍하다는 표정을 짓는다.

"당신도 역시 그들을 사랑하지 않죠?" 하고 나는 답답해서 말한다.

"정말 그럴까요? 그렇지 않다고 생각하는데요."

그는 다시 손톱 끝까지 공손해졌다. 무척 즐기는 사람처럼, 눈을 치켜뜬다. 그는 나를 증오한다. 이 미치광이에게 동정을 느끼는 것은 큰 잘못이었을 것이다. 이번에는 내가 그에게 질문한다.

"그러면 당신은 저 뒤에 있는 두 사람을 사랑한단 말이죠?"

그는 또 그들을 바라보고 가만히 생각한 다음, 의심스럽다는 듯 말을 잇는다.

"선생님은 저로 하여금 제가 그들을 알지도 못하는 상태에서 사랑한다는 말을 하라고 하시는군요. 사실 나는 그들을 모릅니다……. 적어도 사랑이 진정으로 아는 것을 의미한다면 말씀입니다" 하고 그는 거만하게 웃음을 짓는다.

"그러면, 당신은 무엇을 사랑합니까?"

"저는 그들이 젊다는 것은 알고 있습니다. 제가 그들을 사랑하는 것은 그 젊음입니다. 특히 그것입니다."

그는 말을 멈추고 귀를 기울인다.

"그들의 이야기를 알아들을 수 있나요?"

알아든다마다! 그 젊은이는 주위를 둘러싸고 있는 호의에 힘을 얻어서, 작년에 르아브르 그룹과 자기 팀이 싸워 이긴 풋볼 얘기를 큰 소리로 하고 있다.

"이야기를 하고 있군요."

내가 독서광에게 이렇게 말했다.

"아 그래요! 저는 잘 못 알아듣겠습니다. 그러나 목소리는 들립니다. 부드럽고 굵은 목소리가 교차하고 있어요. 그것은……그것은 참 정감 있는 목소리네요."

"하지만 나는 불행하게도 그들의 이야기를 알아듣지요."

"그래요?"

"그래, 그들은 희극을 하고 있지요."

"정말요? 아마 청춘의 희극이겠죠?"

그는 빈정거리며 묻는다.

"저는 그것도 쓸모가 있다고 생각하는데요. 우리 나이에는 그런 희극도 못 할 것 아닙니까?"

나는 그의 빈정거림을 못 들은 체한다. 나는 말을 잇는다.

"당신은 그들 쪽으로 등을 돌리고 있습니다. 그들이 하는 말이 들리지 않고…… 여자의 머리색은 무엇이죠?"

그는 당황한다.

"저……."

그는 젊은이들을 곁눈질로 본다. 그러더니 확신을 가지고 대답한다.

"검정입니다!"

"그것 보세요!"

"네?"

"당신이 저 둘을 사랑하고 있지 않다는 것이 분명해졌습니다. 아마도 당신은 길거리에서 그들을 알아볼 수 없을 것입니다. 당신에게 그들은 상징에 불과하니까요. 당신이 흐뭇해하고 있는 그것은 전혀 그들에 대해서가 아니라 '인간의 청춘' 특히 '남녀의 사랑' '인간의 목소리'지요."

"그러면요? 그것은 존재하지 않나요?"

"물론 안 합니다. 그것은 존재할 수 없지요! '청춘'도, '성년'도, '노년'도, '죽음'도……."

돌배처럼 노랗고 단단한 독서광의 얼굴은 비난에 가득 찬 경직증에 걸렸다. 그런데도 나는 말을 계속한다.

"그것은 당신 뒤에서 비시 수를 마시고 있는 늙은 신사도 마찬가지요. 내 생각에 당신이 그 사람에게서 사랑하는 것은 '성년'이지요. 용기를 가지고 만년(晩年)을 향해서 걷고 있으며, 자신을 흘러가는 대로 내버려두고 싶지 않기 때문에 신경을 쓰는 그 성년이지요?"

"그래요" 하고 그는 도전하듯이 말한다.

"그래, 당신은 그가 더러운 자식이라고 생각하지 않으시오?"

그는 웃는다. 그는 나를 경솔하다고 생각하고 백발로 둘러싸인 아름다운 얼굴에 시선을 던진다.

"그러나 선생님, 그가 비록 선생님 말씀처럼 보인다 해도, 어떻게 그 얼굴로 인간을 판단할 수 있을까요? 얼굴이란 그것이 휴식하고 있는 동안에는 아무것도 나타내지 않습니다."

눈먼 휴머니스트들이여! 그 얼굴은 그만큼 여러 가지 '말을 하고' 있고, 그만큼 분명한데 — 그러나 휴머니스트의 부드럽고 추상적인 넋은 결코 얼굴이 가지고 있는 의미에 감동받지 못한다.

독서광은 말한다.

"어떻게 한 인간을 '규정'하고, 그 인간이 이렇'다' 저렇'다'고 말할 수 있을까요? 누가 인간을 속속들이 알 수 있을까요? 누가 인간의 자질을 알 수 있을까요?"

한 인간을 속속들이 알다니! 나는 독서광이 자기도 모르는 사이에 그 표현을 빌려서 쓴 가톨릭 휴머니즘에 대해서 지나가는 말로 경의를 표한다.

"나는 압니다" 하고 나는 말한다.

"나는 모든 사람들이 훌륭하다는 것을 알고 있죠. 당신은 훌륭합니다. 나도 훌륭합니다. 물론 신의 창조물일 때 말이죠."

그는 알아듣지 못하고 나를 보다가, 어렴풋이 미소지으며 말했다.

"농담을 하시는군요. 그러나 모든 사람들이 우리의 찬탄을 받을 만하다는 것은 사실입니다. 선생님, 한 인간이 된다는 것은 어려운 일입니다. 대단히 어려운 일입니다."

그는 자기도 모르는 사이에 그리스도가 말하는 인간애를 떠나버렸다. 그는 머리를 흔든다. 미메티즘\*이라는 신기한 현상에 의해서, 그는 저 가엾은 게노와 비슷하다.

"미안합니다. 그러나 나는 내가 인간인 것에 확신을 가질 수가 없습니다. 나는 그것을 그렇게 어렵다고 생각한 적이 없거든요. 다들 되는 대로 놔두면 될 것 같았지요."

나는 그에게 말한다.

독서광은 솔직하게 웃지만 그의 눈은 여전히 험악하다.

"선생님은 너무 겸손하십니다. 선생님의 조건, 즉 인간 조건을 참기 위해서는, 선생님에게도 모든 사람들처럼 많은 용기가 필요합니다. 선생님, 바로 닥쳐오는 순간이 죽음의 순간이 될지도 모른다는 것, 그것을 알면서도 미소를 지을 수 있지요. 자, 그것은 훌륭하지 않습니까? 선생님의 가장 무의미한 행동 속에……."

그는 혹독하게 덧붙여서 말한다.

"무한한 영웅주의적인 요소가 있습니다."

"디저트는 무엇으로 하시겠어요?" 하고 웨이트리스가 묻는다.

독서광은 얼굴이 하얗다. 눈꺼풀이 돌처럼 움직이지 않는 그의 눈동자 위에 반쯤 덮여 있다. 나를 보고 선택하려는 듯 희미하게 그는 손짓을 한다.

"치즈."

나는 거만하게 말한다.

---

\* 의태(擬態)

"선생은?"

독서광은 깜짝 놀란다.

"저, 난 됐어요. 그만 먹겠어요."

"루이즈!"

뚱뚱한 두 사나이가 계산을 치르고 가버린다. 그중의 한 사람은 절뚝거린다. 주인이 그들을 문까지 바래다준다. 그들은 귀한 손님들이다. 얼음 통에 넣은 포도주를 대접했던 손님들이다.

나는 어렴풋이 후회하면서 독서광의 얼굴을 본다. 그는 일주일 내내, 자기의 인간애를 남에게 알릴 수 있는 이 점심 식사를 생각하면서 즐겼을 것이다. 그는 대화할 기회가 거의 없다시피 하다. 그런데 이처럼 나는 그의 기쁨을 망쳐버린 것이다. 결국은 그도 나처럼 고독하다. 아무도 그를 걱정하는 사람이 없다. 다만 그는 자기의 고독을 알지 못할 뿐이다. 그건 그렇다. 그러나 그의 눈을 뜨게 만드는 것이 내 일은 아니었다. 나는 몹시 거북하다.

나는 화가 치민다. 정말이다. 그러나 그에 대해서가 아니라, 비르강 같은 놈들과 기타의 사람들, 그 가엾은 두뇌를 독살시킨 모든 놈들에 대해서이다. 만약 내가 그들을 내 앞으로 끌고 올 수 있다면 나는 그들에게 해줄 말이 많다. 독서광에게는 아무 말도 안 하겠다. 나는 그에게 동정을 느낄 뿐이다. 그는 아실 씨와 같은 종류의 인간이고, 내 편에 속하는 사람이라서, 무지와 선의로 배반을 한 사람이다. 독서광의 떠나갈 듯한 웃음소리가 나를 우울한 공상에서 깨어나게 한다.

"용서하세요. 그러나 제 자신의 인간애의 깊이나 나를 그들에게

구토 235

로 이끌어가는 비약의 힘을 생각하고, 그리고 우리가 여기 앉아서 서로 이론을 따지고 토론하고 있는 것을 보면…… 저는 웃고 싶어집니다."

나는 아무 말도 하지 않고 어색하게 웃는다. 웨이트리스는 내 앞에다 석회빛이 도는 치즈 한 조각이 놓인 접시를 갖다 놓는다. 나는 방을 둘러보았다. 심한 욕지기가 나를 휘어잡는다. 여기서 나는 무엇을 하고 있나? 왜 나는 휴머니즘에 대한 토론에 휩쓸려들었을까? 왜 사람들은 여기에 있나? 왜 그들은 먹나? 그들은 사실상 자기들이 존재한다는 것을 모르고 있다. 나는 떠나가고 싶다. 어디든지 정말 '나의 자리'라고 할 수 있는 그 속에 나를 집어넣을 수 있는 그런 곳으로 가고 싶다……. 그러나 내 자리는 아무 데도 없다. 나는 여분의 존재이다.

독서광은 마음이 풀린다. 그는 내가 더 저항할까 두려웠다. 그는 내가 말한 것을 전부 씻어버리려고 한다. 그는 비밀 이야기라도 하듯이 나에게 허리를 굽힌다.

"결국, 선생님은 그들을 사랑하십니다. 저처럼 사랑하시는 겁니다. 우리는 어휘상으로 분리되어 있습니다."

나는 더 이상 말을 할 수 없다. 나는 고개를 숙인다. 독서광의 얼굴은 나의 얼굴과 마주 보고 있다. 그는 나의 얼굴을 똑바로 마주 보면서 악몽 속에서처럼 싱겁게 웃는다. 나는 삼키기 싫은 빵 조각을 억지로 씹고 있다. 인간들, 인간들을 사랑해야 한다. 인간들은 훌륭하다. 나는 토하고 싶다 ─ 갑자기 왔다. '구토'이다.

심한 발작이다. 나는 온몸이 떨린다. 한 시간 전부터 이 발작이 오리라는 것을 나는 알고 있었다. 다만 그것을 인정하고 싶지 않았을 따름이다. 내 입 속의 그 치즈 냄새…… 독서광은 지껄이고 있고, 그의 목소리가 부드럽게 나의 귀에 윙윙거린다. 그러나 무슨 이야기를 하고 있는지 나는 전혀 모르겠다. 나는 기계적으로 고개를 흔들어서 동의를 표시한다. 나의 손은 디저트 나이프의 손잡이 위에서 경련하고 있다. 나는 그 흑단으로 된 자루를 '느끼고' 있다. 나의 손. 개인적으로 나는 그 나이프를 차라리 가만 놔두고 싶었을 것이다. 무엇을 만지는 것이 무슨 소용이 있단 말이냐? 물건은 사람이 만지기 위해서 만들어진 것이 아니다. 될 수 있는 대로 그것들을 피해서 살그머니 그 물건들 사이로 미끄러져 가는 게 더 낫다. 간혹 사람은 그중의 하나를 손에 든다. 그러나 그것을 되도록 빨리 놓지 않을 수 없다. 나이프는 접시 위에 떨어진다. 그 소리에 백발의 신사는 깜짝 놀라서 나를 본다. 나는 나이프를 다시 주워 그 칼날을 식탁에 대고 그것을 휘게 한다.

이것이, 이 눈부시게 자명한 일이, 그래 바로 그 '구토'란 말이냐? 나는 얼마나 머리를 썩였던가. 나는 그것에 관해서 그렇게도 많이 썼다. 나는 지금 알고 있다. 나는 존재한다― 세계는 존재한다― 그리하여 나는 세계가 존재한다는 것을 안다. 그뿐이다. 그래도 나에게는 마찬가지이다. 모든 것이 매한가지라는 것은 이상한 일이다. 무서운 일이다. 그것은 내가 물수제비를 뜨려고 했던 바로 그날부터이다. 나는 조약돌을 던지려고 했다. 나는 그 돌을 바라보았다. 모든 것이 시작된 것은 바로 그때이다. 나는 그들이 '존재'하고 있다는 것을 느꼈다. 그다음에 다른 '구토'가 생겼다. 때때로 물건들이 손안에 존재하기 시작한다.

'역원 회관'의 '구토'가 있었다. 그리고 그 전에 창문으로 들여다보던 밤에도 다른 '구토'가 있었다. 그리고 어느 일요일 공원에서도 '구토'가 있었고, 그 뒤에도 다른 '구토'가 있었다. 그러나 오늘처럼 강한 것은 한 번도 없었다.

"⋯⋯옛 로마의⋯⋯ 선생님?"

독서광이 나에게 질문을 하는 모양이다. 나는 그를 보고 미소를 짓는다. 그래서 그는 어떻단 말이냐? 왜 그는 의자 위에 쭈그리고 앉아 있을까? 지금 내가 그를 공포에 떨게 하고 있나? 분명히 그렇게 되고 말 것이다. 게다가 나는 아무래도 좋다. 그들이 겁을 먹는 것도 전혀 잘못은 아니다. 나는 내가 무슨 짓이든 할 수 있다는 것을 잘 알고 있기 때문이다. 이를테면 이 치즈 나이프를 독서광의 눈에 꽂는 일. 그다음엔 여기에 모든 사람들이 나를 짓밟을 것이고, 구둣발로 내 이를 부러뜨릴 것이다. 그러나 그런 일 때문에 내가 그 짓을 안 하지는 않는다. 이 치즈 냄새 대신 입 속에 피비린내가 난다는 것, 거기에는 별로 차이가 없다. 하지만 그러기 위해서는 한 동작을 해야 하며, 한 사건을 일으켜야 할 것이다. 독서광이 지를 그 고함도 — 그의 볼에 흐를 피도, 모든 사람의 놀라움도, 다 여분의 것에 지나지 않는다. 그렇지 않아도 이런 여분의 존재들이 너무나 많다.

모두들 나를 본다. 청춘의 대표자 둘은 그들의 달콤한 이야기를 중지했다. 여자는 암탉의 항문 같은 입을 벌리고 있다. 그러나 그들은 내가 무해하다는 것을 잘 알고 있다. 나는 일어선다. 모든 것이 나의 주위에서 돈다. 독서광은 눈을 크게 뜨고 나를 본다. 나는 그 눈을 찌르지 않을 것이다.

"벌써 가세요?" 하고 그가 중얼거린다.

"몸이 좀 고단하군요. 초대해주셔서 대단히 고맙습니다. 안녕히……."

떠나면서, 나는 왼손에 디저트 나이프를 쥐고 있는 것을 깨닫는다. 나는 나이프를 접시 위에 던진다. 접시는 쨍그랑 소리를 낸다. 침묵 속에서 나는 방을 걷는다. 그들은 이미 먹지 않고 나를 보고 있다. 그들은 입맛이 떨어진 것이다. 만약 내가 "헉!" 하고 소리를 내면서 그 여자에게로 걸어가면, 그 여자는 소리를 지를 것이다. 그것은 분명하다. 그럴 필요는 없다.

그래도 밖에 나가기 전에 나는 뒤를 돌아보고, 그들이 내 얼굴을 기억에 새겨둘 수 있도록 내 얼굴을 보인다.

"여러분, 안녕히 계십시오."

그들은 대답하지 않는다. 나는 간다. 이제 그들의 볼은 다시 생기를 띠고 와글와글 떠들기 시작하려 하고 있다.

나는 어디로 갈지를 모른다. 나는 종이로 만든 요리사 옆에 못 박힌 듯 서 있다. 그들이 창문 너머로 나를 보고 있는지 확인하기 위해서 뒤를 볼 필요는 없다. 그들은 지긋지긋하다는 듯 나의 등을 바라보고 있다. 그들은 나도 그들과 같고, 나도 한 인간이라고 생각했다. 그리고 나는 그들을 속인 셈이다. 대번에 나는 인간의 모습을 잃었고, 그들은 대단히 인간적인 그곳에서 뒷걸음질로 도망치는 한 마리의 게를 본 것이다. 이제 가면이 벗겨진 침입자는 도망쳐버렸다. 모임은 계속된다. 그 모든 눈의 움직임과 당황한 사고들을 내 등 뒤에 느끼고, 나는 신경질이 난다. 나는 차도를 횡단한다. 저편 보도는 해변과 탈의장에 연해 있다.

해변에는 많은 사람들이 거닐고 있다. 그들은 바다를 향해서, 그들의 봄 기분이 나는 시적인 얼굴을 돌리고 있다. 그것은 태양 때문이다. 그들은 파티를 하고 있는 것 같다. 지난 봄의 옷을 입고 있는 아름다운 여자들도 있었다. 그 여자들은 윤기 도는 양가죽 같은 가벼운 옷차림을 하고 지나간다. 중학교나 상업학교에 다니는 커다란 애들도 있고, 훈장을 단 늙은이들도 있다. 그들은 서로 모른다. 그러나 그들은 한패처럼 서로 보고 있다. 태양이 그렇게도 아름답고, 그들은 인간이기 때문이다. 선전포고의 날에는 사람들은 모르는 사이라도 포옹을 한다. 봄이 올 때마다 그들은 서로 미소를 주고받는다. 신부 한 사람이 기도서를 읽으면서 천천히 걷고 있다. 이따금 그는 고개를 들고 과연 그렇다는 태도로 바다를 본다. 바다 역시 하나의 기도서이며, 바다는 신의 이야기를 하고 있다. 가벼운 색채, 가벼운 향기, 봄의 넋들.

"날은 개고, 바다는 초록빛, 나는 습기보다 이 건조한 추위를 사랑한다."

시인들이여! 만약 내가 그들 중 한 사람의 외투 안자락을 붙들고 "나를 좀 도와다오"라고 말하면 그는 "이 개 같은 놈이 어쩌고 저째?"라고 생각할 것이고, 내 손안에 외투를 놓아두고 도망칠 것이다.

나는 그들에게 등을 돌리고 난간에 두 손을 기댄다. '진짜' 바다는 차고 검고, 짐승들이 가득 있다. 그 바다는 사람을 속이기 위해서 만들어진 저 옅은 초록색 필름 밑에서 기어다니고 있다. 내 주위를 둘러싸고 있는 공기의 정령들은 그것에 사로잡힌 채 가만히 있다. 그들은 옅은 필름밖에 보지 않는다. 그것이 신의 존재를 증명하기 때문이다. 나는 그 밑을 보고 있다. 칠(漆)이 녹고, 비로드같이 반짝이는 조그마한 피부들, 신이 만든 물고기의 조그마한 피부들이 나의 눈 아래 도처에서 뛰고 쪼개지고 입을 벌린다. 생엘레미르행 전차가 왔다. 나는 뒤로 돌아선다. 삼라만상이 나와 더불어 돈다. 만상은 굴처럼 창백하고 초록색이다. 쓸데없는 일, 그 속에 올라탄 것은 쓸데없는 일이었다. 왜냐하면 나는 아무 데도 가고 싶지 않았으니 말이다.

창 뒤에서, 푸르스름한 물체가 단속적으로 지나간다. 그것은 아주 딱딱하고 바삭바삭하다. 사람들, 벽들. 열려 있는 창문을 통해서 집의 컴컴한 내부가 보인다. 그리고 유리창은 모든 검은 것을 창백하고 푸르게 만든다. 노란 벽돌로 만든 저 큰 집을 푸르게 만든다. 그 집은 떨면서 멈칫멈칫하며 나에게로 다가와서, 내 앞에서 코를 부딪치며 멈춘다. 어떤 신사가 올라타 내 맞은편에 앉는다. 노란 집이 다시 출발한다. 그것은 유리창에 기대어 미끄러져 간다. 그 건물은 일부분밖에 보이지 않을 정도로 가까이 있다. 컴컴해졌다. 유리창이 떨린다. 노란 건물이 까마득하게 높이 위압적으로 서 있다. 수백 개의 창이 어두운 내부로 뚫려 있다. 그것은 전차를 따라서 미끄러져 간다. 전차와 스친다. 떨리는 유리창 사이에 밤이 이루어져 있다. 진흙처럼 노란 건물이 무한히 미끄러져 가고 있다. 유리창은 하늘색이다. 그런데 그것은 대번에 없어졌다. 그것은 뒤에 처졌다. 생기가 도는 회색 광선이 전차로 침입해서 가혹하게도 공평하게 퍼진다. 그것은 하늘이다. 유리창 너머로 아직도 두께, 하늘의 두께가 보인다. 왜냐하면 우리는 엘리파르 고개를 올라가고 있으며, 오른편은 바다까지, 왼편은 비행장까지 똑똑히 보이기 때문이다. 지탄 한 개비도 안 된다.

나는 의자에 손을 놓는다. 그러나 급히 나는 손을 도로 뗀다. 그것은 존재하기 때문이다. 내가 그 위에 앉아 있는 물건, 내가 그 위에 손을 얹은 물건의 이름은 의자이다. 사람들은 우리가 거기에 앉을 수 있도록 서둘러서 그것을 만들었다. 그들은 가죽이나 용수철, 천을 가져다가 의자를 만든다는 관념을 품고 일을 시작했다. 그리고 일이 완성되었을 때, 그들이 만든 것이 바로 '이것'이었다. 그들은 이것을 이리로, 이 전차 속으로 날라왔다. 전차는 그 떨리는 유리창과 더불어 구르고, 덜거덕거린다. 그리고 옆구리에 이 붉은 물건을 차고 간다. 나는 중얼댄다. 이것은 의자야. 나는 그것을 약간 귀신을 쫓는 투로 발음했다. 그러나 말이 내 입술에 남아 있어 물건 위까지 가서 자리잡기를 거부한다. 그 물건은 있는 그대로이다. 그 붉은 비로드와 무수한 작은 발, 죽어서 꽂꽂해진 작은 발을 가지고 있다. 허공으로 솟은 그 거대하고 불룩한 피투성이 배 ─ 죽은 발을 가지고 있는 불룩한 배, 이 전차 속에, 이 회색 하늘 속에 감돌고 있는 배, 그것은 의자가 아니다. 그것은, 말하자면 회색의 큰 강, 홍수가 난 큰 강에 배를 내밀고 물결에 따라 떠돌고 있는, 물초가 되어 불룩해진 죽은 나귀 같기도 했다. 그러면 나는 나귀의 배 위에 앉아서 맑은 물에 발을 담그고 있는 셈이다.

사물들은 명명된 그들의 이름에서 해방되었다. 사물은 그로테스

크하고, 고집이 세고, 거인같이 거기에 있다. 그것들을 의자라고 부른다든가, 또는 무엇이든 그것에 대해서 이름을 붙이려는 짓은 바보짓일 것이다. 나는 이름붙일 수 없는 '사물들'의 한복판에 있다. 혼자서 말없이, 아무 방비 없는 나를 사물들이 둘러싸고 있다. 밑에서, 뒤에서, 위에서 나를 에워싸고 있다. 사물들은 아무것도 요구하지 않는다. 그것들은 강요하지 않는다. 거기에 있을 뿐이다. 의자 쿠션 밑 나무틀에 한 줄기 어두운 선이 닿아 있다. 그것은 신비스럽고 장난꾼 같은 모습으로 거의 미소에 가까운 것을 띠고 의자를 타고 뻗어 있다. 그러나 나는 그것이 미소가 아니라는 것을 잘 알고 있다. 그러나 그것은 존재한다.

 그것은 뿌연 유리창 밑으로, 유리창의 덜거덕거리는 소리 아래로, 그것은 유리창 뒤에서 퍼지다가는 멈추고 또다시 출발하는 푸른 영상 아래로 달리고 있다. 그것은 어떤 미소의 희미한 추억처럼, 또는 첫 음절밖에는 생각이 안 나는 말처럼 완고하다. 그리하여 할 수 있는 최선의 일은 눈을 돌려 다른 것을, 이를테면 내 정면의 의자 위에 비스듬히 누워 있는 남자에 대해서 생각하는 것이다. 푸른 눈동자를 가진 그의 갈색 얼굴. 그의 오른편 몸은 축 늘어지고, 오른팔은 몸에 찰싹 붙어 있다. 그의 우반신은 겨우겨우 인색하게 살아 있다. 마비된 상태이다. 그러나 좌측 전체에는 이상 발육한 기생충적 존재, 종기가 있다. 팔이 떨리기 시작하고, 들리더니 손이 팔 끝에서 굳어졌다. 그러자 손도 떨리기 시작했다. 손이 이마 높이에 이르렀을 때, 손가락 하나가 뻗어서 손톱으로 머리 가죽을 긁기 시작했다. 쾌감이 섞인 찡그린 상이 오른편 입언저리에서 멈추었다. 왼쪽 입

두덩은 죽어 있다. 유리창이 떨린다. 팔이 떨린다. 손톱을 긁적거린다. 긁는다. 눈은 움직이지 않고 입이 미소짓는다. 그런데 그 남자는 자기도 모르는 사이에 그의 우반신을 불룩하게 만드는 그 작은 존재를 지니고 있다. 그리고 그 존재는 실현되기 위해서 그의 오른팔과 오른편 볼을 차용하고 있다. 차장이 내 앞길을 막는다.

"정차하거든 내리세요."

그러나 나는 그를 밀치고 전차에서 밖으로 뛰어내린다. 나는 더 이상 참을 수가 없었다. 사물들이 그렇게도 가까이 있는 것을 참을 수가 없었다. 나는 철책을 밀고 들어선다. 가벼운 존재들이 비약하여 나무 꼭대기에 가서 앉는다. 이제 나는 정신이 들었다. 나는 내가 어디에 있는지를 안다. 나는 공원에 있는 것이다. 나는 검은 나무통 사이, 하늘을 보고 뻗은 검고 울퉁불퉁한 손과 손 사이에 있는 의자 위에 털썩 주저앉는다. 한 그루의 나무가 내 발밑에서 그 검은 발톱으로 땅을 긁고 있다. 나는 그토록 나 자신을 팽개치고, 잊고, 잠들고 싶었다. 그러나 나는 그럴 수 없었다. 나는 숨이 찬다. 존재는 눈, 코, 입…… 도처에서 나의 내부로 침입해오고 있다…….

그러다가 갑자기, 대번에 베일이 찢어진다. 나는 알았고, 나는 '보았다'.

### 저녁 6시

마음이 가벼워졌다고 말할 수도 없고, 만족스럽다고 말할 수도 없다. 반대로 나는 압도되고 있다. 다만 나의 목적은 이루어졌다. 나는 알고 싶었던 것을 알고 있다. 1월부터 나에게 일어난 모든 것을 이해했다. '구토'는 나에게서 떠나지 않았고, 그렇게 쉽게 내게서 떠나리라고는 생각하지 않는다. 그러나 더 이상 그것에 당하지 않을 것이다. 그것은 이미 어떤 병도 아니고 지나가는 발작도 아니다. 나 자신인 것이다.

조금 아까 나는 공원에 있었다. 마로니에 뿌리는 바로 내가 앉은 의자 밑에서 땅에 뿌리를 박고 있었다. 그것이 뿌리였다는 것이 이미 기억에서 사라졌다. 어휘가 사라지자 그것과 함께 사물의 의의며, 그것들의 사용법이며, 또 그 사물의 표면에 사람이 그려놓은 가냘픈 기호가 사라졌다. 어깨를 움츠리고, 고개는 숙인 채로 나는 혼자서 그 검고 울퉁불퉁하고 마디가 져서 내게 공포심을 주는 나뭇더미와 마주 앉아 있었다. 그러다가 나는 그 계시를 받은 것이다.

그것이 나의 숨을 멈추게 했다. 3, 4일 전만 해도 나는 '존재한다'는 것이 무엇을 의미하는가를 결코 예감하지 못했다. 나는 다른 사람들, 봄옷을 입고 바닷가에서 거니는 사람들과 다름이 없었다. 나는 그들처럼 "바다가 푸르'다'. 저기, 저 높은 곳에 있는 흰 점, 그것은 갈매기'다'"라고 말했다. 그러나 나는 그것이 존재한다는 점, 갈매기가 '존재하는 갈매기'라는 점을 느끼지 못하고 있었다. 보통, 존재는 숨어 있다. 그것은 여기 우리들 주위에, 그리고 우리들 내부에 있다. 그것은 즉 '우리'이다. 존재에 관해서 말하지 않고는 무엇 하나 말할 수 없다. 그러나 결국 존재에 손을 댈 수는 없다. 내가 존재에 대해서 생각한다고 믿었을 때, 실은 아무 생각도 하지 않았다고 믿어야 옳다. 나의 머리는 비어 있었다. 혹은 꼭 한마디가 머릿속에 있었다. '이다'라는 말이다. 그렇지 않으면 나는 생각하는 것이었다……. 뭐라고 말할까? 나는 '속성'이라는 것을 생각하고 있었다. 나는 바다가 초록색 물건의 계급에 속해 있다고, 또는 초록색이 바다의 성질의 일부를 이루고 있다고 생각하고 있었다. 그러나 사물을 바라보고 있을 때조차도, 그것이 존재한다는 생각과는 거리가 멀었다. 사물은 무슨 장치처럼 보였다. 나는 그것들을 손에 들고 있었다. 그것은 도구로서 쓸모가 있었다. 나는 그것들의 저항을 예견하고 있었다. 그러나 이 모든 것은 표면을 스쳐갔다. 만약 존재라는 것이 무엇이냐고 누가 나에게 물었다면 나는 서슴지 않고 그것은 아무것도 아니다, 그것들은 외부에서 와서 사물의 성질에 아무런 변화도 주지 못한 채로 부가되는 공허한 형체일 뿐이다, 라고 대답했을 것이다. 그러던 것이 이젠 달라져버린 것이다. 갑자기 그것은 거기에 있었다. 대낮처럼 분명했다. 존재가 갑자기 탈을 벗은 것이다. 그것은 추상적 범주에 속하는 무해한 자기의 모습을 잃었다. 그것은 사물의 반죽 그 자체이며, 그 나무의 뿌리는 존재 안에서 반죽된 것이다. 또는 차라리 뿌리며, 공원의 울타리며, 의자며, 드문 잔디밭의 잔디며, 모든 것들이 사라졌다. 사물의 다양성, 그것들의 개성은 하나의 외관, 하나의 칠에 불과했다. 그 칠이 녹은 것이다. 괴상하고 연한 것의 무질서한 덩어리 ― 헐벗은, 무섭고 추잡한 나체만이 남아 있었다.

    나는 조금이라도 몸을 움직이는 것을 조심하고 있었다. 그러나 나는 나무 뒤로 음악당의 푸른 원주며, 대촉대(大燭臺)며, 월계수의 숲속에 있는 라벨레다를 보기 위하여 움직일 필요가 없었다. 이 모든 물건들 ― 뭐랄까? 그것들은 나를 거북하게 만들었다. 그것들이 좀 덜 억세게, 더 메마르게, 더 추상적으로, 더 얌전하게 존재했으면 싶었다. 마로니에가 나의 눈으로 닥쳐오고 있었다. 초록빛 녹이 어중간한 높이까지 그것을 가리고 있었다. 검고 부풀어오른 나무껍질이 삶은 가죽과 비슷했다. 마스크레 샘의 잔물결 소리가 나의 귀에 흘러와서, 거기에서 보금자리를 만들어 그 숨소리로 나의 귀를 막는 것이었다. 나의 콧구멍은 초록빛의 썩은 냄새로 가득 차 있었다. 허리가 끊어질 듯 웃으면서, 촉촉한 목소리로 "웃는 것은 참 좋아요"라고 말하는 나른한 여자들처럼 모든 사람은 존재에 스스로를 내맡겨버리고 있었다. 모든 사물은 서로서로 자기들 존재의 시시한 비밀을 토로하는 것이었다. 나는 비존재와 그 엄청난 충일(充溢)의 중간은 없다는 것을 알았다. 만약 사람이 존재한다면 '거기'까지, 곰팡이 상태까지, 그 팽창의 상태까지, 그 음외(淫猥)의 상태까지 '존재'해야 한다. 또 하나 다른 세계에서는 원들, 음부(陰符)들이 그들의 순수하고 엄격한 선을 유지하고 있다. 그러나 존재는 하나의 흐느적거림이다. 나무들, 밤의 푸른 지주(支柱)들, 샘의 행복한 거품 소리, 생기를 머금은 향기, 찬 외기 속에 감도는 어렴풋한 열기, 벤치 위에 앉아 먹은 것을 삭이고 있는 얼굴이 불그스레한 남자······. 이 모든 가면 상태, 동시에 이룩되는 이 모든 소화(消化)가 어딘지 희극적인 모습을 보여주었다.

 희극적······ 아니다. 거기까지는 가지 않는다. 존재하는 것 중에 희극적일 수 있는 것은 없다. 그것은 마치 어떤 신파극 장면과 유사하다고, 걷잡을 수 없을 만큼 부동하는 유사라고 할 만한 것이었다. 우리는 우리 자신 주체하지 못하는 거북한 존재의 무리였다. 우리는 너 나 할 것 없이 누구나 거기에 있을 이유가 조금도 없다. 당황하고 어딘지 불안한 각 존재는 다른 존재와의 관계에서 여분이라는 것을 느끼는 것이었다. '여분', 이것이야말로 저 나무, 저 철책, 저 조약돌들 사이에서 내가 설정할 수 있는 유일한 관계였다. 마로니에를 '헤아리고' 그것들을 라벨레다와의 관계에 '배치'하여 플라타너스의 높이와 비교하려고 애썼으나 허사였다. 그것들은 제각기 내가 그 속에 가두어버리려던 관계 속에서 빠져나가버리는 것이었고, 고립하여 넘쳐나오곤 했다. 그 관계를(인간 세계의 붕괴를 지연시키기 위하여, 유지하려고 내가 고집을 부리던 그 척도와 양과 방향의 그 관계를) 나는 필연성 없는 것이라고 느꼈다. 그 관계들은 사물에게는 이미 들어맞지 않는 것이었다. 약간 왼편 쪽으로 나의 정면에 서 있는 마로니에, 그것은 '여분의 것'이었다. 라벨레다도 '여분의 것'······.

그리고 '나'도 ─ 힘 없고, 피곤하고, 추잡하고, 음식을 삭이며, 우울한 생각을 되씹고 있는 ─ '나 역시 여분의 존재였다.' 다행히도 나는 그것을 느끼지 않고 있었다. 특히 나는 그것을 알고 있었다. 그러나 나는 그것을 느끼는 것이 두려웠기 때문에 마음이 놓이지 않았다(지금도 나는 그것이 두렵다 ─ 나는 그것에 뒷덜미를 잡혀서, 높은 파도처럼 들어올려지지나 않을까 두렵다). 그 여분의 존재를 최소한 하나라도 말소시키기 위해서 자살이나 할까 막연히 생각해보았다. 그러나 나의 죽음 자체가 여분이었을 것이다. 나의 시체도, 그 미소하는 정원 깊숙이, 이 조약돌 위, 풀 사이에 흐를 피도 여분이다. 그리고 썩은 육체는 그것을 받아들이는 땅속에서도 여분의 것이며, 또 깨끗이 씻기고, 껍질이 벗겨지고, 이빨처럼 깨끗하고 청결한 나의 뼈도 여분의 것이었으리라. 나는 영원히 여분의 존재였다.

'부조리'라는 말이 지금 나의 펜 아래에서 태어난다. 조금 전에, 공원에 있었을 때 나는 그 말을 찾아내지 못했다. 그렇다고 그 말을 찾지도 않았다. 말이 필요 없었다. 나는 말없이 사물을 '가지고' 사물에 '대해서' 생각하고 있었다. 부조리, 그것은 나의 머릿속에서 생겨난 하나의 관념도 아니고, 어렴풋한 목소리도 아니었다. 그것은 나의 발밑에서 죽은 기다란 뱀, 저 나무의 뱀이었다. 뱀이랄까, 손톱이랄까, 또는 매의 발톱이랄까, 아무 상관은 없다. 그리고 전혀 정확한 정의를 내리지 않고, 나는 '존재'의 열쇠를, 저 '구토'의 열쇠를, 그리고 나 자신의 생활의 열쇠를 발견했다는 것을 알았다. 사실, 내가 이어서 파악할 수 있었던 모든 것은 이 근본적인 부조리로 귀착한다.

부조리 역시 말이다. 나는 말과 싸운다. 거기서는 나는 사물을 만지작거리곤 했다. 그러나 나는 여기서 그 부조리의 절대적인 성격을 정착시키고 싶었다. 인간들의 채색된 조그만 세계에 있어서의 한 동작, 한 사건은 상대적으로만 부조리하다. 즉 그 동작, 또는 사건에 수반하는 상황과의 관계에 있어서 그러하다. 이를테면 미친 사람의 연설은, 미친 사람이 있는 상황과의 관계에서 부조리한 것이지 그의 헛소리와의 관계에서 부조리한 것이 아니다. 그러나 나는 조금 전에 절대의 경험을 했다. 절대, 또는 부조리의 경험이었다. 그 뿌리, 그것이 부조리하지 않을 수 있는 관계란 아무것도 없었다.

오! 어떻게 나는 그것을 말로 규정할 수 있을까? 부조리, 조약돌과의 관계, 노란 풀덤불과의 관계, 마른 흙과의 관계, 나무와의 관계, 하늘과의 관계, 또 초록색 의자와의 관계에 있어서의 부조리이다. 달리 표현될 수 없는 부조리. 그 아무것도— 자연의 심원하고 은밀한 헛소리에 의해서조차도, 그것을 설명할 수 없었다. 물론 나는 다 알지는 못했다. 나는 싹이 자라고 나무가 커지는 것을 본 적이 없었다. 그러나 이 껄껄한 굵은 발 앞에서는 무식도, 지식도 중요하지 않았다. 설명이나 이치의 세계는 존재의 세계가 아니기 때문이다. 원은 부조리하지 않다. 왜냐하면 원은 직선의 일부분이 그 끝에서 회전한 것이라는 정의에 의해서 충분히 설명될 수 있기 때문이다. 하지만 원은 또한 존재하지도 않는다. 그것과는 반대로 저 뿌리는 내가 그것을 설명할 수 없는 정도에서 존재하고 있었다. 주름이 지고, 힘 없고, 이름도 없는 그 뿌리는 나를 매혹시켰고, 나의 눈을 충만시켰고, 줄곧 그 자신의 존재로 나를 이끌고 가는 것이었다. 내가 아무리 "이것은 뿌리다"라고 되풀이해도— 그 말은 겉돌고 있었다— 나는 흡수 펌프와 비슷한 뿌리의 기능에서 '그것으로' 물개 가죽처럼 딱딱하고 올이 밴 껍질로, 기름이 미끈거리는 딱딱하고 완고한 그 모습으로 생각을 바꿀 수 없다는 것을 잘 알고 있었다.

그 기능은 아무것도 설명하지 않는다. 기능은 대충, 뿌리라는 것이 어떠한 것인가를 이해시킬 수 있었으나 '그것' 자체는 조금도 설명해주지 않았다. 그 빛깔, 그 형태, 그 응고한 동작을 가진 뿌리는…… 모든 설명 밑에 있었다. 뿌리의 특징은 제각기 뿌리를 약간 벗어나 뿌리 밖으로 흘러서, 반쯤 단단해져 거의 하나의 물질이 되어 있었다. 그 각각의 특징은 뿌리 '속에서 여분의' 존재였다. 그리고 온 밑뿌리는, 뿌리 자체에서 약간 굴러나와서 스스로를 부정하고,

이상한 과잉 속에서 행방불명이 된 인상을 이제 나에게 주었다. 나는 그 검은 발톱에다가 내 뒤꿈치를 비벼댔다. 나는 그 껍질을 좀 깎아내고 싶었던 것이다. 아무 이유도 없다. 도전적으로, 황갈색 껍질 위에 찰과상의 부조리한 장밋빛이 나타나게 하기 위해서였다. 그것은 세계의 부조리와 '희롱하기' 위해서였다. 그러나 발을 들었을 때, 껍질이 그래도 검은 것을 나는 보았다.

검다니? 나는 이 말이 부풀어올라서, 엄청난 속도로 그 의미가 공허해지는 것을 느꼈다. 검다니? 뿌리는 검지 '않았다'. 그 나무조각 위에 있었던 것은 조금도 검지 않았다. 그것은…… 다른 것이었다. 원과 마찬가지로 검은 빛깔도 존재하지 않았다. 나는 뿌리를 보고 있었다. 그것은 '검정 이상의 것'인가? 혹은 '거의' 검다고 할 수 있는 것인가? 그러나 이내 나는 자문을 중지했다. 왜냐하면 내가 지식의 나라에 있다는, 그러한 인상을 받았기 때문이다.

그렇다. 나는 이름 붙일 수 없는 그 사물들을, 그 불안한 기분으로 이미 탐구했다 — 헛되게도 — 나는 이미 '그것들에 대해서' 그 무엇을 생각하려고 애썼다. 그리고 이미 나는 그 차고 무력한 특징이 나의 손가락 틈에서 미끄러져 나가버리는 것을 느꼈다. '역원 회관'의, 그날 밤의 아돌프의 멜빵. 그것은 바이올렛빛이 '아니었다'. 나는 셔츠 위에 있었던, 무어라고 정의할 수 없는 두 반점이 생각났다. 그리고 조약돌, 그 문제의 조약돌, 이야기의 발단인 그 돌, 그것은…… 아니었다. 나는 그것이 되기를 거부했던 것이 무엇인지 생각나지 않았다. 그러나 나는 그 수동적인 반항을 잊지 않았다. 그리고 독서광의 손, 나는 그것을 어느 날 도서관에서 잡았는데, 그것은 손이 아닌 것처럼 생각되었다. 나는 커다란 흰 벌레를 연상했지만 그것도 역시 아니었다. 그리고 카페 마블리에서의, 맥주잔의 그 애매한 투명. 애매하다. 그 소리, 그 냄새, 그 맛들이 바로 애매했다.

그것들이 쫓기는 토끼처럼 우리의 코밑을 빨리 지나갔을 때, 그리고 거기에 너무 주의를 하지 않았을 때, 우리는 그것을 아주 간단하고 안심할 수 있는 것이라고 믿을 수 있었고 세상에는 진짜 청색, 진짜 분홍색, 진짜 편도나 오랑캐꽃 냄새가 있다고 믿을 수가 있었다. 그러나 이런 것들을 잠시나마 붙잡아놓으면, 이 평안과 안전의 느낌은 심각한 불안에 자리를 양보한다. 빛깔, 맛, 냄새 들은 절대로 진짜가 아니었다. 절대로 단순히 그것들 자체, 오로지 그것들 자체가 아니었으며, 가장 단순한 특징, 가장 불가분의 특징은 그것 자체 속에서 그것 자체와의 관계에서 여분의 존재를 가지고 있다. 그 검정, 저기 나의 발밑에 있는 그 검정빛, 그것은 검게 보이지 않았다. 차라리 검정색을 여태까지 한 번도 보지 않은 사람이 검정이란 무엇인가를 상상하는, 그리고 자기의 상상을 멈추지 못하고 색채의 범위를 넘어서 무엇인지 알 수 없는 것을 생각하는, 그러한 혼란스러운 노력이었다.

그것은 빛깔과 '비슷했다'. 그러나 또한…… 멍, 또는 분비물이나 찌꺼기─그리고 다른 것과 이를테면 냄새와도 비슷했다. 그것은 젖은 흙냄새와 젖어서 축축한 재목 냄새로 녹아버렸다. 그리고 그 줄무늬가 박힌 나무 위에 옻칠처럼 퍼져 있는 검은 냄새와 깨물어서 사탕 맛이 나는 줄기 맛으로 녹아버렸다. 나는 검정색을 단순하게 '보는' 것이 아니었다. 본다는 것, 그것은 추상적인 발명이며 씻겨지고 단순화된 관념, 인간의 관념이다. 거기 그 검정색, 형태가 일정치 않고 줏대가 없는 현존, 그것은 시각, 후각, 그리고 미각을 훨씬 넘는 그 무엇이었다. 그러나 그 풍요함은 혼란으로 돌아가서 마침내는 아무것도 아닌 것이 되었다. 왜냐하면 여분의 것이기 때문이다.

 이상야릇한 순간이었다. 나는 움직이지도 않고, 얼어붙은 듯 거기에서, 무서운 절정감에 잠겨 있었다. 그 절정감의 한복판에서, 새로운 그 무엇이 막 생겨났다. 나는 '구토'를 알았고, 그것을 가지고 있었다. 진실을 말하면, 나는 나의 발견을 말로 구성하지 않고 있었다. 그러나 이제 나는 그것을 말로 옮기기가 쉽다고 느낀다. 본질적인 것, 그것은 우연이다. 원래, 존재는 필연이 아니라는 말이다. 존재란 단순히 '거기에 있다'는 것뿐이다. 존재하는 것이 나타나서 '만나'도록 자신을 내맡긴다. 그러나 결코 그것을 '연역'할 수는 없다. 내가 보기에 그것을 이해한 사람들이 있다. 다만 그들은 필연적이며 자기 원인이 됨직한 것을 발명함으로써, 이 우연성을 극복하려고 했던 것이다. 그런데 어떠한 필연적 존재도 존재를 설명할 수 없다. 우연성은 가장이나 지워버릴 수 있는 외관이 아니라 절대이다. 그러므로 완전한 무상인 것이다. 모든 것이 무상이다. 이 공원, 이 도시, 그리고 나 자신도 무상이다. 사람이 그것을 이해하게 될 때가 오면 그것은 우리의 마음을 변하게 하고, 모든 것이 표류하기 시작한다. 요전 날 저녁때 '역원 회관'에서처럼 말이다. '구토'이다. 그것이 그 더러운 자식들—'코토 베르'나 다른 곳의 그 더러운 자식들—이 그들의 권리를 휘둘러 숨기려고 하는 바로 그것이다. 그러나 그 얼마나 가엾은 거짓인가. 아무도 권리를 가지고 있지 않다. 그들은 다른 사람들처럼 완전히 무상의 존재들이다. 그들은 스스로 여분의 존재라는 것을 느끼지 않을 수 없다. 그리고 그들 자신의 내부에서 '여분'이다. 즉 부정형하고 애매하고 한심하다.

 그 매혹이 얼마 동안이나 계속됐을까? '나는' 마로니에의 뿌리'였다'. 차라리 나는 그 존재의 의식 그 자체였다. 아직도 그 의식에서 떨어져 있기는 했으나― 왜냐하면 그것에 대한 의식을 가지고 있으니까 말이다― 그래도 의식 속에 나를 잃고 있었다. 의식 이외에 아무것도 아니었다. 거북한 의식이었다. 그러면서도 두드러진 저 무감각한 나무조각 위에 뻗쳐서 몸의 온 무게를 지니고 되어가는 대로 가만히 있는 의식이었다. 시간이 멈추었다. 발밑에 있는 작고 검은 늪. 그 순간 '이후에' 그 무엇이 일어난다는 것은 불가능한 일이었다. 나는 그 무서운 쾌감에서 벗어나고자 했으나, 그것이 가능하다는 것조차 상상할 수 없었다. 나는 그 속에 있었던 것이다. 검은 뿌리는 지나가버리지 않고 있었다. 그것은 너무 큰 음식 조각이 식도에 걸린 것처럼 나의 눈에 남아 있었다. 나는 그것을 삼키지도 뱉지도 못하고 있었다. 얼마만큼의 대가를 치르고 눈을 치켜뜰 수 있었던가? 그런데 내가 눈을 치켜떴던가? 나는 차라리 다음 순간에 고개를 뒤로 젖혀 눈을 치켜뜨고 잠깐 동안 재생하기 위해서 잠깐 동안 무(無)로 돌아갔던 것이 아니었을까? 사실, 나는 통과에 대한 의식을 가지지 않았다. 그러나 갑자기 나는 나무뿌리라는 존재에 대해서 생각하는 것이 불가능하게 되었다. 그 존재는 지워졌다. 내가 아무리 그것은 존재한다, 그것은 아직 거기에 있다, 의자 아래에 내 오른편 발과 마주 있다고 되풀이해서 말해도, 그것은 이미 아무런 뜻도 나타내지 못했다. 존재란 멀리서 생각할 수 있는 그런 것이 아니다. 그것은 갑자기 우리에게 달려들고, 우리 위에 멈추어, 살진 요지부동의 짐승처럼 우리의 마음 위를 내리누르는 것일 수밖에 없다— 그렇지 않으면 아무것도 없는 것과 같은 것이다.

이미 아무것도 없었다. 나의 눈은 텅 비고, 나는 나의 해방을 기뻐했다. 그러자 갑자기 그것이 나의 눈앞에서 움직이기 시작했다. 가볍고 부정확한 운동이다. 바람이 나무 꼭대기를 흔들고 있었다. 그 무엇이 움직이는 것을 보기란 불쾌한 일이 아니었다. 그것은 응시하는 눈처럼 나를 보고 있는 요지부동의 존재로부터 나를 전환시킨다. 나뭇가지의 흔들림을 보면서 나는 혼잣말을 하는 것이었다. 흔들림이란 결코 완전히 존재하지 않는다. 그것은 통과이며 두 사물 사이의 중간이며, 가냘픈 시간이다, 라고. 나는 운동이 허무에서 나와 점차적으로 무르익어가서 꽃피는 것을 볼 마음의 준비를 하고 있었다. 한 마디로 말하면 나는 막 생겨나고 있는 존재들을 포착하려 하고 있었다.

나의 모든 희망이 일소되는 데에는 3초면 충분했다. 그 주위를 소경처럼 더듬거리며 망설이는 나뭇가지 위에서, 나는 존재로의 이동을 붙잡지 못했다. 이동이라는 생각 역시 인간의 발명이다. 너무나 명확한 관념이다. 이 모든 미묘한 움직임은 고립되어 있었으며, 스스로 안정되어 있었다. 그것은 사방으로 나뭇가지와 잔가지를 넘쳐흐르게 하고 그 껄껄한 손의 주위에서 회오리바람을 일게 하며, 조그마한 선풍으로 그 손을 싸매고 있었다. 물론 운동, 그것은 나무와는 별개였다. 그러나 운동은 역시 절대적인 존재이며 사물이다. 나의 눈은 충족한 것에만 부딪쳤다. 나뭇가지 끝에서 존재들이 웅성대고 있었다. 그 존재들은 줄곧 갱신되고 있었으며, 결코 탄생하는 것은 아니었다. 존재하는 바람이 커다란 파리처럼 나무 위에 와서 앉았다. 그러자 나무가 흔들리는 것이었다. 그러나 그 동요도 탄생한 성질의 것이 아니고, 힘으로부터 행위로의 통과도 아니었다. 그것도 사물 그 자체였다.

'흔들리는 물건'이 나무 속으로 흐르고, 나무를 휘어잡고 흔들고, 그러다가 갑자기 나무를 팽개치고 뺑 뺑 돌면서 멀리 가버리는 것이었다. 모든 것이 충족하다. 모든 것이 행위 속에 있다. 가냘픈 시간은 없었다. 모든 것이 가장 미미한 도약까지도 존재에 의해서 만들어졌다. 그리고 나무 둘레를 방황하고 있었던 모든 존재하는 것들은 아무 데서도 오지 않고 아무 데로도 가지 않았다. 대번에 그것들은 존재하다가 다음에는 갑자기 존재하지 않는 것이었다. 존재는 기억이 없는 것, 사라져버린 것 들이며, 존재는 아무것도 — 추억조차 가지고 있지 않다. 도처에 무한하게, 여분의 것인, 항상 어디에나 있는 존재, 그 존재는 — 존재에 의해서만 한정된다. 근원이 없는 존재들의 그 풍부함에 의해서만 한정된다. 근원이 없는 존재들의 그 풍부함에 타격을 받고, 어안이 벙벙해진 나는 의자 위에 몸을 내던졌다. 도처에 개화와 환희가 있고, 내 귀에서는 존재가 윙윙거리고 있었으며, 내 육체 자체가 발딱거리며 방긋이 벌어져서, 우주의 하늘로 몸을 내놓는 것이었다. 그것은 지긋지긋한 것이었다.

'그러나 왜' — 이렇게 나는 생각했다. '왜 그렇게도 많은 존재들이 있나? 그것도 이 모두가 서로 비슷하기 때문일까?' 서로 비슷한 나무들이 그렇게 많아서 무슨 소용이 있을까? 마치 나자빠진 벌레의 서투른 노력처럼(나도 그 노력의 하나였다), 그렇게도 많은 존재들은 없어졌다가는 악착같이 되살아나고, 또 없어지는 것이었다. 그 풍성함은 관대함의 결과가 아니라 그 반대였다. 그것은 음침하고, 괴롭고, 스스로를 어찌할 줄 몰랐다. 그 나무들, 그 서투른 큰 몸집을……나는 웃기 시작했다. 왜냐하면 사람들이 책에 묘사해놓았던 덜거덕거리는 소리, 폭발 소리, 거창한 개화로 가득 찬 놀라운 봄이 문득 생각났기 때문이다. 권력에 대한 의지와 삶에 대한 투쟁에 관해서 이야기한 바보들이 있었다. 그래, 그들은 한 마리의 짐승이나 한 그루의 나무를 본 적이 없었단 말이냐? 대머리병 반점이 있는 그 플라타너스, 반쯤 썩은 그 참나무, 사람은 나로 하여금 그것들을 허공으로 솟아나는 그 젊고 호된 힘이라고 생각하게 하려고 했는지도 모른다. 그럼 그 뿌리는? 나는 그것을 탐욕스러운 손톱으로, 땅을 긁고 거기에서 자양분을 빼앗는 손톱으로 그것을 묘사했어야 했나?

　그런 방법으로 그 사물들을 보는 것은 불가능하다. 연약함, 무력함. 그렇다. 나무들이 떠들고 있었다. 하늘을 향한 용솟음이라 할까? 차라리 그것은 피로다. 나무 줄기들이 피로한 음경(陰莖)처럼 주름이 잡혀서, 땅 위에서 검고 연한 주름살이 진 덩어리 위로 오그라들어 쓰러지는 것을 보려고 나는 시시각각 기다렸다. 존재하는 '욕망을 그들은 안 가지고 있었다'. 다만 그렇지 않을 수가 없을 따름이었다. 그뿐이다. 그래서 그것들은 조용하게 힘없이 자질구레한 부엌일을 하고 있었다. 수액(樹液)은 본의 아니게 맥관 속에서 천천히 올라오고 있었으며, 나무 뿌리는 천천히 땅속으로 파고드는 것이었다. 그러나 그것들은 늘 거기에 뿌리를 박고 없어질 것처럼 보였다. 피곤하고 늙은 채 그것들은 마지못해 존재하기를 계속하고 있었다. 단지 그것들은 죽어버리기에는 너무 약했고, 죽음은 외부에서 올 수밖에 없었기 때문이다. 내부적인 필요로 자기 속에 자신의 죽음이라는 것을 자랑스럽게 지닌 것이라고는 음악의 곡조밖에 없다. 단지 그것들은 존재하지 않는다. 존재하는 모든 것들은 이유 없이 탄생해서 연약하므로 그 목숨을 유지하다가 조우(遭遇)에 의해서 죽는다. 나는 뒤로 기대고 지그시 눈을 감았다. 그러나 곧 다가온 이미지들이 도약하고, 나의 감은 눈을 존재로 충만시켰다. 존재란 곧 사람이 거기서 떠날 수 없는 충족을 말한다.

이상한 이미지들. 그것은 한 떼의 사물을 나타내고 있었다. 진짜 사물이 아니라 진짜와 닮은 다른 것들이다. 의자나 나막신 같은 목제품과 비슷한 물건들이며, 식물과 비슷한 것들이다. 그리고 두 얼굴이 있다. 요전 일요일에, 베즐리즈 맥주홀에서, 내 곁에서 점심을 먹고 있던 부부였다. 그들은 기름이 흘렀고, 뜨거웠고, 육감적이고, 부조리하고, 귀는 빨갛게 달아 있었다. 나는 그 여자의 어깨와 목이 떠올랐다. 헐벗은 존재이다. 그 두 사람—그것은 갑자기 나에게 공포심을 가지게 했다. 그 두 사람은 부빌의 어느 곳에 여전히 존재하고 있었다. 어느 곳—무슨 냄새 속이라고 할까? 그 부드러운 목은 신선한 내에 의해서 애무되며, 레이스 속에 파묻혀 있었다. 여자는 줄곧 그 가슴이 자기의 블라우스 속에서 존재함을 느끼고, '내 젖, 내 아름다운 과실'이라고 줄곧 생각하고, 자기를 간지럽게 만드는 환희에 주의를 기울이면서 신비한 미소를 짓고 있었다. 그래서 나는 소리를 지르고 나도 모르는 사이에 눈을 크게 떴다.

그 거창한 현존을 나는 꿈꾸었던 것일까? 그것은 공원 위에 자리 잡고 나무들 속에 전락해서 거기에 있었다. 아주 무르고, 무엇에나 달라붙고, 아주 짙어서 잼 같았다. 그래서 나는 온 공원과 더불어 그 속에 있었던가? 나는 무서웠다. 그러나 나는 무엇보다 화가 났다. 나로서는 그것이 그렇게도 어리석고 그렇게도 마땅치 않게 보였다. 나는 그 더러운 당과(糖菓)가 싫었다. 그것이 있었다. 그것이 있었다! 그것은 하늘까지 올라가서, 도처에 뻗어 가서 모든 것을 아교 같은 피로로 충만시켰다. 나는 그것의 깊이를 보고 있었고, 그 깊이는 공원의 경계보다, 고집들보다, 부빌보다 멀리 있는 깊이였다. 나는 이미 부빌에 있지 않았다. 아무 데도 있지 않았다. 나는 떠다니고 있었다. 나는 놀라지 않았다. 그것이 곧 '세계', 갑자기 나타나는 발가벗은 '세계'라는 것을 잘 알고 있었다. 그리고 나는 이 부조리하고 두터운 존재에 대한 분노로 숨이 막힐 지경이었다. 사람들은, 그 모든 것이 어디에서 오는 것인지, 어떻게 해서 무가 아니고 세계가 존재하게 되었는가를 자문할 수도 없었다. 그것은 무의미했다. 세계는 앞에도 뒤에도 어디에나 존재하고 있었다. 그것 이전에는 아무것도 없었다. 그 아무것도. 그것이 존재하지 않은 때는 없었다. 나를 속상하게 한 것이 바로 그것이었다. 물론, 그 흐르는 유충(幼蟲)이 존재하는 데는 '아무런 이유'가 없었다. 그러나 그것이 존재하지 않는다는 것은 불가능한 일이었다. 그것은 생각할 수 없었다. 왜냐하면 허무를 상상하기 위해서는 세계의 한복판에 눈을 크게 뜨고 산 채로 이미 거기에 있어야만 했기 때문이다. 허무한 나의 머릿속에 있는 관념은 광대무변 속을 떠돌아 존재하는 관념에 불과하다. 그 허무는 존재 '이전에'는 없었던 것이다. 그것은 다른 것과 마찬가지 존재였으며, 수많은 다른 존재 다음에 나타났던 것이다. 나는 소리쳤다.

"이 얼마나 더러우냐, 이 얼마나 더러우냐!"

그리고 나는 이 끈적끈적한 더러움을 털기 위해서 몸을 흔들었다. 그러나 더러움은 찰싹 붙었고 수톤의 존재, 존재들이 끝없이 있었다. 나는 이 광대한 권태 속에서 숨이 막혔다. 그러다가 갑자기 공원이 커다란 구멍처럼 텅 비고, 세계는 올 때와 같은 방법으로 사라져버렸다. 또는 내가 깨어난 것이다. 하여간 나는 더 이상 세계를 보지 못했다. 내 주위에는 노란 흙밖에는 없었다. 거기에서부터 죽은 나뭇가지가 하늘로 뻗고 있었다.

일어서서 밖으로 나왔다. 울타리까지 와서 뒤를 돌아보았다. 그때에, 공원이 나에게 미소를 지었다. 나는 울타리에 기대어서 오랫동안 그것을 바라보고 있었다. 그 월계수 숲의 미소, 그것은 그 무엇을 '의미하고 있었다'. 그것이야말로 존재의 진정한 비밀이었다. 약 3주일 전 어느 일요일, 나는 사물 위에서 일종의 공모적인 태도를 파악했던 사실이 생각났다. 그것은 나에 대한 태도였던가? 그러나 나는 그것을 이해할 아무런 방법도 없다는 것을 우울하게 느꼈다. 아무런 방법도 없었다. 그러나 그것은 거기에서 기다리고 있었다. 그것은 어떤 시선과도 같았다. 그것은 거기에, 마로니에 나무둥지 위에 있었다. ……그것은 '그' 마로니에였다.

사물들, 그것은 도중에 멎어버린 관념, 스스로를 잊고 무엇을 생각하려고 했는가를 잊어버린 관념이라고 말할 수 있으리라. 그 관념은 표류하고 있었다. 그리고 어떤 사소하고 기묘한 의미를 가지고 있으나 그 의미는 사물을 넘어서고 있었다. 그 보잘것없는 의미가 나를 초조하게 하고 있었다. 비록 이 울타리에 백 년 이상 기대어 있다고 해도 나는 그 의미를 '이해할 수 없었을 것이다'. 나는 존재에 관해서 알 수 있었던 모든 것을 배웠다. 나는 그곳을 떠나 호텔로 돌아와서 이것을 썼다.

### 밤중

나는 결심했다. 나는 더 이상 책을 쓰지 않을 것이므로 부빌에 머물러 있을 이유가 없다. 파리에 가서 살아야겠다. 금요일 5시 차를 타야겠다. 토요일에는 안니를 만날 것이다. 우리는 며칠 동안 함께 지낼 것이라고 나는 생각한다. 다음에 나는 이런 일 저런 일 정리하고 짐을 꾸리기 위하여 이곳에 돌아와야 한다. 늦어도 3월 1일에는 반드시 나는 파리에 있게 될 것이다.

### 금요일

'역원 회관'에서. 내가 탈 기차는 20분 후에 떠난다. 유성기 소리. 강한 모험의 인상.

### 토요일

안니는 길고 검은 옷을 입고 나와서 문을 열었다. 물론 안니는 나에게 손도 내밀지 않고 인사도 하지 않았다. 나는 오른손을 외투 호주머니에 넣은 채로 있었다. 안니는 허물없는 태도를 취하려고, 골이 난 것처럼 빨리 말한다.

"들어와서 아무 데나 앉아요. 창문 곁은 안 되구요."

그 여자다. 바로 그 여자다. 팔을 축 늘어뜨리고, 옛날에는 조숙한 소녀라는 인상을 준 우울한 얼굴을 그대로 가지고 있었다. 그러나 이제는 소녀티가 없었다. 살이 찌고 가슴이 벌어졌다. 안니는 문을 닫고, 명상하는 듯이 혼잣말을 한다.

"침대 위에 앉을까……."

결국 안니는 양탄자가 덮인 상자 위에 털썩 앉는다. 그녀의 몸가짐이 달라졌다. 어딘지 위엄 있고 신중하면서 우아함이 없지 않은 태도로 걷는다. 그녀는 너무 이른 비만(肥滿)에 어쩔 줄 모르고 있는 것 같았다. 그러나 하여간 안니임에는 틀림없다.

안니는 웃음을 터뜨린다.

"왜 웃어?"

그녀는 버릇대로 곧 대답하지 않는다. 그러고는 잔말쟁이 같은 표정을 한다.

"말해봐요. 왜 그래?"

"당신이 들어왔을 때부터 내세우고 있는 여유 있는 미소 때문이에요. 딸을 막 시집보내고 난 아버지 같아. 자, 서 있지만 말고, 외투는 거기 놓고 앉아요. 어서, 거기 앉아요."

침묵이 흐른다. 그것을 안니는 깨뜨리려고 하지 않는다. 얼마나 이 방은 헐벗었을까! 전에, 안니는 여행할 때면 으레 숄이며, 터번이며, 두건이며, 일본제 탈이며, 에피날화(畵)가 가득 든 큰 트렁크를 가지고 다녔다. 호텔에 들면 — 거기서 하룻밤만 묵을 경우에도 — 그 여자는 우선 그 트렁크를 열고 거기서 자기의 모든 재산을 끌어내어, 그것을 변화무쌍하고 복잡한 질서에 의해서 벽이나 전등에 걸고, 책상이나 바닥 위에 늘어놓는 것이었다. 반 시간도 못 되어 가장 평범한 방도 무겁고 육감적인, 뛰어난 개성을 띠는 것이었다. 아마도 트렁크는 잃어버렸거나 맡긴 모양이었다…… 화장실로 통하는 문이 비스듬히 열려 있는 이 냉랭한 방은 어딘지 불길한 느낌이 있다. 이 방을 더 사치스럽게, 더 서글프게 꾸미면, 부빌의 나의 방과 비슷해진다. 안니는 아직 웃고 있다. 나는 대단히 높고, 약간 콧소리가 섞인 그 귀여운 웃음소리를 잘 알고 있다.

"그런데 당신은 변하지 않았어요. 무엇을 그렇게 정신없이 찾고 있어요?"

그녀는 미소짓고 있다. 그러나 그 시선은 거의 적의를 품었다고 할 만큼의 호기심에 차서 나의 얼굴을 보고 있다.

"이 방은 당신이 사는 방 같지 않다고 생각했을 뿐이지."

"네, 그래요?" 하고 그녀는 애매하게 대답한다.

또다시 침묵이다. 지금 안니는 침대 위에 앉아 있는데, 검은 옷을 입은데다 얼굴이 몹시 창백하다. 그 여자는 머리를 자르지 않았다. 눈썹을 약간 치켜올리고 고요하게 나를 바라본다. 그래 그 여자는 내게 아무 할말이 없단 말인가? 그럼 왜 나를 불렀나? 이 침묵은 견딜 수가 없다.

갑자기 나는 애원하듯이 말한다.

"당신을 만나서 기뻐."

마지막 말이 나의 목에서 비틀어진다. 그렇게 될 거였다면 잠자코 있는 편이 더 좋았으리라. 안니는 틀림없이 화를 낼 것이다. 처음 15분 동안이 괴로우리라는 것을 나는 잘 알고 있었다. 옛날에는 안니를 만나면, 24시간을 만나지 않은 후라도, 아침에 깨어났을 때라도, 나는 그녀가 기대하고 있는 말이 생각나지 않았고, 그때의 옷이나 지난 밤에 주고받은 최후의 대화에 알맞은 말을 나는 찾아낼 수가 없었다. 안니는 무엇을 원할까? 나는 그것을 예측할 수 없다.

나는 눈을 치켜뜬다. 안니는 애정어린 시선으로 나를 보고 있다.

"조금도 변하지 않았군요? 여전히 당신은 바보예요!"

안니의 얼굴에 만족감이 나타난다. 그러나 그 얼마나 피로한 모습인지!

"당신은 이정표예요"라고 그녀는 말한다.

"길가에 있는 하나의 이정표예요. 당신은 냉정하게, 므룅까지 20킬로미터이고, 몽타르쥐까지 42킬로미터라는 것을 일생 동안 설명할 거예요. 그래서 나는 당신이 많이 필요하죠."

"내가 필요해? 우리가 서로 만나지 않은 4년 동안 당신은 내가 필요했었소? 그렇다면 당신은 참으로 신중한 여자로군."

나는 미소를 지으면서 말했다. 그녀는 내가 자기에게 원한을 품고 있다고 생각할지도 몰랐다. 나는 내 입언저리의 미소가 가짜라는 것을 느낀다. 나는 마음이 편하지 않다.

"당신은 정말 바보예요. 그런 의미라면 당신을 만날 필요가 없어요. 아시겠지만 당신을 보아서 특별히 기쁠 것이라곤 아무것도 없어요. 나는 당신이 존재한다는 것, 변하지 않는다는 것이 필요해요.

당신은 파리인가 그 근처인가에 보관해둔 백금으로 만든 미터자와 같아요. 아무도 그런 것을 보고 싶어하지 않을 거예요."

"그건 틀린 생각이지"

"하여튼 상관없어요. 나는 그렇지 않으니까. 나는 그것이 존재하고, 그것이 정확하게 지구 자오선의 4분의 1의 1천만분의 1을 재고 있다는 것을 알고 있으면 그것으로 만족해요. 아파트 안에서 거리를 재거나 천을 자로 재서 팔고 있을 때는 언제든지 그런 생각이 들어요."

"아, 그래?" 하고 나는 냉정하게 말한다.

"이것 봐요. 나는 정말 추상적인 도덕이라든가, 일종의 경계를 생각하듯 당신을 생각할 수 있었을 뿐예요. 내가 줄곧 당신 얼굴을 생각했던 것을 감사하게 생각하세요."

옛날에 내가 단순하고 비루한 욕망을 가졌을 때, 내가 안니를 사랑하고 있다고 말하고 싶었을 때, 또는 안니를 껴안아주고 싶다고 생각했을 때, 참아야만 했던 십이절음시 같은 토론(討論)이 되살아났다. 오늘날 나는 아무런 욕망도 없다. 다만 안니를 아무 말도 안 하고 바라보고 싶고, 묵묵히 이 이상한 사건의 중요성 ― 나의 정면에 안니가 있다는 그 사실 ― 을 이해하고 싶은 것밖에. 안니에게 있어서 이 날은 다른 날과 같은 것일까? 안니의 손은 떨리지 않는다. 나에게 편지를 쓴 날, 무엇인지 나에게 하고 싶은 말이 있었을 것이다 ― 또는 순간적인 장난에 불과했는지도 모른다. 지금 그것은 오래전부터 이미 문제가 안 되는 일이다.

안니가 문득 나에게 미소를 짓는다. 하도 정다운 미소였기 때문에 나는 눈시울이 뜨거워졌다.

"나는 백금 미터자보다 훨씬 더 당신 생각을 자주 했어요. 당신 생각을 안 한 날은 하루도 없었어요. 당신이라는 사람의 가장 사소한 점까지도 똑똑히 생각이 나곤 했어요."

그녀는 일어서서 나의 두 어깨에 손을 짚는다.

"당신도 내 얼굴이 생각났다고 말해봐요. 불평만 하는 당신이."

"그건 약은 수작인데" 하고 나는 말했다.

"내 기억력이 나쁘다는 것을 당신도 잘 알고 있으면서."

"고백하는군요. 나를 완전히 잊었단 말이군요. 거리에서 만나면 당신은 나를 알아봤을까요?"

"물론이지. 그건 문제도 아냐."

"내 머리색을 기억하나요?"

"그럼! 금발이지."

안니는 웃기 시작한다.

"호기 있게 말하는군요. 지금 나를 보고 말하는 거니까 소용없어요."

안니는 손으로 머리칼을 턴다.

"그리고 당신은, 당신 머리색은 붉지" 하며 안니는 내 흉내를 낸다.

"내가 당신을 처음 봤을 때, 나는 잊을 수 없는 일인데, 당신은 갈색 비슷한, 붉은 머리색과 전혀 조화가 안 되는 모자를 쓰고 있었어요. 보기 거북했지요. 그 모자 어디에 두었어요? 지금도 취미가 같은지 알고 싶어요."

"이젠 안 쓰지."

안니는 눈을 크게 뜨고 가벼운 휘파람을 분다.

"당신 혼자서 그 모자를 고른 게 아니죠! 그래요? 그럼 축하해요. 물론이죠! 다만 그런 생각을 해야만 했어요. 그 머리칼은 아무 쓸모가 없어요. 모자하고도 맞지 않고, 안락의자와 쿠션하고도, 또 바닥에 쓰는 도배지하고도 맞지 않으니 말예요. 그렇지 않으면, 런던에서 산 영국제 모자처럼 귀까지 모자를 내려 쓰는 게 좋을 거예요. 모자 밑으로 머리카락을 넣어버리면, 당신 머리칼이 있는지조차도 사람들은 모를걸요."

오래된 싸움을 끝마치려는 듯한 확고한 어조로 안니는 덧붙여 말한다.

"그것은 조금도 당신에게 어울리지 않았어요."

어떤 모자 이야기인지 나는 도무지 알 수가 없다.

"그것이 어울린다고 내가 말했소?"

"그런 것 같아요! 그 말밖에는 한 것이 없는걸요. 내가 당신을 보지 않고 있다고 생각되면, 당신은 살그머니 거울 속을 들여다봤죠."

과거에 대한 인식, 그것이 나를 억압한다. 안니는 추억을 더듬는 것 같지 않았다. 그 어조에 그러한 종류의 일에 알맞은 부드럽고 아늑한 뉘앙스가 없다. 그 여자는 오늘의 일, 기껏해야 어제 일을 말하고 있는 듯이 보였다. 안니는 과거의 자기 의견이나 고집, 원한 같은 것들을 확고히 간직하고 있었다. 나는 그와 반대로 모든 것이 애매한 시취(詩趣) 속에 빠져 있다. 나는 모든 것을 양보할 용의가 있다. 그녀는 불쑥 차분히 가라앉은 목소리로 나에게 말한다.

"보세요. 나는 살이 찌고 늙었어요. 몸을 좀 아껴야겠어요."

그렇다. 그리고 안니는 얼마나 피로한 모습을 하고 있는지! 내가 말을 하려고 했을 때, 안니는 곧 덧붙였다.

"런던에서 연극을 했어요."

"캔들러하고?"

"천만에요. 캔들러하곤 안 해요. 그것으로 나는 당신을 잘 알 수 있어요. 당신은 내가 캔들러하고 연극하는 줄 알고 있었군요. 캔들러는 오케스트라 지휘자라고 내가 몇 번 말해야 해요? 아녜요. 소호 광장의 극장에서 〈존스 황제〉하고, 숀 오케이시와 싱의 희곡, 그리고 〈브리타니쿠스〉를 했어요."

"〈브리타니쿠스〉?"

나는 놀라서 말했다.

"네, 〈브리타니쿠스〉요. 내가 그만둔 것이 바로 그것 때문예요. 〈브리타니쿠스〉를 하자는 아이디어를 내놓은 사람은 바로 난데, 사람들은 내가 쥐니 역할을 하기를 바랐어요."

"그래?"

"그런데, 물론 나는 아그리핀밖에는 할 수가 없었죠."

"그래 지금은 뭘 해?"

내가 그것을 물은 것은 잘못이었다. 안니의 얼굴에서 핏기가 사라졌다. 그러나 그녀는 즉시 대답한다.

"연극은 그만뒀어요. 난 여행을 해요. 나를 돌봐주는 사람이 있어요."

안니는 미소를 짓는다.

"오! 그렇게 걱정스럽게 나를 보지 마세요. 이건 비극이 아녜요.

누가 나를 돌봐주든지 간에 매한가지라고 늘 당신에게도 말했잖아요. 게다가 그는 늙어서 귀찮게 굴지 않아요."

"영국 사람이오?"

"아니, 그게 당신에게 무슨 상관이 있어요?"

안니는 초조하게 말한다.

"그 사람 이야기는 그만둬요. 당신에게나 나에게나 중요하지 않으니까요. 차 마시겠어요?"

안니는 화장실로 들어간다. 왔다 갔다 하면서 찻잔을 건드리고, 혼잣말을 하는 게 들린다. 날카롭고 알아들을 수 없는 소리이다. 예전에 그녀의 나이트 테이블 위에 그랬던 것처럼, 침대 곁에 미슐레의《프랑스사》한 권이 놓여 있다. 침대 위에 사진을 하나 걸어놓은 것이 보인다. 그것은 자기 오빠가 그린 에밀리 브론테의 초상화를 복제(複製)한 것이다.

안니가 돌아와서 문득 나에게 말한다.

"자, 당신 이야기를 해봐요."

그리고 그녀는 다시 화장실로 사라진다. 기억력이 나쁜데도 나는 그것이 생각난다. 전에 안니는, 내가 진지한 관심과 더 빨리 결말을 짓고 싶은 욕망을 동시에 느끼고 있었기 때문에 대단히 어색했던, 이러한 직접적인 질문을 나에게 하곤 했다. 하여튼 이런 질문을 했으니만큼 의심할 여지도 없이, 그 여자는 나에게 무엇인가 기대하고 있다. 당장은 예비 행위에 불과하다. 어색하게 될 일을 먼저 해소시키고 2차적인 문제를 결정적으로 정리한다. 즉 "자, 당신 이야기를 해봐요"라고. 곧 안니는 자기 이야기를 시작할 것이다. 그 바람에

구토　269

나는 안니에게 무슨 이야기든 전혀 하고 싶지 않다. 해서 무엇하나? '구토', 공포, 존재…… 모든 것을 혼자 삭이는 편이 낫다.

"자, 빨리 해요."

칸막이 너머로 그녀는 소리를 질렀다.

안니는 찻주전자를 가지고 돌아온다.

"뭐해요? 파리에 살아요?"

"부빌에 살고 있어."

"부빌요? 왜요? 아직 결혼 안 했죠, 아마?"

"결혼?"

나는 펄쩍 뛰면서 말한다.

안니가 그런 생각을 했다니, 대단히 유쾌하다. 나는 안니에게 말한다.

"그것은 부조리해. 당신이 옛날에 나를 비난한, 그 자연주의적 상상 따위하고 꼭 같은 이야기지. 알지? 나는 당신이 과부가 되고, 두 아이의 어머니가 된 것을 생각했지. 그리고 우리가 어떻게 될 것인가를 당신에게 이야기했던 것을 기억할 거야. 당신은 그것을 싫어했지?"

"당신은 그것이 기뻤죠?"

안니는 괴로운 기색도 없이 말한다.

"강한 체하려고 그런 소리를 했죠? 게다가 말만 꺼내도 당신은 화를 내지만, 언젠가는 살짝 결혼을 할 정도로 믿을 수 없는 사람이에요. 〈황제의 오랑캐꽃〉이라는 영화를 보러 가지 않는다고 1년 동안이나 골을 내면서 버티더니, 동네의 작은 영화관으로, 내가 몸이 아팠던 바로 그날, 혼자 보러 갔었죠?"

"부빌에 머물고 있소."

나는 엄숙하게 말한다.

"드 롤르봉 씨에 대한 책을 쓰기 위해서지."

안니는 열중해서 나를 본다.

"드 롤르봉 씨? 18세기에 살았던 사람이지요?"

"그렇지."

"그러고 보니 당신이 언젠가 한번 말한 것 같아요."

그녀는 애매하게 말한다.

"그럼 역사책이겠군요?"

"그렇지."

"하하!"

만약 안니가 다시 나에게 물으면, 나도 모든 것을 이야기하겠다. 그러나 그녀는 더 이상 묻지 않는다. 분명히 그녀는 나에 대해서 충분히 안다고 판단하고 있다. 안니는 이야기를 대단히 잘 듣는 편이지만, 단지 자기가 원할 때에 한해서 그렇다. 나는 안니를 본다. 그 여자는 눈을 내리깔고, 나에게 무슨 이야기를 어떻게 시작할까를 생각한다. 이번에는 내가 질문을 해야 하나? 안니는 순서에 구애되지 않을 것 같다. 안니는 말하는 것이 좋다고 생각할 때 말할 것이다. 나의 가슴이 몹시 뛰고 있다.

안니가 갑자기 말한다.

"나는 변했어요."

바로 시작이다. 그러나, 지금 그녀는 입을 다물고 있다. 안니는 흰 사기 찻잔에 차를 따른다. 내가 말하기를 기다리고 있다. 무엇이든 말해야겠다. 아무 말이나가 아니라 그녀가 기대하는 말을 해야 한다. 나는 괴롭다. 정말 그녀는 변했을까? 살이 찌고 피로해 보인다. 변했다는 것은 확실히 거짓말은 아니다.

"모르겠는데. 그렇게는 보이지 않아. 당신의 웃음, 서서 어깨에 손을 올리는 태도, 혼잣말을 하는 버릇, 모두가 여전한걸. 당신은 여전히 미슐레의 역사를 읽고, 또 여러 가지……."

나의 영원한 본질에 대해서 그 여자가 가지고 있는 깊은 관심. 나의 생애에 일어날 수 있는 모든 것에 대한 완전한 무관심 — 그리고 지성을 드러내는 태도, 귀엽고 이상한 태도, 그리고 예의, 우정과 같은 인간 상호 관계를 용이하게 만드는 모든 기계적인 형식을 처음부터 없애버리고 말 상대로 하여금 영원히 찾아내도록 하는 그 방법. 안니는 어깨를 으쓱한다.

"아니, 나는 변했어요" 하고 안니는 냉정하게 말했다.

"모든 것이 다 변했어요. 나는 이미 같은 사람이 아니에요. 나는 당신이 첫눈에 그것을 알아보리라고 생각했는데, 그런데 당신은 미슐레의 역사 이야기를 하는군요."

그녀는 내 앞에 와서 섰다.

"이 남자가 자기 말대로 강한지 어떤지 볼까요? 찾아봐요. 내 어디가 변했죠?"

나는 주저한다. 안니는 발을 구른다. 아직 웃고는 있지만 진심으로 골이 나 있다.

"옛날에 당신을 괴롭히던 것이 있어요. 적어도 당신은 그렇게 말하곤 했어요. 그런데 이제는 다 끝났어요. 사라져버렸어요. 그것을 알아야 해요. 이젠 더 마음이 편하지 않나요?"

나는 감히 아니라고 말할 수밖에 없다. 나는 옛날과 같이 의자 위에 엉덩이를 걸친 듯 만 듯한 자세로 앉아 계략을 피하려고, 그리고 설명할 수 없는 노여움을 뿌리치려고 조바심했다.

안니는 도로 앉았다.

"그래요" 하고 안니는 확신에 찬 어조로 고개를 끄덕이면서 말한다.

"만약 당신이 이해하지 못한다면 그것은 당신이 수많은 일들을 잊어버렸기 때문이에요. 내가 생각한 것 이상이에요. 이것 봐요, 당신은 과거의 실패가 생각도 안 나는가 보죠? 당신은 와서 이야기하고, 가버리고는 했어요. 전혀 엉뚱한 때 말예요. 아무것도 변하지 않았다고 상상해봐요. 당신이 들어오면, 벽에는 가면들과 숄들이 걸려 있죠. 나는 침대 위에 앉아서 이렇게 말했을 거예요. (안니는 고개를 뒤로 젖히고, 콧구멍을 벌렁이더니, 스스로를 놀리듯이 연극조로 말한다) '그런데요? 뭘 기다려요? 앉아요'라고. 물론 나는 '창문 곁에 있는 안락의자에는 안 돼요'라고는 하지 않으려 했지만 말이에요."

"당신은 나를 함정에 빠뜨리려고 했지?"

"함정이 아니었어요⋯⋯ 그러면, 당신은 물론, 그 안락의자로 곧장 가서 앉았을 거예요."

"거기 앉으면 어떤데?"

나는 호기심에 찬 눈으로 안락의자를 돌아다보면서 말한다.

그 의자는 특별하게 생기지 않았다. 포근하고 편하게 생겼다.

"나쁜 일뿐이죠."

안니는 짧게 말한다.

나는 고집하지 않는다. 안니는 언제나 금기물(禁忌物)에 둘러싸여 있다.

"내 생각엔……"

문득 나는 안니에게 말한다.

"나는 어떤 일을 예견하고 있어. 그것은 정말 대단할 거야. 가만, 어디 좀 볼까. 이 방은 아무 장식도 없어. 내가 그것을 곧 알아냈다는 것을 당신은 인정해야 해. 좋아, 가령 내가 이 방에 들어와서 벽에 걸린 가면이나 숄이나 그외 모든 것을 봤다고 해. 호텔은 항상 당신 방문 앞에서 멈췄어. 당신 방은 달랐지……. 당신은 나에게 문을 열어주러 오지 않을 거야. 나는 방 한구석에 주저앉아 있는 당신, 아마도 늘 당신이 가지고 다녔던 붉은 나사를 방바닥에 깔고 그 위에 앉아서 나를 기다리며 용서 없이 나를 보고 있는 당신을 보았을 거야……. 내가 한 마디 하기도 전에 내가 한 걸음 움직이기도 전에, 숨도 돌리기 전에, 당신은 눈썹을 찌푸리기 시작하고, 나는 이유도 모르면서 죄를 진 것처럼 느꼈을 거야. 그러고는 시시각각으로, 나는 실수를 거듭할 테고, 나는 나의 잘못 속에 파묻혀버릴 거야."

"그런 일이 몇 번이나 있었나요?"

"백 번도 더 넘지."

"설마! 지금은 익숙해졌나요?"

"아니."

"그 말을 들으니 기쁘군요. 그래서요?"

"그래서 더는……."

"아하!" 하고 안니는 연극조로 고함을 지른다.

"이제야 믿게 되었나 보군."

그녀는 부드럽게 말을 잇는다.

"그럼, 내 말을 믿을 수 있겠군요. 이미 그것은 없어요."

"그 완전한 순간이 없단 말이야?"

"없어요."

나는 아찔했다. 나는 고집한다.

"결국, 당신은…… 그…… 비극, 가면이라든가 숄이라든가 가구, 그리고 나 자신, 우리 스스로가 작은 역할을 했던 그 비극, 당신이 주연하는 그 비극을 끝냈단 말이야."

안니는 미소를 짓는다.

"배반자! 나는 당신에게 나보다도 중요한 역할을 가끔 주었어요. 그러나 당신은 의심도 안 했어요. 하여튼 그래요. 끝났어요. 놀랐어요?"

"그래, 놀랐어! 나는 그것이 당신의 일부라고 생각했고, 그 부분을 당신한테서 떼어놓는 것은 당신에게서 심장을 뺏는 거라고 생각했지."

"나도 그렇게 생각했어요."

안니는 조금도 섭섭해하지 않는 태도로 말한다. 그리고 나에게 아주 불쾌한 인상을 준 일종의 아이러니를 품고 덧붙여 말한다.

"그러나 그것이 없어도 내가 살 수 있다는 것, 알겠죠?"

안니는 손가락을 깍지 끼고, 손 사이에 무릎 한쪽을 안고 있다. 얼굴 전체를 젊게 만드는 애매한 미소를 띠고, 허공을 보고 있다. 그 모양이 마치 뚱뚱한 소녀처럼 신비하고 만족스러워 보였다.

"그래요. 당신이 달라지지 않았다는 게 기뻐요. 만약 당신이 자리를 옮겨, 다른 길가에 색을 덧칠하고 서 있었다면, 나는 갈피를 잡을 수 없었을 거예요. 당신은 나한테 없어서는 안 될 사람이에요. 나는 변해요. 당신은 움직이지 않고. 나는 당신과의 관계에서 나의 변화를 측정할 수 있어요."

나는 여전히 화가 가시지 않는다.

"하지만 그것은 대단히 부정확해" 하고 나는 힘차게 말한다.

"나는 요즘 그와 반대로 진화했어. 따지고 보면 나는……"

"오!" 하고 안니는 짓누르는 듯한 경멸의 태도로 말한다.

"지적인 변화로군요! 나는 눈의 흰자위까지 변해버렸어요."

눈의 흰자위까지…… 그 목소리 속의 무엇이 내 마음을 발칵 뒤집었다. 좌우간 갑자기 나는 펄쩍 뛰었다! 나는 사라진 안니를 찾아내는 것을 단념한다. 저기에 있는 여자가 바로 그녀다. 나의 마음을 흔들고, 내가 사랑하는 그 뚱뚱하고 지친 듯한 여자이다.

"나는 일종의 물리학적…… 확신이 있어요. 완전한 순간이란 없는 것 같아요. 나는 걸을 때 다리뼈에서도 그걸 느끼는걸요. 그것을 잠잘 때에도 느껴요. 잊을 수가 없어요. 거기에 계시 같은 것은 없었어요. 이러이러한 날, 이러이러한 시간부터 나의 생활이 변했다고는 말할 수가 없어요. 그러나 지금, 그것이 그저께 갑자기 생겨난 것 같아요. 나는 현기증이 나고, 편치가 않아요. 익숙하지 않아서 그런 모양이에요."

안니는 이런 말을 조용하게 한다. 그렇게도 변한 것이 자랑스러운 모양이다. 안니는 상자 위에서, 야릇한 우아함을 보이면서 몸을 흔든다. 내가 들어온 후 처음으로 그 여자는 옛날의 마르세유의 안니와 흡사하다. 안니는 나를 옛날로 돌아가게 했다. 나는 우스꽝스러운 일, 잘난 체하는 일, 섬세함 너머로, 그 이상한 우주로 다시 빠져버렸다. 나는 안니와 같이 있으면 언제나 일어나는 미열과 내 입속의 쓴맛을 다시 느꼈다.

안니는 무릎을 껴안고 있던 손을 푼다. 잠자코 있다. 그것은 세심한 침묵이다. 마치 오페라에서 무대가 일곱 박자 동안 텅 비었을 때처럼 말이다. 안니는 차를 마신 다음 잔을 놓고, 상자 끝에 주먹을 짚고 몸을 꼿꼿이 세우고 있다.

그녀는 갑자기 자기 얼굴 위에 내가 그렇게도 좋아했던, 증오로 부풀어오르고 비비 틀리고 독살스러운 메두사의 거룩한 얼굴을 나타낸다. 안니는 거의 표정을 바꾸지 않는다. 얼굴을 바꾸는 것이다. 마치 옛 배우들이 순간 가면을 바꿔버리듯이 말이다. 그 가면의 하나하나가 분위기를 만들고, 다음에 나올 어조를 부여하도록 되어 있다. 가면은 한번 나타나면 안니가 말을 하는 동안 변치 않고 있다. 그러다가 가면이 떨어지고, 그녀에게서 떠나가버렸다.

안니는 물끄러미 나를 보고 있다. 말을 하려고 한다. 가면의 위엄이 절정에 이른 그 비극적인 연설, 그 장송가(葬送歌)를 나는 기다린다.

그녀는 나에게 단 한 문장을 말한다.

"나는 살아남아 있어요."

억양이 얼굴과 도무지 어울리지 않는다. 그 억양은 비극적이 아니다. 그것은…… 소름을 끼치게 한다. 그 억양은 건조하고, 눈물도 없고, 동정심도 없는 절망을 표시한다. 그렇다. 그녀의 마음속에는 무엇인가 고칠 수 없을 만큼 말라비틀어진 것이 있다.

가면이 떨어진다. 안니가 미소를 짓는다.

"나는 전혀 슬프지 않아요. 자주 나는 그 점에 놀랐어요. 그러나 그것은 잘못된 생각이었어요. 왜 내가 슬퍼요? 전에 나는 정열가였어요. 나는 어머니를 맹렬히 증오했어요. 그리고 당신도" 하고 경멸하듯이 말한다.

"나는 당신을 열렬히 사랑했어요."

안니는 대답을 기다린다. 나는 아무 말도 안 한다.

"물론 이 모든 것은 끝났지만요."

"그걸 어떻게 알아?"

"난 알아요. 나는 나에게 정열을 불어넣어줄 어떠한 것도, 어떠한 사람도 결코 만나지 않으리라는 사실을 알고 있어요. 왜 알죠? 어떤 사람을 사랑하기 시작하면, 그것은 하나의 사업이 돼요. 에너지와 관용성과 맹목성을 가질 필요가 있어요……. 처음에는 낭떠러지 밑으로 뛰어내려야 할 순간도 있지요. 가만히 생각해보니 그런 짓을 할 수 없더군요. 나는 결코 뛰어내리지 못할 거예요."

"왜?"

안니는 아이로니컬한 시선을 내게 던지고는 대답하지 않는다. 이윽고 그녀는 말한다.

"지금 나는 죽은 정열에 둘러싸여 살고 있어요. 열두 살 때, 어느 날 어머니가 나에게 매질을 했을 때, 4층에서 뛰어내리던 그때의 아름다운 분노를 다시 찾으려고 나는 애쓰고 있어요."

안니는 아무런 관계가 없다는 듯이 덧붙여 말한다.

"물건을 너무 오래 보는 것도 좋지 않아요. 그것이 무엇인가 하고 나는 물건을 바라봐요. 그러고는 급히 눈을 돌리죠."

"그건 또 왜 그래?"

"그것들이 불쾌해요."

그러나 말해서는 안 될까? ……하여튼 비슷한 점이 확실히 있다. 전에 런던에서 우리는 거의 같은 때에, 같은 일을 생각한 적이 있다. 나는 얼마나 기쁠까, 만약…… 그러나 안니의 생각은 쳇바퀴를 도는 듯하다. 그것을 완전히 이해했다고 믿을 수 없다. 나는 그것을 똑똑히 알아야겠다.

"당신, 내 말 좀 들어봐. 나는 여태껏 한 번도 완전한 순간이 무엇인가를 알 수 없었어. 당신은 그것을 내게 한 번도 설명해주지 않았어."

"그럼요. 나도 알아요. 당신은 조금도 노력을 안 해요. 당신은 내 곁에 말뚝처럼 서 있었어요."

"그래그래, 나는 그 때문에 실패한단 말이야."

"당신이 겪은 것은 모두 당연해요. 당신은 죄가 많아요. 당신은 그 단호한 태도로 나를 괴롭혔어요. 당신은 '나 말야? 나는 정상이지……' 하는 태도였어요. 그리고 당신은 자기의 건강을 강조하는 데 열중해 있었어요. 당신은 도덕적인 건강으로 빛나고 있었어요."

"하여간 나는 골백번이나 그것이 어떤 것…… 인지 설명해달라고 부탁하지 않았던가?"

"그래요. 하지만 그 말투가 뭐예요?"

안니는 골이 나서 말한다.

"당신은 무엇인가 알고 싶을 때만 겸손해져요. 그게 진실이에요. 마치 내가 어렸을 때, 무엇을 하고 노느냐고 나에게 물어보았던 늙은 여자들처럼 싹싹한 태도로 당신은 나에게 그것을 물었어요. 사실은……."

안니는 꿈꾸듯이 말한다.

"내가 가장 증오하는 것이 당신이 아닌가 자문하고 있어요."

안니는 자기를 억제하려고 노력하다가 정신을 차리고 미소를 짓는다. 볼은 아직도 화끈거린다. 그녀는 대단히 아름답다.

"그것이 어떤 것인지 설명하겠어요. 이제는 나도 늙어서, 당신 같은 친절한 노인들에게 어린 시절의 놀이 이야기를 화도 안 내고 할 수가 있어요. 자, 말해봐요, 무엇이 알고 싶죠?"

"그것이 무엇이었는지."

"특권적인 상태에 대해서 분명히 당신에게 이야기했죠?"

"못 들은 것 같아."

"그래요."

안니는 자신 있게 말한다.

"엑스에서의 일이었어요. 그 광장의 이름은 생각이 나지 않는군요. 우리들은 태양이 내리쬐는 카페 정원에, 오렌지빛 파라솔 밑에 있었어요. 당신은 생각이 안 날 거예요. 우리들은 시트론을 마셨고, 나는 절망 속에서 죽은 파리를 발견했어요."

"그래, 아마……."

"나는 그 카페에서 그 이야기를 당신에게 했어요. 내가 어렸을 때 가지고 있었던 미슐레의 대형본(大型本)에 관해서 그것을 이야기했어요. 그것은 지금 여기 있는 것보다 훨씬 더 크고, 종이는 버섯의 안쪽처럼 푸르스름했고, 또 버섯 냄새가 났죠. 아버지가 돌아가셨을 때 조제프 아저씨가 그것을 전부 들고 가버렸어요. 그날 내가 아저씨를 돼지라고 그랬더니 어머니가 매질을 하기에 나는 창밖으로 뛰어내렸어요."

"그래, 그래…… 그《프랑스사》에 관해서 무슨 이야기를 한 것 같아. 당신은 그걸 헛간에서 읽지 않았소? 봐, 생각이 나는걸. 아까 나한테 모두 잊었다고 비난한 건 옳지 않아."

"그만둬요. 하여튼 당신이 잘 기억하는 것처럼 나는 그 두꺼운 책들을 헛간으로 가지고 가곤 했어요. 책에는 그림이 거의 없었어요. 아마 한 권에 서너 장 정도 있었을 거예요. 하지만 각 그림은 한 페이지를 전부 차지했고, 뒷장은 백지였어요. 다른 페이지들은 내용을 많이 넣으려고 2단으로 짜여 있었기 때문에 이 사실은 아주 인상적이었어요. 그 그림들을 나는 엄청나게 사랑했어요. 나는 그것들을 전부 외우고 있었기 때문에, 미슐레의 책을 읽을 때면 50페이지 전부터 그림을 기다리곤 했어요. 그것을 보는 것은 언제나 기적 같았어요. 참 세밀하게 잘 그려져 있었어요. 거기에 그려진 광경은 다음 페이지들의 내용과는 관계가 없었죠. 그 장면의 사건을 찾으려면 30페이지나 더 읽어야 했어요."

"이봐, 제발 완전한 순간 이야기를 해줘."

"나는 특권적 상태에 대해서 이야기하는 거예요. 그 그림에 그려져 있던 것이 바로 그것이었어요. 그것들을 특권적이라고 이름 붙인 것은 바로 나예요. 나는 그렇게도 드문 삽화의 주제이니, 상당한 중요성이 있는 거라고 생각했어요. 많은 그림 가운데 그것들을 택했으니까요. 더 조형적인 가치가 있는 에피소드도 있고, 더 역사적 의의가 있는 것도 있었는데 말이에요. 이를테면 16세기에 대해서는 그림이 세 장밖에 없었어요. 앙리 2세의 죽음과 기즈 공의 암살, 그러고는 앙리 4세의 파리 입성이었어요. 그래서 나는 이 사건들에는 특수한 성격이 있다고 생각했죠. 게다가 삽화들이 나의 생각을 더 굳게 해주었죠. 그림은 닳아서 팔이나 다리가 몸에 확실히 붙어 있지 않았어요. 그러나 위대해 보였어요. 이를테면 기즈 공이 암살됐을 때, 목격자들은 놀라서 손바닥을 앞으로 내밀거나 고개를 돌리면서 분노를 나타냈어요. 그것은 대단히 아름다워서 하나의 합창이라고도 할 만했죠. 세부적인 것은 망각되었다고 생각하면 안 돼요. 바닥에 넘어진 시동들, 도망치는 강아지, 왕좌 밑 계단에 앉아 있는 광대 같은 것들도 볼 수 있었어요. 이런 세세한 부분도 아주 위대하게, 하지만 서툴게 그려져 있어서 다른 부분과 조화를 이루고 있었죠. 나는 그만큼 엄밀한 통일성을 가진 그림을 본 적이 없는 것 같아요. 그런데 그것은 거기서 온 것이에요."

"특권적인 상태가?"

"결국, 내가 그것을 만들어낸 개념이 말이에요. 그것은 아주 드물고, 귀중한 특성을 띠는, 말하자면 스틸(장면사진)을 가진 상태였어요. 내가 여덟 살 때, 왕이라는 것은 하나의 특권적인 상태 같았어요. 죽는다는 것도 역시 그랬어요. 웃을지도 모르지만, 죽음의 순간이 그려진 사람들이 많이 있어요. 그리고 그 순간에 고귀한 말을 한 사람들이 많이 있어요. 진심으로 나는…… 하여튼 일종의 고통이 시작될 때, 사람은 자기 자신을 초월하게 된다고 나는 생각해요. 게다가 빈소(殯所)에 들어가는 걸로 충분했어요. 죽음은 하나의 특권 상태라서, 그 무엇이 거기에서 쏟아져 나와 보고 있는 모든 사람에게 전달돼요. 일종의 위대함이에요. 아버지가 돌아가셨을 때 마지막으로 아버지 얼굴을 보도록 아버지 방에 나를 데리고 갔어요. 계단을 올라갈 때, 나는 참 불행했어요. 그러나 동시에 일종의 종교적인 기쁨에 취했어요. 나는 마침내 특권적인 상태에 들어갔죠. 나는 벽에 기대서, 해야 할 동작을 하려고 했지요. 그러나 숙모와 어머니가 침대 곁에 엎드려서 우는 바람에 모든 것을 망쳐버렸어요."

안니는 마치 그 추억이 아직도 괴롭다는 듯이, 유머를 섞어서 그 마지막 말을 했다. 잠자코 있다. 눈을 움직이지 않고 눈썹을 올린 채, 안니는 다시 한번 그 광경을 재생하려고 이 기회를 이용하고 있다.

"나중에 나는 그것을 확대했어요. 나는 거기에 먼저 새로운 상태, 즉 사랑을(물론 육체 관계를 말하지만) 첨가했어요. 자, 왜 내가 당신의…… 요구에 응하지 않았는가를 당신이 이해하지 못했다면, 그것을 알 기회가 왔어요. 나에게는 구원해야 할 그 무엇이 있었어요. 그리고 더 많은 특권적 상태를 헤아릴 수 있다고 생각했어요. 마침내는 그것이 무한하다는 것을 인정하게 되었죠."

"그렇지. 그런데 그것은 도대체 어떤 것이었어?"

"이미 말했잖아요?"

안니는 놀라서 말한다.

"벌써 15분이나 설명했어요."

"결국, 사람이 열중해서, 이를테면 증오나 사랑에 사로잡혀야만 한다는 것인지, 아니면 사건의 외양이 위대해야만 한다는 것인지, 다시 말하면 사람이 볼 수 있는 것이……"

"둘 다예요…… 경우에 달렸죠" 하고 안니는 기분이 상해서 대답한다.

"그러면, 완전한 순간이란 특권적 상태와 무슨 관계가 있지?"

"완전한 순간이란 나중에 와요. 우선 예고 신호가 있고, 다음에 특권적 상태가 천천히, 엄숙하게 사람들의 삶 속으로 들어와요. 그때에, 우리가 그것을 완전한 순간으로 만들지 말지를 알아야 할 문제가 생겨요."

"그래."

나는 말한다.

"알았어. 특권적 상태마다 해야 할 행위가 있고, 취해야 할 태도가 있고, 해야 할 말이 있다 — 그리고 다른 태도, 다른 말은 엄격하게 금지되어 있다 이런 거지?"

"그런 거예요……."

"결국 상태는 재료군. 그것은 처리되기를 기다리고 있다 — 그런 말이지?"

"맞았어요."

안니가 말한다.

"우선 예외적인 그 무엇 속에 빠질 필요가 있어요. 그러고는 거기에 질서를 부여한다고 느껴야 해요. 만약 이 모든 조건이 실현되면, 그 순간은 완전해졌을 거예요."

"결과적으로, 그것은 일종의 예술 작품이었군."

"잘 아시는군요."

답답하다는 듯이 안니는 말한다.

"그렇지만, 아니…… 그것은 하나의…… 의무였어요. 특권적 상태를 완전한 순간으로 변형해야만 했어요. 그것은 도덕적인 문제였어요. 그래요, 당신이 웃어도 좋아요. 도덕적인 거예요."

나는 전혀 웃지 않고 자발적으로 말한다.

"나도 내 잘못을 인정해. 나는 결코 당신을 이해한 적이 없었어. 정말 진심으로 당신을 도우려고 한 적이 없었지. 만약 내가 알았으면……."

"고맙군요, 대단히 고마워" 하고 안니는 비꼬듯이 말한다.

"당신의 뒤늦은 후회로 감사받을 생각은 하지 말았으면 좋겠어요. 게다가 나는 당신을 원망하고 싶지도 않아요. 내가 당신에게 분명하게 설명하지 않은 것은 사실이에요. 나는 바보라서 아무에게도, 당신에게도…… 특히 당신이었기 때문에 더욱 말할 수가 없었어요. 그때 엉뚱하게 그 무엇이 엉뚱한 소리를 내는 일이 늘 있었어요. 그때면 나는 미친 것 같았어요. 그러나 나는 내가 할 수 있는 모든 것을 할 것 같았어요."

"무엇을 해야만 했지? 무엇을?"

"당신은 정말 바보야. 예를 들 수는 없어요. 그것은 경우에 달렸어요."

"당신이 하려고 했던 것을 말해봐요."

"아니, 말하고 싶지 않아요. 그러나 원한다면, 내가 학교에 다닐 때, 아주 감격한 이야기를 해줄게요. 전쟁에 져서 포로가 된 왕이 있었어요. 왕은 승리자의 진지 한 모퉁이에 있었어요. 왕은 자기 아들과 딸이 결박당한 채 지나가는 것을 보았으나 울지 않았어요. 그는 아무 말도 안 했어요. 다음에 왕은 역시 결박된 종들이 지나가는 것을 보고, 그는 몸부림치며 자기 머리칼을 잡아뜯곤 했대요. 당신도 예를 만들어낼 수 있어요. 알겠지만, 울어서는 안 되는, 또는 비인간이 되어야 할 경우가 있어요. 그러나 발등이 찍히면 불평을 하든지, 울든지, 한 발로 깡충깡충 뛰든지, 하고 싶은 행동은 무슨 행동이든 할 수 있어요. 항시 금욕주의를 지킨다는 것은 어리석은 일이에요. 그러면, 공연히 기진맥진할 뿐이에요."

안니는 미소를 지으면서 말한다.

"전에는 금욕주의 '이상'이어야만 했어요. 물론 당신은 내가 처음으로 당신에게 키스한 생각이 안 나겠죠?"

"아니, 잘 생각나" 하고 나는 의기양양하게 말한다.

"템스 강가의 키유 공원에서였어."

"하지만 당신은 내가 쐐기풀 위에 앉아 있었다는 것은 절대로 몰랐을 거예요. 옷이 들려서 넓적다리는 찔린 자국투성이였고, 조금이라도 움직이면 더 따가웠어요. 그런데, 그때 금욕주의만으로는 부족했을 거예요. 당신은 나를 조금도 괴롭히지 않았어요. 나는 별로 당신의 입술을 원하지도 않았어요. 내가 당신에게 주려고 했던 그 키스가 가장 중요했죠. 그것은 하나의 계약, 하나의 약속이었거든요. 그러니까 그 고통은 무례한 것이라는 것을 당신은 알 거예요. 그와 같은 순간에 넓적다리를 생각한다는 것은 용서될 수 없는 일이었어요. 나의 고통에 주의를 기울이지 않는다는 것만으론 부족했어요. 괴로워해서는 안 됐어요."

안니는 나를 자랑스럽게 본다. 자기가 한 일이 아직도 놀라운 모양이다.

"내가 당신에게 주려고 결심했던 그 키스를 얻으려고 당신이 버티고 있었던 시간 내내, 당신의 청을 받으려고 기다리던 ─ 왜냐하면 그것은 형식을 밟아서 주어야 했으니까 ─ 20여 분간 나는 완전히 정신을 잃고 말았어요. 그러나 나의 피부는 민감해요. 나는 우리가 일어섰을 때까지 '아무것도' 느끼지 않았어요."

그렇다. 바로 그렇다. 모험이라곤 없다 ─ 완전한 순간이란 없는 법이다. 우리들은 똑같은 환상을 잃어버린 것이다. 우리는 같은 길을 걸었던 것이다. 나는 나머지 일을 추측한다 ─ 나는 안니 대신 말하고, 안니가 하지 않은 말까지도 말할 수 있다.

"그래서 당신은 당신의 결말을 망치는, 눈물을 흘리는 노파나 머리가 붉은 작자나 그외 무엇이 있다는 것을 알았단 말이지?"

"그럼, 물론이에요" 하고 안니는 태연스럽게 말한다.

"그래?"

"이봐요. 붉은 머리 남자의 서툰 행동을 조만간 나는 단념했을지도 몰라요. 하여튼 우리들은 남들이 자신의 역할을 하는 데 흥미를 느낄 만큼 선량했었죠. 아니, 차라리……."

"특권적인 상태가 없단 말이오."

"그래요. 증오, 사랑, 또는 죽음이 성령강림제(聖靈降臨祭)의 불꽃처럼, 우리들 위에 내려온다고 생각했어요. 증오나 죽음으로 사람이 빛날 수 있다고 생각했어요. 지독한 오산이지요. 그래요, 정말로 '증오'가 존재하고, 그것이 사람들 위에 자리잡고, 그들을 그 사람 자신들 이상으로 높인다고 생각했어요. 나 혼자 증오하고 사랑하는데 말이죠. 그런데 나는 항상 같아요. 늘어나고 늘어나는 밀가루 반죽…… 그것은 서로 닮아서 모두들 뭐라고 이름을 붙이고, 어떻게 구별할까 의심스러울 정도지요."

안니는 나처럼 생각한다. 나는 그녀와 헤어진 일이 없는 것 같았다.

"이봐."

나는 그녀에게 말한다.

"나는 얼마 전부터 당신이 관대하게도 나에게 준, 그 이정표의 역할보다 더 마음에 드는 일을 생각하고 있었어. 그것은 우리들이 동시에 같은 방법으로 변했다는 사실이야. 나는 점점 멀어져가는 당신을 보고, 또 영원히 당신의 출발점을 기록하도록 선고받는 것이 더 낫지. 당신이 나에게 말한 모든 일, 그것을 나는 당신에게 이야기하러 왔소— 다른 말로 말이오. 우리들은 도착 지점에서 만날 거요. 나는 얼마나 기쁜지 모르겠소."

"그래요?"

안니는 부드럽게, 그러나 고집이 센 태도로 말한다.

"그럼, 당신이 변하지 않는 것이 나는 더 좋아요. 그것이 더 편리했어요. 나는 당신과 달라요. 누군가가 나하고 같은 일을 생각했다는 것을 알게 되면 불쾌해요. 그건 어쨌든 당신이 잘못 생각하고 있는 거예요."

나는 안니에게 나의 모험에 대해 이야기한다. 나는 존재에 대해서 이야기한다— 아마도 너무 길게 이야기를 한 모양이다. 안니는 눈을 크게 뜨고, 눈썹을 올리며 열심히 듣고 있다. 내가 말을 맺었을 때, 안니는 무거운 짐을 내려놓은 것처럼 가뿐한 모양이었다.

"그럼, 당신은 전혀 나와 같은 생각은 하지 않는군요. 당신은 조금도 노력하지 않고 다만 사물이 당신 주위에 꽃다발처럼 놓여 있지 않다는 것을 못마땅하게 생각해요. 그러나 나는 절대로 당신처럼 그렇게는 바라지 않았어요. 나는 행동하고 싶었어요. 우리가 모험가 노릇을 했을 때, 당신은 모험을 기다리는 쪽이었고, 나는 모험을 생겨나게 만드는 쪽이었죠. '나는 행동가예요'라고 내가 말했죠. 생각나세요? 하여간 나는 지금 이렇게만 생각해요. 아무도 행동가가 될 수 없다고요."

내가 알아듣지 못한 것처럼 보였던 모양이다. 왜냐하면, 안니가 열을 내며 더 강한 어조로 말을 이었기 때문이다.

"그리고, 내가 당신에게 말하지 않은 이야기가 많이 있어요. 왜냐하면 당신에게 설명하려면 너무 오래 걸리니까요. 이를테면, 내가 행동할 때…… 나의 행동에는 숙명적인 연결이 있을 것이라고 생각해야 했어요. 잘 설명이 안 되는군요……."

나는 적이 현학적인 태도로 말한다.

"나도 그런 생각을 했지만, 그것은 전혀 소용없는 일이야."

안니는 믿지 못하겠다는 태도로 나를 본다.

"당신 말을 믿으면, 당신은 나하고 같은 방법으로 모든 일을 생각한 폭이군요. 놀라운걸요."

나는 안니를 설복할 수가 없다. 초조감을 북돋울 뿐이다. 나는 입을 다문다. 나는 그녀를 껴안고 싶다. 갑자기 그녀는 의아스러운 눈으로 나를 본다.

"그러면 당신이 만약 이 모든 것을 생각했다면 어떻게 해야 옳은가요?"

나는 고개를 숙인다.

"나는…… 나는 연명하고 있어요" 하고 안니는 우울하게 되풀이한다.

내가 뭐라고 말할 수 있단 말인가? 내가 생존 이유를 알고 있단 말인가? 나는 그녀처럼 절망에 빠져 있지는 않다. 왜냐하면 나에겐 큰 기대가 없기 때문이다.

나는 차라리…… 나에게 주어진—'까닭 없이' 주어진 이 인생과 맞서서 놀라고 있다. 나는 고개를 숙인 채이다. 지금의 안니 얼굴을 보고 싶지 않다.

"여행 중이에요" 하고 음울한 목소리로 안니가 계속했다.

"스웨덴에서 돌아오는 길이에요. 베를린에 일주일 머물렀어요. 나를 돌봐주는 남자가 있어서……."

그녀를 껴안아서…… 무슨 소용이 있단 말이냐? 나는 그녀를 위해서 아무것도 해줄 수 없다. 그녀는 나처럼 고독하다.

안니는 더 유쾌한 목소리로 나에게 말한다.

"뭘 그렇게 중얼대고 있어요?"

나는 눈을 치켜뜬다. 그 여자는 다정하게 나를 본다.

"아무것도 아냐. 어떤 일을 생각하고 있을 뿐이야."

"오, 이상한 사람이군요! 그럼 말을 하든가, 잠자코 있든가 해요."

나는 '역원 회관' 이야기, 내가 유성기에 틀게 하는 낡은 래그타임 이야기, 그것이 내게 가져오는 야릇한 행복감 이야기를 한다.

"나는 혹 그쪽에서 발견하거나 찾아낼 수 있지 않을까 생각하고 있었소……."

안니는 아무 대답도 안 한다. 내가 말한 것에 별로 흥미가 없는 모양이다.

그래도 좀 있다가 안니는 말을 잇는다 ― 그런데 안니가 자기 생각을 말하는 것인지, 내가 방금 말한 데에 대한 대답을 하는 것인지를 분간할 수 없다.

"그림들, 동상들, 모두 쓸모가 없어요. 내 '정면에서' 아무 소용이 없어요. 음악……."

"그러나 연극에서는……."

"아니, 뭐라고요? 연극이라고요? 당신은 모든 예술을 나열할 생각인가요?"

"전에 당신은 무대 위에서는 완전한 순간을 실현할 수 있을 테니까, 그러니까 연극이 하고 싶다고 말하곤 했어!"

"그래요, 나는 그것을 실현했어요! 타인을 위해서 말이에요. 나는 먼지 속에, 바람 줄기 아래에, 강한 광선 밑에, 종이로 만든 무대 도구 사이에 있었어요. 상대방은 대개 손다이크였어요. 카벤트 가

든에서, 그 사람이 연기하는 것을 봤죠. 나는 그 사람 앞에서 웃음이 터질까 봐 늘 걱정이었어요."

"그럼 당신은 한 번도 당신 역할에 몰두해보지 못했단 말이오?"

"가끔, 약간은 그랬어요. 그러나 한 번도 완전히 그러지는 못했어요. 모든 배우들에게 중요한 것은 정면에 있는 검은 구멍이에요. 거기에는 사람이 많이 있지만 보이지는 않아요. 물론, 우리는 그 사람들에게 완전한 순간을 보여주죠. 하지만 들어봐요. 그 사람들은 그 완전한 순간에 살지 않고 있었어요. 그 순간은 그네들 앞에서 전개하고 있었죠. 우리 배우들도 그 속에서 살고 있었다고 생각하죠? 결국 그 순간은 아무 데도, 그 난간의 이쪽에도 저쪽에도 존재하지 않고 있었어요. 그러나 모든 사람들은 그 생각을 하고 있었죠. 알겠어요, 도련님?" 하고 안니는 거의 조롱하듯 길게 목소리를 뽑으면서 말한다.

"나는 모든 것을 날려보겠어요."

"나도 책을 쓰려고 했⋯⋯."

안니는 나를 가로막았다.

"나는 과거에 살고 있어요. 나는 나에게 생긴 모든 일을 다시 회상해서 그것을 정리해요. 멀리서 이와 같이. 그것은 나쁘지 않아요. 그리고 거기에 거의 사로잡혀버릴 지경이에요. 우리의 모든 사건도 제법 아름다운 이야기가 돼요. 손가락으로 몇 번 누르면 일련의 완전한 순간이 이룩돼요. 그러면 나는 눈을 감고, 내가 아직 그 속에 살고 있다고 상상을 해요. 다른 인물들도 있어요⋯⋯. 정신을 집중할 줄 알아야만 해요. 내가 무슨 책을 읽었는지 모르죠? 로욜라의

《정신적 훈련》이란 책이에요. 그것은 나에게 유익했어요. 우선 무대장치를 설치하고, 다음에 인물을 등장시키는 방법이 있어요. 그러면 '볼' 수 있게 되거든요."

그녀는 마술사 같은 태도로 덧붙여 말한다.

"그런데 그것은 나를 조금도 만족시키지 않는데……."

내가 말한다.

"나는 그것에 만족한다고 생각하오?"

우리는 잠시 동안 잠자코 있다. 저녁때가 되었다. 나는 안니 얼굴의 창백한 티를 겨우 식별할 정도이다. 안니의 검은 옷이 방 안에 기어든 어둠 속에서 녹아버렸다. 나는 기계적으로 잔을 든다. 거기에는 아직 차가 조금 남아 있었기에, 그것을 입에 갖다 댄다. 차는 식었다. 나는 담배를 피우고 싶었으나 감히 피울 수가 없었다. 우리는 서로 할 말이 없다는 사실이 괴롭다. 어제만 하더라도 나는 안니에게 질문할 것이 많았었다. 안니가 어디에 있었나? 무엇을 했나? 누구를 만났나? …… 등등. 그러나 이것은 안니가 자발적으로 이야기할 때만 흥미가 있는 일이었다.

지금 나에게는 호기심이 없다. 그 모든 나라, 그녀가 통과한 모든 도시, 안니를 쫓아다녔던, 그리고 아마 안니가 사랑했던 모든 남자들, 이 모든 것이 안니에게는 관계가 없었다. 이런 것은 근본적으로 안니에게는 무관심한 것들이다. 어둡고 찬 바다의 표면에 비치는 태양의 미광 같은 것이다. 안니는 내 앞에 있다. 우리는 4년간 만나지 않았다. 그런데 우리는 더 이상 할말이 없다.

"이제 당신은 가야 해요. 난 누굴 기다리고 있는 중이에요."

문득 안니가 말한다.

"그 사람을……?"

"독일 사람이에요. 화가요."

안니는 웃기 시작한다. 그 웃음소리는 어두운 방에서 이상하게 울린다.

"그럼, 우리와는 다르겠군 — 아직은 말이야. 그 사람은 행동하고, 낭비하겠지."

나는 부득이 일어선다.

"언제 또 만날 수 있을까?"

"몰라요. 내일 저녁에 런던으로 떠나니까."

"디에프로 해서?"

"네, 그다음엔 이집트로 갈 거예요. 아마 오는 겨울에는 다시 파리를 지나갈 거예요. 편지할게요."

"내일은 온종일 틈이 나는데……" 하고 나는 기어들어가는 소리로 말한다.

"그래요. 하지만 나는 할 일이 많아요."

안니는 쓸쓸한 어조로 말한다.

"만날 수 없어요. 이집트에서 편지할 테니 주소나 적어줘요."

"그러지……."

나는 어둠 속에서, 봉투 끝에다 나의 주소를 긁적거린다. 부빌을 떠날 때, 편지를 전해 달라고 프랭타니아 호텔에 말해둬야겠다. 내심으로는 안니가 편지를 쓰지 않으리라는 것을 나는 잘 알고 있다. 아마 10년 후에나 다시 볼 수 있으리라. 어쩌면 이것이 마지막 만남

일지도 모른다. 나는 단지 안니와 헤어진다는 사실 때문에 기가 죽은 것은 아니다. 나의 고독을 되찾는다는 사실이 두렵다.

안니는 일어선다. 문턱에서 나에게 살짝 키스를 한다.

"당신의 입술을 회상하기 위해서예요."

웃으면서 안니는 말한다.

"나의 '정신적 훈련'을 위해서 추억을 젊어지게 할 필요가 있어요."

나는 안니의 팔을 잡아당긴다. 반항하지 않았으나, 고개를 살래살래 흔든다.

"안 돼요. 이젠 흥미가 없어요. 다시 시작할 수 없어요…… 게다가 사람이라면 다 할 수 있는 일이니까, 누구든지 당신보다는 좀 잘생긴 남자가 더 나아요."

"이제부터 어떻게 할 생각이야?"

"말했잖아요? 영국에 가요."

"그게 아니고, 내 말은……."

"그럼, 아무것도 없어요!"

나는 안니의 팔을 놓지 않았다. 그리고 부드럽게 말한다.

"그럼, 만나자마자 이별이로군."

이제 나는 안니의 얼굴을 확실히 구별한다. 갑자기 그 얼굴은 창백해지고 팽팽해진다.

늙은 여자의 아주 무서운 얼굴이다. 안니가 그런 얼굴을 일부러 지어내지 않은 것은 확실하다. 모르는 사이에 본의 아닌 그런 얼굴이 거기에 있었다.

"아녜요."

그녀는 천천히 말한다.

"아니에요, 만난 것도 아니에요."

안니는 팔을 빼낸다. 문을 열자 복도에는 전등이 반짝이고 있다. 안니는 웃기 시작한다.

"가엾어라! 재수가 없는 사람이야. 처음으로 멋진 연기를 보여주었는데, 아무도 감상을 하지 않으니. 자, 가요."

내 뒤에서 문이 닫히는 소리가 들린다.

## 일요일

오늘 아침에, 기차 시간표를 알아보았다. 거짓말이 아니었다면, 안니는 5시 38분에 디에프행 열차로 출발할 것이다. 어쩌면 그 사람이 자동차로 안니를 데리고 갈지도 모르지! 나는 아침 나절 내내 매닐몽탕 가에서 방황하다가, 오후에는 천변가를 거닐었다. 몇 걸음, 몇몇 벽돌이 나를 안니와 갈라놓고 있었다. 5시 38분이 되면, 우리들이 주고받은 어제의 대화는 하나의 추억이 될 것이다. 자신의 입술로 나의 입술을 살짝 건드린 그 뚱뚱한 여자는 메크네스의, 런던의 마른 소녀와 과거 속에 합체해버릴 것이다. 그러나 아직, 아무것도 지나가버리지는 않았다. 안니는 아직 거기에 있었으며, 아직은 그녀를 다시 만나, 설복시켜 영원히 나의 반려자로 삼을 수 있으니 말이다. 나는 아직 고독하지 않다.

안니의 생각을 잊고 싶었다. 왜냐하면, 그녀의 육체와 얼굴을 상상하려고 나는 몹시 신경이 날카로워졌기 때문이다. 손은 떨리고, 차가운 전율이 스쳐 갔다. 나는 고본 서점의 선반에서 특별히 음탕

한 책들을 뒤적거리기 시작했다. 그것이 무엇보다 나의 마음을 끌었기 때문이다.

오르세 역의 시계가 5시를 쳤을 때, 나는 '회초리를 가진 의사'라는 제목이 붙은 책의 삽화를 보고 있었다. 삽화들은 거의 비슷했다. 대부분의 그림들에는 벌거벗은 볼기짝 위에서 채찍을 휘두르는 몸집이 큰 털보가 그려져 있었다. 5시라는 것을 알자, 나는 그 책을 다른 책들 위에 팽개치고 택시를 집어탔다. 택시는 나를 생라자르 역으로 데리고 갔다.

약 20분 동안 플랫폼을 거닐다가 그들을 보았다. 안니는 커다란 털외투를 입고 있었기 때문에 귀부인처럼 보였다. 그리고 조그마한 베일을 쓰고 있었다. 남자는 낙타 외투를 입고 있었다. 머리는 금발이었고, 아직 젊은 데다가 키가 크고 잘생겼다. 분명히 외국인이었으나 영국 사람은 아니었다. 아마 이집트 사람일 것이다. 그들은 나를 보지 못하고 기차에 올라탔다. 그들은 서로 말도 안 했다. 그러자 남자가 도로 내려와서 신문을 샀다. 안니는 자기 찻간의 유리창을 내렸다. 나를 본 것이다. 안니는 오랫동안 화도 안 내고, 무표정한 눈으로 나를 보고 있었다. 이윽고 남자가 차에 도로 올라타자, 기차는 떠났다. 그 순간, 나는 옛날에 우리가 점심을 먹곤 했던 피커딜리의 식당을 분명히 보았다. 그러고는 모든 것이 깨어졌다. 나는 걸었다. 피곤해지자, 나는 카페에 들어가서 잠에 빠졌다. 웨이터가 와서 나를 깨웠다. 나는 이것을 반은 자면서 쓰고 있다.

나는 내일 정오 기차로 부빌에 돌아가야겠다. 짐을 꾸리고 은행에서 정리를 하는 데, 이틀이면 충분하리라. 프랭타니아 호텔에서는, 내가 미리 알리지 않았으니까 반달치는 더 받으려고 할 것이다. 또 빌린 책을 반납하러 도서관에도 가야겠다. 하여튼 주말까지는 파리로 돌아와야지.

파리로 옮긴다고 대체 무슨 이득이 있을까? 어디나 마찬가지이다. 하나가 강으로 갈라져 있다면 하나는 바다에 둘러싸여 있다. 그것을 제외하면, 두 도시는 비슷하다. 사람들은 헐벗은 황무지를 선택해서, 거기에서 쪼개진 큰 돌을 굴린다. 그 돌 속에는 공기보다 더 무거운 냄새가 갇혀 있다. 가끔 사람들은 그 냄새를 창문을 통해서 거리에 내버린다. 냄새는 바람이 그것들을 갈기갈기 찢어놓을 때까지 거기에 남아 있다. 날씨가 맑을 때에는 소리가 도시의 한끝에서 들려와서, 모든 벽을 뚫고, 다른 끝으로 가서 모든 벽을 돈 후에 사라진다. 어떤 때는 태양에 타고, 추위 때문에 금이 간 돌 사이로 뱅뱅 돈다.

나는 도시가 두렵다. 그러나 거기서부터 나갈 수는 없다. 만약 너무 멀리까지 모험을 해서 가면 '식물'의 권내(圈內)에 부딪친다. '식물'은 도시를 향해서 수킬로미터를 땅에서 기고 있다. 그것은 기다리고 있다. 도시가 죽을 때, 식물은 도시에 침입할 것이고, 돌에 기어 올라가서 그것들을 조르고, 뒤지고, 그 기다란 검은 집게로 돌을 부술 것이다. 식물은 구멍들을 틀어막을 것이고, 도처에 초록빛 발을 늘어뜨릴 것이다. 도시가 살아 있는 한, 그 속에 머물러 있어야만 한다. 도시의 입구에 있는 그 거창한 머리카락 아래 혼자서 침입해서는 안 된다. 그 머리카락이 물결치도록 아마도 보는 사람이 없는 채로 덜거덕거리게 놓아두어야 할 것이다. 만약 사람이 도시 속에서 적당히 몸을 둘 줄 알고, 짐승들이 그 구멍 속에서, 유기적인 부스러기의 퇴적 뒤에서 소화를 하고 잠자는 시간을 선택할 줄 안다면, 사람은 존재하는 것들 중에서 가장 덜 무서운 광석밖에 부딪치지 않는다.

나는 부빌로 돌아가련다. 식물은 부빌을 세 방향에서만 포위하고 있다. 네 번째 면에는 커다란 구멍이 있어, 혼자 움직이고 있는 검은 물이 있다. 바람이 집들 사이에서 분다. 냄새가 다른 곳보다 덜 오래 남아 있다. 그 냄새는 바람에 밀려 바다 위로 쫓겨가서, 엷은 안개처럼 검은 물과 수평으로 달린다. 비가 온다. 사람은 울타리를 사방에 두르고 식물을 자라게 했다. 식물은 그 잎이 무성한 한 거세되고, 길들여져서 무해하다. 그것들은 귀처럼 아래로 늘어진 커다랗고 희끄무레한 잎새들을 가지고 있다. 만져보면 연골과도 같다. 하늘에서 내리는 그 온갖 물 때문에, 부빌에서는 모든 것이 기름지고 희다. 나는 부빌로 돌아가련다. 얼마나 무서운 일이냐!

깜짝 놀라서 눈을 뜬다. 자정이다. 안니가 파리를 떠난 지 여섯 시간이 된다. 배는 떠났다. 안니는 선실에서 자고 있고, 그 금발의 미남자는 갑판에서 담배를 피우고 있다.

### 화요일, 부빌에서

이것이 자유라는 것일까? 눈 아래에서는 마당들이 도시를 향해서 힘없이 내려가고 있고, 마당마다 집이 한 채씩 서 있다. 나는 바다를 본다. 무겁고 움직이지 않는 바다. 나는 부빌을 본다. 날씨가 좋다.

나는 자유롭다. 살아야 할 아무런 이유도 없다. 애써 찾아낸 모든 이유들은 사라지고, 다른 이유는 이미 생각할 수가 없다. 아직 충분히 젊고, 새 출발을 하기에 충분한 힘이 남아 있다. 그러나 무엇을 새 출발해야 하나? 가장 혹독한 공포들과 구역들에서 안니가 나를 구해줄 거라고 얼마나 간절하게 기대하고 있었던가. 이제야 그것을 깨닫는다. 나의 과거는 죽었다. 드 롤르봉 씨는 죽었다. 안니는 나에게서 모든 희망을 빼앗아갔을 뿐이다.

나는 마당과 마당 사이로 난 그 흰 길 속에서 고독하다. 고독과 자유, 그러나 이 자유는 어딘지 죽음과 비슷하다.

오늘로써 나의 생활은 마침표를 찍는다. 나는 내일 나의 발밑에 벌어져 있는 이 도시에서 떠나고 없을 것이다. 거기서 나는 그렇게도 오래 살았건만. 이 도시는 땅딸막하고, 시민적이고, 대단히 프랑스적인 이름에 불과해질 것이다. 나의 기억 속에서 그 이름은 플로렌스나 바그다드란 이름이 주는 의미밖에는 가질 수 없으리라. "그런데 나는 부빌에 있었을 때, 하루 종일 대체 무엇을 하고 지냈을까?" 하고 자문하는 시기가 오리라. 그리고 이 태양, 이 오후에 대해서 아무것도, 아무런 추억조차 남지 않으리라.

나의 온 생활은 내 뒤에 있다. 나의 생활의 전체를 본다. 나를 여기까지 끌고 온 그 형태와 그 느린 동작을 본다. 거기에 대해서는 할 말이 거의 없다. 그들은 내 돈을 전부 빼앗아 간 한 판의 노름이었다. 그뿐이다. 내가 엄숙하게 부빌에 들어온 지 3년이 된다. 나는 첫 판에서 졌다. 두 번째 다시 걸었으나 역시 졌다. 나는 노름에서 진 것이다. 동시에 나는 사람이 늘 진다는 사실을 알았다. 이긴다고 생각하는 놈은 개자식들뿐이다. 이제, 나는 안니처럼 하겠다. 나는 연명하련다. 먹고 자고, 자고 먹고, 나무들처럼, 물탕처럼, 전차의 붉은 의자처럼, 천천히 고요하게 존재하련다.

'구토'는 나에게 짧은 순간을 남겨준다. 그러나 그것이 다시 찾아오리라는 것을 나는 알고 있다. 내게는 보통 상태인 것이다. 다만 오늘 나의 몸은 견디기에 너무나 기진맥진해 있다. 병자들도, 그들의 병에 대한 의식을 잊게 만드는 가냘픈 시간을 갖는다. 나는 따분하다. 그뿐이다. 가끔 눈물이 날 정도로 나는 하품을 한다. 그것은 깊고 깊은 권태이며, 존재의 깊은 마음이며, 그것으로 내가 만들어진 소재 자체이다. 나는 자신을 소홀히 하지 않는다. 오히려 반대이다. 오늘 아침에 목욕을 하고 면도를 했다. 다만 그 모든 꼼꼼한 행동을 다시 생각해보니, 어떻게 내가 그 행동을 했는지 이해할 수가 없다. 그런 행동은 그처럼 헛된 일이다. 아마 나에게 그런 행동을 시킨 것은 습관일 것이다. 습관은 없어지지 않았다. 그것들은 여전히 분주하다. 조용히, 약삭빠르게 그들의 피륙을 짜고 있다. 습관은 유모처럼 나를 씻겨주고, 닦아주고, 옷을 입혀준다. 나를 이 언덕까지 인도한 것도 역시 습관이었던가? 어떻게 여기에 왔는가를 생각해낼 수가 없다. 틀림없이, 도트리 계단을 통해서이다. 정말 나는 그 열 계단을 하나하나씩 올라왔던가? 아마도 더욱 상상하기 어려운 것은 곧 내가 그 계단을 다시 내려가는 일일 것이다. 그러나 나는 알고 있다. 잠시 '코토 베르' 아래 있을 것이며, 얼굴을 들고 그렇게도 가까운 집들의 창문들이 멀리서 반짝이는 것을 볼 수 있을 것이다. 멀리, 나의 머리 위에. 그리고 이 순간, 내가 빠져 나올 수 없는, 나를 가두고 사방에서 나를 에워싸고 있는 이 순간, 나를 만들고 있는 이 순간은 희미한 꿈에 지나지 않게 될 것이다.

나는 눈앞에 있는 부빌의 회색 광휘를 본다. 그것은 햇빛 아래에 있는 조개더미, 돌 부스러기나 자갈 더미와 비슷하다. 그 파편 속에 버려진 유리나 운모의 가냘픈 빛이 간헐적으로 가벼운 불꽃을 던진다. 조개 껍데기들 사이를 달리는 개울, 개천, 가느다란 고랑은 한 시간 내에 거리가 될 것이며, 나는 벽 사이로 그 길을 걸을 것이다. 블리베 가에서 내가 볼 수 있는, 그 검고 작은 인간들. 나는 한 시간 내에 그중의 한 사람이 될 것이다.

이 언덕 위에서 나는 얼마나 그들과 멀리 떨어져 있는가를 느낀다. 내가 다른 족속에 속해 있는 것 같다. 그들은 하루의 일을 끝내고 사무실에서 나온다. 그들은 만족한 태도로 집과 광장 들을 바라보고, 그것이 '그들의' 도시이고, '훌륭한 상업 도시'라고 생각한다. 그들은 두려움을 느끼지 않는다. 자기 집에 있듯이 편하다. 그들은 수도꼭지 속을 흐르는, 먹을 수 있도록 한 물, 스위치를 누르면 전등에서 솟아 나오는 빛, 바지랑대로 받친 잡종인 자생의 나무들…… 밖에는 결코 보지 못했다. 모든 것은 메커니즘에 의해서 만들어졌고, 세계는 일정하고 요지부동인 법칙에 순종한다는 증거를 그들은 하루에 백번도 더 보고 있다. 허공에 내던진 물체는 모두 같은 속도로 떨어진다. 공원은 매일 겨울에는 오후 4시에, 여름에는 오후 6시에 닫힌다. 납은 335도에서 녹고, 전차는 막차가 오후 11시 5분에 시청 앞에서 떠난다. 그들은 태연하지만, 약간 우울하다. 그들은 '내일'을 생각하지만, 그것은 말하자면 또 하나의 오늘에 지나지 않는다. 도시들은 아침마다 똑같이 돌아오는 단 하루를 가지고 있을 뿐이다. 일요일이면 사람은 약간 장식을 한다. 바보들 같으니. 내가 그들의 태연하고 안심한 얼굴을 다시 보게 되리라는 것을 생각하면 가슴이 뒤집힌다. 그들은 법률을 제정하고, 대중소설을 쓰고, 결혼을 하고, 자식을 만드는 엄청난 바보짓을 한다. 그러나 그들의 도시 속으로, 사무실 속으로, 막막한 대자연이 스며들었다. 그 자연은 도처에 그들의 집 속으로, 사무실 속으로, 그들 자신 속으로 스며들었다. 자연은 움직이지 않는다. 조용히 하고 있고, 그네들은 속이 자연으로 충만해서 자연을 호흡하고 있으면서도 자연을 보지 못한다. 그들은 자연이 그들의 외부에, 그들 도시에서 50킬로미터 밖에 자연이 있다고 상상한다. 나는 자연을 '본다'. 그 자연, 그것을 '본다'…… 그 복종(服從)은 게으름이고, 자연에는 법칙이 없다는 것을 나는 알고 있다. 그들은 그것을 항구적인 것으로 간주하고 있는 것이다……. 자연에는 습관만이 있고, 자연은 습관을 내일이라도 바꿀 수가 있다.

무슨 일이 만약 생긴다면? 자연이 만약 갑자기 발딱거리기 시작한다면? 그때 그네들은 자연이 거기에 있고, 그들의 가슴이 삐그덕거리는 것을 느낄 것이다. 그때 그들의 둑, 그들의 성벽(城壁), 그들의 발전소, 그들의 용광로가 무슨 소용이 있을 것인가? 그것은 언제든지, 아마 당장에라도 일어날 수 있는 일이다. 전조가 거기에 있으니 말이다. 이를테면, 어떤 아버지가 산책을 하다가 바람결에 붉은 걸레가 자기에게로 날아오는 것을 볼 것이다. 그 걸레가 아주 가까운 데까지 왔을 때, 그는 그것이 기다가 뛰다가 하면서 질질 끌려오는, 먼지가 묻은 한 조각의 고기 덩어리라는 것을 알게 될 것이다. 피를 경련적으로 내뿜으면서 개천 속에서 뒹구는, 괴로운 고기 덩어리를 볼 것이다. 그렇지 않으면, 어머니가 자기 자식의 뺨을 보고 물을 것이다.

"그게 뭐냐? 종기냐?"

살이 약간 부어올라서 째지고 벌어지면, 어머니는 그 틈에서 제3의 눈, 웃고 있는 눈이 나타나는 것을 볼 것이다. 그렇지 않으면 그네들은 냇물에서 헤엄을 치는 사람이 골풀을 만지듯 전신에 보드라운 마찰을 느낄 것이다. 그리고 그들은 자기네 옷이 살아 있는 물건이 된 줄 알게 될 것이다. 또 어떤 사람은 입속에서 긁적거리는 그 무엇을 느낄 것이다. 그리고 그는 거울에 가까이 가서 입을 벌린다. 그러면 혀는 살아 있는 커다란 지네가 될 것이고, 발을 꼬고, 그의 입천장을 깎아버릴 것이다. 그는 그것을 뱉어버리려고 할 테지만 지네는 자기 자신의 일부가 되어서 손으로 그것을 뜯어버리지 않으면 안 될 것이다. 그리고 수많은 것들이 나타나니 그것들에게는 새 이름을 붙여주어야 할 것이다. 돌의 눈, 삼각형의 커다란 팔, 지팡이의 자국, 거미의 지느러미…… 같은 이름을 말이다. 그리고 훈훈한 자기 방의 침대 속에서 잠들어버린 사나이는 푸르스름한 땅 위에서, 숲이 엉클어진 음경(陰莖)의 삼림 속에서 벌거벗고 깨어날 것이다.

죽스트부빌의 굴뚝처럼 하늘을 향해서 뻗은, 붉고 흰 그 숲에는 양파처럼 수염이 많고 솜털이 있는, 땅에서 반쯤 나와 있는 커다란 음경이 있을 것이다. 새들이 그 음경 주위를 날아다닐 것이다. 주둥아리로 그것들을 쪼고 피를 흘리게 만들 것이다. 그 상체로부터 피가 섞이고, 뿌옇고 미지근한, 자그만 거품이 섞인 정액이 흘러나올 것이다. 또 어쩌면 이 모든 일이 생겨나지 않을 것이고 눈에 띌 아무런 변화도 생겨나지 않을 것이다. 그러나 어느 날 아침에 사람들이 덧문을 열 때, 사물 위에 뜨겁게 놓인 채 기다리고 있는 것 같은, 일종의 무서운 의의에 놀랄 것이다. 그것 이외에는 아무것도 아니다. 그러나 그것이 조금이라도 계속된다면 수백 명씩 자살자가 생겨날 것이다.

그렇다. 그것이 가령 조금이라도 변한다면 나는 그 이상의 것을 요구하지 않는다. 또 사람들은 갑자기 고독 속에 잠기는 다른 사람들을 볼 것이다. 고독하게 된 사람들은 무섭고 기형적인 모습으로, 완전히 고독해진 모습으로 거리를 달리고, 눈을 바로 뜨고, 화에서 벗어나려고 하면서 날개를 치는 벌레의 혀를 가지고서 내 앞을 육중하게 지나갈 것이다. 그때, 나는 마치 나의 육체가 살점의 꽃처럼, 오랑캐꽃처럼, 또 미나리아재비처럼 꽃피는, 더럽고 못생긴 딱지에 덮여 있기라도 한 듯이 웃음을 터뜨릴 것이다. 나는 벽에 기대서 지나가는 사람들에게 소리를 지를 것이다. 너희들의 과학으로 "무엇을 했단 말이냐? 어디에 생각하는 갈대의 위엄이 있단 말이냐?" 나는 공포를 느끼지 않을 것이다 — 적어도 지금보다 급하지는 않을 것이다. 그것은 여전히 존재, 존재 위에 있는 바리에이션이 아닐 것인가? 어떤 얼굴을 천천히 삼켜버릴 이 모든 눈은 아마도 여분일 것이다. 그러나 존재나 그 바리에이션보다 더 여분은 아니다. 그렇지 않다. 내가 두려운 것은 존재인 것이다.

저녁때가 된다. 첫 전등불이 도시에 켜진다. 제기랄! 도시는 그 대단한 기하학적 현상에도 불구하고 어쩌면 이렇게도 '자연스럽게'

보이는 것일까? 그 도시는 저녁에 짓눌린 모습을 하고 있다! 그것은 그렇게도…… 물론 여기서부터이다. 그것을 보고 있는 것이 나 혼자일까? 언덕 꼭대기에 서서, 자연의 밑바닥으로 삼켜진 도시를 발밑으로 바라보는 또 하나의 카산드라는 아무 데도 없단 말이냐? 하지만 내게 무슨 상관이 있단 말인가? 내가 카산드라에게 무엇을 말할 수 있단 말인가?

나의 몸은 조용하게 동쪽으로 돌아서 약간 휘청거리다가 걷기 시작한다.

**수요일(부빌에서의 마지막 날)**

나는 독서광을 찾으러 온 도시를 뛰어다녔다. 그는 분명히 집으로 돌아가지 않았다. 그는 창피와 공포에 눌려서, 닥치는 대로 걷고 있을 것이다. 그 가엾은 휴머니스트를 사람들은 이미 보기도 싫어한다. 사실을 말하면, 사건이 생겼을 때, 나는 그리 놀라지 않았다. 오래전부터 나는 그의 부드럽고 겁에 찬 머리가 스캔들을 일으킬 것이라고 느끼고 있었다. 나는 거의 무죄이다. 소년에 대한 겸손하고 관찰적인 그의 사랑은, 정욕이라고는 할 수 없다―차라리 일종의 휴머니즘이라고 할 수 있다. 그러나 어느 날 그는 고독해져야 한다. 아실 씨처럼, 그리고 나처럼. 그는 나와 같은 족속이며 선의를 가지고 있다. 지금 나는 고독 속에 잠겨 있다―영원히 말이다. 교양의 꿈, 사실들과 타협하는 꿈, 모든 것이 한 번에 흘러가버렸다. 우선 독서광은 그것이 무서워질 것이다. 공포, 전율, 불면의 밤들이 있을 것이고 그 다음에는 긴 유적(流謫)의 나날이 있을 것이다. 밤이 되면 그는 등기소 정원에 와서 방황할 것이다. 그는 멀리서 도서관 창문이 빛나는 것을 바라볼 것이다. 그러고는 긴 책의 진열, 가죽 장정, 종이 냄새, 그런 것들을 회상하며 가슴이 미어질 것이다. 독서광을 따라가지 않은 것이 유감이다. 그가 혼자 가버렸기 때문이다. 혼자 있게 해 달라고 간청을 했으니 말이다. 그는 고독의 수업을 하고 있었다. 나는 이것을 카페 마블리에서 쓰고 있다. 나는 거기에 점잖게 들어갔다. 나는 지배인이나 카운터를 지키는 여종업원을 바라보고 그들을 보는 것도 마지막이라는 것을 강렬히 느끼고 싶었다. 그러나 나는 독서광에 대한 생각에서 떠날 수가 없었다. 나는 항상 그의 일그러지고, 원망에 찬 얼굴과 피투성이가 된 셔츠의 깃을 본다. 그래서 나는 종이를 얻어서, 그에게 일어난 일들을 적어놓는 것이다.

오후 2시경 도서관에 갔다. 나는 생각했다.

'도서관에 마지막으로 들어가보자.'

열람실은 거의 비어 있었다. 나는 결코 여기에 다시 오지 않으리라는 것을 알고 있었기 때문에 도서관을 둘러보기가 괴로웠다. 그 열람실은 증기처럼 가벼웠고, 거의 비현실적이었고, 온통 불그레했다. 석양이 여자용 열람자 테이블, 문, 책등 따위를 물들이고 있었다. 나는 잠깐 동안 황금빛 잎이 빽빽한 덤불 속으로 들어가는 듯한 황홀한 느낌을 가졌다. 나는 미소를 지었다. '미소를 잊은 지 참 오래되었다'고 나는 생각했다. 코르시카인은 두 손을 등에 붙이고 창문 밖을 내다보고 있었다. 무엇을 보고 있었을까? 앵페트라즈의 머리일까?

'난 이제 더 앵페트라즈의 머리도, 그의 실크해트도, 레인코트도 더 볼 수 없을 거야. 여섯 시간 후에 나는 부빌을 떠나고 없을 테니까.'

나는 도서관 부관장 책상 위에 전달에 대출한 책 두 권을 올려놓았다. 그는 초록색 카드를 찢어서 그 조각을 나에게 내밀었다.

"여기 있습니다. 로캉탱 씨."

"고맙습니다."

나는 생각했다.

'이제 나는 그들에게 아무 빚도 없다. 나는 여기에 있는 누구에게도 빚이 없다. 곧 '역원 회관'의 여주인에게 작별 인사를 하러 가야겠다. 나는 자유다.'

나는 잠시 동안 주저했다. 이 마지막 순간을 부빌 시내를 오랫동안 거닐면서 빅토르 위고로며, 갈바니로, 투른브리드가를 다시 한번 보는 데 사용할 것인가. 그러나 그 덤블은 그렇게도 고요하고, 그렇게도 맑다. 그것은 거의 존재하지 않는 것과 마찬가지여서 '구토'도 그것을 용서해주고 있는 것 같았다. 나는 난로 옆에 가서 앉았다. 탁자 위에 《부빌 신문》이 놓여 있었다. 나는 손을 뻗쳐서 그것을 들었다.

'자기 개 덕에 목숨을 구한 사람'

르미르동의 지주인 뒤보스크 씨는 어제 노지스에서 자전거를 타고 집으로 돌아오는 중……

뚱뚱한 여자가 나의 오른편에 와서 앉았다. 그녀는 옆에 펠트 모자를 벗어놓았다. 그녀의 코는 사과에 박힌 칼처럼, 얼굴에 박혀 있었다. 코밑에 음탕한 구멍이 하나 거만하게 삐쭉거리고 있었다. 그 여자는 손가방에서 철(綴)한 책을 한 권 꺼내더니, 탁자에 팔꿈치를 짚고, 자기의 기름진 손으로 턱을 받쳤다. 내 정면에서 어떤 노인이 잠을 자고 있었다. 나는 그를 알아볼 수 있었다. 내가 그렇게도 공포를 느끼던 날 저녁에, 도서관에 있었다. 내가 보기에 그는 두려워하는 것 같았다. 나는 생각했다.

'옛날 이야기야. 모든 것이.'

4시 반에 독서광이 들어왔다. 나는 그의 손을 잡고 작별 인사를 하고 싶었다. 그러나 우리의 이 마지막 해후는 그에게 나쁜 인상을 남겼던 모양이다. 독서광은 나에게 쌀쌀하게 인사를 하고, 들고 온 것을 좀 떨어진 곳에 갖다 놓았다. 그 보자기 속에는 늘 마찬가지로 빵 한 조각과 초콜릿 한 개가 들어 있을 것이다. 조금 있다가 그는 삽화가 든 책을 한 권 들고 와서 그것을 자기 보자기 곁에 놓았다. 나는 생각했다.

'독서광을 보는 것도 마지막이로군.'

내일 저녁, 모레 저녁, 다음다음 날 저녁때도 독서광은 이곳에 와서 빵과 초콜릿을 먹으면서 책을 읽을 것이다. 쥐가 물건을 갉아먹듯이 꾸준한 추구를 계속할 것이고, 나보, 노디에, 니이의 저작을 읽으면서, 가끔 자기 수첩에 경구를 적을 것이다. 나는 파리에서, 파리의 거리를 걸으며 새 얼굴들을 볼 것이다. 독서광이 여기에 있는 동안, 전등이 생각에 잠긴 그 큰 얼굴을 비추고 있는 동안, 나에게는 어떤 일이 생길 것인가. 바로 그때, 나는 다시 모험의 환상 속에 빠지려 하고 있었다. 나는 어깨를 으쓱 올리고 신문을 다시 읽었다.

부빌과 그 부근

'모니스티에'

1931년도 헌병대의 활약. 모니스티에 헌병대를 지휘하는 가스파르 상사와 네 명의 헌병, 라구트, 니장, 피에르퐁, 그리고 쥘의 제씨(諸氏)는 1931년 한 해 동안 쉬지를 못했다. 사실 이들 헌병 모두는 7건의 범죄, 82건의 위반, 159건의 경범죄, 6건의 자살, 15건의 자동차 사고(그 중 세 건은 치사)를 검증해야만 했다.

'죽스트부빌'

죽스트부빌 트럼펫 침목회. 오늘 총연습이 있음. 연례 연주회 입장권 배부.

'콩포스텔'

시장(市場)에게 레지옹도뇌르훈장이 수여되다.

'부빌 여행협회'(1924년, 부빌 스카우트 창립)

오늘 저녁 8시 45분, 페르디낭 비롱가 10번지, 협회 A사무실에서 월례회 개최.

의사 일정 — 지난 모임 의사록 낭독.

연락 사항 — 연차 연회, 1932년도 회비, 3월 행사 예정, 기타 제 문제 및 입회자 건.

'동물 애호회'(부빌 지부)

내주 목요일 15시부터 17시까지, 페르디낭 비롱가 10번지, C실에서 상임위원회 개최. 연락은 회장이나 사무소, 또는 갈바니로 154번지로 할 것.

부빌 방어견모임부빌…… 상이군인협회…… 자동차차주조합…… 고등사범학우회 부빌 위원회…….

두 소년이 책가방을 손에 들고 들어왔다. 중학생이다. 그 코르시카인은 중학생들을 대단히 좋아한다. 왜냐하면 그들을 아버지인양 감시할 수 있기 때문이다. 코르시카인은 장난삼아 가끔 학생들이 떠들거나 잡담을 하게 내버려둔다. 그러다가 갑자기 그는 소리를 안 내고 학생들 뒤로 걸어가서 야단을 친다.

"이것이 다 큰 학생들의 행동이야? 만약 태도를 바꾸지 않으면, 관장님께서 교장 선생님께 항의 편지를 쓰실 거야."

만약 학생들이 반항하면, 그는 학생들에게 눈을 부릅뜬다.

"이름이 뭐야?"

그는 또한 그들의 독서 지도를 한다. 도서관에 있는 어떤 책들에는 붉은 십자가가 붙어 있었다. 그것은 '금서'이다. 지드, 디드로, 보들레르의 작품들과 의학 서적들이다. 어떤 학생이 그 책들 가운데 한 권을 보고 싶다고 신청하면, 코르시카인은 그 학생에게 눈짓을 하고, 구석으로 그를 끌고 가서 심문한다. 잠시 후에 그는 호통을 치고, 그의 목소리는 열람실에 울린다.

"학생 나이에는 더 재미있는 책들이 있어. 유익한 책들이 말야. 그보다도 학교 숙제는 끝냈니? 몇 학년이야? 2학년? 4시 후에는 할 일이 없니? 너희들 선생님이 여기 가끔 오셔. 선생님께 네 이야기를 해야겠다."

두 소년이 난로 곁에 서 있었다. 그중 어린 소년은 아름다운 갈색 머리칼과 지나치게 고운 피부를 가지고 있었는데, 조그마한 입은 장난꾸러기 같았고 거만했다. 한 친구는 수염이 나 있었고, 허리가 힘있게 생겼는데, 팔꿈치로 어린 학생을 찌르고 몇 마디 수군거린다. 아름다운 갈색 머리 소년은 대답을 안 했다. 만족스럽다는 듯 살짝 띤 미소가 거만해 보였다. 그러다가 둘 다 냉정한 태도로 서가에서 사전 한 권을 골라 가지고, 그들에게 피로한 시선을 던지는 독서광에게 가까이 갔다. 그들은 독서광이 있다는 것을 모르는 듯이 보였으나 그의 옆에, 어린 쪽이 독서광의 왼편에, 살이 찌고 허리가 강해 보이는 소년이 어린 소년의 왼쪽에 앉았다. 둘은 곧 사전을 뒤적거리기 시작했다. 독서광은 열람실을 둘러보고는 다시 독서를 시작했다. 도서관의 열람실이 이렇게도 오붓한 광경을 보여준 때는 결코 없었다. 나는 뚱뚱한 여자의 짤막한 숨소리밖에는 아무 소리도 듣지 못했다. 팔절본(八折本) 위에 엎드린 머리들만이 보였다. 그러나 그때부터 나는 불유쾌한 사건이 생길 것 같았다. 열중한 모습으로 고개를 숙이고 있는 것은 마치 모든 사람들이 희극을 하고 있는 것 같았다. 조금 전에 잔악한 입김 같은 것이 우리 위를 지나간 것을 나는 느꼈다.

나는 신문을 다 읽었다. 그러나 거기서 떠날 결심을 하지 못하고 있었다. 나는 신문을 읽는 체하며 기다리고 있었다. 나의 호기심과 어색함을 증가시키고 있었던 것은 딴 사람들도 기다리고 있다는 사실이었다. 내 옆에 있는 여자는 책장을 더 빨리 넘기고 있는 것 같았다. 몇 분 후에 나는 소곤거리는 소리를 들었다. 나는 조심스럽게 고개를 들었다. 두 애들은 그들의 사전을 덮어놓았다. 갈색 머리 소년은 말을 하지 않고 있었다. 그는 공손함과 관심에 가득 찬 얼굴을 오른편으로 돌리고 있었다. 그애의 어깨에 반쯤 가려서 금발 소년이 귀를 기울인 채 조용히 웃고 있었다. '누가 말하는 것일까?' 하고 나는 생각했다.

독서광이었다. 그는 옆에 있는 소년에게 몸을 기울이고 눈을 똑바로 들여다보면서 미소를 짓고 있었다. 나는 그의 입술이 움직이는 것을 보고 있었다. 그의 기다란 눈썹이 발딱거리고 있었다. 나는 독서광에게서 그처럼 청년다운 모습을 본 적이 없었다. 그는 거의 매혹적이었다. 그러나 이따금 그는 말을 끊고, 불안한 눈초리로 뒤를 바라보는 것이었다. 어린 쪽 소년은 독서광의 말에 빠진 것같이 보였다. 그 사소한 장면에는 아무런 특별한 것도 없다. 그래서 나는 도로 신문을 보려고 했을 때, 어린 소년이 자기의 손을 책상에 연해서 자기 등 뒤로 돌리는 것을 보았다. 그리하여 독서광의 눈에 안 보이도록 그 손은 잠깐 동안 기어가서 둘레를 더듬더니, 금발의 뚱뚱한 소년에게 이르자 그는 호되게 꼬집었다. 뚱뚱한 소년은 독서광의 말에 너무나 열중해서 조용히 앉아 있었기 때문에 그 손이 오는 것을 보지 못했다. 그는 펄쩍 뛰고, 그의 입은 놀라움과 충격으로 지나치게 벌어졌다. 어린 갈색 머리는 여전히 공손하게 관심에 찬 얼굴빛을 보이고 있었다. 그 못된 놈의 손이 그의 것이라고는 도저히 생각할 수가 없었다. '쟤들이 독서광을 어쩌려나?' 하고 나는 생각했다. 나는 창피한 일이 생겨나려 하고 있는 것을 알고 있었다. 또한 나는 그 일이 생겨나지 않도록 방지할 시간이 있다는 것도 알고 있었다. 그러나 어떻게 방지해야 할지를 나는 몰랐다. 순간, 나는 일어서서 독서광의 어깨를 두들기고 그에게 말을 걸어야겠다고 생각했다. 그러나 바로 그때, 독서광은 나의 눈을 놀라게 했다. 그는 말을 멈추고, 초조한 듯이 입을 딱 오므렸다. 나는 용기를 잃고 재빨리 시선을 돌리고 태연하게 신문을 들여다보았다. 그 동안 뚱뚱한 여자는 책을 밀어놓고 고개를 들었다. 그 여자는 홀린 것 같았다. 나는 그 여자가 폭발하려 하고 있다는 것을 느꼈다. 그들은 모두 그가 폭발하기를 바라고 있었다. 나는 무엇을 할 수 있었던가? 나는 코르시카인을 힐끔 보았다. 그는 이미 창밖을 내다보지 않고 있었다. 그는 반쯤 우리를 향하고 있었다.

15분이 지났다. 독서광은 다시 소곤거리기 시작했다. 나는 감히 더 이상 그를 바라볼 수가 없었으나, 그의 젊고 정다운 모습과 그가 모르는 사이에 그를 내리누르고 있는 무거운 시선들을 상상하고 있었다. 나는 잠깐 그의 웃음소리를 들었다. 맑고 보드라운 장난꾸러기의 웃음소리였다. 그 웃음소리가 나의 가슴을 죄었다. 마치, 못된 꼬마들이 고양이를 물에 빠뜨려 죽이려는 것같았다. 그러더니 갑자기 소곤거리는 소리가 멎었다. 그 침묵은 비극적이었다. 그것이 마지막이었다. 죽음이었다. 나는 신문에 머리를 파묻고 읽는 체하고 있었으나 읽지는 않고 있었다. 나는 눈썹을 치켜올리고, 내 바로 앞의 침묵 속에서 일어나고 있는 일을 파악하기 위해서 될 수 있는 한 눈을 부릅떴다. 고개를 살며시 돌리고 곁눈으로 그 무엇을 보았다.

그것은 손이었다. 조금 아까 책상을 연해서 미끄러져 갔던 그 작고 흰 손이었다. 지금 그 손은 힘이 빠져서 부드럽게 육감적으로 벌려진 채 놓여 있다. 그 손은 일광욕을 하는 여자의 무위(無爲)한 노출을 가지고 있었다. 갈색 털이 난 어떤 물체가 주저하며 가까이 갔다. 그것은 담배에 절어서 노래진 굵은 손가락이었다. 그 손 곁에서 그 손가락은 남성의 모든 수치를 간직하고 있었다. 그 손가락은 빳빳하게 그 연약한 손바닥을 잠깐 가리켰다. 그러다가 갑자기 소심하게 그 손바닥을 쓰다듬기 시작했다.

나는 놀라지 않았다. 무엇보다도 나는 독서광에 대해서 화가 치밀어올랐다. 그래 좀 참을 수가 없었단 말이냐? 바보 자식. 그래 자기가 무릅쓴 위험을 몰랐단 말이냐? 그에게는 기회가 한 번 있었다. 아주 조그만 기회였다. 그가 두 손을 책상 위의 책 양쪽에 놓고 옴짝달싹하지 않고 있는다면 아마도 그는 그의 운명에서 벗어날 수 있었을 것이다. 그러나 그가 그 기회를 잃어버리리라는 것을 나는 잘 '알고' 있었다. 손가락은 부드럽고 겸손하게, 핏기가 없는 그 살 위로 가서 감히 그것을 누르지 못하고 살며시 대는 것이었다. 마치 손가락이 자기의 추악함을 알고 있는 것 같았다. 나는 문득 고개를 들었다. 나는 이미 치근치근한 그 왕복을 견딜 수가 없었다. 나는 독서광의 시선을 찾으며 크게 기침을 했다. 그에게 경종을 울리기 위해서였다. 그러나 그는 눈을 감고 미소짓고 있었다. 그의 다른 손은 책장 밑으로 사라지고 없었다. 소년들은 더 이상 웃지 않았고, 얼굴이 파랗게 질려 있었다. 어린 갈색 머리 소년은 입술을 뾰족이 내밀고 있었다. 그는 겁에 질린 것 같았다. 그러나 어린아이는 손을 거두지 않고 있었다. 손은 책상 위에서 움직이지 않고 약간 떨고 있었다. 그의 친구는 어처구니가 없고, 질겁을 해서 입을 딱 벌리고 있었다.

코르시카인이 소리치기 시작한 것은 바로 그때였다. 그는 소리도 안 내고 가까이 와서 독서광의 의자 뒤에 서 있었다. 그의 얼굴빛은 홍당무처럼 빨개졌고, 막 웃음을 터뜨리려는 것 같았다. 그러나 그의 눈은 반짝이고 있었다. 나는 의자에서 일어섰다. 무거운 짐을 내려놓은 기분이었다. 기다린다는 것은 너무나 괴로운 일이었기 때문이다. 나는 그것이 되도록 빨리 결말지어지기를 원했다. 할 수 있었다면 독서광을 바깥으로 끌어내도 좋았으리라. 어쨌든 그 일이 끝나기만 하면 그만이었다. 두 소년은 백지장처럼 창백해져서 단숨에 그들의 책가방을 들고 사라져버렸다. 분노에 취한 코르시카인이 소리쳤다.

"난 봤소. 이번에는 봤소. 아니라고는 말 못 할 거요. 아니라고 할 건가요? 그런가요? 그래, 아니란 말이오? 내가 당신이 하는 짓을 보지 않았단 말이오? 이것 봐요, 나는 눈을 호주머니에 넣고 다니지 않아. 참아라, 하고 나는 혼자 말했소. 참자! 하고. 그러나 붙잡기만 하면 혼내겠다고 결심했소. 오! 그럼, 당연히 혼내줘야지. 나는 당신 이름을 알고 있소. 당신 주소도 알아. 알겠소? 내가 알아봤단 말이오. 당신의 주인도 알지. 쉴리에 씨 말이오. 내일 관장에게서 편지를 받으면 놀랄 거요. 그렇지 않소? 가만히 있어요" 하고 그는 눈을 굴리면서 계속 말한다.

"그리고 그것으로 끝났다고 생각하면 안 되지. 프랑스에는 당신 같은 사람들을 위해서 법정이라는 것이 있소. 신사분은 교양을 쌓고 계셨죠! 자신의 교양을 완성하고 계셨죠! 신사분께서는 문의를 하거나 책 때문에 늘 나를 귀찮게 했지요. 그러나 나는 절대로 그것에 넘어가지 않았소. 알겠소?"

독서광은 놀란 것 같지 않다. 그는 여러 해 동안 이러한 결말을 예기하였음에 틀림없었다. 자기도 모르는 사이에 코르시카인이 살금살금 뒤에 와서, 노기에 찬 목소리를 그의 귀에 울리는 날, 어떤 일이 생길 것인가를 백번은 상상했을 것이다. 그런데도 그는 매일 저녁 와서 열심히 독서를 계속했고, 가끔 도둑놈처럼 소년의 흰 손을, 또는 그 다리를 애무했다. 독서광의 얼굴에 나타나고 있었던 것은 차라리 일종의 체념이었다.

"무슨 말씀을 하시는 건지 모르겠는데요" 하고 그는 우물거렸다.

"나는 몇 년 전부터 여기 오는데."

독서광은 분노와 놀라움을 가장했으나 자신은 없는 태도였다. 사건은 벌어졌으며, 아무것도 그것을 막을 수는 없고, 사건의 일각일각을 살아야만 한다는 것을 그는 알고 있었다.

"그 사람 말 듣지 마세요. 내가 봤어요" 하고 내 옆에 앉은 여자가 말한다. 그녀는 육중하게 일어섰다.

"그렇고말고요! 내가 이것을 본 것은 오늘이 처음이 아녜요. 요전 월요일에도 봤어요. 그러나 나는 말하고 싶지 않았어요. 내 눈을 믿을 수가 없었고, 사람들이 교양을 쌓으러 오는 점잖은 도서관 같은 데서 낯이 붉어지는 일이 생긴다는 걸 믿고 싶지 않았어요. 나는 애가 없어요. 그렇지만 애들을 여기에 보내놓고는, 애들이 조용히 공부를 하고 있다고 믿고 있는 어머니들이 가엾어요. 사실은 아무것도 존경하지 않는 괴물이 있어서, 애들이 숙제하는 것을 방해하는 줄 모르고 말예요."

코르시카인은 독서광에게로 가까이 갔다.

"부인이 말씀하시는 것 들었소?" 하고 그는 정면에다 대고 소리를 질렀다.

"연극할 필요 없어. 다 보고 있었단 말야, 더러운 자식!"

"여보시오, 예의를 지키시오" 하고 독서광은 위엄 있게 말한다. 그것은 그가 맡은 대사였다. 그는 아마도 자백하고 싶었고, 도망치고 싶었을 것이다. 그러나 최후까지 그 역할을 하지 않으면 안 되었다. 그는 코르시카인을 보지 않고 있었다. 거의 눈을 감고 있었다. 두 팔은 축 늘어뜨리고 있었는데, 그의 얼굴은 무섭도록 파리했다. 그러다가 갑자기 얼굴에 핏기가 떠올랐다.

코르시카인은 약이 올라서 숨이 막힐 지경이었다.

"예의라고? 더러운 자식! 내가 못 본 줄 알고 있나 보군. 나는 너를 감시하고 있었단 말야, 알아들어? 수개월 전부터 감시하고 있었어."

독서광은 어깨를 으쓱하고, 다시 독서에 열중하는 체하는 것이었다. 얼굴이 새빨갛게 돼서, 눈에는 눈물이 괸 채로 비잔틴의 모자이크 사진이 몹시 흥미롭다는 태도로, 유심히 들여다보았다.

"독서를 계속하다니, 뻔뻔스러워라" 하고 그 여자가 코르시카인을 보면서 말했다.

코르시카인은 어쩔 줄 모르고 있었다. 그와 동시에 겁이 많고 늘 생각에 잠겨 있으면서 코르시카인에게 항상 눌려 있던 부관장이 자기 책상에서 천천히 일어섰다. 그는 외쳤다.

"파올리, 무슨 일이오?"

순간적으로 주저의 빛이 보였다. 그래서 사건이 그 정도로 끝나기를 나는 바랐다. 코르시카인은 자기를 한 바퀴 둘러보고는 스스로 우스꽝스럽게 되었다고 느꼈던 모양이다. 신경이 날카로워지고, 이 말없는 희생자에게 뭐라고 해야 할지 몰라서 그는 가슴을 내밀고 허공에 주먹을 크게 휘둘렀다. 독서광은 뒤를 돌아다보고 당황했다. 그는 입을 벌리고 있는 코르시카인을 보고 있었다. 그의 눈에는 무서운 공포심이 떠돌았다.

"나를 때리면 고소하겠어요" 하고 그는 가까스로 말한다.

"그리고 내가 나가고 싶을 때 가겠습니다."

이번에는 내가 일어섰지만 이미 때는 늦었다. 코르시카인은 육감적인 작은 신음 소리를 내고는 갑자기 독서광의 콧등을 주먹으로 후려갈겼다. 그 순간 독서광의 눈, 그 고통과 수치로 인해 크게 뜬 눈이, 소매와 불그스레한 주먹 때문에 보이지 않았다. 코르시카인의 주먹이 떨어졌을 때 독서광의 코에선 피가 쏟아지기 시작했다. 독서광은 손을 얼굴에 갖다 대려고 했으나 코르시카인은 다시 그 입언저리를 때렸다. 독서광은 의자에 주저앉았다. 그는 정면을 소심하고 부드러운 눈초리로 바라보았다. 코에서 피가 흘러 옷에 떨어졌다. 그는 오른손으로 보자기를 찾으려고 더듬거리며 왼손으로는 여전히 피가 철철 흐르는 코를 닦으려고 애썼다.

"가겠어요" 하고 그는 혼잣말을 하듯이 말했다.

내 옆에 있던 여자는 얼굴이 파랬으나 눈을 반짝이고 있었다.

"더러운 놈 같으니, 잘 생각했다"라고 말했다.

나는 화가 치밀면서 몸이 떨렸다. 나는 책상을 돌아서 키가 작은 코르시카인의 목덜미를 잡았다. 그리고는 팔딱거리는 그를 들어올렸다. 그를 책상 위에 때려 눕힐 수도 있었다. 코르시카인은 파래져서, 발버둥을 치며 나를 손톱으로 할퀴려고 했다. 그러나 그의 짧은 팔은 내 얼굴까지 미치지 못했다. 나는 한마디도 말하지 않았다. 나는 그의 코를 짓밟아서 얼굴을 짓이겨놓고 싶었다. 그는 그것을 알아채자 얼굴을 감추려고 팔꿈치를 들어올렸다.

그가 무서워하는 것을 보니 내 마음이 흡족했다. 그는 갑자기 목구멍에서 깔딱깔딱 소리를 내기 시작했다.

"이것 놔. 망할놈. 너도 남색가냐, 너도?"

나는 왜 그놈을 놓아주었는지 지금도 모르겠다. 사건이 복잡해지는 것이 두려웠던가? 부빌에서의 게으른 수년간의 생활이 나를 좀먹었나? 전 같으면 이빨을 부러뜨리지 않고서는 그를 놓아주지 않았을 것이다. 나는 독서광을 보았다. 그는 마침내 일어나 있었다. 그러나 나의 시선을 피했다. 그는 고개를 숙이고, 자기의 외투를 가지러 갔다. 줄곧 왼손을 코에다 갖다 대면서, 출혈을 막으려고 애썼다. 그러나 여전히 피가 흘렀다. 나는 그가 기분 나빠하지나 않을까 두려웠다. 그는 아무도 보지 않고 중얼댔다.

"내가 여기 다닌 지 몇 년째나……."

그러나 마룻바닥에 발이 닿자, 코르시카인은 다시 그 장면의 주인공이 됐다…….

"나가!" 하고 독서광에게 말했다.

"여기에 다시 발 들여놓지 마. 그렇지 않으면 경찰에 말해서 내쫓을 테니까."

나는 계단 밑에서 독서광을 붙들었다. 나는 어색했고, 그의 창피 때문에 창피했다. 그에게 뭐라고 말해야 좋을지 몰랐다. 그는 내가 있는 것을 모르는 것 같았다. 이윽고 그는 손수건을 꺼내서 무엇인지 뱉었다. 코에서는 피가 덜 나오고 있었다.

"약국에 같이 갑시다" 하고 내가 어색하게 말했다.

그는 대답하지 않았다. 커다랗고 소란스러운 소리가 열람실에서 새어나왔다. 모든 사람들이 그 이야기에 대해서 동시에 말을 시작했나 보다. 여자가 날카로운 웃음소리를 터뜨렸다.

"나는 절대로 여기에 다시 올 수 없어요" 하고 독서광은 말했다.

그는 돌아서서 난처한 모습으로 층계며, 열람실의 입구를 바라다보았다. 그 동작 때문에 피가 그의 내의 깃과 목 사이로 흘렀다. 입과 뺨은 피로 더럽혀져 있었다.

"갑시다."

나는 그의 팔을 잡으면서 그에게 말했다.

그는 몸을 부르르 떨고 난폭하게 나에게서 벗어났다.

"놔둬주세요!"

"그렇지만 혼자서는 안 돼요. 얼굴을 씻고 치료를 해야지요."

그는 되풀이하고 있었다.

"제발, 선생님, 놔두세요. 놔두세요."

그는 신경 발작을 일으킬 지경이었다. 멀리 가는 그를 내버려뒀다. 떨어지는 해가 그의 굽은 등에 잠깐 비치더니 그는 사라져버렸다. 문지방에 별 모양의 핏자국이 남아 있었다.

### 한 시간 후

날이 흐리다. 해가 떨어진다. 두 시간 후에 기차는 떠난다. 나는 처음으로 공원을 가로질러 블리베 가를 산보한다. 나는 그것이 블리베 가라는 것을 '알고 있다'. 그러나 나는 그 거리를 알아볼 수는 없었다. 여느 때 같으면, 이 거리에 접어들면, 양식(良識)의 깊숙한 두께 속을 가로지르는 것 같았다. 굵직하고 넓적한 블리베 가는 불쾌함에 가득 찬 그 신중한 모습과 울퉁불퉁하고, 콜타르를 깐 차도 때문에, 윤택한 거리를 지나서 1킬로미터 이상이나 떨어진 곳에 육중한 3층 집들과 마주치는 곳은 국도와 비슷했다. 나는 블리베 가를 농부의 거리라고 불렀다. 그 거리는 상업항치고는 꽤나 외따로고, 패러독스했기 때문에 재미가 있었다. 오늘도 집들은 거기에 있었지만 그 시골 같은 모습을 잃고 있었다. 그것들은 집들에 불과하다. 그뿐이다. 공원에서도 아까 같은 종류의 인상을 받았다. 식물도, 잔디밭도, 올리비에 마스크레의 분수도 무표정했기 때문에 고집덩이처럼 보였다. 나는 안다. 그 도시가 먼저 나를 버리는 것이다. 나는 부빌을 떠나지 않았는데, 나는 이미 거기에 있지 않다. 부빌은 침묵하고 있다. 이미 나에 대한 걱정을 하지 않는 그 도시, 오늘 저녁때나 내일, 새로 오는 사람에게 신선하게 보일 수 있도록 살림을 정돈하고 덮개로 덮고 있는 그 도시에 내가 아직 두 시간이나 더 있어야 한다는 것은 이상하다고 생각한다. 나는 더 버림받고 있다는 느낌이 든다.

나는 몇 걸음 걷다가 멈춘다. 나는 내가 빠진 망각 전부를 맛본다.

나는 두 도시 사이에 있다. 하나는 내가 모르고, 또 하나는 나를 모른다. 누가 내 생각을 해줄 것인가? 어떤 육중한 젊은 여자일까? 런던에서…… 과연 그 여자가 생각하는 것이 바로 '나'일까? 게다가 그 친구, 그 이집트인이 있다. 그는 아마 막 자기 방에 들어와서 그 여자를 품안에 안았을지도 모른다. 나는 질투하지 않는다. 그 여자가 연명하고 있다는 것을 나는 알고 있기 때문이다. 그러나 비록 그 여자가 그 남자를 진심으로 사랑한다고 해도, 결국 그것은 죽은 자의 사랑일 것이다. 나는 그 여자의 최후의 살아 있는 사랑을 받았다. 그러나 하여튼, 그는 여자에게 줄 수 있는 것이 있다. 그것은 쾌락이다. 만약 그 여자가 실신(失神)하고 착란상태에 빠지고 있는 중이라면, 그때 그 여자에게는 나와 결부되는 것이 없다. 그 여자는 즐기고 있고, 나는 그 여자를 결코 만난 적이 없었던 것보다 한층 더 그 여자에게는 존재하지 않는다. 대번에 그 여자의 생각이 나에게서 날아가버렸고, 세계의 모든 의식 역시 나에게서 사라져버렸다. 나는 이상하다. 그러나 내가 존재하고 '내'가 여기에 있다는 것을 나는 잘 알고 있다.

지금, 내가 '나'라고 말할 때, 그것은 공허한 것 같다. 나는 이제는 더 분명하게 나를 느끼게 되지 않는다. 그만큼 나는 버림받고 있다. 나의 내부에서 여전히 현실적인 것은, 스스로 존재한다고 느끼는 존재인 것이다. 나는 조용히 긴 하품을 한다. 아무도 없다. 아무에게도 앙투안 로캉탱은 존재하지 않는다. 재미있다. 그리고 그 앙투안 로캉탱이 도대체 무엇이란 말이냐? 그것은 추상이다. 나에 관한 작고 창백한 추억이 나의 의식 속에서 흔들린다. 앙투안 로캉탱……

갑자기 그 '나'가 창백해진다. 창백해져서, 그래서 꺼진다.
  명석하고, 요지부동의 황막해진 의식이 벽 사이에 놓여졌다. 의식은 영속한다. 아무도 의식 속에 살지 않는다. 조금 전까지도 어떤 사람이 '나'라고 말했다. '나'의 의식이라고 말했다. 누가? 밖에는 표정적(表情的)인, 그리고 익숙한 빛깔과 냄새가 나는 거리가 있었다. 지금 남아 있는 것은 이름 없는 벽돌이며, 이름 없는 의식이다. 여기에 있는 것은 벽과 벽 사이에 살고 있는 비인칭의 투명뿐이다. 의식은 나무처럼, 풀처럼 존재한다. 의식은 졸고, 갑갑해하고 있다. 위태위태한 작은 존재들이 나뭇가지에 모이는 새들처럼 의식을 모아놓는다. 의식을 모아놓았다가는 다시 분산한다. 벽 틈에 망각된 의식, 하늘 아래에 버림받은 의식이다. 그러나 이것이 그 의식의 존재 의의인 것이다. 왜냐하면 의식은 여분인 의식이기 때문이다. 의식은 희박해지고, 분산하고, 가로등에 연한 갈색의 벽 곁에서, 또는 저기 저 저녁 연기 속에서 없어지려고 애쓰고 있다. 그러나 의식은 '절대로' 자기를 망각하지 않는다. 의식은 자기를 망각하려는 의식이기 때문이다. 이것이 의식의 운명이다. "기차는 두 시간 후에 떠난다"고 말하는 목이 메인 목소리가 들린다. 그리고 그 목소리의 의식이 있다. 어떤 얼굴의 의식도 있다. 그 얼굴은 피에 젖어서, 두 눈에서는 눈물을 흘리며, 천천히 지나간다. 그것은 벽 틈에도 없고, 아무 데도 없다. 그 얼굴은 사라진다. 그 얼굴 대신 머리가 피에 젖은 굽은 몸뚱이가 나타나서, 느린 걸음걸이로 멀어지고, 한 걸음마다 그것은 멈추는 듯싶었으나 결코 멈추지는 않는다. 어두운 거리를 천천히 걷는 육체의 의식이 있다. 그것은 걷지만 멀리 가지는 않는다.

어두운 거리가 끝나지 않고, 그것은 허무 속으로 사라진다. 그것은 벽 틈에도 없고, 아무 데도 없다. 그리고 "독서광은 거리를 방황하고 있다"고 말하는 목이 멘 목소리의 의식이 있다.

같은 도시에서가 아니고, 그 무표정한 그 벽 틈에서가 아니고, 독서광은 그를 잊지 않는 그 잔인한 도시에서 걷고 있다. 그에 대해서 생각하는 사람들이 있다. 코르시카인과 그 뚱뚱한 여자이다. 아마 도시의 모든 사람들일지도 모른다. 독서광은 자기의 자아를 아직 잃지 않고 있으며, 잊을 수도 없다. 그 사형받은 자아, 사람들이 끝까지 해치우지 않은 피 흘리는 자아를 말이다. 그의 입술과 콧구멍이 쑤신다. '나는 아프다'고 그는 생각한다. 그는 걷는다. 걸어야만 한다. 만약 그가 잠시라도 멈춘다면, 도서관의 높은 벽들이 갑자기 그의 둘레에 솟아올라, 그 속에 그를 가두어버렸을 것이다. 그런 다음 코르시카인 곁에 솟아나서 그 광경이 다시 시작될 것이다. 꼭 같은 광경이 똑같이 일어날 것이다. 그리고 그 여자가 비웃을 것이다. "감옥에 집어넣어야지요. 더러운 놈 같으니"라고. 그는 걷는다. 집으로 돌아가고 싶지 않다. 코르시카인과 그 여자와 두 소년이 그의 방에서 기다리고 있다. "그 사람 말 듣지 마세요. 내가 봤어요." 그러고는 그 광경이 다시 시작할 것이다.

그는 생각한다.

'아, 만약 내가 그 짓을 하지 않았더라면, 그 짓을 하지 않을 수 있었더라면, 그것이 정말이 아니라면!'

불안한 얼굴이 의식 앞에서 지나가고 다시 지나간다. '아마 독서광은 자살할지도 모른다.' 아니다. 그 부드럽고 쫓기는 그 넋은 죽음을 생각할 수가 없다.

의식의 인식이 있다. 그것은 한쪽에서 다른 쪽으로 들여다보인다. 벽 틈에서 그것은 고요하고, 텅 비어 있고, 거기에 살고 있었던 사람에게서 벗어나 있으며 그것은, 사람이 아니므로 괴물 같다. 그 목소리는 말한다. "짐들은 부쳤고, 기차는 두 시간 후에 떠난다." 오른편의, 또 왼편의 벽이 미끄러진다. 맥 아담식으로 도로의 의식이 있고, 철물상, 병영의 총안(銃眼)의 의식이 있어 그 목소리가 말한다. "마지막이다"라고.

안니에 관한, 뚱뚱보 안니에 대한, 호텔 방에 있는 늙은 안니에 대한 의식, 고통에 대한 의식이 있다. 고통은 가버려서는 영원히 돌아오지 아니할 벽 틈에서 의식된다. "그럼 이것은 끝나지 않을 것인가?" 벽 틈에서 그 목소리가 재즈 스타일로 노래를 한다. '머지않아서' 그것은 끝나지 않을 것인가? 그러고는 곡조가 천천히, 살그머니 되돌아와서 다시 목소리를 잡는다. 그래서 목소리는 멈추지 못하고 노래하며, 육체는 걸어가고, 이 모든 것에 대한 의식이 있다. 그리고 아, 의식이 있다. 그러나 아무도 괴로워하고, 손을 꼬고, 스스로를 가엾게 여기기 위해서 거기에 있는 것이 아니다. 아무도 그런 사람은 없다. 그것은 네거리의 순수한 고통이며 망각된 ─ 그러나 스스로를 망각할 수 없는 고통이다. 그리고 그 목소리가 말한다. "역원 회관이 여기다." 그리고 '나'는 의식 속에서 솟아난다. 그것이 '나'이다. 앙투안 코캉탱이다. 나는 파리로 곧 떠난다. 나는 여주인에게 작별 인사를 하러 온 것이다.

"작별 인사를 하러 왔소."

"떠나세요, 앙투안 씨?"

"기분 전환을 하기 위해 파리에서 살려고 하죠."

"팔자도 좋은 사람이야."

어떻게 나는 그 넓적한 얼굴에 입술을 갖다 댈 수 있었던가? 그 여자의 육체는 이미 나의 것이 아니다. 어제까지도 나는 그 검은 나사 옷 밑에 있는 그 여자의 육체를 들여다볼 수 있었다. 오늘 그 옷은 불가침이다. 피부 표면에 정맥이 보이는 그 흰 육체, 그것은 하나의 꿈이었던가?

"섭섭해요" 하고 주인 여자가 말했다.

"무얼 들지 않겠어요? 한턱낼 테니."

우리는 앉아서 축배를 든다. 그녀는 목소리를 약간 낮춘다.

"당신과 정이 들었는데……."

정중하고도 애석한 듯이 그 여자는 말한다.

"당신과는 뜻이 잘 맞았거든요."

"또 보러 오겠소."

"정말예요, 앙투안 씨. 부빌을 지나갈 때, 인사라도 하러 잠깐 들러요. '마담 잔에게 인사하러 가자. 기뻐할 거다' 하면서 말예요. 정말예요. 사람들이 어떻게 됐는지 누구나 알고 싶을 테니까요. 게다가 여기에는 늘 사람들이 돌아와요. 선원들이 많지요. 안 그래요? 대서양 기선회사의 직원들이에요. 어떤 때는 2년 동안이나 그들과 만나지 못할 때도 있어요. 갑자기 브라질이나 뉴욕으로 가버리거나, 보르도에서 일을 하게 되는 수도 있으니까요. 그러다가 어느 날 그들이 나타나요. '안녕하신가, 마담 잔, 우리 같이 한잔 듭시다.' 거짓말이 아니라, 그들이 무얼 마시는지 나는 알고 있어요. 2년간이나 오지 않았는데도 말예요! 나는 마들렌에게 말해요. '피에르 씨에겐 달지 않은 베르무트, 레옹 씨에겐 놔아 샌을 드려.' 그러면 그들이 말해요. '어떻게 그것을 다 기억하고 있나, 마담?' '직업인걸요' 하고 난 대답하죠."

바로 얼마 전부터 방 안에는 그 여자하고 자게 된 뚱뚱한 남자가 있다.

"이봐, 마담."

그녀는 일어선다.

"실례해요, 앙투안 씨."

웨이트리스가 나에게로 온다.

"그래, 이렇게 떠나시는 거예요?"

"파리에 갈 거야."

"저도 파리에 산 적이 있어요" 하고 자랑스럽게 말한다.

"전 2년 동안 시메옹 레스토랑에서 일했어요. 여기는 따분해 죽겠어요."

웨이트리스는 잠깐 주저하다가 아무런 할 말이 없다는 것을 알아챈다.

"그럼 안녕히 가세요, 앙투안 씨."

그녀는 앞치마에 닦은 손을 나에게 내민다.

"잘 있어, 마들렌."

그녀가 가버린다. 나는 〈부빌 신문〉을 내 앞으로 잡아당겼다가 도로 밀어버린다. 아까 도서관에서 나는 그 신문을 첫 줄부터 끝까지 읽었다. 마담은 돌아오지 않는다. 그녀는 토실토실한 자기 손을 그 사나이에게 맡기고 있다. 사나이는 애욕에 차서 그 손을 주무르고 있다.

기차는 45분 후에 떠난다. 나는 심심해서 계산을 한다. 매달 1천 2백 프랑. 넉넉하지는 않다. 그러나 약간 절약하면 충분할 것이다. 3백 프랑짜리 방 하나, 하루 식비가 15프랑. 450프랑이 남지만 그것은 세탁, 잡비, 영화…… 같은 데에 소비될 것이다. 내의와 양복은 오랫동안 필요 없을 것이다. 나의 옷 두 벌은 비록 팔꿈치가 번득이기는 하지만 깨끗하고 잘 손질해서 입으면 아직 3, 4년은 입을 수 있을 것이다.

제기랄! 이 버섯 같은 존재를 영위하려는 것이 바로 '나'란 말이냐? 나는 매일 무엇을 할 것인가? 나는 산보를 하고, 튈르리 공원의 쇠로 된 의자에 가서 앉거나 — 돈을 절약하기 위해서 차라리 나무 의자 위에 앉을 것이다. 나는 도서관에서 독서를 할 것이다. 그리고? 일주일에 한 번 영화를 보러 갈 것이다. 그리고? 일요일에 말을 타러 갈까? 뤽상부르 공원으로 퇴직자들과 크리켓을 하러 갈 것인가? 서른 살인데! 나는 내가 가엾다.

내게 남아 있는 30만 프랑을 1년 동안에 전부 써버릴까 하는 생각이 들 때가 있다 — 그리고 그 다음은…… 그러나 그것이 내게 무엇을 가져올 것인가? 새 양복? 여자? 여행? 나는 그 모든 것을 경험했고, 이제 모든 것은 끝났다. 이제는 그런 욕망이 없다. 남는 것은 그것뿐이다! 나는 1년 후에도 오늘처럼 공허하고, 추억도 없이 죽음 앞에서 겁을 먹고 있을 것이다.

서른 살! 그리고 1만 4천 4백 프랑의 연금, 매달 받는 이자. 그러나 나는 늙은이가 아니다! 무엇이든 나에게 할 일을 주었으면 좋겠다…… 아니다. 다른 것을 생각하는 것이 더 낫겠다. 왜냐하면 지금 나는 막 희극을 연출하고 있기 때문이다. 나는 내가 아무것도 하기 싫다는 것을 잘 알고 있다. 무엇을 한다는 것은 존재를 창조한다는 것이고 ─ 그러한 존재는 그게 아니라도 얼마든지 있다.

사실은, 펜을 놓고 싶지 않기 때문이다. 나는 '구토'를 느낄 것 같다. 나는 글을 씀으로써 그것을 지연할 수 있을 것 같다. 그래서 나는 머리에서 생겨나는 일을 쓰고 있다.

마들렌은 멀리서 나를 기쁘게 해주려고 레코드판을 나에게 보이면서 소리를 지른다.

"선생님 판이에요, 앙투안 씨. 선생님이 좋아하시는 거예요. 마지막으로 들으시겠어요?"

"부탁해."

예의상 그렇게 말한 것이지, 재즈 곡을 들을 만큼 마음이 편치 못하다. 하여간 그것을 잘 들어야겠다. 왜냐하면 마들렌이 말하듯이 마지막으로 듣는 것이기 때문이다. 그 판은 대단히 낡았다. 시골에서도 낡은 축에 든다. 파리에서는 찾을 수 없을 것이다. 마들렌은 판을 유성기에 건다. 판이 돌아갈 것이다. 가늘게 파여진 곳에서 강철 바늘이 튀기 시작할 것이고, 긁기 시작할 것이다. 바늘이 판의 중심까지 나선상으로 끌려갔을 때, 그것은 끝날 것이다. '머지않아서'라고 노래하는 그 목 쉰 소리는 영원히 입을 다물어버릴 것이다.

시작이다.

예술에서 위안을 구하는 바보들이 있는 모양이다. "쇼팽의 〈전주곡〉은 네 아저씨가 돌아가셨을 때, 많은 도움이 됐다"고 말하는 비주아 아주머니처럼 말이다. 그리고 연주회는 눈을 감고 창백한 얼굴을 수신 안테나로 만들려고 노력하는 듯한, 비굴하고 모욕당한 사람들로 가득 찬다. 그들은 포착된 부드럽고 영양가 높은 소리가 그들의 내부에서 흐르고, 그들의 괴로움은 젊은 베르테르의 괴로움처럼 음악화한다고 상상한다. 미가 그들에게 동정적이라고 생각하고 있는 것이다. 거지 같은 자들 같으니.

그들이 이 재즈 음악을 동정적이라고 말해줬으면 좋겠다. 조금 아까, 확실히 나는 대단히 편안한 상태로 헤엄을 치는 것과는 거리가 멀었다. 표면상으로 나는 기계적인 계산을 하고 있었다. 그러나 내심에는, 저 불쾌한 모든 관념이 침전해 있었다. 그것은 불확실한 의문이라든가, 침묵의 놀라움 같은 형태를 갖추고 밤낮으로 나에게서 떠나지 않는다. 안니에 대한 생각, 나의 망쳐 버린 생애에 대한 생각들이다. 그리고 또 그 밑에는 먼동처럼 소심한 '구토'가 있었다. 그러나 그때, 음악이 없었다. 나는 우울하고 잠잠했다. 내 주위의 모든 물체들은 나와 같은 존재, 즉 일종의 비참한 고통으로 만들어져 있었다. 세계는 나의 외부에서 그렇게도 추했다. 테이블 위의 저 더러운 컵, 유리의 갈색 반점과 마들렌의 앞치마, 마담의 뚱뚱한 애인의 친절한 태도, 이런 것이 모두 추했다. 세계의 존재 자체가 그렇게도 추했다. 그래서 나는 내 집에 있는 기분이 들어 마음이 편했다.

지금 색소폰 곡조가 들려온다. 그러나 나는 부끄럽다. 영광스러운 사소한 고통, 표준형의 고통이 막 생겨났다. 색소폰의 4박자, 그 소리가 오간다. 그리고 "우리처럼 해야지. '적당히' 괴로워해야지"라고 말하는 것 같다. 그렇다, 좋다! 물론 나는 그렇게 적당히, 자기만족을 하는 것도, 자기를 가엾게 여기는 것도 아닌, 무미건조한 순결성을 가지고 괴로워하고 싶었다. 그러나 컵 바닥에 남은 맥주가 미지근하거나, 거울에 갈색 얼룩이 있거나, 내가 여분의 존재라거나 하는 것이 나의 잘못일까? 또 나의 고통 속에서 가장 진실한 것, 가장 건조한 것이 질질 끌며, 축축하고, 측은한 큰 눈을 한 바다표범처럼 살이 너무 많고, 동시에 피부의 넓이가 너무 넓은 것이 나의 잘못일까? 아니다. 판 위에서 빙빙 돌고 있으면서, 나를 놀라게 하고 있는 그 다이아몬드의 조그마한 고통은 동정적이라고는 말할 수 없다. 아이로니컬하다고도 할 수 없다. 그것은 경쾌하게, 자기 자신에게 정신이 팔려서 돌고 있다. 그것은 낫처럼, 이 세상의 멋없는 친밀감을 잘라버렸다. 지금 그것은 돌고 있다. 그리고 우리들은 전부 마들렌이며, 뚱뚱한 사나이며, 마담, 나 자신, 그리고 식탁, 의자, 얼룩 있는 거울, 컵 같은 것, 모든 것이 존재 속에 버림받고 있다. 왜냐하면 우리들은 우리끼리이며, 우리끼리밖에는 아무것도 없기 때문이다. 그 다이아몬드의 작은 고통은 초라한 우리를, 일상적으로 아무렇게나 하고 있었던 우리들을 사로잡았다. 나는 나 자신에 대해서, 그리고 그것 '앞에' 존재하는 것에 대해서 부끄럽다.

'그것은' 존재하지 않는다. 그것은 귀찮기조차하다. 비록 내가 일어서서, 밑을 받치고 있는 판대기 위에서 그 판을 빼앗아, 그것을 두 조각으로 깨뜨렸다 하더라도 나는 그 '괴로움'에까지 다다르지 못했을 것이다. 그것은 저 너머에 — 항상 그 무엇의 저너머에, 이를테면 목소리의, 또는 바이올린 곡조의 저 너머에 있다. 그 두께, 그 존재의 두께를 통해서, 그것은 가늘고 힘찬 그 모습을 나타내 보이지만, 그것을 붙잡으려고 하면, 우리는 존재하는 것들에만 부닥치며 의미가 없어진 존재들에 발이 걸릴 뿐이다. 그 고통은 존재들 뒤에 있다. 나는 그 고통을 듣지도 못한다. 나는 그것을 드러내는 마찰음, 곡조의 진동 등을 듣는다. 고통은 존재하지 않는다. 왜냐하면 그것은 여분의 것이 하나도 없기 때문이다. 그 밖의 모든 것은 고통과의 관계로 인해서 여분의 것이기 때문이다. 그것은 '있다'.

그리고 나도 '있기'를 원했다. 그것밖에는 바라지 않았다. 이것이 내 인생의 결어(結語)이다. 아무런 연관이 없는 듯 보이던 이 모든 시도의 밑바닥에서 나는 같은 욕망을 본다. 나의 외부로 존재를 내쫓는 일, 순간순간에서 그들의 지방을 빼내는 일, 순간순간들을 짜고, 그것들을 말리고, 나를 정화하고, 나를 견고하게 만들고, 그리고 마지막으로 색소폰 곡조의 정확한 음을 내게 하는 일이 그것이다. 그것은 한 편의 훈화를 만들 수조차 있었을 것이다. 세상을 잘못 사귄 가련한 사나이가 있었다는 이야기를 말이다. 그는 다른 사람들처럼 공원의, 카페의, 상업 도시의 사람들 사이에서 존재하면서도 다른 곳에서, 이를테면 화폭(畵幅) 뒤, 틴토레토의 집정관들과 더불어, 고촐리의 플로렌스의 용자들과 더불어, 또는 책장 뒤의 파브리스 델 동고와 쥘리앵 소렐과 더불어, 레코드판 뒤에서 재즈의 메마르고 기다란 흐느낌과 더불어 살고 있다고 스스로 믿으려 했다. 그리고 여러 가지 어리석은 짓을 한 다음에 그는 알았다. 그는 눈을 떴다. 잘못된 배당이 있었다는 것을 알았다. 바로 그는 미지근한 맥주

잔을 앞에 놓고 카페에 있었다. 그는 의자 위에 주저앉아 있었다. 그는 자기가 바보라고 생각했다. 그리고 바로 그 순간에 존재의 저편에서 멀리 보이면서도 결코 가까이 갈 수 없는 그 다른 세계에서 가벼운 멜로디가 춤추고, 노래하기 시작했다.

"나처럼 살아야지. 적당히 괴로워해야지."
목소리가 노래한다.

> 머지않아서
> 사랑하는 그대는 내가 없어 외로우리.

이상한 잡음이 나는 것을 보니 거기에 금이 간 모양이었다. 그런데 가슴을 죄는 그 무엇이 있다. 그것은 이 멜로디가 유성기 바늘의 약간 긁적거리는 소리와 전혀 관계가 없기 때문이다. 멜로디는 그렇게도 먼 — 그렇게도 먼 배후에 있다. 이것도 나는 알고 있다. 즉 판은 금이 가고 닳았으며, 가수는 아마 죽었을 것이다. 나는 가려고 한다. 나는 기차를 타러 가려고 한다. 그러나 과거도 미래도 없이, 하나의 현재에서 다음의 현재로 떨어져 가는, 존재하는 것의 배후에, 매일매일 해체되고, 벗겨지고, 죽음을 향해서 미끄러져 가는 그 소리들 뒤에, 멜로디는 사정없는 증인처럼 젊고, 힘차게 그대로 남아 있는 것이다.

목소리가 죽었다. 판이 좀 긁히더니 멎었다. 귀찮은 꿈에서 해방되어, 카페는 존재하는 기쁨을 되씹는다. 마담의 얼굴에 핏대가 섰다. 자기의 새 파트너의 희고 뚱뚱한 뺨을 손바닥으로 때리고 있었으나, 그 뺨은 붉어지지 않는다. 죽음의 뺨이다. 나는 웅크리고 앉아서 꾸벅꾸벅 존다. 15분 후에 나는 기차를 타고 있을 것이다. 그러나 나는 그 생각을 하지 않고 있다. 나는 수염을 깎은, 검고 짙은 눈썹을 가진 미국인이 뉴욕의 아파트 21층에서 더위로 녹초가 되어 있는 모습을 생각한다. 뉴욕 위에서 하늘은 불타고 있다. 하늘의 푸른 색은 불이 붙었다. 황색의 커다란 불빛이 집들의 지붕을 핥는다. 브루클린의 선머슴들이 수영복을 입고 살수차 밑으로 기어 들어간다. 21층의 어두운 방은 화끈한 불로 달구어져 있다. 그 시커먼 눈썹을 가진 미국인은 숨을 헐떡거리고, 땀이 뺨 위로 흐른다. 그는 셔츠 바람으로 그의 피아노 앞에 앉아 있다. 그의 입속에는 담배 냄새가 남아 있다. 그리고 어렴풋이 곡조의 환상이 머리에 떠오른다. '머지않아서' 한 시간 후에 톰이 엉덩이에 납작한 물병을 차고 올 것이다. 그러면 그들은 가죽으로 만든 안락의자에 앉아서 알코올을 실컷 마실 것이다. 그러면 하늘의 불꽃이 그들의 목을 태우러 올 것이고, 그들은 타는 듯이 끝없는 졸음의 종량을 느낄 것이다. 그러나 우선 이 곡조를 먼저 적어야만 한다. '머지않아서' 축축한 손이 피아노 위에 있는 연필을 드는 것이었다. "머지않아서 사랑하는 그대는 내가 없어 외로우리."

　사건의 전말이 이러하든 다르든, 조금도 중요하지 않다. 하여간 재즈는 이와 같이 해서 생겨났다. 그것이 생겨나기 위해서 택한 것이 바로, 그 숯처럼 검은 눈썹을 가진 유대인의 닳고 닳은 육체다. 그는 힘없이 연필을 쥐고 있었고, 땀방울이 반지를 낀 손가락에서 종잇장 위로 떨어졌다. 그런데 왜 내가 그 사람이 아닐까? 왜 이 기적이 이루어지기 위해서, 더러운 맥주와 알코올로 가득 찬 송아지가 필요했단 말이냐?

"마들렌, 판을 걸어줄 수 있어? 한 번만, 내가 떠나기 전에."

마들렌은 웃기 시작한다. 그녀는 태엽을 감고, 자, 이제 다시 시작한다. 그러나 이미 나는 나에 대해서 생각하지 않는다. 나는 7월의 어떤 날, 어두운 자기 방의 더위 속에서 그것을 작곡한, 저쪽의 그 사나이를 생각하고 있다. 멜로디를 '통해서', 색소폰의 희고 시큼한 소리를 통해서 그에 대한 생각을 하려고 애쓰고 있다. 그는 이것을 만들었다. 그는 귀찮은 생각을 가지고 있었다. 모든 것이 생각대로 되지 않았다. 갚아야 할 외상값 — 그리고 어디엔가, 그가 바라듯이 그를 생각해주지 않는 여자가 있었다 — 그리고 사람을 미끈미끈한 기름 구덩이로 만드는 무서운 더위의 파도가 있었다. 이 모든 것은 영광스럽지 않은 것이 없고 아름답지 않은 것이 없다. 내가 노래를 듣고, 그것을 만든 것이 그 친구라는 것을 생각할 때, 나는 그의 괴로움, 그의 땀…… 이 감동적이라고 느낀다. 그는 운이 좋았다. 그러나 그것을 알아차리지 못했을 것이다. 그는 생각했을 것이다. 재수가 좀 좋으면, 이것으로 50달러를 벌 수 있다고 생각했을 것이다. 그렇다! 한 사나이가 감동적으로 보이는 것은 수년 이래 처음 있는 일이다. 나는 그 친구에 대해서 그 무엇을 알고 싶다. 그는 어떤 종류의 권태를 가지고 있었는지, 아내가 있었는지, 독신으로 살고 있었는지, 그것을 알면 재미있을 것 같았다. 물론 휴머니즘에서 우러나는 생각은 아니다. 그와는 반대다. 그가 그것을 만들었기 때문에 그러는 것이다. 나는 그와 지기가 되고 싶지 않고 — 그리고 아마 죽고 없을지도 모른다. 다만 그에 대한 정보를 수집하고, 그리고 이따금 이 판을 들으면서 그에 대해서 생각할 수 있으면 된다. 만약 누가 프랑스의 일곱 번째 도시에, 정거장 근처에, 당신 생각을 하고 있는 사나이가 있다고 말해도, 그에게는 기쁘지도 언짢지도 않을 것이라고 상상한다. 그러나 나라면 기쁠 것이다. 그자가 부럽다. 출발해야겠다. 나는 일어선다. 그러나 잠깐 멈칫거리다가, 흑인 여자의 노래가 듣고 싶어졌다. 마지막으로.

그녀가 노래한다. 그래서 두 사람이 구원됐다. 유대인과 흑인 여자다. 살아난 사람들, 아마도 그들은 존재 속에 빠져서 완전히 잡혀버렸다고 생각했을 것이다. 그런데 내가 그들을 다정하게 생각하는 만큼 나를 생각해주는 사람은 아무도 없다. 아무도. 안니조차도 생각하지 않을 것이다. 그들 작곡가와 가수는 어딘지 죽은 사람 같았고 어딘지 소설의 주인공 같았다.

그들은 존재한다는 죄악에서 몸을 씻었다. 물론 완전한 것은 아니다. 그러나 사람이 할 수 있는 한도 내에서는 그렇게 했다. 이 생각이 갑자기 나를 압도했다. 왜냐하면 나는 그 이상 아무것도 바라지 않았기 때문이다. 나는 소심하게 나를 어루만지는 그 무엇을 느낀다. 그리고 그것이 가버리는 것이 두려워서 감히 움직이지를 못한다. 그것은 내가 더 이상 알지 못했던 그 무엇이었다. 일종의 기쁨이었다.

흑인 여자가 노래한다. 그러면, 그녀의 존재를 정당화할 수 있단 말인가? 아주 조금이라도 몹시 겁을 먹은 느낌이 든다. 그것은 내가 많은 희망을 가지고 있기 때문이 아니다. 나는 눈 속을 걸어와서 완전히 얼어붙었다가 갑자기 따뜻한 방으로 들어온 사람 같았다. 그 사람은 문지방에서 아직도 찬 몸으로 움직이지 않고 있으며, 온몸에 느릿느릿한 소름이 퍼져 있을 것이다.

머지않아서
사랑하는 그대는 내가 없어 외로우리.

무슨 일을 내가 해볼 수 있을 것인가…… 물론 작곡에 관해서가 아니다…… 다른 분야에서 할 수 없을까? ……그것은 책이라야 할 것이다. 그 이외에는 아무것도 할 수 없으니 말이다. 그러나 역사책이 아니다. 왜냐하면 역사는 존재했던 것에 관해서 이야기하기 때문이다—한 존재는 결코 다른 존재의 존재를 정당화할 수 없다. 나의 잘못은, 드 롤르봉 씨를 재생하려고 한 점이다. 다른 종류의 책, 그것이 어떤 것인지 잘 모르지만—그러나 인쇄된 말 뒤에, 페이지 뒤에 존재하지 않을 것인 그 무엇, 존재 위에 있는 그 무엇을 사람이 알아내야만 할 것이다. 예컨대 어떤 이야기, 생겨날 수 없는 듯이 보이는 어떤 모험, 그것은 강철처럼 아름답고 굳어야만 하며, 사람으로 하여금 그들의 존재를 부끄러워하도록 해야 할 것이다.

나는 간다. 몽롱하다. 결정할 수가 없다. 내가 재주가 있다는 것이 확실하다면…… 그러나 절대로—절대로 나는 그런 종류의 것을, 역사에 관한 논문을 쓰지 않았다. 그렇다—앞으로도 안 쓰겠다. 한 권의 책. 한 권의 소설. 그 소설을 읽고 다음과 같이 말하는 사람이 있으리라. "그것을 쓴 사람은 앙투안 로캉탱이다. 그는 카페에 빈들 빈들 드나들던 머리칼이 붉은 놈이었다"라고. 그리고 그들은 내가 그 흑인 여자를 생각하듯이, 나의 생활에 대해서 생각할 것이다. 마치 무슨 귀중하고 반전설적인 일처럼 말이다. 한 권의 책. 물론, 처음에는 그것이 지리하고 피곤한 일에 불과할 것이다. 그리고 존재하는 것도, 또 내가 존재한다고 느끼는 것도 막지는 않을 것이다. 그러나 그 책이 완성되고, 내 뒤에 그것이 남을 때가 반드시 올 것이다. 나는 그 책의 조그마한 박명(薄命)이 나의 과거 위에 떨어질 것이라고 생각한다. 그때 아마도, 나는 그 책을 통해서, 나의 생활을 아무 혐오감 없이 회상할 수 있으리라. 아마도 그 어느 날, 등을 오그리고 내가 탈 기차 시간을 기다리고 있는 이 시간, 이 음울한 시간을 분명히 회상하면서, 나는 아마 가슴이 더 빨리 뛰는 것을 느끼며, "모든 것이 시작된 것은 그날, 그 시간이다"라고 말할 때가 오리라. 그리고 나는 — 과거에서, 과거에 있어서만 — 나를 받아들이게 될 것이다.

밤이 된다. 프랭타니아 호텔 2층의 두 창문에 막 불이 들어왔다. 신역(新驛) 공사장에서, 축축한 재목 냄새가 코를 찌른다. 내일 부빌에는 비가 올 것이다.

**작품 해설**

**1**

 전설 속 인물이 되어버린 사르트르는 1905년 6월 21일 파리에서 태어났다. 어머니는 슈바이처가(家)의 '권태를 느끼는 버릇, 몸매를 바르게 하는 일, 그리고 바느질'만을 배운, '50년이 지난 후에야 가족 앨범을 뒤지다가 자기가 아름다웠다'는 것을 겨우 안 검소하고 자존심이 강한 여인이었고, 아버지는 '바다를 보려고 사관학교에 지원한' 사르트르 의사의 장남이었다. 그러나 사르트르에게 그의 아버지는 없었던 것과 마찬가지였다. 아버지가 너무 일찍 세상을 떴기 때문이다. 그는 어쩌면 아내에게까지도 타인처럼 보였을 것이다.
 여기에 사르트르의 가장 중요한 성격의 일면이 드러난다. 그는 아버지를 몰랐고, 그래서 보통 어린아이들과 달리 '자유였다.' 아버지는 다행히도 일찍 죽었던 것이다. '다행히도'라고 사르트르는 감히 말하고 있다. 그러한 그를 우리는 후레자식이라고 불러야 할 것인가. 다행히도 그의 아버지는 젊은 나이에 죽었고, 그랬기 때문에 그는 아버지의 소유물이 되지 않을 수 있었다. 소유물이 된다는 것은 자신의 부재(不在)를 의미한다. 확실히 아버지는 자식을 소유하려 하고 '깔고 누워서 짓누른다.' 그러나 사르트르는 혼자였다. 지드의 모든 주인공이 그러하듯 — 그 대표적인 예가 라프카디오인데 — 사르트르 역시 사생아나 다름없었다. 이것은 두 가지 특질을 지닌다. 즉 모든 역사와 기록에서 단절되어 있는 해방된 — 즉 역사적 배경에서 벗어나 있는 — 자아(自我)와 자기 자신에의 해방이라는 두 가지 면모를 사생아는 가진다. 이러한 토양 아래서 최초의 현대인인 라프카디오의 '무상성(無償性)의 행위'가 일어나고, 그 행위 때문에 프로메테우스의 사슬이 풀렸다. 아버지가 일찍 죽는 '행운'을 가졌던 사르트르는 이 사생아와 다름없었다. 20세기와 때를 같이해서 태어난 사르트르는 20세기적 속성을 이미 몸속에 지니고 있었다. 이렇게 몸 자체에 시대의 뿌리를 박고 있던 사르트르는 그가 열한 살 때 어머니가 파리 이공과 출신인 라로셸의 조선소장(造船所長)과 재혼했기 때문에 파리를 떠나 라로셸에 간다. 그리고 그는 여기서 '자기의 지반(地盤)과 의무, 그리고 특히 권리를 믿고 있는 부르주아 층의 생태'를 알았다. 이것은 후에 《지도자의 유년 시절》과 《구토》에서 풍자의 대상이 된다. 1921년과 1922년에 걸쳐 대학 입학 자격 시험에 합격해 1925년 고등사범학교에 입학하였을 때, 그는 양차대전(兩次大戰) 사이에 낀 지식인이 되었고, 그때 에마뉘엘

무니에와 폴 니장을 알게 되었다.

1928년에 사르트르는 드디어 철학 교수 자격 시험에 합격했고, 징집 연기의 혜택을 입었던 관계로 늦게 군복무를 마친 후 지방 소도시 르아브르의 한 고등학교에서 교편을 잡게 됐다.

이곳은 후에 《구토》의 무대를 제공해주었다. 이렇게 전형적인 수재 코스를 밟아온 사르트르는 1938년, 그의 나이 서른셋에 《구토》를 발표함으로써 문단에 나서게 되었다. 알베레스도 말하고 있듯이 《구토》의 로캉탱은 지드의 '라프카디오'나 콕토의 '사기꾼 토마'의 성인이다. 세기의 사생아인 이들은 모든 속박과 굴레에서 벗어난 자유가 필요했다. 너무나 굳어 있던 기존 질서 속에서, 마치 '알라딘의 램프'라도 가진 듯한 '무서운 아이들'은 필연적으로 태어날 판이었다. 그러나 그들이 무한한 자유 끝에 얻은 것은 무엇이었던가. 그들은 확실히 자유로웠으나, 그들의 자유는 허공에 뜬 속이 빈 자유에 불과했다. 이러한 분위기 속에 사르트르의 사생아인 로캉탱은 태어난 것이었다. 19세기적 속박에서 벗어나기 위해서는, 기존 질서와 습관에서 벗어나기 위해서는 무한한 자유가 필요했지만, 그러한 자유란 생의 비극성, 인간 존재의 비극성 앞에서는 허공에 뜬 것이었다. 라프카디오의 자유가 죽음 앞에서, 혹은 나치 수용소 속에서, 안네 프랑크의 의식 속에서, 카타펠라의 소음 속에서 사실 무슨 빛을 발하겠는가. 로캉탱은 이러한 의식 아래서 성장한 라프카디오의 성인이다. 그는 부빌의 부르주아들을 사정없이 비웃지만, 이러한 자유에 대해서 항상 괴로워하고 있다. 라프카디오 역시 그러했을 것이고, 토마 역시 그러했을 것이다. 그들은 '자유의 열병

(熱病)'을 거친 후, 사르트르가 그의 소설 가운데 하나에 그 이름을 붙였듯, '철들 무렵'에는 역시 로캉탱이 되지 않을 수 없었을 것이다. 그러므로《구토》는 지드 시대의 문학적 종점인 셈이다. 지드 시대는 자유를 얻었으나 그 자유의 의미를 탐색하는 데서 끝이 난다. 이러한《구토》의 세계를 사르트르가 철학적으로 체계화해 놓은 것이 그의 철학적 거작인 —《존재와 시간》과 더불어 20세기의 커다란 철학적 수확인 —《존재와 무(無)》이다.《존재와 무》라는 기념비적인 작품이 나오기 전에 대학 출판사의 '신철학총서'의 일부로서《상상력》이, 그리고 1939년에는《감정 이론 개요》가, 1940년에는《상징적인 것: 상상력에 관한 현상학적 연구》가 발표되었다. 모두 철학 연구생을 위한 저서들이었다.

이러한 것들로 이미 사르트르는 '소수의 독자'들 사이에서 평판을 얻기 시작했다. 그러나 이러한 평판은 대중적인 것은 아니었다. 로캉탱은 아무래도 아르센 뤼팽보다는 접근하기 힘들었고, 쥘리앵 소렐 같은 정열도 없었기 때문이다.

그런데 1943년 폭탄적인 작품이 나타났다. 문자 그대로 그것은 폭탄적인 작품이었다.《파리 떼》의 등장이다. 침울한 낯으로 카페 의자에 앉아서 음악과 구토 사이의 상관관계, 존재의 어려움과 자유의 괴로움을 느끼고 있던 로캉탱 저편에서, 항상 '대기적(待機的) 상태'에서 마티유가 어정거리고 있을 때, 오레스트가 창을 휘두르며 나타난 것이다. 여기서 침울한 철학자 사르트르는 마치 대중가요 가수처럼 대중 속에 파고들었다. 카페 의자에서 철없이 노닥거리는 대중에게 사르트르는 그 독특한 설득력 있는 어조로 자유와 책임을 외치기 시작한 것이다. 여기서 지드 시대는 종말을 고하고 새로이 사르트르 시대가 태어난다. 지드의 방종하지만 청명한 생의 활기와 공상의 감미로움에서 사르트르는 생의 비극성과 인간 존재의 숙명이라는 어두운 노래를 부르기 시작한 것이다. 그리고 그것은 대전을 두 번이나 치르고, 자신의 친구들이 쓰러져 가는 것을 보고, 인간의 피부가 '비누'가 되어 나오고, 산 인간이 해부대 위에 모르모트처럼 오르는 것을 본, 놀란 부르주아의 불안에 그대로 들어맞는 것이었다.

사르트르는 시대를 붙잡은 셈이었다. 문자 그대로 그는 '시대의 사람'이 되었다. 사르트르가 그렇게 되기를 원했다기보다는 아마도 시대가 그러한 것을 원하고 있었을 것이다. 여하튼 양차대전을 통한 인간의 비극적 풍토는 사르트르의 그것과 신통하게도 꼭 들어맞았다. 사르트르는 이미 '소수 독자'들만의 소유가 아니었다. 대중은 그를 부르고 그가 말하기를 기다리고 있었다. 이리하여 《자유의 길》, 《미국 기행》, 희곡 《무덤 없는 주검》과 《공손한 창녀》, 그리고 《실존주의는 휴머니즘이다》가 계속 이어졌다. 영화계에서 전설의 인물을 그대로 내버려둘 리 만무했다. 훌륭한 시나리오를 쥘리앵 뒤비비에가 감독한 《내기는 끝났다》가 1947년에, 그리고 그리 알려지지는 않았지만 《치차(齒車)》가 1949년에 발표되었다. 사르트르는 이에 만족하지 않았다. 그는 말하자면 불안한 시대에 대한 책임마저 지려고 한 것이었다. 그러기 위하여 기관지 《현대》가 발간되었다. 《현대》 창간사에서 그는 이렇게 말하고 있다.

작가들에게 도피할 방도란 없으므로, 우리는 작가들이 좁게 자기 세대를 포옹하기를 원한다.

이러한 그의 선언은 계속《현대》에 반영되어 잡지의 성격을 지극히 편협하고 편파적으로 만들었으나 "저널리즘의 견지를 떠나 반항적 지식인의 입장에 서서 세계의 시사 문제에 관한 자료를 극히 지적인 면에서 제공"하는 데에 성공한 것 또한 무시할 수 없을 것이다. 이렇게 대중의 기대 속에서 호흡하던 사르트르는 보들레르에 관한 논문을 쓰는 것을 계기로 다시 서재로 돌아간다. 그러다가 1948년에 나온 희곡《더러운 손》을 계기로 다시 '말하기' 시작한 사르트르는 공산당과 인연을 끊고 다비드 루세, 제라르 로장탈과 더불어 '민주혁명연합'이라는 정당을 꾸렸으나 곧 실패하여 해산하고 1953년에 다시 소수인을 위한《성 주네론(論)》을 발표하여 그의 지적인 탐구를 계속했다.

## 2

이렇게 간추려보아도 사르트르의 생애는 그 자신의 말처럼 '신을 위한 작가'로서의 사르트르와 '이웃을 위한 작가'로서의 사르트르의 뒤범벅임을 알 수 있다. 카뮈도 말하듯이 "이 한정되고 죽을 수밖에 없는 세계에서의 산 초월"을 원하는, 신을 위한 작가로서 사르트르는 그가 지금 뭐라고 한다 하여도 독자들의, 아주 소수의 창조자들의 머리에서 사라지지 않으리라.《존재와 무》,《상상력》, 혹은

《보들레르론》과《주네론》,《상황 I》에 실린 그의 문학평론, 그리고 《구토》 등은 신을 위한 작가로서의 그의 면모를 잘 보여주고 있다. 《엔카운터》지 기자에게 말한 대로 그가 '절대'라는 노이로제에 끊임없이 사로잡혀온 것은 사실일 것이다. 절대라는 노이로제 없이 신을 위해 글을 쓸 수는 없기 때문이다. 사르트르가 뭐라고 한다 하더라도 그는 역시 창조적 소수자에 속하고 있고, 그런 의미에서 그는 지적 부르주아다. 그리고 이것은 불명예가 아니다. 그는 끊임없이 행동하려 하면서도 서재에 대한 끝없는 향수를 느낀다.

> 오랫동안 나는 펜을 칼처럼 생각했다. 이제 와서 나는 우리의 무력함을 알고 있다. 그래도 상관없다. 나는 책을 쓰고 있으며 앞으로도 그럴 것이다.

마음속으로 사르트르는 자기 자신을 부정하고 있음에도 본질적으로 자기의 구원을 위해 쓰는, 즉 신을 위해 쓰는 작가이다. 음악에서 구원의 편린을 보는《구토》의 로캉탱이 그러하듯이, 이렇게 본능적으로 신을 향한 작가인 사르트르는 또한 동시에 '이웃을 위해 쓰는 작가'가 되려고 한다. 남들이 굶주리고 헐벗고 거리에서 서성거리고 있는데 자기만 이 서재에 앉아 구원을 말하고 절대를 말할 수는 없지 않은가. 사실 무엇이 그들을 거리로 몰아내었으며 자기는 왜 서재에 있는가. 이런 세계와 타인에 대한 아주 원초적인 의문은 사르트르로 하여금 '이웃을 위해 쓰는 작가'가 되지 않을 수 없게 한다. 그들 역시 '인간'이기 때문이다. 그들에게 인간을 일깨워주고 그것의 존엄성을 가르쳐주기 위해서는 자기가 희생되는 길밖에 없다. 적어도 자신의 문제는 그때까지 유예되어야 한다고 그는 생각하는 듯하다. 이것은 그의 '문학론'의 기조를 이루는 사상이다. 이것을 위하여 그는 앙가주망을 말하고 독립 정당을 꾸렸다. 비록 그것이 실패할망정 그는 거기서 손을 뗄 수가 없었던 것이다.

  이 부분을 보다 더 자세히 알기 위해 그의 저서 《상황 II: 문학이란 무엇인가》를 잠깐 읽어보자. 1948년의 작가 입장에서 그는 16세기에는 다만 현실적 독자(le public réel)만이 있었다고 말한다. 작가와 독자는 동일 직업, 즉 성직자에 속했고, 그런 의미에서 그들에게 문제가 되는 것은 자신들의 구원에 관한 문제였다. 그들은 모두 동격이었기 때문이다. 말하자면 그들에게는 '영원의 감각적 형상'만이 필요했던 것이다. 그들의 책을 읽지 않을 세속의 독자들은 그들에게 아무런 의미도, 필요성도 갖지 않는다. 모든 문제는 '성직자의 신'에 의해 미리 해결되어 있고, 작가는 그 방정식만을 질서정연하게 보여주면 되는 것이다. 그러나 17세기에 들어오면서 문제는 약간 양상을 달리한다. 그때부터 작가와 독자가 분리되기 시작했기 때문에 작가와 독자의 구별이 없었던 16세기와는 약간 상황이 달라졌다. 그렇다고 해서 '잠재적 독자(le public virtuel)'가 형성된 것은 아직 아니다. 아직도 현실적 독자만 있었으나, 그 독자는 작가의 독자로 분리되고 있었던 것이다. 다시 말하면 작가는 '누구를' 위하여 쓸 것인가를 미리 상정한 상태에서 글을 썼다는 말이다. 아주 제한된 지배계급만을 위해 작가는 글을 써야 했기 때문에, 글 속에서 보편적 인간과 지배계급은 혼동되고 같은 것으로 사유되고 있었다. 그러므로 이들에게 문제 되었던 것 역시 자기들 지배계급의 구원의 문제 — 즉 죽음, 지배, 선 등 — 였다. 그러나 18세기, 19세기에 들어오면서 독자는 완전히 현실적 독자와 잠재적 독자로 나누어지게 되었다. 물론 인쇄술의 발달과 부르주아의 등장이 그 큰 요인이었을 것이다. 이제 작가들은 누구를 위하여 써야 할 것인가를 스스로 결정해야 했다. 작가를 한정하고 있는 독자의 테두리가 사라진 것이다. 이렇게 하여 현실적 독자 — 혹은 작가 — 만을 위해 쓰는 '신을 위한 작가'와 잠재적 독자를 위하여 쓰는 '이웃을 위한 작가'가 탄생한다.

사르트르는 이 두 가지 독자 사이에서 서성거리고 있었다. 그처럼 이 두 가지 속성이 잘 드러나는 작가가 거의 없을 정도다. 이웃을 위해 글을 쓸 때마다 서재를 그리워하고, 서재에 앉아 있을 때마다 거리의 잠재적 독자를 생각하는 사르트르의 모습은 바로 이 두 가지 경향을 동시에 가진 쌍두사(雙頭蛇)의 모습이다. 저작《말》에서 그는 '신을 위하여' 쓰는 데 대단한 매력을 느끼지만 '이웃을 위하여' 글을 써야 한다고 결론처럼 말하고 있다. 그러나 그는《플로베르론(論)》을 쓰면서 쌍두사를 계속해나갔다.


## 3

그러면 사르트르의 사상적 체계는 어떠한 것인가. 왜 그는 신을 위해 글을 쓰다가 갑자기 이웃을 위해 글을 쓸 결심을 했던가. 이것을 알기 위해서 이제는 약간 진부할 정도로 유명해져버린 그의 독특한 명제 몇 가지를 생각해보자.

아리스토텔레스 학문의 시작이 경이이듯, 사르트르의 사고의 시초 또한 경이에서 시작한다. 때때로 우리는 어떤 낱말을 수없이 되풀이해 말해볼 때가 있다. 한참 동안 그 낱말을 되풀이하다 보면 그 말은 본래 의미의 그 더럽고 냄새나는 찌꺼기에서 벗어나 단순한 음향으로 환원된다. 그때 우리는 경이와 마주하게 된다. 마찬가지로 우리는 아무런 특별한 주의도 기울이지 않고 단순히 책상을, 만년필을 사용한다. 그러다가 갑자기 우리는 놀란다. 우리가 거기에 부여하는 뜻이 해체될 때 남는 것은 극히 두렵고 기괴한 사물에 지나지 않기 때문이다. 사르트르의 사상은 우선 이 사물들의 존재를 인식하는 데서 시작한다. 사물들에서 인간이 부여한 의미를 제거하고 다만 존재 자체로의 사물을 보는 데서 그는 출발한다. 이것을 사르트르는 《구토》에서 마로니에 나무뿌리에 대한 이야기로 해명하고 있다. 약간 길지만 그 부분을 인용해보자.

조금 아까 나는 공원에 있었다. 마로니에 뿌리는 바로 내가 앉은 의자 밑에서 땅에 뿌리를 박고 있었다. 그것이 뿌리였다는 것이 이미 기억에서 사라졌다. 어휘가 사라지자 그것과 함께 사물의 의의며, 그것들의 사용법이며, 또 그 사물의 표면에 사람이 그려놓은 가냘픈 기호가 사라졌다. 어깨를 움츠리고, 고개는 숙인 채로 나는 혼자서 그 검고 울퉁불퉁하고 마디가 져서 내게 공포심을 주는 나뭇더미와 마주 앉아 있었다. 그러다가 나는 그 계시를 받은 것이다.
그것이 나의 숨을 멈추게 했다. 3, 4일 전만 해도 나는 '존재한다'는 것이 무엇을 의미하는가를 결코 예감하지 못했다. 나는 다른 사람들, 봄옷을 입고 바닷가에서 거니는 사람들과 다름이 없었다. 나는 그들처럼 "바다가 푸르'다'. 저기, 저 높은 곳에 있는 흰 점, 그것은 갈매기'다'"라고 말했다. 그러나 나는 그것이 존재한다는 점, 갈매기가 '존재하는 갈매기'라는 점을 느끼지 못하고 있었다. 보통, 존재는 숨어 있다. 그것은 여기 우리들 주위에, 그리고 우리들 내부에 있다. 그것은 즉 '우리'이다. 존재에 관해서 말하지 않고는 무엇하나 말할 수 없다. 그러나 결국 존재에 손을 댈 수는 없다. 내가 존재에 대해서 생각한다고 믿었을 때, 실은 아무 생각도 하지 않았다고 믿어야 옳다. 나의 머리는 비어 있었다. 혹은 꼭 한마디가 머릿속에 있었다. '이다'라는 말이다. 그렇지 않으면 나는 생각하는 것이었다…… 뭐라고 말할까? 나는 '속성'이라는 것을 생각하고 있었다. 나는 바다가 초록색 물건의 계급에 속해 있다고, 또는 초록색이 바다의 성질의 일부를 이루고 있다고 생각하고 있었다. 그러나 사물을 바라보고 있을 때조차도, 그것이 존재한다는 생각과는 거리가 멀었다. 사물은 무슨 장치처럼 보였다. 나는 그것들을 손에 들고 있었다. 그것은 도구로서 쓸모가 있었다. 나는 그것들의 저항을 예견하고 있었다. 그러나 이 모든 것은 표면을 스쳐 갔다. 만약 존재라는 것이 무엇이냐고 누가 나에게 물었다면 나는 서슴지 않고 그것은 아무것도 아니다, 그것들은 외부에서 와서 사물의 성질에 아무런 변화도 주지 못한 채로 부가되는 공허한 형체일 뿐이다, 라고 대답했을 것이다. 그러던 것이 이젠 달라져버린 것이다. 갑자기 그것은 거기에 있었다. 대낮처럼 분명했다. 존재가 갑자기 탈을 벗은 것이다. 그것은 추상적 범주에 속하는 무해한 자기의 모습을 잃었다.

그것은 사물의 반죽 그 자체이며, 그 나무의 뿌리는 존재 안에서 반죽된 것이다.

길고 난해한 이 부분은 사르트르 사상의 시발점으로 매우 중대한 의미를 띤다. 이것을 보다 잘 알기 위해 한 구절씩 해석해보자.

로캉탱은 공원의 벤치 위에 앉아 있다. 그 아래 마로니에 뿌리가 땅속에 파묻혀 있고, 로캉탱은 그것을 바라보고 있다. 로캉탱은 다른 사람들처럼 그것을 '뿌리'라고 파악하고 있었다. 마치 "이것은 책상이다" "저것은 갈매기이다"라고 말할 때처럼 그는 그것에 이름을 붙이고, 그것에 이름을 붙였다는 이유로 그것을 손 안에 잡고 도구로 사용하고 있었다. 왜? 마로니에 뿌리 — 그것은 뽑아내기 어려운 사물이지만, 그러나 얼마만큼의 칼로리를 우리에게 제공해줄 수 있기 때문이다. 마치 사냥꾼에 대해 산돼지가 신체 운동의 훌륭한 기회를 주고 표적이 되며 나중에는 일류 요리가 되듯이 그것들은 우리에게 이름을 가진 도구로 다가온다. 그들은 존재한다기보다는 단순히 무엇일 뿐이다. 그리하여 로캉탱은 그때 만일 누가 존재에 대해 물어보았더라면 기꺼이 "존재라는 것은 아무것도 아니다. 그것들은 외부에서 와서 사물의 성질에 아무런 변화도 주지 못한 채로 부가되는 공허한 형체일 뿐"이라고 대답했으리라고 말하고 있다.

그때 로캉탱은 아마도 존재(existence)보다도 어떤 속성(être quelque chose)을 더 생각하고 있었던 듯하다. 사물의 본질을 변화하지 않고 밖에서부터 온다는 것이 그것을 말해주고 있다. 그 자신을 떠나 존재가 가능성에 끼치는 것이란 아무것도 없기 때문이다. 저기에 있음은 사물에 있음만을 부가해줄 따름이다. 이렇게 사물이 파악되면 그것은 일종의 '무대 장치'에 지나지 않게 된다. 그들은 도구일 뿐이다. 그런데 갑자기 사물은 우리에게 반항하고, 그때 묻고 더러운 이름에서 벗어나, 무엇임에서 벗어나, '대낮처럼' 환히 드러난다. 이미 마로니에 뿌리는 그리하여 마로니에 뿌리가 아니다. 로캉탱은 더 이상 뿌리의 본성, 혹은 본질을 기억하지 못한다. 그 뿌리에 부연한 어휘는 사라지고, 사물의 표면에 자취를 남기는 '인간의 연약한 기호'도 이제는 사라져버리고, 남아 있는 것은 인간이 붙인 기호가 사라졌기 때문에 '가공되지 않은'— 말하자면 사고에 의해 때 묻지 않은 '검고 매듭이 많은 물체'뿐이다. 그것은 로캉탱과 아무런 연관도 없이 다만 동떨어져서 '있을' 뿐이다. 그리하여 그것은 로캉탱을 겁나게 한다. 그것이 무엇인가를 알지 못하기 때문에.

이렇게 하여 '존재하는 뿌리'가, '존재하는 갈매기'가 드디어 보여진다. 이처럼 사물이 존재한다는 것은 사물과 자기를 맺는 모든 관습과 때 묻은 의미를 제거해버린 것을 말한다. 로캉탱은 이러한 의미 없는 사물의 현존 앞에 놀라고 당황한다. 사물은 로캉탱에게 반항하고 있으나 그는 그것에 질서를 부여하고 이유와 어휘를 덧붙여줄 수 없다. 여기에 로캉탱의 고뇌가 있다. 사물의 존재는 그리하여 로캉탱에게 '구토'를 느끼게 한다. 구토란 이 사물과 자기와의 거리를 느낄 때의 감정 이외에 다른 것이 아니다.

1. 이제 생각이 난다. 지난날 내가 바닷가에서 그 조약돌을 손에 들고 있었을 때 내가 느꼈던 감정이 이제 잘 생각이 난다. 그것은 시

큼한, 일종의 구토증이었다. 그 얼마나 불쾌한 것이었던가! 그것은 그 조약돌 탓이었다. 확실하다. 그것은 조약돌에서 손아귀로 옮겨졌다. 그렇다. 그것이다. 바로 그것이다. 손아귀에 담긴 일종의 구토증.

  2. 무릇 물체들, 그것들이 사람을 '만져'서는 안 될 것이다. 왜냐하면 그것은 살아 있지 않기 때문이다. 우리는 그것을 사용하고, 그것을 정리하고, 그 틈에서 살고 있다. 그것들은 유용하다는 것뿐 그 이상 아무것도 아니다. 그런데 그것들은 나를 만지는 것이다. 나는 그것을 참을 수가 없다. 마치 그것들이 살아 있는 짐승들인 것처럼 그 물체들과 접촉을 갖는 게 나는 두렵다.

이렇게 자기가 사물에 의미를 부여하고 사물의 위치를 바로 하고, 그것을 예속할 수가 없다면, 이 모든 것이 불가능하다면 남는 것은 우연성과 무상성뿐이다(라프카디오에게 이 무상성이란 쟁취된 것이나, 로캉탱에게는 주어진 것임을 조심해 살피자). 도대체 무엇 때문에 사물들은 지금 여기에 있단 말인가. 그들은 나에게 무엇을 요구한단 말인가. 그러나 문제는 사물의 '있음으로' 끝나지 않는다. 만일 그것이 사물의 있음으로 끝난다면 우리는 그 사물 밖에 있을 수가 있기 때문이다. 그런데 이 '있음'은 우리 자신에게도 작용한다. 사물만이 베일을 벗는 것이 아니라, 우리 자신도 베일을 벗고, 우리가 우리에게 부여하는 때 묻은 베일을 벗고 우리에게 보인다. 말하자면 우리의 존재의 의미도 흔들거리기 시작한다. 로캉탱은 자기에게 가장 친근한 사물인 얼굴도, 손도 하나의 흉측스러운 벌레로 환원되고 거기에 아무런 설명을 가할 수 없음을 알게 된다. 자기 주위에서 흔들거리던 존재의 환각이 자기 속에 들어오기 시작한 것이다.

  1. 전등을 끈다. 일어선다. 벽에 흰 구멍이 있다. 거울이다. 함정이다. 나는 이 함정에 걸려들게 되리라는 것을 알고 있다. 틀림없이 걸려들었구나. 거울 속에 회색빛 물체가 나타난다. 나는 가까이 가서 그것을 본다. 이제는 거기서 떠날 수 없다.

  2. 손바닥을 아래로 향하게 한다. 이제 손등이 보인다. 약간 반짝인다— 손가락뼈가 솟아난 곳에 불그스레한 털이 없었다면 물고기 같았을 것이다. 나는 나의 손을 느낀다. 그것은 나다. 내 팔 끝에서 움직이고 있는 두 마리의 짐승이다.

마로니에 뿌리는 그것만으로 끝나지 않는다. 마치 암처럼 서서히, 그러나 집요하게 모든 부분에 존재의 병은 스며들어온다. '우리는 잉여물이다'라는 그 존재의 병이. 그리하여 '나의 얼굴과 나의 손', 그리고 '나'마저도 존재의 병 속으로 휩쓸려 들어간다. 이리하여 사르트르의 유명한 명제인 '존재는 본질에 선행한다'가 튀어나온다. 왜냐하면 존재하는 사물에 본질이 수여됨으로써 그것은 하나의 실체가 되기 때문이다. 한없이 '구토'만을 느끼고 살 수는 없지 않은가. 그러므로 이 구토의 심한 허무주의에 사르트르는 빠져버리지 않는다. 근원적으로(우리가 말해온 방향과는 정반대로) 존재자란 우연성이라는 어쩔 수 없는 존재자성(存在者性)을 가지고 있다고 하자. '사실성' 즉 우리의 현존성의 어찌할 수 없는 우연성, 목적도 이유도 없는 우리의 '존재의 우연성'을 인정하기로 하자. 그렇다고 완전한 페시미즘에 빠질 수는 없다고 사르트르는 생각한다. 왜? 우리는, 우리 인간은 목적 없고 이유 없는 현존재에 본질을 부여할 수 있는 유일한 존재자이기 때문에. 이렇게 목적도 이유도 없는 현존성에 이유를 주고 실체(實體)를 이룩하기 위한 사르트르의 사고는, 곧 대상과 의식의 문제로 옮겨간다. '의식을 지탱하는 어떤 절대' 혹은 칸트식의 '물자체(物自體)'를 상정할 수 없는 그는 유일한 방법으로 '경험할 수 있는' 의식만을 말할 뿐이다.

옮긴이

## 옮긴이의 말

 문학청년이었던 나는 파리 유학 중에 틈만 있으면 생제르맹 데 프레에 있는 카페 드 플로르에 들르곤 했다. 사르트르와 한번 만나보고 싶어서 면회를 신청하는 편지를 쓰다가 포기한 것이 몇 번인지 헤아릴 수 없다. 혹시 그 카페에 가면 우연히 만날 수 있을지 모른다는 속셈이었지만, 그가 그 카페를 본거지로 삼았던 것은 이미 몇 년 전의 일이었다.
 그 후에도 여러 차례에 걸쳐 프랑스에 머물거나 거쳐 가는 일이 있을 때마다 그와 만나보려는 계획은 세우면서도, 막상 만나서 무엇을 이야기할 것인가, 과연 내가 그와 대결할 만한 무엇을 가졌는가에 생각이 미치면 그 의욕이 나도 모르게 위축되고 마는 것이었다. 1980년 4월, 그가 유명(幽明)을 달리했다는 뉴스를 듣고, '거성(巨星), 드디어 떨어지다'라는 생각에 숙연해지면서도, 마음 한구석에서는 왠지 모르지만 안도의 한숨 같은 것을 느낀 것은, 그만큼 그의 존재가 나의 의식 속에 군림해 있었기 때문인지도 모른다.

그런 것을 느낀 이가 과연 나 혼자뿐이었을까.

대학 때 나는, 밤낮으로 실존주의 문학에 관해 생각했다. 그의 데뷔 작품이라고도 할 수 있는《구토》는 종래의 프랑스 전통문학에 심취한 나로서는 이해의 피안(彼岸)에 있는 것이었다. 또 한편으로는 카뮈의 작품에 사로잡힌 상태에서, 사르트르와 카뮈의 논쟁, 그리고 결별을 속마음으로 안타까워하고 있었다. 외람되게도 나는 그 두 존재를 나의 삶의 스승이라고 생각하고 있었다. 나는 사르트르에게서 냉엄한 '인간의 존재'를 배웠고, 카뮈에게서는 로마네스크한 '인간의 고뇌'를 배웠다고 자부한다.

내가 카뮈 문학을 전공으로 택한 뒤 지금까지, 그의 작품 속의 철학 사상과 아직껏 씨름하고 있는 것은, 아마도 카뮈의 밑바닥에 흐르는 사람의 냄새 때문일 것이다. 그러나 한편으로는, 우주와 인간의 규명에서 추상처럼 가차 없는 명석을 가지고 육박하는 사르트르의 삶에 경외와 존경의 마음을 금치 못하는 것이 나의 솔직한 고백이다.

그 후 여러 해가 지나, 나는《실존주의는 휴머니즘이다》에 이어《구토》를 우리말로 번역 출판했다.

'번역은 반역이다(La traduction est une trahison)'라고, 나의 스승 한 분이 가르쳐주었다. 그런 의미에서 나는 무모하게도 사르트르의 작품들을 번역하고, 게다가 태연히 있었던 나 자신에게 놀란다. 과연 나는 사르트르의 사상을 충분히 이해하고 있는가. 과연 나는 그의 작품 속에 깔린 그의 철학, 그가 말하고자 하는 바를 그의 의도대로 독자에게 전달했을까. 전혀 자신이 없어서 나의 마음은 괴롭다.

1980년 5월 초순, 블레드(유고)에서 개최될 예정이던 국제 펜 대표자 회의에 한국 대표로 참석하게 되어, 파리에 도착한 것이 4월 21일 새벽이었다. 카르티에 라탱에 있는 단골 호텔에 여장을 풀고, 역시 단골 카페에서 조반을 먹으면서 손에 든 《로로르》지(紙)를 보다가 오후 2시에 사르트르의 장례식이 있다는 기사와 부닥쳤다. 순간 나는 아찔했다. 장례는 이미 끝난 줄 알고 있었기 때문이었다. 우연치고는 너무나 지나친 우연 같았다. 지난날 사르트르를 그리며 카페 드 플로르에 앉아 있었던 일, 마음을 설레며 그의 작품을 번역하느라 천신만고하던 일 등이 주마등처럼 나의 머릿속을 스치고 지나갔다. 기이하게도 바로 그의 장례식 날에 당도하다니…….

오후 1시경, 디도가에 있는 부르새 병원의 뒷문에 다다랐다. 이에나 광장에서부터 모든 차의 교통이 차단되어, 디도가를 중심으로 한 골목 골목은 인파로 들끓고 있었다. 사르트르는 모든 의식(儀式)을 거부했다 한다. 그의 뜻에 따라 영결식도 없이, 그를 태운 영구차가 병원 뒷문을 나와서, 몽파르나스의 묘지까지 조용히 행진했다. 가장 감동적이었던 일은, 골목을 입추의 여지 없이 메운 수천의 군중이 숙연히 숨소리를 죽이고 영구차가 나오는 것을 기다리는 장면이었다. 뒤따르는 대형 버스 속에는 시몬 드 보부아르 외 4, 5명의 남녀가 앉아 있을 뿐이었다. 참여한 한 사람 한 사람 모두에게 나름의 감회가 있었겠지만, 소년 시절부터 그의 작품과 씨름해온 나의 감회는 무량했다. 비록 생전에 만나보지는 못했지만, 나에게 사르트르는 마음의 스승이었고, 존경하는 대선배였다.

비록 그의 육체는 사라졌지만, 그가 인류에게 남긴 강렬한 흔적은 영원히 남을 것이다. 그리고 나의 마음속에도 영원히 그의 입김은 생동할 것이다. 다음 날 새벽 6시 반, 나는 택시를 타고, 몽파르나스 묘지로 달려갔다. 꽃에 파묻혀 안치되어 있는 그의 관 앞에서 혼자 서서 목도를 한 나의 심정, 그것은 생전에 사르트르가 가장 멸시했던 센티멘털리즘이었을지도 모른다.

끝으로 오랫동안 절판되어온 것을 문예출판사에서 기회를 주어 요즘 젊은 세대들의 감각에 맞추어 원고를 전면 수정, 개정판을 내게 됨을 독자들과 함께 기쁘게 생각하며 전병석 회장님께 감사드린다.

# 장 폴 사르트르 연보

**1905년**    6월 21일, 파리에서 부르주아 가문의 외동아들로 태어났다. 아버지는 파리 이공과대학교를 나온 프랑스 해군 장교였고 어머니는 알자스의 슈바이처 가문 출신이었다. 훗날 노벨평화상을 받은 알베르트 슈바이처가 어머니의 사촌이었다.

**1906년**    태어난 지 15개월 만에 아버지가 인도차이나 전쟁 후유증인 열병으로 사망하면서 어머니와 함께 외할아버지 샤를 슈바이처의 집으로 옮겼다. 학교에 들어가기 전 10세까지 외할아버지가 아버지의 역할을 했다.

**1915년**    파리 소재 앙리 4세 중고등학교에 입학했다.

**1916년**    어머니가 재혼했다. 사르트르에게 큰 영향을 주는 폴 니장과 만났고, 두 사람의 우정은 1940년 니장이 죽을 때까지 계속되었다.

1917년   의부를 따라 라로셸로 이사하여 그곳 중고등학교에 진학했다.

1920년   파리로 돌아와 앙리 4세 중고등학교에 복학했다.

1922년   폴 니장과 함께 리세 루이르그랑에서 고등사범학교 입학 준비를 했다.

1924년   폴 니장과 함께 고등사범학교에 입학했다. 고등사범학교에서 철학, 사회학, 심리학을 전공하면서 레몽 아롱과 메를로퐁티 등과 교제했다.

1927년   첫 번째 소설《패배》를 썼으나 갈리마르 출판사에서 출간을 거절당했다.

1928년   철학 교수 자격 시험에 불합격했다.

1929년   철학 교수 자격 시험에 다시 응시하여 수석으로 합격했다. 폴 니장도 이때 같이 합격했다. 당시 시험의 차석은 훗날 평생의 반려자가 되는 시몬 드 보부아르였다. 11월에 군에 입대하여 기상 관측병으로 18개월간 복무했다.

1931년   군 제대 후에 르아브르 고등학교 철학 교수로 교사 생활을 시작했다. 르아브르는 후일《구토》의 무대가 되었다.

1932년   베를린의 프랑스문화원 강사로 있던 레몽 아롱에게 후설의 현상학에 대해 듣고 관심을 보였다.

1933년   프랑스문화원 장학생이 되어 베를린의 프랑스문화원에서 후설의 현상학을 좀 더 깊이 연구했다.

1935년   상상력에 대한 실험을 위해 환각제 메스칼린 주사를 맞고

6개월 동안 신경쇠약과 환각에 시달렸다. 온몸을 게와 낙지가 감싸고 도는 환각으로 괴로워했고 이후 평생 갑각류에 공포를 느꼈다. 《구토》에 당시의 경험이 녹아 있다. 르아브르 고등학교에 복직했다.

**1936년** 《상상력》을 출간했다.

**1937년** 단편 〈벽〉을 발표했다. 파리 파스퇴르 고등학교로 학교를 옮겼다.

**1938년** 1월에 단편 〈방〉을 발표했다. 3월에 갈리마르 출판사에서 첫 장편소설 《구토》를 출간했다. 공쿠르상 후보에 올랐으나 수상에는 실패했다.

**1939년** 단편집 《벽》을 출간했다. 2차 세계대전으로 군에 소집되었다.

**1940년** 4월에 《벽》으로 민중소설상을 수상했다. 6월에 독일군에게 잡혀 전쟁 포로가 되었다. 크리스마스를 맞아 포로수용소에서 예수 탄생을 소재로 한 희곡 〈바리오나〉를 쓰고 연출했다. 평생의 친구였던 폴 니장이 죽었다.

**1941년** 가짜 신체 장애 증명서로 포로수용소에서 석방되었다. 메를로퐁티, 보부아르, 드장티 등과 함께 저항 단체 '사회주의와 자유'를 조직했다가 곧 해산했다.

**1943년** 희곡 〈파리 떼〉를 상연했다. 〈파리 떼〉 총연습 날 알베르 카뮈와 처음으로 만났다. 전기 사상이 집대성된 《존재와 무》를 출간하여 철학자로서 지위를 굳혔다.

**1944년** 교수직을 그만두었다.

**1945년**  레지스탕스 신문 〈콩바〉와 일간지 〈르 피가로〉 특파원으로 미국에 갔다. 《자유의 길》 3부작 중 1권 《철들 무렵》과 2권 《유예》를 출간했다. 레지옹도뇌르 훈장을 거절했다. 10월에 제3의 길을 알리기 위한 잡지 《현대》를 창간하여 실존주의를 논하면서 소설, 평론, 희곡 등 다채로운 문필 활동에 종사했다.

**1946년**  《실존주의는 휴머니즘이다》, 논문 〈유물론과 혁명〉을 출간했다. 공산주의자들과 논쟁이 있었고 철학자 로제 가로디는 사르트르를 '가짜 예언자', '문학의 파괴자'라고 비난했다.

**1947년**  《상황 I》을 출간했다. 아롱과 올리비에가 《현대》를 떠났다. 카뮈와도 소원해졌다.

**1948년**  1월에 알트망, 로장탈, 루세 등과 함께 민주혁명연합 RDR을 조직하지만 친미화, 우익화로 내부 분열이 생겨 1949년에 해산했다. 4월에 희곡 〈더러운 손〉을 상연했다. 《상황 II: 문학이란 무엇인가》를 출간했다.

**1950년**  메를로퐁티와 함께 소련의 실태를 고발했고 한국 전쟁 발발에 의견을 개진했다. 《상황 III》, 《자유의 길》 3부작 중 3권 《상심》을 출간했다.

**1951년**  희곡 〈악마와 선한 신〉을 상연했다.

**1954년**  소련을 여행했다.

**1955년**  보부아르와 중국을 여행했다.

**1956년**  알제리 전쟁 반대 운동을 전개했다. 소련의 헝가리 침공을

|  |  |
|---|---|
|  | 강하게 비판하며 프랑스 공산당 지지를 철회했다. |
| **1959년** | 희곡 〈알토나의 유폐자들〉을 상연했다. |
| **1960년** | 후기 사상이 집대성된 《변증법적 이성 비판》 1권을 출간했다. 알제리 출정 기피 군인들을 옹호하는 '121인 선언'에 서명했다. |
| **1964년** | 《말》을 출간했다. 1954년부터 집필을 시작한 자서전을 완성했다. 노벨문학상 수상자로 선정되었으나 수상을 거부했다. 《상황 IV》, 《상황 V》, 《상황 VI》을 출간했다. |
| **1965년** | 에우리피데스의 희곡 〈트로이의 여자들〉을 각색했다. 《상황 VII》을 출간했다. |
| **1966년** | 버트런드 러셀이 주재한 베트남 전쟁 고발 재판에 재판장으로 참여했다. |
| **1968년** | 프랑스 5월 혁명에서 학생들을 지지했다. |
| **1970년** | 좌파 계열 신문 〈인민의 대의〉 편집장을 역임했다. 플로베르 연구서 《집안의 천치》 1, 2권을 출간했다. |
| **1973년** | 반 실명 상태가 되었다. 사르트르를 편집인으로 한 일간지 〈리베라시옹〉이 창간되었다. |
| **1975년** | 대담 〈70세의 자화상〉을 발표했다. 심각한 실명 상태에 이르렀다. |
| **1979년** | 소련의 아프가니스탄 침공을 비난했다. |
| **1980년** | 4월 15일 파리에서 사망했다. 그의 장례식에는 5만 명의 사람이 파리의 도로를 메우며 장례 행렬을 따라갔다. 그의 옆에는 1986년 4월 14일에 죽은 시몬 드 보부아르가 묻혀 있다. |

옮긴이 **방곤**

서울대학교 불어불문학과를 졸업하고 소르본대학교에서 불문학을 연구했으며 경희대학교 교수 및 한불협회 사무국장을 지냈다. 번역서로 루소의《고독한 산책자의 몽상》, 사르트르의《실존주의는 휴머니즘이다》, 알베레스의《20세기 지적 모험》, 카뮈의《적지와 왕국》,《표리》,《정의의 사람들》, 빅토르 위고의《레미제라블》, 케셀의《해바라기 여인》, 모파상의《비곗덩어리》,《사랑은 죽음보다》, 장 뤽 살뤼모의《현대 프랑스 사상》 등이 있다.

# 구토

1판 1쇄 발행  1983년 3월 30일
3판 1쇄 발행  2025년 9월 19일

**지은이**  장 폴 사르트르  |  **옮긴이**  방곤
**펴낸곳**  (주)문예출판사  |  **펴낸이**  전준배
**출판등록**  2004. 02. 11. 제 2013-000357호 (1966. 12. 2. 제 1-134호)
**주소**  04001 서울시 마포구 월드컵북로 21
**전화**  02-393-5681  |  **팩스**  02-393-5685
**홈페이지**  www.moonye.com  |  **블로그**  blog.naver.com/imoonye
**페이스북**  www.facebook.com/moonyepublishing  |  **이메일**  info@moonye.com

ISBN  978-89-310-2576-7  04800
ISBN  978-89-310-2365-7  (세트)

• 잘못 만든 책은 구입하신 서점에서 바꿔드립니다.

문예출판사® 상표등록 제 40-0833187호, 제 41-0200044호

## ■ 문예세계문학선

★ 서울대, 연세대, 고려대 필독 권장 도서　▲ 미국대학위원회 추천 도서
● 《타임》 선정 현대 100대 영문 소설　▽ 《뉴스위크》 선정 세계 100대 명저

|  |  |
|---|---|
| 1 젊은 베르테르의 슬픔 괴테 / 송영택 옮김 | 34 지상의 양식 앙드레 지드 / 김붕구 옮김 |
| ▲▽ 2 멋진 신세계 올더스 헉슬리 / 이덕형 옮김 | 35 체호프 단편선 안톤 체호프 / 김학수 옮김 |
| ▲●▽ 3 호밀밭의 파수꾼 J. D. 샐린저 / 이덕형 옮김 | 36 인간 실격 다자이 오사무 / 오유리 옮김 |
| 4 데미안 헤르만 헤세 / 구기성 옮김 | 37 위기의 여자 시몬 드 보부아르 / 손장순 옮김 |
| 5 생의 한가운데 루이제 린저 / 전혜린 옮김 | ●▽ 38 댈러웨이 부인 버지니아 울프 / 나영균 옮김 |
| 6 대지 펄 S. 벅 / 안정효 옮김 | 39 인간 희극 윌리엄 사로얀 / 안정효 옮김 |
| ●▽ 7 1984 조지 오웰 / 김승욱 옮김 | 40 오 헨리 단편선 오 헨리 / 이성호 옮김 |
| ●▽ 8 위대한 개츠비 F. 스콧 피츠제럴드 / 송무 옮김 | ★ 41 말테의 수기 R. M. 릴케 / 박환덕 옮김 |
| ●▽ 9 파리대왕 윌리엄 골딩 / 이덕형 옮김 | 42 파비안 에리히 케스트너 / 전혜린 옮김 |
| 10 삼십세 잉게보르크 바흐만 / 차경아 옮김 | ★▲▽ 43 햄릿 윌리엄 셰익스피어 / 여석기 옮김 |
| ★▲ 11 오이디푸스왕·아가멤논·코에포로이 소포클레스·아이스킬로스 / 천병희 옮김 | 44 바라바 페르 라게르크비스트 / 한영환 옮김 |
| ★▲ 12 주홍글씨 너새니얼 호손 / 조승국 옮김 | 45 토니오 크뢰거 토마스 만 / 강두식 옮김 |
| ▲●▽ 13 동물농장 조지 오웰 / 김승욱 옮김 | 46 첫사랑 이반 투르게네프 / 김학수 옮김 |
| 14 마음 나쓰메 소세키 / 오유리 옮김 | 47 제3의 사나이 그레이엄 그린 / 안흥규 옮김 |
| ★ 15 아Q정전·광인일기 루쉰 / 정석원 옮김 | ★▲▽ 48 어둠의 심장 조지프 콘래드 / 이덕형 옮김 |
| 16 개선문 레마르크 / 송영택 옮김 | 49 싯다르타 헤르만 헤세 / 차경아 옮김 |
| ★ 17 구토 장 폴 사르트르 / 방곤 옮김 | 50 모파상 단편선 기 드 모파상 / 김동현·김사행 옮김 |
| 18 노인과 바다 어니스트 헤밍웨이 / 이경식 옮김 | 51 찰스 램 수필선 찰스 램 / 김기철 옮김 |
| 19 좁은 문 앙드레 지드 / 오현우 옮김 | ★▲▽ 52 보바리 부인 귀스타브 플로베르 / 민희식 옮김 |
| ★▲ 20 변신·시골 의사 프란츠 카프카 / 이덕형 옮김 | 53 페터 카멘친트 헤르만 헤세 / 박종서 옮김 |
| ★▲ 21 이방인 알베르 카뮈 / 이휘영 옮김 | ★ 54 몽테뉴 수상록 몽테뉴 / 손우성 옮김 |
| 22 지하생활자의 수기 도스토옙스키 / 이동현 옮김 | 55 알퐁스 도데 단편선 알퐁스 도데 / 김사행 옮김 |
| 23 설국 가와바타 야스나리 / 장경룡 옮김 | 56 베이컨 수필집 프랜시스 베이컨 / 김길중 옮김 |
| ★ 24 이반 데니소비치의 하루 알렉산드르 솔제니친 / 이동현 옮김 | ★▲ 57 인형의 집 헨리크 입센 / 안동민 옮김 |
| 25 더블린 사람들 제임스 조이스 / 김병철 옮김 | ★ 58 소송 프란츠 카프카 / 김현성 옮김 |
| 26 여자의 일생 기 드 모파상 / 신인영 옮김 | ★▲ 59 테스 토마스 하디 / 이종구 옮김 |
| 27 달과 6펜스 서머싯 몸 / 안흥규 옮김 | ★▽ 60 리어왕 윌리엄 셰익스피어 / 이종구 옮김 |
| 28 지옥 앙리 바르뷔스 / 오현우 옮김 | 61 라쇼몽 아쿠타가와 류노스케 / 김영식 옮김 |
| ★▲ 29 젊은 예술가의 초상 제임스 조이스 / 여석기 옮김 | ▲▽ 62 프랑켄슈타인 메리 셸리 / 임종기 옮김 |
| ▲ 30 검은 고양이 애드거 앨런 포 / 김기철 옮김 | ▲●▽ 63 등대로 버지니아 울프 / 이숙자 옮김 |
| 31 도련님 나쓰메 소세키 / 오유리 옮김 | 64 명상록 마르쿠스 아우렐리우스 / 이덕형 옮김 |
| 32 우리 시대의 아이 외된 폰 호르바트 / 조경수 옮김 | 65 가든 파티 캐서린 맨스필드 / 이덕형 옮김 |
| 33 잃어버린 지평선 제임스 힐턴 / 이경식 옮김 | 66 투명인간 H. G. 웰스 / 임종기 옮김 |
|  | 67 게르트루트 헤르만 헤세 / 송영택 옮김 |
|  | 68 피가로의 결혼 보마르셰 / 민희식 옮김 |

(뒷면 계속)

| | | | |
|---|---|---|---|
| ★ | 69 팡세 블레즈 파스칼 / 하동훈 옮김 | ▲ | 105 훌륭한 군인 포드 매덕스 포드 / 손영미 옮김 |
| | 70 한국단편소설선 김동인 외 / 오양호 엮음 | | 106 수레바퀴 아래서 헤르만 헤세 / 송영택 옮김 |
| | 71 지킬 박사와 하이드 로버트 L. 스티븐슨 / 김세미 옮김 | ▲ | 107 죄와 벌 1 표도르 도스토옙스키 / 김학수 옮김 |
| ▲ | 72 밤으로의 긴 여로 유진 오닐 / 박윤정 옮김 | ▲ | 108 죄와 벌 2 표도르 도스토옙스키 / 김학수 옮김 |
| ★▲▽ | 73 허클베리 핀의 모험 마크 트웨인 / 이덕형 옮김 | | 109 밤의 노예 미셸 오스트 / 이재형 옮김 |
| | 74 이선 프롬 이디스 워튼 / 손영미 옮김 | | 110 바다여 바다여 1 아이리스 머독 / 안정효 옮김 |
| | 75 크리스마스 캐럴 찰스 디킨슨 / 김세미 옮김 | | 111 바다여 바다여 2 아이리스 머독 / 안정효 옮김 |
| ★▲ | 76 파우스트 요한 볼프강 폰 괴테 / 정경석 옮김 | | 112 부활 1 레프 톨스토이 / 김학수 옮김 |
| ▲ | 77 야성의 부름 잭 런던 / 임종기 옮김 | | 113 부활 2 레프 톨스토이 / 김학수 옮김 |
| ★▲ | 78 고도를 기다리며 사뮈엘 베케트 / 홍복유 옮김 | ▲● | 114 그들의 눈은 신을 보고 있었다 조라 닐 허스턴 / 이미선 옮김 |
| ★▲▽ | 79 걸리버 여행기 조너선 스위프트 / 박용수 옮김 | | 115 약속 프리드리히 뒤렌마트 / 차경아 옮김 |
| | 80 톰 소여의 모험 마크 트웨인 / 이덕형 옮김 | | 116 제니의 초상 로버트 네이선 / 이덕희 옮김 |
| ★▲▽ | 81 오만과 편견 제인 오스틴 / 박용수 옮김 | | 117 트로일러스와 크리세이드 제프리 초서 / 김영남 옮김 |
| ★▽ | 82 오셀로·템페스트 윌리엄 셰익스피어 / 오화섭 옮김 | | 118 사람은 무엇으로 사는가 레프 톨스토이 / 이순영 옮김 |
| ★ | 83 맥베스 윌리엄 셰익스피어 / 이종구 옮김 | | |
| ▽ | 84 순수의 시대 이디스 워튼 / 이미선 옮김 | | 119 전락 알베르 카뮈 / 이휘영 옮김 |
| ★ | 85 차라투스트라는 이렇게 말했다 니체 / 황문수 옮김 | | 120 독일인의 사랑 막스 뮐러 / 차경아 옮김 |
| ★ | 86 그리스 로마 신화 이디스 해밀턴 / 장왕록 옮김 | | 121 릴케 단편선 R. M. 릴케 / 송영택 옮김 |
| | 87 모로 박사의 섬 H. G. 웰스 / 한동훈 옮김 | | 122 이반 일리치의 죽음 레프 톨스토이 / 이순영 옮김 |
| | 88 유토피아 토머스 모어 / 김남우 옮김 | | 123 판사와 형리 F. 뒤렌마트 / 차경아 옮김 |
| ★▲ | 89 로빈슨 크루소 대니얼 디포 / 이덕형 옮김 | | 124 보트 위의 세 남자 제롬 K. 제롬 / 김이선 옮김 |
| | 90 자기만의 방 버지니아 울프 / 정윤조 옮김 | | 125 자전거를 탄 세 남자 제롬 K. 제롬 / 김이선 옮김 |
| ▲ | 91 월든 헨리 D. 소로 / 이덕형 옮김 | | 126 사랑하는 하느님 이야기 R. M. 릴케 / 송영택 옮김 |
| | 92 나는 고양이로소이다 나쓰메 소세키 / 김영식 옮김 | | 127 그리스인 조르바 니코스 카잔차키스 / 이재형 옮김 |
| ★ | 93 폭풍의 언덕 에밀리 브론테 / 이덕형 옮김 | | 128 여자 없는 남자들 어니스트 헤밍웨이 / 이종인 옮김 |
| ★▲ | 94 스완네 쪽으로 마르셀 프루스트 / 김인환 옮김 | | 129 사양 다자이 오사무 / 오유리 옮김 |
| ★ | 95 이솝 우화 이솝 / 이덕형 옮김 | | 130 슌킨 이야기 다니자키 준이치로 / 김영식 옮김 |
| ★ | 96 페스트 알베르 카뮈 / 이휘영 옮김 | | 131 실종자 프란츠 카프카 / 송경은 옮김 |
| ▲ | 97 도리언 그레이의 초상 오스카 와일드 / 임종기 옮김 | | 132 시지프 신화 알베르 카뮈 / 이가림 옮김 |
| | 98 기러기 모리 오가이 / 김영식 옮김 | | 133 장미의 기적 장 주네 / 박형섭 옮김 |
| ★ | 99 제인 에어 1 샬럿 브론테 / 이덕형 옮김 | | 134 진주 존 스타인벡 / 김승욱 옮김 |
| ★ | 100 제인 에어 2 샬럿 브론테 / 이덕형 옮김 | | 135 황야의 이리 헤르만 헤세 / 장혜경 옮김 |
| | 101 방황 루쉰 / 정석원 옮김 | | 136 피난처 이디스 워튼 / 김욱동 |
| | 102 타임머신 H. G. 웰스 / 임종기 옮김 | | |
| ● | 103 보이지 않는 인간 1 랠프 엘리슨 / 송무 옮김 | | |
| ● | 104 보이지 않는 인간 2 랠프 엘리슨 / 송무 옮김 | | |